OEUVRES

DIVERSES

DE MONSIEUR

DE VOLTAIRE.

TOME TROISIEME.

OEUVRES
DIVERSES
DE MONSIEUR
DE VOLTAIRE.
NOUVELLE EDITION,

Recueillie avec soin, enrichie de Piéces
Curieuses, & la seule qui contienne
ses véritables Ouvrages.

Avec Figures en Taille-Douce.

TOME TROISIÉME.

A LONDRES,
Chez JEAN NOURSE.
M. DCC. XLVI.

8

ZAYRE.

TRAGEDIE,

Repréſentée pour la premiere fois
le 13. Août 1732.

Tome III.

AVERTISSEMENT.

CEux qui aiment l'Hiſtoire Littéraire ſeront bien aiſes de ſçavoir comment cette Piéce fut faite. Pluſieurs Dames avoient reproché à l'Auteur, qu'il n'y avoit pas aſſez d'amour dans ſes Tragédies. Il leur répondit qu'il ne croyoit pas que ce fût la véritable place de l'Amour ; mais que puiſqu'il falloit abſolument des Héros amoureux, il en feroit tout comme un autre. La Piéce

fut

fut achevée en 18. jours : elle eut un grand succès. On l'appelle à Paris, Tragédie Chrétienne, & on l'a joüée fort souvent à la place de Polyeucte.

EPITRE

EPITRE

DEDICATOIRE,

A MONSIEUR

FAKENER

MARCHAND ANGLOIS,

Depuis , Ambaſſadeur à Conſtantinople.

OUS êtes Anglais , mon cher Ami , & je ſuis né en France ; mais ceux qui aiment les Arts ſont tous concitoyens. Les honnêtes-gens qui penſent ont à-peu-près les mêmes principes , & ne compoſent qu'une République ; ainſi il n'eſt pas plus étrange de voir aujourd'hui une Tragédie Françoiſe dédiée à un Anglais , ou à un Italien , que ſi un Citoyen d'Epheſe , ou d'Athènes , avoit autrefois adreſſé ſon

Ouvrage à un Grec d'une autre Ville. Je
vous offre donc cette Tragédie comme à
mon Compatriote dans la Littérature, &
comme à mon ami intime.

Je joüis en même-tems du plaisir de
pouvoir dire à ma Nation, de quel œil
les Négocians sont regardés chez vous,
quelle estime on sçait avoir en Angleterre
pour une Profession qui fait la grandeur
de l'Etat, & avec quelle supériorité quelques-uns d'entre vous représentent leur
Patrie dans leur Parlement, & sont au
rang des Législateurs.

Je sçai bien que cette Profession est mé-
prisée de nos Petits-Maîtres ; mais vous
sçavez aussi que nos Petits-Maîtres & les
vôtres sont l'espece la plus ridicule qui
rampe avec orgueil sur la surface de la
Terre.

Une raison encore qui m'engage à m'entretenir de Belles-Lettres avec un Anglais
plûtôt qu'avec un autre, c'est vôtre heureuse liberté de penser ; elle en communi-
que à mon esprit, mes idées se trouvent
plus hardies avec vous.

> Quiconque avec moi s'entretient,
> Semble disposer de mon ame ;
> S'il sent vivement, il m'enflâme,
> Et s'il est fort, il me soûtient.
> Un Courtisan pêtri de feinte,
> Fait dans moi tristement passer

Sa défiance & sa contrainte ;
Mais un esprit libre & sans crainte
M'enhardit & me fait penser.
Mon feu s'échauffe à sa lumiere,
Ainsi qu'un jeune Peintre instruit
Sous Coypel & sous l'Argiliere ,
De ces Maîtres qui l'ont conduit
Se rend la touche familiere ;
Il prend malgré lui leur maniere
Et compose avec leur esprit.
C'estpourquoi Virgile se fit
Un devoir d'admirer Homere ,
Il le suivit dans sa carriere ,
Et son émule il se rendit,
Sans se rendre son plagiaire.

Ne craignez pas qu'en vous envoyant
ma Piéce , je vous en fasse une longue apo-
logie ; je pourrois vous dire pourquoi je
n'ai pas donné à Zayre une vocation plus
déterminée au Christianisme, avant qu'elle
reconnût son pere, & pourquoi elle cache
son secret à son Amant , &c. Mais les Esprits sages qui aiment à rendre justice,
verront bien mes raisons sans que je les
indique ; pour les Critiques déterminés ,
qui sont disposés à ne me pas croire , ce
seroit peine perduë que de leur dire mes
raisons.

Je me vanterai avec vous d'avoir fait
seulement une Piéce assez simple, qualité

* 4   dont

dont on doit faire cas de toutes façons.

Cette heureuse simplicité
Fut un des plus dignes partages
De la sçavante Antiquité.
Anglais, que cette nouveauté
S'introduise dans vos usages ;
Sur votre Théâtre infecté
D'horreurs, de gibets, de carnage ;
Mettez donc plus de vérité
Avec de plus nobles images.
Adisson l'a déjà tenté,
C'étoit le Poëte des Sages ;
Mais il étoit trop concerté,
Et dans son Caton si vanté,
Ses deux filles, en vérité,
Sont d'insipides personnages.
Imitez du grand Adisson
Seulement ce qu'il a de bon :
Polissez la rude action
De vos Melpomènes sauvages ;
Travaillez pour les Connoisseurs
De tous les tems, de tous les âges,
Et répandez dans vos Ouvrages
La simplicité de vos mœurs.

Que Messieurs les Poëtes Anglais ne s'imaginent pas que je veuille leur donner Zayre pour modéle : je leur prêche la simplicité naturelle, & la douceur des Vers ;
mais

mais je ne me fais point-du-tout le Saint de
mon Sermon. Si Zayre a eu quelque succès,
je le dois beaucoup moins à la bonté de
mon Ouvrage, qu'à la prudence que j'ai
euë de parler d'amour le plus tendrement
qu'il m'a été possible. J'ai flatté en cela le
goût de mon Auditoire : on est assez sûr
de réussir quand on parle aux passions des
gens plus qu'à leur Raison. On veut de l'a-
mour, quelque bon Chrétien que l'on soit,
& je suis très-persuadé que bien en prit au
Grand Corneille de ne s'être pas borné dans
son Polyeucte à faire casser les Statuës de Jupiter par les Néophytes ; car telle est la corruption du Genre Humain, que peut-être

> De Polyeucte la belle ame
> Auroit foiblement attendri,
> Et les Vers Chrétiens qu'il déclame
> Seroient tombés dans le décri,
> N'eût été l'amour de sa femme
> Pour ce Payen son Favori,
> Qui méritoit bien mieux sa flâme
> Que son bon dévot de mari.

Même avanture à-peu-près est arrivée à
Zayre. Tous ceux qui vont aux Spectacles,
m'ont assuré, que si elle n'avoit été que
convertie elle auroit peu intéressé ; mais
elle est amoureuse de la meilleure foi du
monde, & voilà ce qui a fait sa fortune.

Cepen-

Cependant il s'en faut bien que j'aye échapé à la cenſure.

Plus d'un éplucheur intraitable
M'a vetillé, m'a critiqué :
Plus d'un railleur impitoyable
Prétendoit que j'avois croqué,
Et peu clairement expliqué
Un Roman très-peu vraiſemblable
Dans ma cervelle fabriqué ;
Que le ſujet en eſt tronqué,
Que la fin n'eſt pas raiſonnable ;
Même on m'avoit pronoſtiqué
Ce ſifflet tant épouvantable,
Avec quoi le Public choqué
Régale un Auteur miſérable.
Cher ami, je me ſuis moqué
De leur cenſure inſupportable ;
J'ai mon Drame en Public riſqué,
Et le Parterre favorable
Au-lieu du ſifflet m'a claqué.
Des larmes mêmes ont offuſqué
Plus d'œil, que j'ai remarqué
Pleurer de l'air le plus aimable.
Mais je ne ſuis point requinqué
Par un ſuccès ſi déſirable ;
Car j'ai comme un autre marqué
Tous les *deficit* de ma Fable.
Je ſçai qu'il eſt indubitable,
Que pour former œuvre parfait,

Il faudroit fe donner au Diable ,
Et c'eft ce que je n'ai pas fait.

Je n'ofe me flatter que les Anglais faffent
à Zayre le même honneur qu'ils ont fait à
Brutus (*), dont on va jouer la Traduction fur le Théâtre de Londres. Vous avez
ici la réputation de n'être ni affez dévots
pour vous foucier beaucoup du vieux Lufignan, ni affez tendre pour être touchés
de Zayre. Vous paffez pour aimer mieux
une intrigue de Conjurez, qu'une intrigue
d'Amans. On croit qu'à votre Théâtre on
bat des mains au mot de Patrie, & chez
nous à celui d'Amour ; cependant la vérité
eft que vous mettez de l'amour tout comme nous dans vos Tragédies. Si vous n'a-
vez pas la réputation d'être tendres, ce n'eft
pas que vos Héros de Théâtre ne foient
amoureux ; mais c'eft qu'ils expriment rarement leur paffion d'une maniere naturelle. Nos Amáns parlent en Amans, & les
vôtres ne parlent encore qu'en Poëtes.

Si vous permettez que les Français foient
vos Maîtres en galanterie, il y a bien des
chofes en récompenfe que nous pourrions
prendre de vous. C'eft au Théâtre Anglais
que je dois la hardieffe que j'ai euë de mettre fur la Scéne les noms de nos Rois &
* 6

des

(*) Mr. de Voltaire s'eft trompé ; on a traduit &
joüé Zayre en Angleterre avec beaucoup de fuccès.

des anciennes Familles du Royaume. Il me paroît que cette nouveauté pourroit être la source d'un genre de Tragédie qui nous est inconnu jusqu'ici, & dont nous avons besoin. Il se trouvera sans doute des Génies heureux, qui perfectionneront cette idée, dont Zayre n'est qu'une faible ébauche. Tant que l'on continuera en France de protéger les Lettres, nous aurons assez d'Ecrivains. La nature forme presque toûjours des hommes en tout genre de talent ; il ne s'agit que de les encourager & de les employer. Mais si ceux qui se distinguent un peu n'étoient soutenus par quelque récompense honorable, & par l'attrait plus flatteur de la considération, tous les Beaux Arts pourroient bien dépérir un jour au milieu des abris élevés pour eux, & ces Arbres plantés par Louïs XIV. dégénéreroient faute de culture : le Public auroit toûjours du goût, mais les Grands-Maîtres manqueroient : Un Sculpteur dans son Académie verroit des hommes médiocres à côté de lui, & n'éléveroit pas sa pensée jusqu'à Girardon & au Pujet ; un Peintre se contenteroit de se croire supérieur à son Confrere, & ne songeroit pas à égaler le Poussin. Puissent les Successeurs de Louïs XIV. suivre toûjours l'exemple de ce grand Roi, qui donnoit d'un coup d'œil une noble émulation à tous les Artistes ! Il encourageoit à

la

la fois un Racine & un Vanrobès..... Il
portoit notre Commerce & notre gloire
par-delà les Indes ; il étendoit ses graces
sur des Etrangers étonnés d'être connus &
récompensés par notre Cour. Partout où
étoit le mérite, il avoit un protecteur dans
Louis XIV.

Car de son Astre bienfaisant
Les influences libérales,
Du Caire au bord de l'Occident,
Et sous les glaces Boréales
Cherchoient le mérite indigent.
Avec plaisir ses mains royales
Répandoient la gloire & l'argent,
Le tout sans brigue & sans cabale.
Guillelmini, Viviani,
Et le céleste Cassini
Auprès des Lys venoient se rendre ;
Et quelque forte pension
Vous auroit pris le grand Newton,
Si Newton avoit pu se prendre.
Ce sont-là les heureux succès
Qui faisoient la gloire immortelle
De Louis & du nom Français.
Ce Louis étoit le modéle
De l'Europe & de vos Anglais.
On craignit que par ses progrès,
Il n'envahît à tous jamais

La Monarchie univerſelle ;
Mais il l'obtint par ſes bienfaits.

Vous n'avez pas chez vous des fonda-
tions pareilles aux Monumens de la muni-
ficence de nos Rois ; mais votre Nation y
ſupplée. Vous n'avez pas beſoin des regards
du Maître pour honorer & récompenſer les
grands talens en tout genre. Le Chevalier
Steele & le Chevalier Vanbrouk , étoient
en même-tems Auteurs Comiques , &
Membres du Parlement. La Primatie du
Docteur Tillotſon , l'Ambaſſade de Mr.
Prior , la Charge de Mr. Newton , le
Miniſtére de Mr. Adiſſon , ne ſont que les
ſuites ordinaires de la conſidération qu'ont
chez vous les Grands-Hommes. Vous les
comblez de biens pendant leur vie , vous
leur élevez des Mauſolées & des Statues
après leur mort ; il n'y a pas juſqu'aux Ac-
trices célébres qui n'ayent chez vous leur
place dans les Temples à côté des grands
Poëtes.

> Votre Ofilde & ſa devanciere
> Bracgirdle la Minaudiere ,
> Pour avoir ſçu dans leurs beaux jours
> Réuſſir au grand art de plaire ,
> Ayant achevé leur carriere ,
> S'enfurent avec leur concours
> De votre République entiere ,

Sous un grand poële de velours,
Dans votre Eglife pour toujours,
Loger de fuperbe maniere.
Leur ombre en paroît encore fiere,
Et s'en vante avec les Amours ;
Tandis que le divin Moliere,
Bien plus digne d'un tel honneur,
A peine obtint le froid bonheur
De dormir dans un Cimetiere :
Et que l'aimable le Couvreur,
A qui j'ai fermé la paupiere,
N'a pas eu même la faveur
De deux cierges & d'une biere ;
Et que Monfieur de Laubiniere
Porta la nuit par charité
Ce corps autrefois fi vanté,
Dans un vieux Fiacre empaqueté,
Vers le bord de notre Riviere.
Voyez-vous pas à ce récit
L'Amour irrité qui gémit,
Qui s'envole en brifant fes armes,
Et Melpoméne toute en larmes,
Qui m'abandonne, & fe bannit
Des Lieux ingrats qu'elle embellit
Si long-tems de fes nobles charmes ?

Tout femble ramener les Français à la barbarie dont Louïs XIV. & le Cardinal de Richelieu les ont tirez. Malheur aux
Politiques

Politiques qui ne connoiſſent pas le prix
des Beaux Arts. La Terre eſt couverte de
Nations auſſi puiſſantes que nous. D'où
vient cependant que nous les regardons
preſque toutes avec peu d'eſtime ? C'eſt
par la raiſon qu'on mépriſe dans la Société
un homme riche, dont l'eſprit eſt ſans goût
& ſans culture. Surtout ne croyez pas que
cet empire de l'eſprit, & cet honneur d'ê-
tre le modéle des autres Peuples, ſoit une
gloire frivole. Elle eſt la marque infaillible de la grandeur d'un Empire : c'eſt toujours ſous les plus grands Princes que les
Arts ont fleuri, & leur décadence eſt l'é-
poque de celle d'un Etat. L'Hiſtoire eſt
pleine de ces exemples ; mais ce ſujet me
meneroit trop loin. Il faut que je finiſſe
cette Lettre déja trop longue, en vous envoyant un petit Ouvrage, qui trouve na-
turellement ſa place à la têté de cette Tragédie. C'eſt une Epitre en Vers à celle qui
a joué le rôle de Zayre : je lui devois au
moins un compliment pour la façon dont
elle s'en eſt acquittée ;

Car le Prophête de la Mecque
Dans ſon Sérail n'a jamais eu
Si gentille Arabeſque ou Gréque ;
Son œil noir, tendre, & bien fendu,
Sa voix, & ſa grace extrinſéque,
Ont mon Ouvrage défendu,

Contre

Contre l'Auditeur qui rebéque :
Mais quand le Lecteur morfondu
L'aura dans sa Bibliothéque,
Tout mon honneur sera perdu.

Adieu, mon Ami, cultivez toujours les Lettres & la Philosophie, sans oublier d'envoyer des Vaisseaux dans les Echelles du Levant. Je vous embrasse de tout mon cœur.

V.

EPITRE

EPITRE

A MADEMOISELLE GOSSIN,

Jeune Actrice qui a repréfenté le Rôle de
Zayre avec beaucoup de fuccès.

 EUNE GOSSIN, reçois mon tendre
hommage,
Reçois mes Vers au Théâtre applau-
dis,
Protége-les. ZAYRE eft ton ouvrage,
Il eft à toi, puifque tu l'embellis.
Ce font tes yeux, ces yeux fi pleins de charmes,
Ta voix touchante, & tes fons enchanteurs,
Qui du Critique ont fait tomber les armes.
Ta feule vue adoucit les Cenfeurs,
L'illufion, cette Reine des cœurs,
Marche à ta fuite, infpire les allarmes,
Le fentimenr, les regrets, les douleurs,
Et le plaifir de répandre des larmes.

Le Dieu des Vers qu'on alloit dédaigner,
Eft par ta voix aujourd'hui fûr de plaire,
Le Dieu d'Amour à qui tu fus plus chere,

Est par tes yeux bien plus sûr de régner.
Entre ces Dieux désormais tu vas vivre :
Hélas ! long-tems je les servis tous deux,
Il en est un que je n'ose plus suivre.

Heureux cent fois le mortel amoureux,
Qui tous les jours peut te voir & t'entendre,
Que tu reçois avec un souris tendre,
Qui voit son sort écrit dans tes beaux yeux,
Qui consumé de ces feux qu'il adore,
A tes genoux oubliant l'Univers,
Parle d'Amour, & t'en reparle encore,
Et malheureux qui n'en parle qu'en Vers !

SECONDE

SECONDE LETTRE
A MONSIEUR
FAKENER;

Tirée d'une seconde Edition de ZAYRE.

MOn cher ami; (car votre nouvelle Dignité d'Ambaſſadeur rend ſeulement notre amitié plus reſpectable, & ne m'empêche pas de me ſervir ici d'un titre plus ſacré que le titre de Miniſtre. Le nom d'ami eſt bien au-deſſus de celui d'Excellence.)

Je dédie à l'Ambaſſadeur d'un grand Roi & d'une Nation libre, le même Ouvrage que j'ai dédié au ſimple Citoyen, au Négociant Anglais.

Ceux qui ſçavent combien le Commerce eſt honoré dans notre Patrie, n'ignorent pas auſſi qu'un Négociant y eſt quelquefois un Légiſlateur, un bon Officier, un Miniſtre public.

Quelques perſonnes corrompuës par l'indigne uſage de ne rendre hommage qu'à

la

la Grandeur, ont effayé de jetter un ridicule fur la nouveauté d'une Dédicace faite à un homme qui n'avoit alors que du mérite. On a ofé fur un Théâtre, confacré au mauvais goût & à la médifance, infulter à l'Auteur de cette Dédicace; & à celui qui l'avoit reçue, on a ofé lui reprocher d'être un Négociant. Il ne faut point imputer à notre Nation une groffiereté fi honteufe, dont les Peuples les moins civilifez rougiroient. Les Magiftrats qui veillent parmi nous fur les mœurs, & qui font continuellement occupez à reprimer le fcandadale, furent furpris alors. Mais le mépris & l'horreur du Public pour l'Auteur connu de cette indignité, font une nouvelle preuve de la politeffe des Français.

Les vertus qui forment le caractére d'un Peuple, font fouvent démenties par les vices d'un particulier. Il y a eu quelques hommes voluptueux à Lacédémone. Il y a des efprits légers & bas en Angleterre. Il y a eu dans Athènes des hommes fans goût, impolis & groffiers, & on en trouve dans Paris.

Oublions-les, comme ils font oubliez du Public, & recevez ce fecond hommage. Je le dois d'autant plus à un Anglais, que cette Tragédie vient d'être embellie à Londres. Elle y a été traduite, & jouée avec tant de fuccès, on a parlé de moi fur votre Théâtre avec tant de politeffe & de bonté,

bonté, que j'en dois ici un remerciment
Public à votre Nation.

Je ne peux mieux faire, je croi, pour
l'honneur des Lettres, que d'apprendre
ici à mes Compatriotes les singularitez de
la Traduction & de la Représentation de
Zayre sur le Théâtre de Londres.

Monsieur Hille, Homme de Lettres,
qui paroît connoître le Théâtre mieux
qu'aucun Auteur Anglais, me fit l'honneur de traduire la Piéce, dans le dessein
d'introduire sur votre Scene quelques nou-
veautez, & pour la maniere d'écrire les Tragédies, & pour celle de les réciter. Je parlerai d'abord de la Représentation.

L'Art de déclamer étoit chez vous un
peu hors de la Nature, la plûpart de vos Auteurs Tragiques s'exprimoient souvent plus
en Poëtes saisis d'entousiasme, qu'en hommes que la passion inspire. Beaucoup de
Comédiens avoient encore outré ce défaut ; ils déclamoient des Vers empoulez,
avec une fureur & une impétuosité qui est
au beau naturel, ce que des convulsions
font à l'égard d'une démarche noble &
aisée.

Cet air d'empressement sembloit étranger à votre Nation ; car elle est naturelle-
ment sage, & cette sagesse est quelquefois
prise pour de la froideur par les Etrangers.
Vos Prédicateurs ne se permettent jamais
un ton de Déclamateur. On riroit chez

vous

vous d'un Avocat qui s'échauferoit dans
son Plaidoyer. Les seuls Comédiens étoient
outrez. Nos Acteurs, & surtout nos Actri-
ces de Paris, avoient ce défaut il y a quelques années: ce fut Mademoiselle le Couvreur qui les en corrigea. Voyez ce qu'en
dit un Auteur Italien de beaucoup d'esprit
& de sens.

» La Legiadra Couvreur sola non trotta
» Per quella strada dove i suoi compagni
» Van di galoppo tutti quanti in frotta.
» Se auvien qu'ella pianga, o che si lagni
» Senza queglieurti spaventosi loro,
» Ti muove si che in piange l'accompagni.

Ce même changement que Mademoiselle le Couvreur avoit fait sur notre Scene,
Mademoiselle Ciber vient de l'introduire
sur le Théâtre Anglais, dans le rôle de
Zayre. Chose étrange, que dans tous les
Arts ce ne soit qu'après bien du tems qu'on
vienne enfin au naturel & au simple !
Une nouveauté qui va paroître plus sin-
guliere aux Français, c'est qu'un Gentilhomme de votre pays, qui a de la fortune
& de la considération, n'a pas dédaigné
de jouer sur votre Théâtre le rôle d'Orosmane. C'étoit un spectacle assez intéressant
de voir les deux principaux Personnages
remplis par un homme de condition, &
l'autre par une jeune Actrice de 18. ans
qui

qui n'avoit pas encore récité un Vers en fa vie.

Cet exemple d'un Citoyen qui a fait ufage de fon talent pour la déclamation, n'eft pas le premier parmi vous. Tout ce qu'il y a de furprenant en cela, c'eft que nous nous en étonnions.

Nous devrions faire réfléxion que toutes les chofes de ce monde dépendent de l'ufage & de l'opinion. La Cour de France a danfé fur le Théâtre avec les Acteurs de l'Opéra, & on n'a rien trouvé en cela d'étrange, finon que la mode de ces divertiffemens ait fini. Pourquoi fera-t-il plus étonnant de réciter que de danfer en Public? Y a-t-il d'autre différence entre ces deux Arts, finon que l'un eft autant audeffus de l'autre, que les talens où l'efprit a quelque part font au-deffus de ceux du corps. Je le répete encore, & je le dirai toujours, aucun des Beaux-Arts n'eft méprifable, & il n'eft véritablement honteux que d'attacher de la honte aux talens.

Venons à préfent à la Traduction de Zayre, & au changement qui vient de fe faire chez vous dans l'Art Dramatique.

Vous aviez une coûtume à laquelle Monfieur Adiffon, le plus fage de vos Ecrivains, s'eft afservi lui-même; tant l'ufage tient lieu de raifon & de loi.

Cette coûtume peu raifonnable étoit de finir chaque Acte par des Vers d'un goût

différent

différent du reste de la Piéce, & ces Vers devoient nécessairement renfermer une comparaison. Phédre en sortant du Théâtre se comparoit Poëtiquement à une biche, Caton à un rocher, Cléopatre à des enfans qui pleurent jusqu'à ce qu'ils soient endormis.

Le Traducteur de Zayre est le premier qui ait osé maintenir les droits de la Nature contre un goût si éloigné d'elle.

Il a proscrit cet usage, il a senti que la passion doit parler un langage vrai, & que le Poëte doit se cacher toujours pour ne laisser paroître que le Héros.

C'est sur ce principe qu'il a traduit avec naïveté, & sans aucune enflure, tous les Vers simples de la Piéce que l'on gâteroit, si on vouloit les rendre beaux.

„On ne peut désirer ce qu'on ne connoît pas.

❖

„ J'eusse été près du Gange esclave des faux Dieux,
„ Chrétienne dans Paris, Musulmane en ces lieux.

❖

„ Mais Orosmane m'aime, & j'ai tout oublié.

❖

„ Non la reconnoissance est un foible retour,
„ Un tribut offensant trop peu fait pour l'amour.

❖

„ Je me croirois haï d'être aimé foiblement.

❖

„ Je veux avec excès vous aimer & vous plaire.

Tome III. ** „ L'Art

❖

„ L'Art n'eft pas fait pour toi, tu n'en as pas befoin.

❖

„ L'Art le plus innocent tient de la perfidie.

Tous les Vers qui font dans ce goût fimple & vrai, font rendus mot-à-mot dans
l'Anglais. Il eût été aifé de les orner; mais
le Traducteur a jugé autrement que quelques-uns de mes Compatriotes. Il a aimé,
& il a rendu toute la naïveté de ces Vers.
En effet, le ftile doit être conforme au fujet. Alzire, Brutus, & Zayre demandoient,
par exemple, trois fortes de Verfifications
différentes.

Si Berenice fe plaignoit de Titus, &
Ariane, de Thefée, dans le ftile de Corneille,
Berenice & Ariane ne toucheroient point.

Jamais on ne parlera bien d'amour, fi
on cherche d'autres ornemens que la fimplicité & la vérité.

Il n'eft pas queftion ici d'examiner s'il
eft bien de mettre tant d'amour dans les
Piéces de Théâtre. Je veux que ce foit une
faute, elle eft & fera univerfelle; & je ne
fçai quel nom donner aux fautes qui font
le charme du Genre-Humain.

Ce qui eft certain, c'eft que dans ce défaut les Français ont réüffi plus que toutes les autres Nations anciennes & modernes mifes enfemble. L'Amour paroît fur
nos Théâtres avec des bienféances, une
délicateffe,

élicateſſe , une vérité , qu'on ne trouve point ailleurs. C'eſt que de toutes les Naïons la Françaiſe eſt celle qui a le plus connu la Société.

Le Commerce continuel ſi vif & ſi poli des deux Sexes , a introduit en France une politeſſe aſſez ignorée ailleurs.

La Société dépend des femmes. Tous les Peuples qui ont le malheur de les enfermer ſont inſociables. Et des mœurs encore auſteres parmi vous , des querelles politiques , des guerres de Religion , qui vous avoient rendus farouches , vous ôterent juſqu'au tems de Charles II. la douceur de la Société au milieu même de la liberté. Les Poëtes ne devoient donc ſçavoir ni dans aucun pays , ni même chez les Anglais , la maniere dont les honnêtes-gens traitent l'Amour.

La bonne Comédie fut ignorée juſqu'à Moliére , comme l'Art d'exprimer ſur le Théâtre des ſentimens vrais & délicats fut ignoré juſqu'à Racine ; parceque la Société ne fut pour ainſi dire dans ſa perfection que de leur tems. Un Poëte , du fond de ſon cabinet , ne peut peindre des mœurs qu'il n'a point vûës , il aura plûtôt fait cent Odes & cent Epîtres , qu'une Scene où il faut faire parler la Nature.

Votre Dryden , qui d'ailleurs étoit un très-grand Génie , mettoit dans la bouche de ſes Héros amoureux , ou des hyperboles

de

de Rhétorique, ou des indécences ; deux choses également opofées à la tendreffe.

Si Mr. Racine fait dire à Titus.

» Depuis cinq ans entiers chaque jour je la vois,
» Et croi toujours la voir pour la premiere fois.

Votre Dryden fait dire à Antoine.

» Ciel ! comme j'aimai ! Témoins les jours &
» les nuits qui fuivoient en danfant fur vos pieds.
» Ma feule affaire étoit de vous parler de ma
» paffion, un jour venoit & ne voyoit rien qu'a-
» mour, un autre venoit, & c'étoit de l'amour
» encore. Les Soleils étoient las de nous regar-
» der, & moi je n'étois point la d'aimer.

Il eft bien difficile d'imaginer qu'Antoi-ne ait en effet tenu de pareils difcours à Cléopatre.

Dans la même Piéce Cléopatre parle ainfi à Antoine.

» Venez à moi, venez dans mes bras, mon cher
» Soldat, j'ai été trop long-tems privée de vos
» careffes. Mais quand je vous embrafferai, quand
» vous ferez tout à moi, je vous punirai de vos
» cruautez, en laiffant fur vos lévres l'impreffion
» de mes ardents baifers.

Il eft très-vraifemblable que Cléopatre parloit fouvent dans ce goût : mais ce n'eft point cette indécence qu'il faut repréfen-ter devant une Audience refpectable.

Quelques-uns de vos Compatriotes ont beau dire, c'eft-là la pure nature : on doit

leur

leur répondre que c'eſt préciſément cette
nature qu'il faut voiler avec ſoin.

Ce n'eſt pas même connoître le cœur humain , de penſer qu'on doit plaire davantage en préſentant ces images licencieuſes.
Au-contraire , c'eſt fermer l'entrée de l'ame
aux vrais plaiſirs. Si tout eſt d'abord à découvert , on eſt raſſaſié. Il ne reſte plus rien
à chercher , rien à déſirer , & on arrive tout
d'un coup à la langueur en croyant courir
à la volupté. Voilà pourquoi la bonne
compagnie a des plaiſirs que les gens groſ-
ſiers ne connoiſſent pas.

Les Spectateurs en ce cas ſont comme les
amans qu'une joüiſſance trop prompte dé-
goûte : ce n'eſt qu'à-travers cent nuages
qu'on doit entrevoir ces idées , qui feroient rougir , préſentées de trop près.
C'eſt ce voile qui fait le charme des honnêtes-gens , il n'y a point pour eux de plaiſir ſans bienſéance.

Les Français ont connu cette régle plûtôt
que les autres Peuples, non parcequ'*ils ſont
ſans génie & ſans hardieſſe* , comme le dit
Dryden ; mais parceque depuis la Régence
d'Anne d'Autriche ils ont été le Peuple le
plus ſociable & le plus poli de la Terre , &
cette politeſſe n'eſt point une choſe arbitraire , comme ce qu'on apelle civilité.
C'eſt une loi de la nature qu'ils ont heureu-
ſement cultivée plus que les autres Peuples.

Le Traducteur de Zayre a respecté presque partout ces bienséances Théâtrales qui vous doivent être communes comme à nous ; mais il y a quelques endroits où il s'est livré encore à d'anciens usages.

Par exemple, lorsque dans la Piéce Anglaise Orosmane vient annoncer à Zayre qu'il croit ne la plus aimer, Zayre lui répond en se roulant par terre. Le Sultan n'est point ému de la voir dans cette posture de ridicule & de desespoir, & le moment d'après il est tout étonné que Zayre pleure :

Il lui dit cet hémistiche :

Zayre, vous pleurez !

Il auroit dû lui dire auparavant :

Zayre, vous vous roulez par terre.

Aussi ces trois mots, *Zayre, vous pleurez*, qui font un grand effet sur notre Théâtre, n'en ont fait aucun sur le vôtre, parcequ'elles y étoient déplacées. Ces expressions familieres & naïves tirent toute leur force de la seule maniere dont elles sont amenées.

Seigneur, vous changez de visage, n'est rien par soi - même ; mais le moment où ces paroles si simples sont prononcées dans Mitridate, fait frémir.

Ne dire que ce qu'il faut, & de la maniere dont il le faut, est ce me semble un
mérite

mérite dont les Français (fi vous m'en
exceptez) ont plus approché que les Ecrivains des autres Pays. C'eft, je croi, fur cet
Art que notre Nation doit en être crüe.
Vous nous apprenez des chofes plus grandes & plus utiles. Il feroit honteux à nous
de ne le pas avouer ; les Français qui ont
écrit contre les découvertes du Chevalier
Newton fur la lumiere , en rougiffent ;
ceux qui combattent la gravitation en
rougiront bien tôt.

Vous devez vous foumettre aux régles
de notre Théâtre, comme nous devons
embraffer votre Philofophie. Nous avons
fait d'auffi bonnes expériences fur le cœur
humain , que vous fur la Phyfique. L'Art
de plaire femble l'Art des Français, & l'Art
de penfer paroît le vôtre. Heureux qui
comme vous les réünit.

ESSAI

ACTEURS.

OROSMANE, Soudan de Jerusalem.

LUSIGNAN, Prince du Sang des Rois de Jerusalem.

ZAYRE,
FATIME, } Esclaves du Soudan.

NÉRESTAN,
CHATILLON, } Chevaliers Français.

CORASMIN,
MELEDOR, } Officiers du Soudan.

UN ESCLAVE,
SUITE.

La Scéne est au Sérail de Jerusalem.

ZAYRE.

ZAYRE,

TRAGEDIE.

ACTE PREMIER.

SCENE I.

ZAYRE, FATIME.

FATIME.

E ne m'attendois pas , jeune & belle
    Zayre ,
Aux nouveaux fentimens que ce lieu
    vous infpire.
Quel efpoir fi flatteur, ou quels heureux deftins,
De vos jours ténébreux ont fait des jours ferains?
La paix de votre cœur augmente avec vos char-
    mes ,

Tome III.   A   Cet

Cet éclat de vos yeux n'est plus terni de larmes,
Vous ne les tournez plus vers ces heureux Climats
Où ce brave Français devoit guider nos pas ;
Vous ne me parlez plus de ces belles Contrées
Où d'un Peuple poli les femmes adorées,
Reçoivent cet encens que l'on doit à vos yeux ;
Compagnes d'un Epoux, & Reines en tous lieux ;
Libres sans deshonneur, & sages sans contrainte,
Et ne devant jamais leurs vertus à la crainte.
Ne soupirez-vous plus pour cette liberté ?
Le Sérail d'un Soudan, sa triste austérité,
Ce nom d'Esclave enfin, n'ont-ils rien qui vous
    gêne ?
Préférez-vous Solyme aux rives de la Seine ?

Z A Y R E.

On ne peut désirer ce qu'on ne connoît pas.
Sur les bords du Jourdain le Ciel fixa nos pas,
Au Sérail des Soudans dès l'enfance enfermée,
Chaque jour ma Raison s'y voit accoutumée.
Le reste de la Terre anéanti pour moi,
M'abandonne au Soudan qui nous tient sous sa Loi;
Je ne connois que lui, sa gloire, sa puissance :
Vivre sous Orosmane est ma seule espérance,
Le reste est un vain songe.

F A T I M E.

               Avez-vous oublié
Ce généreux Français dont la tendre amitié
                      Nous

Nous promit si souvent de rompre notre chaîne ?
Combien nous admirions son audace hautaine,
Quelle gloire il acquit dans ces tristes combats
Perdus par les Chrétiens sous les murs de Damas!
Orosmane vainqueur, admirant son courage,
Le laissa sur sa foi partir de ce rivage.
Nous l'attendons encore, sa générosité
Devoit payer le prix de notre liberté.
N'en aurions-nous conçu qu'une vaine espérance ?

ZAYRE.

Peut-être sa promesse a passé sa puissance,
Depuis plus de deux ans il n'est point revenu.
Un Etranger, Fatime, un captif inconnu,
Promet beaucoup, tient peu, permet à son cou-
   rage
Des sermens indiscrets pour sortir d'esclavage.
Il devoit délivrer dix Chevaliers Chrétiens,
Venir rompre leurs fers, ou reprendre les siens.
J'admirai trop en lui cet inutile zéle.
Il n'y faut plus plus penser.

FATIME.

                        Mais s'il étoit fidéle ;
S'il revenoit enfin dégager ses sermens,
Ne voudriez-vous pas ? . . .

ZAYRE.

                Fatime, il n'est plus tems.
Tout est changé. . . . . . .

                        A 2   FATIME.

Z A Y R E,

F A T I M E.

Comment ? que prétendez-vous dire ?

Z A Y R E.

Va, c'eft trop te celer le Deftin de Zayre,
Le fecret du Soudan doit encore fe cacher,
Mais mon cœur dans le tien fe plaît à s'épancher.
Depuis près de trois mois qu'avec d'autres Cap-
    tives
On te fit du Jourdain abandonner les rives,
Le Ciel, pour terminer les malheurs de nos jours,
D'une main plus puiffante a choifi le fecours,
Ce fuperbe Orofmane . . . .

F A T I M E.

                  Eh bien ?

Z A Y R E.

               Ce Soudan même,
Ce Vainqueur des Chrétiens ... chere Fatime. . . .
    il m'aime. . . . .
Tu rougis. ... je t'entends, gardes-toi de penfer
Qu'à briguer fes foupirs je puiffe m'abaiffer,
Que d'un Maître abfolu la fuperbe tendreffe
M'offre l'honneur honteux du rang de fa Maîtreffe,
Et que j'effuye enfin l'outrage & le danger
Du malheureux éclat d'un amour paffager.
Cette fierté qu'en nous foûtient la modeftie,

                    Dans

Dans mon cœur à ce point ne s'est pas démentie.
Plûtôt que jusques là j'abaisse mon orgueil,
Je verrois sans pâlir les fers & le cercueil ;
Je m'en vais t'étonner, son superbe courage
A mes foibles appas présente un pur hommage,
Parmi tous ces objets à lui plaire empressés,
J'ai fixé ses regards à moi seule adressés,
Et l'hymen confondant leurs intrigues fatales,
Me soumettra bien-tôt son cœur & mes rivales.

FATIME.

Vos appas, vos vertus, sont dignes de ce prix,
Mon cœur en est flatté plus qu'il n'en est surptis :
Que vos félicités, s'il se peut, soient parfaites,
Je me vois avec joye au rang de vos Sujetes.

ZAYRE.

Sois toûjours mon égale, & goûte mon bonheur.
Avec toi partagé je sens mieux sa douceur.

FATIME.

Hélas ! puisse le Ciel souffrir cet hymenée,
Puisse cette grandeur qui vous est destinée,
Qu'on nomme si souvent du faux nom de bonheur,
Ne point laisser de trouble au fond de votre cœur.
N'est-il point en secret de frein qui vous retienne ;
Ne vous souvient-il plus que vous fûtes Chrétienne ?

ZAYRE,

Z A Y R E.

Ah! que dis-tu? Pourquoi rappeller mes ennuis?
Chere Fatime, hélas! sçai-je ce que je suis?
Le Ciel m'a-t'il jamais permis de me connoître,
Ne m'a-t'il pas caché le sang qui m'a fait naître?

F A T I M E.

Néreftan qui naquit non loin de ce séjour,
Vous dit que d'un Chrétien vous reçûtes le jour;
Que dis-je? Cette Croix qui sur vous fut trouvée,
Parure de l'enfance avec soin confervée,
Ce figne des Chrétiens que l'art dérobe aux yeux
Sous ce brillant éclat d'un travail précieux,
Cette Croix, dont cent fois mes foins vous ont parée,
Peut-être entre vos mains est-elle demeurée
Comme un gage fecret de la fidélité
Que vous deviez au Dieu que vous aviez quitté.

Z A Y R E.

Je n'ai point d'autre preuve, & mon cœur qui s'i-
gnore,
Peut-il fuivre une loi que mon Amant abhore?
La Coûtume, en ces lieux plia mes premiers ans
A la Religion des heureux Mufulmans:
Je le vois trop: les foins qu'on prend de notre en-
fance,
Forment nos fentimens, nos mœurs, notre créance;
J'euffe été près du Gange esclave des faux Dieux,
　　　　　　　　　　　　　　　　Chrétienne

Chrétienne dans Paris, Mufulmane en ces lieux.
L'inftruction fait tout, & la main de nos Peres
Grave en nos foibles cœurs ces premiers caracteres,
Que l'exemple & le tems nous viennent retracer,
Et que peut-être en nous Dieu feul peut effacer.
Prifonniere en ces lieux tu n'y fus renfermée
Que lorfque ta Raifon par l'âge confirmée,
Pour éclairer ta foi te prêtoit fon flambeau ;
Pour moi des Sarrazins efclave en mon berceau,
La foi de nos Chrétiens me fut trop tard connuë,
Contr'elle cependant, loin d'être prévenuë,
Cette Croix, je l'avouë, a fouvent malgré moi
Saifi mon cœur furpris de refpect & d'effroi ;
J'ofois l'invoquer même avant qu'en ma penfée,
D'Orofmane en fecret l'image fût tracée.
J'honore, je chéris ces charitables loix
Dont ici Néreftan me parla tant de fois ;
Ces loix qui de la Terre écartant les miferes,
Des humains attendris font un Peuple de freres,
Obligés de s'aimer, fans doute, il font heureux.

FATIME.

Pourquoi donc aujourd'hui vous déclare contr'eux?
A la Loi Mufulmane à jamais affervie,
Vous allez des Chrétiens devenir l'ennemie,
Vous allez époufer leur fuperbe Vainqueur.

ZAYRE.

Eh ! qui refuferoit le préfent de fon cœur?
De toute ma foibleffe il faut que je convienne ;

B 2 　　　Peut

Peut-être sans l'amour, j'aurois été Chrétienne ;
Peut-être qu'à ta Loi j'aurois sacrifié :
Mais Orosmane m'aime, & j'ai tout oublié.
Je ne vois qu'Orosmane, & mon ame enyvrée
Se remplir du bonheur de s'en voir adorée.
Mets-toi devant les yeux sa grace, ses exploits ;
Songe à ce bras puissant, vainqueur de tant de Rois,
A cet aimable front que la gloire environne :
Je ne te parle point du Sceptre qu'il me donne,
Non, la reconnoissance est un foible retour,
Un tribut offensant, trop peu fait pour l'amour ;
Mon cœur aime Orosmane, & non son Diadême,
Chere Fatime, en lui je n'aime que lui-même.
Peut-être j'en croi trop un penchant si flatteur ;
Mais si le Ciel sur lui déployant sa rigueur,
Aux fers que j'ai portés eût condamné sa vie ;
Si le Ciel sous mes loix eût rangé la Syrie,
Ou mon amour me trompe, ou Zayre aujourd'hui
Pour l'élever à soi descendroit jusqu'à lui.

FATIME.

On marche vers ces lieux, sans doute, c'est lui-
même.

ZAYRE.

Mon cœur qui le prévient, m'annonce ce que j'aime.
Depuis deux jours, Fatime, absent de ce Palais,
Enfin mon tendre amour le rend à mes souhaits.

SCENE

SCENE II.

OROSMAME ZAYRE, FATIME.

OROSMANE.

VERTUEUSE Zayre, avant que l'hymenée
Joigne à jamais nos cœurs & notre destinée,
J'ai cru, sur mes projets, sur vous, sur mon amour,
Devoir en Musulman vous parler sans détour.
Les Soudans qu'à genoux cet Univers contemple,
Leurs usages, leurs droits, ne sont point mon
    exemple;
Je sçai que notre Loi favorable aux plaisirs,
Ouvre un champ sans limite à nos vastes désirs;
Que je puis à mon gré, prodiguant mes tendresses,
Recevoir à mes pieds l'encens de mes Maîtresses,
Et tranquile au Sérail, dictant mes volontés,
Gouverner mon Pays du sein des voluptés;
Mais la molesse est douce, & sa suite est cruelle;
Je vois autour de moi cent Rois vaincus par elle;
Je vois de Mahomet ces lâches Successeurs,
Ces Califes tremblans dans leurs tristes grandeurs,
Couchés sur les débris de l'Autel & du Thrône,
Sous un nom sans pouvoir languir dans Babylone;
Eux, qui seroient encor, ainsi que leurs ayeux,
Maîtres du Monde entier s'ils l'avoient été d'eux.
Bouillon leur arracha Solyme & la Syrie;

B 3   Mais

Mais bien-tôt pour punir une Secte ennemie,
Dieu suscita le bras du puissant Saladin ;
Mon Pere, après sa mort, asservit le Jourdain,
Et moi foible héritier de sa grandeur nouvelle,
Maître encor incertain d'un Etat qui chancelle,
Je vois ces fiers Chrétiens, de rapine altérés,
Des bords de l'Occident vers nos bords attirés ;
Et lorsque la Trompette & la voix de la Guerre,
Du Nil au Pont-Euxin font retentir la Terre,
Je n'irai point en proye à de lâches amours,
Aux langueurs d'un Sérail abandonner mes jours.
J'atteste ici la Gloire, & Zayre, & ma flâme,
De ne choisir que vous pour Maîtresse & pour
          femme,
De vivre votre ami, votre amant, votre époux,
De partager mon cœur entre la guerre & vous.
Ne croyez pas non-plus que mon honneur confie
La vertu d'une épouse à ces monstres d'Asie,
Du Sérail des Soudans gardes injurieux,
Et des plaisirs d'un Maître esclaves odieux :
Je sçai vous estimer autant que je vous aime,
Et sur votre vertu me fier à vous-même.
Après un tel aveu, vous connoissez mon cœur,
Vous sentez qu'en vous seule il a mis son bonheur ;
Vous comprenez assez quelle amertume affreuse
Corromproit de mes jours la durée odieuse,
Si vous ne receviez les dons que je vous fais,
Qu'avec ces sentimens que l'on doit aux bienfaits.
Je vous aime, Zayre, & j'attends de votre ame
Un amour qui réponde à ma brûlante flâme :

Je

Je l'avouërai, mon cœur ne veut rien qu'ardem-
 ment ;
Je me croirois haï d'être aimé foiblement.
De tous mes sentimens tel est le caractere,
Je veux avec excès vous aimer & vous plaire.
Si d'une égale amour votre cœur est épris,
Je viens vous épouser ; mais c'est à ce seul prix,
Et du nœud de l'hymen l'étreinte dangereuse,
Me rend infortuné s'il ne vous rend heureuse.

ZAYRE.

Vous, Seigneur, malheureux ! Ah ! si votre grand
 cœur
A sur mes sentimens pu fonder son bonheur ;
S'il dépend en effet de mes flâmes secrettes,
Quel mortel fut jamais plus heureux que vous l'êtes !
Ces noms chers & sacrés, & d'Amant & d'Epoux,
Ces noms nous sont communs, & j'ai par-dessus
 vous,
Ce plaisir si flatteur à ma tendresse extrême,
De tenir tout, Seigneur, du bienfaicteur que j'aime ;
De voir que ses bontés font seules mes destins,
D'être l'ouvrage heureux de ses augustes mains,
De réverer, d'aimer un Héros que j'admire.
Oüi, si parmi les cœurs soumis à votre Empire,
Vos yeux ont discerné les hommages du mien,
Si votre auguste choix. . . . .

B 4   SCENE

SCENE III.

OROSMANE, ZAYRE, FATIME, CORASMIN.

CORASMIN.

CET esclave Chrétien,
Qui sur sa foi, Seigneur, a passé dans la France,
Revient au moment même, & demande audience.

FATIME.

O Ciel!

OROSMANE.

Il peut entrer. Pourquoi ne vient-il pas?

CORASMIN.

Dans la premiere enceinte il arrête ses pas:
Seigneur, je n'ai pas cru qu'aux regards de son
　　Maître,
Dans ces augustes lieux un Chrétien pût paroître

OROSMANE.

Qu'il paroisse. En tous lieux, sans manquer de respect,
Chacun peu deformais jouïr de mon aspect.
Je vois avec mépris ces maximes terribles,
Qui font de tant de Rois des Tyrans invisibles.

SCENE

SCENE IV.

OROSMANE, ZAYRE, FATIME, CORASMIN,

NERESTAN.

Respectable ennemi qu'estiment les Chrétiens,
Je reviens dégager mes sermens & les tiens ;
J'ai satisfait à tout, c'est à toi d'y souscrire ;
Je te fais apporter la rançon de Zayre ,
Et celle de Fatime, & de dix Chevaliers,
Dans les murs de Solyme illustres prisonniers.
Leur liberté par moi trop long-tems retardée,
Quand je reparoîtrois leur dût être accordée :
Sultan , tiens ta parole, ils ne sont plus à toi,
Et dès ce moment même ils sont libres par moi.
Mais grace à mes soins, quand leur chaîne est brisée,
A t'en payer le prix ma fortune épuisée,
Je ne le céle pas , m'ôte l'espoir heureux
De faire ici pour moi ce que je fais pour eux.
Une pauvreté noble est tout ce qui me reste,
J'arrache des Chrétiens à leur prison funeste,
Je remplis mes sermens, mon honneur, mon devoir,
Il me suffit : Je viens me mettre en ton pouvoir,
Je me rends prisonnier , & demeure en ôtage.

OROSMANE.

Chrétien , je suis content de ton noble courage ;

Mais

Mais ton orgueil ici se seroit-il flatté
D'effacer Orosmane en générosité ?
Reprends ta liberté, remporte tes richesses,
A l'or de ces rançons joins mes justes largesses.
Au lieu de dix Chrétiens que je dus t'accorder,
Je t'en veux donner cent, tu les peux demander.
Qu'ils aillent sur tes pas apprendre à ta Patrie,
Qu'il est quelques vertus au fond de la Syrie ;
Qu'ils jugent en partant, qui méritoit le mieux,
Des Lusignans, ou moi, l'Empire de ces lieux ?
Mais parmi ces Chrétiens que ma bonté délivre,
Lusignan ne fut point réservé pour te suivre :
De ceux qu'on peut te rendre il est seul excepté,
Son nom seroit suspect à mon autorité :
Il est du sang François qui régnoit à Solyme,
On sçait son droit au Trône, & ce droit est un crime,
Du Destin qui fait tout, tel est l'Arrêt cruel.
Si j'eusse été vaincu je serois criminel :
Lusignan dans les fers finira sa carriere,
Et jamais du Soleil ne verra la lumiere.
Je le plains ; mais pardonne à la nécessité,
Ce reste de vengeance & de sévérité.
Pour Zayre, crois-moi, sans que ton cœur s'offense,
Elle n'est pas d'un prix qui soit en ta puissance ;
Tes Chevaliers François, & tous leurs Souverains,
S'uniroient vainement pour l'ôter de mes mains.
Tu peux partir.

NERESTAN.

Qu'entends-je ? Elle naquit Chrétienne:
J'ai

J'ai pour la délivrer ta parole & la sienne ;
Et quant à Lusignan, ce Vieillard malheureux,
Pourroit-il ?....

OROSMANE.

Je t'ai dit, Chrétien, que je le veux.
J'honore ta vertu ; mais cette humeur altiere
Se faisant estimer commence à me déplaire ;
Sors, & que le Soleil levé sur mes Etats
Demain près du Jourdain ne te retrouve pas. *Il sort*

FATIME.

O Dieu, secourez-nous.

OROSMANE.

Et vous, allez, Zayre,
Prenez dans le Sérail un souverain empir ,
Commandez en Sultane, & je vais ordonner
La pompe d'un hymen qui vous doit couronner.

SCENE V.

OROSMANE, CORASMIN.

OROSMANE.

CORASMIN, que veut donc cet Esclave infidelle ?
Il soupiroit... ses yeux se sont tournés vers elle.
Les as-tu remarqués ?

B 6   CO-

CORASMIN.

Que dites-vous, Seigneur ?
De ce soupçon jaloux écoutez-vous l'erreur ?

OROSMANE.

Moi, jaloux ! qu'à ce point ma fierté s'avilisse ?
Que j'éprouve l'horreur de ce honteux suplice ?
Moi, que je puisse aimer comme l'on sçait hair ?
Quiconque est soupçonneux invite à le trahir.
Je vois à l'amour seul ma Maîtresse asservie,
Cher Corasmin, je l'aime avec idolâtrie,
Mon amour est plus fort, plus grand que mes bien-
    faits,
Je ne suis point jaloux.... si je l'étois jamais....
Si mon cœur... Ah ! chassons cette importune idée,
D'un plaisir pur & doux mon ame est possédée.
Va, fais tout préparer pour ces momens heureux
Qui vont joindre ma vie à l'objet de mes vœux :
Je vais donner une heure aux soins de mon Empire,
Et le reste du jour sera tout à Zayre.

Fin du premier Acte.

ACTE

ACTE II.

SCENE I.

NERESTAN, CHATILLON.

CHATILLON.

BRAVE Néreſtan, Chevalier gé-
néreux,
Vous qui briſez les fers de tant de
malheureux :
Vous, Sauveur des Chrétiens qu'un Dieu Sauveur
envoye,
Paroiſſez, montrez-vous, goûtez la douce joye
De voir nos compagnons pleurans à vos genoux,
Baiſer l'heureuſe main qui nous délivre tous :
Aux portes du Sérail en foule ils vous demandent,
Ne privez point leurs yeux du Héros qu'ils atten-
dent,
Et qu'unis à jamais ſous notre Bienfaiɕeur....

NERESTAN.

Illuſtre Châtillon, modérez cet honneur ;

J'ai

J'ai rempli d'un Chrétien le devoir ordinaire,
J'ai fait ce qu'à ma place on vous auroit vu faire.

CHATILLON.

Sans doute, & tout Chrétien, tout digne Chevalier,
Pour sa Religion se doit sacrifier ;
Et la félicité des cœurs tels que les nôtres,
Consiste à tout quitter pour le bonheur des autres.
Heureux à qui le Ciel a donné le pouvoir
De remplir comme vous un si noble devoir !
Pour nous, tristes jouets du sort qui nous opprime,
Nous malheureux François, Esclaves dans Solyme,
Oubliés dans les fers, où long-tems sans secours,
Le Pere d'Orosmane abandonna nos jours :
Jamais nos yeux sans vous ne reverroient la France.

N E R E S T A N.

Dieu s'est servi de moi, Seigneur, sa Providence
De ce jeune Orosmane a fléchi la rigueur.
Mais quel triste mêlange altére ce bonheur !
Que de ce fier Soudan la clémence odieuse,
Répand sur ses bienfaits une amertume affreuse !
Dieu me voit & m'entend, il sçait si dans mon cœur
J'avois d'autres projets que ceux de sa grandeur.
Je faisois tout pour lui : j'espérois de lui rendre
Une jeune Beauté qu'à l'âge le plus tendre,
Le cruel Noradin fit Esclave avec moi,
Lorsque les ennemis de notre auguste Foi,
Baignant de notre sang la Syrie enyvrée,

Surprirent

Surprirent Lufignan vaincu dans Céfarée :
Du Sérail des Sultans fauvé par des Chrétiens,
Remis depuis trois ans dans mes premiers liens,
Renvoyé dans Paris fur ma feule parole,
Seigneur, je me flattois... Efpérance frivole,
De ramener Zayre à cette heureufe Cour,
Où Loüis des vertus a fi é le féjour.
Déja même la Reine, à mon zéle propice,
Lui tendoit de fon Trône une main protectrice ;
Enfin lorfqu'elle touche au moment fouhaité,
Qui la tiroit du fein de fa captivité,
On la retient... Que dis-je... Ah ! Zayre elle-même,
Oubliant les Chrétiens pour ce Soudan qui l'ai-
me...
N'y penfons plus.... Seigneur, un refus plus cruel
Vient m'accabler encore d'un déplaifir mortel,
Des Chrétiens malheureux l'efpérance eft trahie.

CHATILLON.

Je vous offre pour eux ma liberté, ma vie ;
Difpofez-en, Seigneur, elle vous appartient.

NERESTAN.

Seigneur, ce Lufignan qu'à Solyme on retient,
Ce dernier d'une race en Héros fi féconde,
Ce Guerrier dont la gloire avoit rempli le Monde,
Ce Héros malheureux de Bouillon defcendu,
Aux foupits des Chrétiens ne fera point rendu.

CHATILLON.

CHATILLON.

Seigneur, s'il est ainsi, votre faveur est vaine :
Quel indigne Soldat voudroit briser sa chaîne,
Alors que dans les fers son Chef est retenu ?
Lusignan, comme à moi, ne vous est pas connu.
Seigneur, remerciez ce Ciel, dont la clémence
A pour votre bonheur placé votre naissance,
Long-tems après ces jours à jamais détestés,
Après ces jours de sang & de calamités,
Où je vis sous le joug de nos barbares Maîtres,
Tomber ces murs sacrés conquis par nos Ancêtres.
Ciel ! si vous aviez vu ce Temple abandonné,
Du Dieu que nous servons le Tombeau profané,
Nos peres, nos enfans, nos filles & nos femmes,
Aux pieds de nos Autels expirans dans les flâmes,
Et notre dernier Roi courbé du faix des ans,
Massacré sans pitié sur ses fils expirans !
Lusignan, le dernier de cette auguste race,
Dans ces momens affreux ranimant notre audace,
Au milieu des débris des Temples renversés,
Des vainqueurs, des vaincus, & des morts en-
 tassés,
Terrible, & d'une main reprenant cette épée,
Dans le sang infidéle à tout moment trempée,
Et de l'autre à nos yeux montrant avec fierté
De notre sainte Foi le signe redouté,
Criant à haute voix, François, soyez fidéles....
Sans doute en ce moment, le couvrant de ses aîles,

La vertu du Très-Haut qui nous sauve aujourd'hui,
Applanissoit sa route, & marchoit devant lui,
Et des tristes Chrétiens la foule délivrée,
Vint porter avec nous ses pas dans Césarée.
Là, par nos Chevaliers d'une commune voix,
Lusignan fut choisi pour nous donner des loix.
O mon cher Nérestan ! Dieu qui nous humilie,
N'a pas voulu sans doute, en cette courte vie,
Nous accorder le prix qu'il doit à la vertu,
Vainement pour son nom nous avons combattu.
Ressouvenir affreux, dont l'horreur me dévore !
Jérusalem en cendre, hélas ! fumoit encore,
Lorsque dans notre asyle attaqués & trahis,
Et livrés par un Grec à nos fiers ennemis,
La flâme, dont brûla Sion desespérée,
S'étendit en fureur aux murs de Césarée,
Ce fut là le dernier de trente ans de revers,
Là je vis Lusignan chargé d'indignes fers :
Insensible à sa chûte, & grand dans ses miseres,
Il n'étoit attendri que des maux de ses freres.
Seigneur, depuis ce tems, ce Pere des Chrétiens
Resserré loin de nous, blanchi dans ses liens,
Gémit dans un cachot, privé de la lumiere,
Oublié de l'Asie & de l'Europe entiere.
Tel est son sort affreux ; & qui peut aujourd'hui,
Quand il souffre pour nous, se voir heureux sans lui ?

NÉRESTAN.

Ce bonheur, il est vrai, seroit d'un cœur barbare :

Que

Que je hais le deftin qui de lui nous fépare!
Que vers lui vos difcours m'ont fans peine entraîné!
Je connois fes malheurs, avec eux je fuis né,
Sans un trouble nouveau je n'ai pu les entendre;
Votre prifon, la fienne, & Céfarée en cendre,
Sont les premiers objets, font les premiers revers
Qui frapperent mes yeux à peine encore ouverts.
Je fortois du berceau : ces images fanglantes
Dans vos triftes récits me font encore préfentes.
Au milieu des Chrétiens dans un Temple immolés,
Quelques enfans, Seigneur, avec moi raffemblés,
Arrachés par des mains de carnage fumantes,
Aux bras enfanglantés de nos meres tremblantes,
Nous fûmes tranfportés dans ce Palais des Rois,
Dans ce même Sérail, Seigneur, où je vous vois.
Noradin m'éleva près de cette Zayre,
Qui depuis..... pardonnez fi mon cœur en foupire,
Qui depuis égarée en ce funefte lieu,
Pour un Maître barbare abandonna fon Dieu.

CHATILLON.

Telle eft des Mufulmans la funefte prudence,
De leurs Chrétiens captifs ils féduifent l'enfance;
Et je benis le Ciel propice à nos deffeins,
Qui dans vos premiers ans vous fauva de leurs
    mains,
Mais, Seigneur, après tout cette Zayre même,
Qui renonce aux Chrétiens pour le Soudan qui
    l'aime,

De

De son crédit au moins nous pourroit secourir :
Qu'importe de quel bras Dieu daigne se servir ?
M'en croirez vous ? Le Juste aussi-bien que le sage,
Du crime & du malheur sçait tirer avantage ;
Vous pourriez de Zayre employer la faveur
A fléchir Orosmane, à toucher son grand cœur,
A nous rendre un Héros, que lui-même a dû plaindre,
Que sans doute il admire, & qui n'est plus à craindre.

NERESTAN.

Mais ce même Héros, pour briser ses liens,
Voudra-t-il qu'on s'abaisse à ces honteux moyens ?
Et quand il le voudroit, est-il en ma puissance
D'obtenir de Zayre un moment d'audience ?
Croyez-vous qu'Orosmane y daigne consentir ?
Le Sérail à ma voix pourra-t-il se rouvrir ?
Quand je pourrois enfin paroître devant elle,
Que faut-il espérer d'une femme infidelle,
A qui mon seul aspect doit tenir lieu d'affront,
Et qui lira sa honte écrite sur mon front ?
Seigneur, il est bien dur, pour un cœur magnanime,
D'attendre des secours de ceux qu'on mésestime.
Leurs refus sont affreux, leurs bienfaits font rougir.

CHATILLON.

Songez à Lusignan, songez à le servir.

NERESTAN.

Et bien... Mais quels chemins jusqu'à cette infidelle
Pourront.... On vient à nous. Que vois-je ? ô
Ciel ! c'est elle.

SCENE

SCENE II.

ZAYRE, CHATILLON, NERESTAN.

ZAYRE à Nireftan.

C'EST vous, digne François, à qui je viens
     parler,
Le Soudan le permet, ceffez de vous troubler,
Et raffurant mon cœur qui tremble à votre appro-
    che,
Chaffez de vos regards la plainte & le reproche ;
Seigneur, nous nous craignons, nous rougiffons
    tous deux,
Je fouhaite & je crains de rencontrer vos yeux.
L'un à l'autre attachés depuis notre naiffance,
Une affreufe prifon renferma notre enfance,
Le fort nous accabla du poids des mêmes fers
Que la tendre amitié nous rendoit plus légers.
Il me fallut depuis gémir de votre abfence,
Le Ciel porta vos pas aux rives de la France :
Prifonnier dans Solyme, enfin je vous revis,
Un entretien plus libre alors m'étoit permis ;
Efclave dans la foule où j'étois confonduë,
Aux regards du Soudan je vivois inconnuë :
Vous daignâtes bien-tôt, foit grandeur, foit pitié,
Soit plûtôt digne effet d'une pure amitié,

Revoyant

Revoyant des François le glorieux Empire,
Y chercher la rançon de la triste Zayre :
Vous l'aportez, le Ciel a trompé vos bienfaits,
Loin de vous dans Solyme il m'arrête à jamais.
Mais quoique ma fortune ait d'éclat & de charmes,
Je ne puis vous quitter sans répandre des larmes,
Toujours de vos bontés je vais m'entretenir,
Chérir de vos vertus le tendre souvenir,
Comme vous des humains soulager la misere,
Protéger les Chrétiens, leur tenir lieu de mere ;
Vous me les rendez chers, & ces infortunés...

NERESTAN.

Vous, les protéger ! vous, qui les abandonnez !
Vous, qui des Lusignans foulant aux pieds la cendre...

ZAYRE.

Je la viens honorer, Seigneur, je viens vous ren-
dre...
Le dernier de ce sang, votre amour, votre espoir :
Oüi, Lusignan est libre, & vous l'allez revoir.

CHATILLON.

O Ciel ! nous reverrions notre apui, notre pere !

NERESTAN.

Les Chrétiens vous devroient une tête si chere !

ZAYRE.

ZAYRE.

J'avois fans efpérance ofé la demander ,
Le généreux Soudan veut bien nous l'accorder,
On l'amene en ces lieux.

NERESTAN.

Que mon ame eft émue!

ZAYRE.

Mes larmes malgré moi me dérobent fa vûë ,
Ainfi que ce Vieillard j'ai langui dans les fers;
Qui ne fçait compâtir aux maux qu'on a foufferts?

NERESTAN.

Grand Dieu ! que de vertu dans une ame infidelle.

SCENE III.

ZAYRE, LUSIGNAN, CHATILLON, NERESTAN.

Plufieurs Efclaves Chrétiens.

LUSIGNAN.

DU féjour du trépas quelle voix me rappelle?
Suis-je avec des Chrétiens ?... guidez mes pas
tremblans.
Mes maux m'ont affoibli plus encore que mes ans.
Em

En s'asseyant. Suis-je libre en effet ?

ZAYRE,

Oüi, Seigneur ; oüi, vous l'êtes.

CHATILLON.

Vous vivez, vous calmez nos douleurs inquietes,
Tous nos tristes Chrétiens.....

LUSIGNAN.

O jour ! ô douce voix !
Chatillon, c'est donc vous ? c'est vous que je revois !
Martyr, ainsi que moi, de la Foi de nos Peres,
Le Dieu que nous servons finit-il nos miseres ?
En quels lieux sommes-nous ? Aidez mes foibles
    yeux.

CHATILLON.

C'est ici le Palais qu'ont bâti vos Ayeux,
Du fils de Noradin c'est le séjour profane.

ZAYRE.

Le Maître de ces lieux, le puissant Orosmane
Sçait connoître, Seigneur, & chérir la vertu.
Ce généreux François qui vous est inconnu,

En montrant Nérestan.

Par la gloire amené des rives de la France,
Venoit de dix Chrétiens payer la délivrance :

Le

Le Soudan, comme lui, gouverné par l'honneur,
Croit en vous délivrant, égaler son grand cœur.

LUSIGNAN.

Des Chevaliers François tel est le caractere,
Leur Noblesse en tout tems me fut utile & chere.
Trop digne Chevalier, quoi! vous passez les Mers
Pour soulager nos maux, & pour briser nos fers!
Ah! parlez, à qui dois-je un service si rare?

NERESTAN.

Mon nom est Nérestan, le sort long-tems barbare,
Qui dans les fers ici me mit presqu'en naissant,
Me fit quitter bien-tôt l'Empire du Croissant.
A la Cour de Louis, guidé par mon courage,
De la guerre sous lui j'ai fait l'aprentissage,
Ma fortune & mon rang sont un don de ce Roi,
Si grand par sa valeur, & plus grand par sa foi.
Je le suivis, Seigneur, au bord de la Charante,
Lorsque du fier Anglois la valeur menaçante,
Cédant à nos efforts trop long-tems captivés
Satisfit en tombant aux Lys qu'ils ont bravés.
Venez, Prince & montrez au plus grand des Mo-
　　　narques,
De vos fers glorieux les vénérables marques.
Paris va réverer le Martyr de la Croix,
Et la Cour de Louis est l'Azyle des Rois.

LUSIGNAN.

LUSIGNAN.

Hélas de cette Cour j'ai vû jadis la gloire,
Quand Philippe à Bovine enchaînoit la victoire,
Je combattois, Seigneur, avec Montmorency,
Melun, Deftaing, de Nefle, & ce fameux Couci.
Mais à revoir Paris je ne dois plus prétendre :
Vous voyez qu'au tombeau je fuis prêt à defcendre,
Je vais au Roi des Rois demander aujourd'hui
Le prix de tous les maux que j'ai foufferts pour lui.
Vous, généreux témoins de mon heure derniere,
Tandis qu'il en eft tems, écoutez ma priere,
Néreftan, Châtillon, & vous. .... de qui les pleurs
Dans ces momens fi chers honorent mes malheurs:
Madame, ayez pitié du plus malheureux pere
Qui jamais ait du Ciel éprouvé la colere,
Qui répand devant vous des larmes que le tems
Ne peut encore tarir dans mes yeux expirans.
Une fille, trois fils, ma fuperbe efpérance,
Me furent arrachés dès leur plus tendre enfance;
O mon cher Châtillon, tu dois t'en fouvenir.

CHATILLON.

De vos malheurs encore vous me voyez frémir.

LUSIGNAN.

Prifonnier avec moi dans Céfarée en flâme,
Tes yeux virent périr mes deux fils & ma femme,

CHATILLON,

Mon bras chargé de fers ne les put secourir.

LUSIGNAN.

Hélas ! & j'étois pere, & je ne pus mourir !
Veillez du haut des Cieux, chers enfans que j'im-
    plore,
Sur mes autres enfans, s'ils sont vivans encore :
Mon dernier fils, ma fille, aux chaînes réservés,
Par de barbares mains pour servir conservés,
Loin d'un pere accablé, furent portés ensemble,
Dans ce même Sérail où le Ciel nous rassemble.

CHATILLON.

Il est vrai, dans l'horreur de ce péril nouveau
Je tenois votre fille à peine en son berceau :
Ne pouvant la sauver, Seigneur, j'allois moi-même
Répandre sur son front l'eau Sainte du Batême,
Lorsque les Sarrazins de carnage fumans,
Revinrent l'arracher à mes bras tout sanglans.
Votre plus jeune fils à qui les destinées
Avoient à peine encore accordé quatre années,
Trop capable déja de sentir son malheur,
Fut dans Jerusalem conduit avec sa sœur.

NERESTAN.

De quel ressouvenir mon ame est déchirée !
A cet âge fatal j'étois dans Césarée,

Et

Et tout couvert de sang, & chargé de liens,
Je suivis en ces lieux la foule des Chrétiens.

LUSIGNAN.

Vous... Seigneur !... Ce Sérail éleva votre enfance ?...

En les regardant.

Hélas ! de mes enfans auriez-vous connoissance ?
Ils seroient de votre âge, & peut-être mes yeux...
Quel ornement, Madame, étranger en ces lieux ?
Depuis quand l'avez-vous ?

ZAYRE.

Depuis que je respire,
Seigneur ..... Eh quoi ! D'où vient que votre ame
soupire ?

LUSIGNAN.

Ah ! daignez confier à mes tremblantes mains... ?

ZAYRE.

De quel trouble nouveau tous mes sens sont atteints !
Seigneur, que faites-vous ?

LUSIGNAN.

O Ciel ! ô Providence !
Mes yeux, ne trompez point ma timide espérance ;

C 2   Seroit

Seroit-il bien poſſible ? Oüi, c'eſt elle.... Je voi
Ce préſent qu'une épouſe avoit reçu de moi,
Et qui de mes enfans ornoit toûjours la tête,
Lorſque de leur naiſſance on célebroit la fête :
Je revoi... Je ſucombe à mon ſaiſiſſement.

Z A Y R E.

Qu'entens-je ? & quel ſoupçon m'agite en ce mo-
　　ment ?
Ah, Seigneur ! ...

L U S I G N A N.

　　　Dans l'eſpoir dont j'entrevois les charmes,
Ne m'abandonnez pas, Dieu qui voyez mes larmes,
Dieu mort ſur cette Croix, & qui revis pour nous,
Parle, acheve, ô mon Dieu ! ce ſont-là de tes coups :
Quoi ! Madame, en vos mains elle étoit demeurée ?
Quoi ! tous les deux Captifs, & pris dans Céſarée ?

Z A Y R E.

Oui, Seigneur.

N E R E S T A N.

　· Se peut-il ?

L U S I G N A N.

　　　　　Leur parole, leurs traits,
De leur Mere en effet ſont les vivans portraits :
Oui, grand Dieu, tu le veux, tu permets que je voye :
Dieu,

Dieu, ranime mes sens trop foibles pour ma joye.
Madame . . . . Nerestan . . . . . Soûtiens-moi,
   Chatillon . . .
Nerestan, si je dois nommer encore ce nom,
Avez-vous dans le sein la cicatrice heureuse
Du fer dont à mes yeux une main furieuse . . .

NERESTAN.

Oui, Seigneur, il est vrai.

LUSIGNAN.

Dieu juste ! heureux momens !

NERESTAN *se jettant à genoux*.

Ah, Seigneur ! ah Zayre !

LUSIGNAN.

Approchez, mes enfans.

NERESTAN.

Moi, votre fils !

ZAYRE.

Seigneur.

LUSIGNAN.

Heureux jour qui m'éclaire !
Ma fille ! mon cher fils ! embrassez votre pere.

CHATILLON.

Que d'un bonheur ſi grand mon cœur ſe ſent tou-
    cher !

L U S I G N A N.

De vos bras, mes enfans, je ne puis m'arracher :
Je vous revois enfin, chere & triſte famille,
Mon fils, digne héritier … Vous … hélas ! Vous ?
    ma fille !
Diſſipez mes ſoupçons, ôtez-moi cettte horreur,
Ce trouble qui m'accable au comble du bonheur.
Toi qui ſeul a conduit ſa fortune & la mienne,
Mon Dieu qui me la rends, me la rends-tu Chré-
    rienne ?
Tu pleures, malheureuſe, & tu baiſſes les yeux,
Tu te tais ! je t'entends ! ô crime ! ô juſtes Cieux !

Z A Y R E.

Je ne puis vous tromper : ſous les loix d'Oroſmane….
Puniſſez vôtre fille … Elle étoit Muſulmane.

L U S I G N A N.

Que la foudre en éclat ne tombe que ſur moi !
Ah, mon fils ! A ces mots j'euſſe expiré ſans toi.
Mon Dieu, j'ai combattu ſoixante ans pour ta
    gloire,
J'ai vu tomber ton Temble & périr ta mémoire,
Dans un cachot affreux abandonné vingt ans,

es larmes t'imploroit pour mes triftes enfans,

lorſque ma famille eſt par toi réünie,

uand je trouve une fille, elle eſt ton ennemie :

e ſuis bien malheureux.....c'eſt ton pere,c'eſt moi;

C'eſt ma ſeule priſon qui t'a ravi ta foi :

Ma fille, tendre objet de mes dernieres peines,

onge au moins, ſonge au ſang qui coule dans tes

     veines ;

C'eſt le ſang de vingt Rois, tous Chrétiens comme

     moi,

C'eſt le ſang des Héros, défenſeurs de ma Loi,

C'eſt le ſang des Martyrs.....ô fille encore trop

     chere,

Connois-tu ton deſtin, ſçais-tu quelle eſt ta mere?

Sçais-tu bien qu'à l'inſtant que ſon flanc mit au jour

Ce triſte & dernier fruit d'un malheureux amour,

Je la vis maſſacrer par la main forcenée,

Par la main des Brigands à qui tu t'es donnée ?

Tes freres, ces Martyrs égorgés à mes yeux,

T'ouvrent leurs bras ſanglans tendus du haut des

     Cieux,

Ton Dieu que tu trahis, ton Dieu que tu blaſphê-

     mes,

Pour toi, pour l'Univers, eſt mort en ces lieux

     mêmes,

En ces lieux où mon bras le ſervit tant de fois,

En ces lieux où ſon ſang te parle par ma voix.

Voi ces murs, voi ce Temple envahi par tes Maîtres,

Tout annonce le Dieu qu'ont vangé tes Ancêtres :

Tourne les yeux , sa Tombe est près de ce Palais,
C'est ici la Montagne où lavant nos forfaits,
Il voulut expirer sous les coups de l'Impie,
C'est-là que de sa Tombe il rappella sa vie ;
Tu ne sçaurois marcher dans cet auguste lieu,
Tu n'y peux faire un pas sans y trouver ton Dieu,
Et tu n'y peux rester sans renier ton pere :
C'est ton pere qui te parle, & ton Dieu qui t'éclaire.
Je te vois dans mes bras, & pleurer & frémir;
Sur ton front pâlissant Dieu met le repentir :
Je voi la Verité dans ton cœur descenduë ,
Je retrouve ma fille après l'avoir perduë,
Et je reprends ma gloire & ma félicité,
En dérobant mon sang à l'infidelité.

N E R E S T A N.

Je revoi donc ma sœur ? ... Et son ame ...

Z A Y R E.

       Ah , mon pere !
Cher auteur de mes jours : Parlez, que dois-je faire ?

L U S I G N A N.

M'ôter par un seul mot ma honte & mes ennuis,
Dire , je suis Chrétienne.

Z A Y R E.

     Oui.... Seigneur .... Je la suis.

L U S I G N A N.

Dieu , reçois son aveu du sein de ton Empire.
          SCENE

SCENE IV.

ZAYRE, LUSIGNAN, CHATILLON,
NERESTAN, CORASMIN.

CORASMIN.

MADAME, le Soudan m'ordonne de vous dire,
Qu'à l'inftant de ces lieux il faut vous retirer,
Et de ces vils Chrétiens furtout vous féparer.
Vous, François, fuivez-moi, de vous je dois ré-
pondre..

CHATILLON.

Où fommes-nous, grand Dieu ! Quel coup vient
nous confondre !

LUSIGNAN.

Notre courage, amis, doit ici s'animer.

ZAYRE.

Hélas, Seigneur !

LUSIGNAN.

O vous que je n'ofe nommer,
Jurez-moi de garder un fecret fi funefte.

ZAYRE.

Je vous le jure.

LUSIGNAN.

Allez, le Ciel fera le refte.

Fin du fecond Acte.

C 5   ACTE

ACTE III.

SCENE I.

OROSMANE, CORASMIN.

OROSMANE.

 OUS étiez, Corasmin, trompé par vos
      allarmes ;
    Non, Louis, contre moi ne tourne
      point ses armes,
Les François font laffés de chercher déformais
Des Climats que pour eux le Deftin n'a point faits ;
Ils n'abandonnent-point leur fertile Patrie,
Pour languir aux Deferts de l'aride Arabie,
Et venir arrofer de leur fang odieux,
Ces palmes que pour nous Dieu fait croître en
    ces lieux.
Ils couvrent de Vaiffeaux la Mer de la Syrie,
Louis, des bords de Chypre épouvante l'Afie ;
Mais j'apprens que ce Roi s'éloigne de nos Ports,
De la féconde Egypte il menace les bords ;
J'en reçois à l'inftant la premiere nouvelle,

Contre

Contre les Mamelus son courage l'appelle,
Il cherche Meledin, mon secret ennemi,
Sur leurs divisions mon Trône est affermi.
Je ne crains plus enfin l'Egypte, ni la France,
Nos communs ennemis cimentent ma puissance,
Et prodigues d'un sang qu'ils devroient ménager,
Prennent, en s'immolant, le soin de me venger.
Relâche ces Chrétiens, ami, je les délivre,
Je veux plaire à leur Maître, & leur permets de
    vivre :
Je veux que sur la Mer on les mene à leur Roi,
Que Louis me connoisse, & respecte ma foi.
Menes-lui Lusignan, dis-lui que je lui donne
Celui que la naissance allie à sa Couronne,
Celui que par deux fois mon Pere avoit vaincu,
Et qu'il tint enchaîné tandis qu'il a vécu.

CORASMIN.

Son nom cher aux Chrétiens . . . .

OROSMANE.

        Son nom n'est point à craindre.

CORASMIN.

Mais, Seigneur, si Louïs. . . .

OROSMANE.

       Il n'est plus tems de feindre,
Zayre l'a voulu, c'est assez, & mon cœur

En donnant Lufignan le donne à mon vainqueur.
Louïs eſt peu pour moi, je fais tout pour Zayre,
Nul autre ſur mon cœur n'auroit pris cet empire :
Je viens de l'affliger, c'eſt à moi d'adoucir
Le déplaiſir mortel qu'elle a dû reſſentir,
Quand ſur les faux avis des deſſeins de la France
J'ai fait à ces Chrétiens un peu de violence.
Que dis-je ? Ces momens perdus dans mon Conſeil,
Ont de ce grand hymen ſuſpendu l'appareil :
D'une heure encor, ami, mon bonheur ſe diffère ;
Mais j'emploirai du moins ce tems à lui complaire ;
Zayre ici demande un ſecret entretien
Avec ce Néreſtan, ce généreux Chrétien. . .

C O R A S M I N.

Et vous avez, Seigneur, encor cette indulgence ?

O R O S M A N E.

Il ont été tous deux Eſclaves dans l'enfance,
Ils ont porté mes fers, ils ne ſe verront plus,
Zayre enfin de moi n'aura point un refus.
Je ne m'en défends point, je foule aux pieds pour
    elle
Des rigueurs du Sérail la contrainte cruelle,
J'ai mépriſé ces loix dont l'âpre auſtérité
Fait d'une vertu triſte une néceſſité.
Je ne ſuis point formé du ſang Aſiatique,
Né parmi les Rochers au ſein de la Taurique,
Des Scythes mes ayeux je garde la fierté,

Leurs

Leurs mœurs, leurs passions, leur générosité :
Je consens qu'en partant Nérestan la revoye,
Je veux que tous les cœurs soient heureux de ma
  joye.
Après ce peu d'instans volez à mon amour,
Tous ses momens, ami, sont à moi sans retour.
Va, ce Chrétien attend & tu peux l'introduire,
Presse son entretien, obéïs à Zayre.

SCENE II.

CORASMIN, NERESTAN.

CORASMIN.

EN ces lieux, un moment tu peux encor rester,
Zayre à tes regards viendra se présenter.

SCENE III.

NERESTAN *seul.*

EN quel état, ô Ciel ! en quels lieux je la lais-
  se !
O ma Religion ! ô mon Pere ! ô tendresse !
Mais je la vois.

                                              SCENE

=======================

S C E N E I V.

Z A Y R E, N E R E S T A N.

Ma sœur , je puis donc vous parler ?
Ah ! dans quel tems le Ciel nous voulut raffembler ;
Vous ne reverrez plus un trop malheureux Pere.

Z A Y R E.

Dieu , Lufignan !

N E R E S T A N.

    Il touche à fon heure derniere.
Sa joye en nous voyant , par de trop grands efforts
De fes fens affoiblis a rompu les refforts ;
Et cette émotion dont fon ame eft remplie ,
A bien-tôt épuifé les fources de fa vie.
Mais pour comble d'horreurs à ces derniers mo-
  mens,
Il doute de fa fille & de fes fentimens ;
Il meurt dans l'amertume , & fon ame incertaine
Demande en foupirant fi vous êtes Chrétienne.

Z A Y R E.

Quoi , je fuis votre fœur , & vous pouvez penfer
Qu'à mon fang , à ma Loi , j'aille ici renoncer ?

N E R E S T A N,

NERESTAN.

Ah, ma sœur ! cette Loi n'est pas la vôtre encore,
Le jour qui vous éclaire est pour vous à l'Aurore,
Vous n'avez point reçu ce gage précieux,
Qui nous lave du crime & nous ouvre les Cieux.
Jurez par nos malheurs, & par votre famille,
Par ces Martyrs sacrés de qui vous êtes fille,
Que vous voulez ici recevoir aujourd'hui
Le sceau du Dieu vivant qui nous attache à lui.

ZAYRE.

Oui, je jure en vos mains par ce Dieu que j'adore,
Par sa Loi que je cherche, & que mon cœur ignore,
De vivre desormais sous cette sainte Loi....
Mais, mon cher frere..... Hélas ! que veut-elle de
    moi ?
Que faut-il.....

NERESTAN.

        Détester l'Empire de vos Maîtres,
Servir, aimer ce Dieu qu'ont aimé nos Ancêtres :
Qui naquit, qui souffrit, qui mourut en ces lieux :
Qui nous a rassemblez, qui m'amene à vos yeux.
Est-ce à moi d'en parler ? Moins instruit que fidéle,
Je ne suis qu'un soldat, & je n'ai que du zéle :
Un Pontife Sacré viendra jusqu'en ces lieux
Vous aporter la vie, & déciller vos yeux.
Songez à vos sermens, & que l'eau du Batême,

Ne

Ne vous aporte point la mort & l'anathême.
Obtenez qu'avec lui je puiſſe revenir ;
Mais à quel titre, ô Ciel ! faut-il donc l'obtenir !
A qui le demander dans ce Sérail profane ? ....
Vous, le Sang de vingt Rois, Eſclave d'Oroſmane,
Parente de Louïs, fille de Luſignan,
Vous Chrétienne, & ma ſœur Eſclave d'un Soudan?
Vous m'entendez. .... je n'oſe en dire davantage:
Dieu ! nous réſerviez-vous à ce dernier outrage ?

Z A Y R E.

Ah, cruel ! pourſuivez, vous ne connoiſſez pas
Mon ſecret, mes tourmens, mes vœux, mes attentats,
Mon frere, ayez pitié d'une ſœur égarée,
Qui brûle, qui gémit, qui meurt déſeſperée :
Je ſuis Chrétienne, hélas ! .. j'attends avec ardeur
Cette Eau ſainte, cette Eau qui peut guérir mon
    cœur.
Non, je ne ſerai point indigne de mon frere,
De mes ayeux, de moi, de mon malheureux pere.
Mais parlez à Zayre, & ne lui cachez rien,
Dites... quelle eſt la Loi de l'Empire Chrétien? ..
Quel eſt le châtiment pour une infortunée,
Qui loin de ſes parens aux fers abandonnée,
Trouvant chez un Barbare un généreux appui,
Auroit touché ſon ame, & s'uniroit à lui?

N E R E S T A N.

O Ciel ! que dites-vous ? Ah ! la mort la plus
    prompte   Devroit.

Devroit....

ZAYRE.

C'en eft affez, frappe, & préviens ta honte.

NERESTAN.

Qui vous, ma fœur ?

ZAYRE.

C'eft moi que je viens d'accufer.
Orofmane m'adore... & j'allois l'époufer.

NERESTAN.

L'époufer ! eft-il vrai, ma fœur ? Eft-ce vous même ?
Vous la fille des Rois ?

ZAYRE.

Frappe, dis-je, je l'aime.

NERESTAN.

Opprobre malheureux du Sang dont vous fortez,
Vous demandez la mort & vous la métitez ;
Et fi je n'écoutois que ta honte & ma gloire,
L'honneur de ma Maifon, mon pere, fa mémoire ;
Si la Loi de ton Dieu que tu ne connois pas ;
Si ma Religion ne retenoit mon bras,
J'irois dans ce Palais, j'irois au moment même,
Immoler de ce fer un Barbare qui t'aime,
De fon indigne flanc le plonger dans le tien,
Et ne l'en retirer que pour percer le mien.

Ciel !

Ciel ! tandis que Loüis, l'exemple de la Terre,
Au Nil épouvanté ne va porter la guerre,
Que pour venir bien-tôt, frappant des coups plus
    sûrs,
Délivrer ton Dieu même, & lui rendre ces murs :
Zayre, cependant, ma sœur, son alliée,
Au Tyran d'un Sérail par l'hymen est liée ?
Et je vais donc apprendre à Lusignan trahi,
Qu'un Tartare est le Dieu que sa fille a choisi ?
En ce moment affreux, hélas ! ton pere expire,
En demandant à Dieu le salut de Zayre.

ZAYRE.

Arrête, mon cher frere.... arrête, connois-moi,
Peut-être que Zayre est digne encore de toi ;
Mon frere, épargne-moi cet horrible langage,
Ton couroux, ton reproche, est un plus grand
    outrage,
Plus sensible pour moi, plus dur que ce trépas,
Que je te demandois & que je n'obtiens pas.
L'état où tu me vois accable ton courage,
Tu souffres, je le voi, je souffre davantage,
Je voudrois que du Ciel le barbare secours,
De mon sang, dans mon cœur, eût arrêté le cours ;
Le jour qu'empoisonné d'une flâme profane,
Ce pur sang des Chrétiens brûla pour Orosmane,
Le jour que de ta sœur Orosmane charmé...
Pardonnez-moi, Chrétiens ; qui ne l'auroit aimé ?
Il faisoit tout pour moi, son cœur m'avoit choisie,
Je voyois sa fierté pour moi seule adoucie.

C'est

C'est lui qui des Chrétiens a ranimé l'espoir :
C'est à lui que je dois le bonheur de te voir :
Pardonne, ton couroux, mon pere, ma tendreffe,
Mes fermens, mon devoir, mes remords, ma foibleffe,
Me fervent de fupplice, & ta fœur en ce jour
Meurt de fon repentir plus que de fon amour.

NERESTAN.

Je te blâme & te plains ; crois-moi, la Providence
Ne te laiffera point périr fans innocence :
Je te pardonne, hélas ! ces combats odieux,
Dieu ne t'a point prêté fon bras victorieux,
Ces bras qui rend la force aux plus foibles courages,
Soutiendra ce rofeau plié par les orages.
Il ne fouffrira pas qu'à fon culte engagé,
Entre un Barbare & lui ton cœur foit partagé.
Le Batême éteindra ces feux dont il foupire,
Et tu vivras fidelle, ou périras Martyre.
Acheve donc ici ton ferment commencé,
Acheve & dans l'horreur dont ton cœur eft preffé,
Promets au Roi Louis, à l'Europe, à ton Pere,
Au Dieu qui déja parle à ce cœur fi fincere,
De ne point accomplir cet hymen odieux,
Avant que le Pontife ait éclairé tes yeux,
Avant qu'en ma préfence il te faffe Chrétienne,
Et que Dieu par fes mains t'adopte & te foûtienne.
Le promets-tu, Zayre ? ...

ZAYRE.

Oui, je te le promets :
Rends-

Rends-moi Chrétienne & libre, à tout je me foumets.
Va, d'un pere expirant, va fermer la paupiere,
Va, je voudrois te fuivre, & mourir la premiere.

N E R E S T A N.

Je pars, adieu, ma fœur, adieu, puifque mes vœux
Ne peuvent t'arracher à ce Palais honteux,
Je reviendrai bien-tôt, par un heureux Batême,
T'arracher aux Enfers, & te tendre à toi-même.

S C E N E V.

Z A Y R E feule.

ME voilà feule, ô Dieu! que vais-je devenir?
Dieu, commande à mon cœur de ne te point trahir.
Hélas! fuis-je en effet, ou Françoife ou Sultane?
Fille de Lufignan, ou femme d'Orofmane?
Suis-je amante, ou Chrétienne? O fermens que j'ai
    faits!
Mon pere, mon pays, vous ferez fatisfaits.
Fatime ne vient point, quoi! dans ce trouble
    extrême
L'Univers m'abandonne! on me laiffe à moi-même!
Mon cœur peut-il porter feul, & privé d'appui,
Le fardeau des devoirs qu'on m'impofe aujourd'hui?
A ta Loi, Dieu puiffant, oüi, mon ame eft rendue;
Mais fais que mon Amant s'éloigne de ma vûë.

Cher

Cher Amant ! ce matin l'aurois-je pu prévoir,
Que je dusse aujourd'hui redouter de te voir ?
Moi, qui de tant de feux justement possedée,
N'avois d'autre bonheur, d'autre soin, d'autre idée,
Que de t'entretenir, écouter ton amour,
Te voir, te souhaiter, attendre ton retour ?
Hélas! & je t'adore, & t'aimer est un crime !

SCENE VI.

ZAYRE, OROSMANE.

OROSMANE.

PAROISSEZ, tout est prêt; le beau feu qui
    m'anime.
Ne souffre plus, Madame, aucun retardement,
Les flambeaux de l'hymen brillent pour votre
    Amant ;
Les parfums de l'encens remplissent la Mosquée;
Du Dieu de Mahomet la puissance invoquée,
Confirme mes sermens, & préside à mes feux;
Mon peuple prosterné pour vous offre ses vœux.
Tout tombe à vos genoux, vos superbes Rivales,
Qui disputoient mon cœur, & marchoient vos
    égales,
Heureuses de vous suivre & de vous obéïr,
Devant vos volontés vont apprendre à fléchir.
Le Trône, les festins, & la cérémonie,

                Tout

Tout est prêt, commencez le bonheur de ma vie.

Z A Y R E.

Où suis-je, malheureuse ! ô tendtesse ! ô douleur !

O R O S M A N E.

Venez.

Z A Y R E.

Où me cacher ?

O R O S M A N E.

Que dites-vous ?

Z A Y R E.

Seigneur.

O R O S M A N E.

Donnez-moi votre main, daignez, belle Zayre....

Z A Y R E.

Dieu de mon pere ! hélas ! que pourrai-je lui dire !

O R O S M A N E.

Que j'aime à triompher de ce tendre embarras !
Qu'il redouble ma flâme, & mon bonheur !...

Z A Y R E.

Hélas !

O R O S M A N E.

Ce trouble à mes desirs vous rend encor plus chere,

D'une

D'une vertu modeste il est le caractere.
Digne & charmant objet de ma constante foi,
Venez, ne tardez plus.

Z A Y R E.

Fatime, soutiens-moi. . . .
Seigneur.

O R O S M A N E.

O Ciel ! eh quoi !

Z A Y R E.

Seigneur, cet hymenée
Etoit un bien suprême à mon ame étonnée :
Je n'ai point recherché le Trône & la grandeur.
Qu'un sentiment plus juste occupoit tout mon cœur!
Hélas ! j'aurois voulu qu'à vos vertus unie,
Et méprisant pour vous les Trônes de l'Asie,
Seule, & dans un Desert auprès de mon époux,
J'eusse pu sous mes pièds les fouler avec vous.
Mais... Seigneur... ces Chrétiens...

O R O S M A N E.

Ces Chrétiens.. . . Quoi ! Madame,
Qu'auroient donc de commun cette Secte & ma
flâme ?

Z A Y R E.

Lusignan, ce Vieillard accablé de douleurs,
Termine en ses momens sa vie & ses malheurs.

OROSMANE,

OROSMANE.

Eh bien! quel intérêt si pressant & si tendre,
A ce Vieillard Chrétien votre cœur peut-il prendre?
Vous n'êtes point Chrétienne, élevée en ces lieux,
Vous suivez dès long-tems la foi de mes ayeux :
Un Vieillard qui succombe au poids de ses années,
Peut-il troubler ici vos belles destinées ?
Cette aimable pitié qu'il s'attire de vous ,
Doit se perdre avec moi dans des momens si doux.

ZAYRE.

Seigneur, si vous m'aimez, si je vous étois chere.

OROSMANE.

Si vous l'êtes, ah Dieu !

ZAYRE.

Souffrez que l'on differe....
Permettez que ces nœuds par vos mains assemblés.

OROSMANE.

Que dites-vous ? ô Ciel ! est-ce vous qui parlez,
Zayre ?

ZAYRE.

Je ne puis soûtenir sa colere.

OROSMANE.

Zayre !

ZAYRE.

Il m'est affreux, Seigneur , de vous déplaire,
Excusez ma douleur.... non , j'oublie à la fois,

Et

Et tout ce que je suis, & tout ce que je dois ;
Je ne puis soûtenir cet aspect qui me tue,
Je ne puis . . . . ah ! souffrez que loin de votre vûe,
Seigneur, j'aille cacher mes larmes, mes ennuis,
Mes vœux, mon désespoir, & l'horreur où je suis.

Elle sort.

SCENE IV.

OROSMANE, CORASMIN.

OROSMANE.

JE demeure immobile, & ma langue glacée
Se refuse aux transports de mon ame offensée,
Est-ce à moi que l'on parle ? ai-je bien entendu ?
Est-ce moi qu'elle fuit ? ô Ciel ! & qu'ai-je vu ?
Corasmin, quel est donc ce changement extrême ?
Je la laisse échapper ! je m'ignore moi-même.

CORASMIN.

Vous seul causez son trouble, & vous vous en plai-
    gnez,
Vous accusez, Seigneur, un cœur où vous régnez.

OROSMANE.

Mais pourquoi donc ces pleurs, cette horreur,
    cette fuite,

Tome III. D Cette

Cette douleur si sombre en ses regards écrite ?

Si c'étoit ce François . . . . quel soupçon ! quelle
    horreur !

Quelle lumiere affreuse a passé dans mon cœur !

Hélas ! je repoussois ma juste défiance :

Un Barbare, un Esclave, auroit cette insolence ?

Cher ami, je verrois un cœur comme le mien,

Réduit à redouter un Esclave Chrétien ?

Mais parles, tu pouvois observer son visage,

Tu pouvois de ses yeux entendre le langage :

Ne me déguise rien, mes feux sont-ils trahis ?

Apprens-moi mon malheur . . . . tu trembles . . . .
    tu frémis . . .

Ç'en est assez.

CORASMIN.

    Je crains d'irriter vos allarmes

Il est vrai que ces yeux ont versé quelques larmes ;

Mais, Seigneur, après tout, je n'ai rien observé

Qui doive . . .

OROSMANE.

    A cet affront, je serois réservé ? .

Non, si Zayre, ami, m'avoit fait cette offense,

Elle eût avec plus d'art trompé ma confiance :

Le déplaisir secret de son cœur agité,

Si ce cœur est perfide, auroit-il éclaté ?

Ecoute, garde-toi de soupçonner Zayre.

Mais, dis-tu, ce François gémit, pleure, soupire :

Que m'importe après tout le sujet de ses pleurs ?

Qui

Qui fçait fi l'amour même entre dans fes douleurs ?
Et qu'ai-je à redouter d'une Efclave infidelle,
Qui demain pour jamais fe va féparer d'elle ?

CORASMIN.

N'avez-vous pas, Seigneur, permis, malgré nos loix,
Qu'il joüît de fa vûe une feconde fois ?
Qu'il revînt en ces lieux ?

OROSMANE.

       Qu'il revînt ? lui ce Traître,
Qu'aux yeux de ma Maîtreffe il ofât reparoître ?
Oui, je lui rendrois ; mais mourant , mais puni ,
Mais verfant à fes yeux le fang qui m'a trahi :
Déchiré devant elle , & ma main dégoutante,
Confondroit dans fon fang le fang de fon Amante ...
Excufe les transports de ce cœur offenfé ;
Il eft né violent , il aime , il eft bleffé.
Je connois mes fureurs , & je crains ma foibleffe ,
A des troubles honteux je fens que je m'abaiffe.
Non , c'eft trop fur Zayre arrêter un foupçon ,
Non fon cœur n'eft point fait pour une trahifon :
Mais ne crois pas non-plus que le mien s'aviliffe ,
A fouffrir des rigueurs , à gémir d'un caprice ;
A me plaindre , à reprendre , à redonner ma foi,
Les éclairciffemens font indignes de moi.
Il vaut mieux fur mes fens reprendre un jufte empire,
Il vaut mieux oublier jufqu'au nom de Zayre.
Allons que le Sérail foit fermé pour jamais ,
Que la terreur habite aux portes du Palais ,

Que

Que tout ressente ici le frein de l'esclavage,
Des Rois de l'Orient suivons l'antique usage.
On peut pour son Esclave, oubliant sa fierté;
Laisser tomber sur elle un regard de bonté;
Mais il est trop honteux d'avoir une foiblesse;
Aux mœurs de l'Occident laissons cette bassesse,
Ce Sexe dangereux qui veut tout asservir,
S'il régne dans l'Europe, ici doit obéïr.

Fin du troisiéme Acte.

ACTE

ACTE IV.

SCENE I.

ZAYRE, FATIME.

FATIME.

UE je vous plains, Madame, & que
je vous admire !
C'est le Dieu des Chrétiens, c'est Dieu
qui vous inspire.
Il donnera la force à vos bras languissans
De briser des liens si chers & si puissans.

ZAYRE.

Eh ! pourrai-je achever ce fatal sacrifice ?

FATIME.

Vous demandez sa grace, il vous doit sa justice :
De votre cœur docile il doit prendre le soin.

ZAYRE.

Jamais de son appui je n'eus tant de besoin.

FATIME.

F A T I M E.

Si vous ne voyez plus votre auguste famille,
Le Dieu que vous servez vous adopte pour fille:
Vous êtes dans ses bras, il parle à votre cœur;
Et quand ce Saint Pontife, organe du Seigneur,
Ne pourroit aborder dans ce Palais profane....

Z A Y R E.

Ah! j'ai porté la mort dans le sein d'Orosmane.
J'ai pu désesperer le cœur de mon Amant!
Quel outrage, Fatime, & quel affreux moment!
Mon Dieu, vous l'ordonnez, j'eusse été trop heureuse.

F A T I M E.

Quoi! vous regretteriez cette chaîne honteuse?
Hazarder la victoire, ayant tant combattu?

Z A Y R E.

Victoire infortunée! inhumaine vertu!
Non, tu ne connois pas ce que je sacrifie.
Cet amour si puissant, ce charme de ma vie,
Dont j'esperois, hélas! tant de félicité,
Dans toute son ardeur n'avoit point éclaté.
Fatime, j'offre à Dieu mes blessures cruelles:
Je mouille devant lui de larmes criminelles
Ces lieux, où tu m'as dit qu'il choisit son séjour;
Je lui crie en pleurant, ôte-moi mon amour,
Arrache-moi mes vœux, remplis-moi de toi-même:
Mais,

ais, Fatime, à l'inftant les traits de ce que j'aime,
es traits chers & charmans que toujours je revoi,
e montrent dans mon ame entre le Ciel & moi.
h bien, Race des Rois, dont le Ciel me fit naître,
ere, Mere, Chrétiens, vous, mon Dieu, vous,
     mon Maître,
Vous qui de mon Amant me privez aujourd'hui,
Terminez donc mes jours qui ne font plus pour lui.
Que j'expire innocente, & qu'une main fi chere,
De ces yeux qu'il aimoit ferme au moins la paupiere.
Ah ! que fait Orofmane ? Il ne s'informe pas
Si j'attends loin de lui la vie ou le trépas :
Il me fuit, il me laiffe, & je n'y peux furvivre.

FATIME.

Quoi vous ! Fille des Rois, que vous prétendez
    fuivre,
Vous dans les bras d'un Dieu, votre éternel appui ?....

ZAYRE.

Eh ! pourquoi mon Amant n'eft-il pas né pour lui ?
Orofmane eft-il fait pour être fa victime ?
Dieu pourroit-il haïr un cœur fi magnanime ?
Généreux, bienfaifant, jufte, plein de vertus ;
S'il étoit né Chrétien, que feroit-il de-plus ?
Et plût à Dieu du moins que ce faint Interprête,
Ce Miniftre facré que mon ame fouhaite,
Du trouble où tu me vois vînt bien-tôt me tirer!
Je ne fçai ; mais enfin, j'ofe encore efpérer

                        Que

Que ce Dieu, dont cent fois on m'a peint la clé-
　　　mence,
Ne réprouveroit point une telle alliance :
Peut-être de Zayre en secret adoré,
Il pardonne aux combats de ce cœur déchiré :
Peut-être en me laissant au Trône de Syrie,
Il soûtiendroit par moi les Chrétiens de l'Asie.
Fatime, tu le sçais, ce puissant Saladin,
Qui ravit à mon Sang l'Empire du Jourdain ;
Qui fit comme Orosmane admirer sa clémence,
Au sein d'une Chrétienne il avoit pris naissance.

Z A Y R E

Ah ! Ne voyez-vous pas que pour vous consoler. ....

Z A Y R E.

Laisse-moi, je vois tout, je meurs sans m'aveugler :
Je vois que mon Pays, mon Sang, tout me con-
　　　damne :
Que je suis Lusignan, que j'adore Orosmane ;
Que mes vœux, que mes jours à ses jours sont liés.
Je voudrois quelquefois me jetter à ses pieds ;
De tout ce que je suis faire un aveu sincere.

F A T I M E.

Songez que cet aveu peut perdre votre frere,
Expose les Chrétiens qui n'ont que vous d'appui,
Et va trahir le Dieu qui vous rappelle à lui.

Z A Y R E.

Z A Y R E.

Ah ! si tu connoissois le grand cœur d'Orosmane !

F A T I M E.

Il est le protecteur de la Loi Musulmane,
Et plus il vous adore, & moins il peut souffrir
Qu'on vous ose annoncer un Dieu qu'il doit haïr.
Le Pontife à vos yeux en secret va se rendre,
Et vous avez promis.

Z A Y R E.

Eh bien il faut l'attendre.
J'ai promis, j'ai juré de garder ce secret :
Hélas ! qu'à mon Amant je le tais à regret !
Et pour comble d'horreur je ne suis plus aimée.

S C E N E I I.

OROSMAME ZAYRE.

O R O S M A N E.

MADAME, il fut un tems où mon ame char-
mée,
Ecoutant sans rougir des sentimens trop chers,
Se fit une vertu de languir dans vos fers.
Je croyois être aimé, Madame, & votre Maître
Soupirant à vos pieds, devoit s'attendre à l'être :

D 5   Vous

Vous ne m'entendrez point, Amant foible & jaloux,
En reproches honteux éclater contre vous ;
Cruellement bleſſé ; mais trop fier pour me plaindre,
Trop généreux , trop grand pour m'abaiſſer à
    feindre ,
Je viens vous déclarer que le plus froid mépris
De vos caprices vains ſera le digne prix.
Ne vous préparez point à tromper ma tendreſſe,
A chercher des raiſons , dont la flateuſe adreſſe
A mes yeux ébloüis colorant vos refus ,
Vous ramene un Amant qui ne vous connoît plus,
Et qui craignant ſurtout qu'à roügir on l'expoſe,
D'un refus outrageant veut ignorer la cauſe.
Madame , ç'en eſt fait , un autre va monter
Au rang que mon amour vous daignoit préſenter,
Une autre aura des yeux , & va du moins connoître
De quel prix mon amour, & ma main devoient être.
Il pourra m'en coûter , mais mon cœur s'y réſout,
Apprenez qu'Oroſmane eſt capable de tout :
Que j'aime mieux vous perdre, & loin de votre vûë
Mourir déſeſperé de vous avoir perduë ,
Que de vous poſſeder , s'il faut qu'à vôtre foi
Il en coûte un ſoupir qui ne ſoit pas pour moi.
Allez , mes yeux jamais ne reverront vos charmes.

Z A Y R E.

Tu m'as donc tout ravi, Dieu, témoin de mes larmes !
Tu veux commander ſeul à mes ſens éperdus.
Eh bien, puiſqu'il eſt vrai que vous ne m'aimez plus,
Seigneur….

                O R O S M A N E.

OROSMANE.

Il est trop vrai que l'honneur me l'ordonne,
Que je vous adorai, que je vous abandonne,
Que je renonce à vous, que vous le desirez,
Que sous une autre loi.... Zayre, vous pleurez ?

ZAYRE.

Ah, Seigneur! ah ! du moins gardez de jamais croire,
Que du rang d'un Soudan je regrette la gloire :
Je sçai qu'il faut vous perdre, & mon sort l'a voulu :
Mais, Seigneur, mais mon cœur ne vous est pas
    connu.
Me punisse à jamais ce Ciel qui me condamne,
Si je regrette rien que le cœur d'Orosmane.

OROSMANE.

Zayre, vous m'aimez ?

ZAYRE.

Dieu, si je l'aime, hélas !

OROSMANE.

Quel caprice odieux que je ne conçois pas !
Vous m'aimez ? Eh, pourquoi vous forcez-vous,
    cruelle,
A déchirer le cœur d'un Amant si fidelle ?
Je me connoissois mal ; oui dans mon désespoir
J'avois cru sur moi-même avoir plus de pouvoir.

Va, mon cœur est bien loin d'un pouvoir si funeste,
Zayre, que jamais la vengeance céleste
Me donne à ton Amant enchaîné sous ta loi,
La force d'oublier l'amour qu'il a pour toi.
Qui, moi ? Que sur mon Trône un autre fût placée !
Non, je n'en eus jamais la fatale pensée :
Pardonne à mon couroux, à mes sens interdits,
Ces dédains affectez & si bien démentis,
C'est le seul déplaisir que jamais dans ta vie,
Le Ciel aura voulu que ta tendresse essuye.
Je t'aimerai toujours... mais d'où vient que ton
    cœur
En partageant mes feux différoit mon bonheur ?
Parle. Etoit-ce un caprice ? Est-ce crainte d'un
    Maître,
D'un Soudan, qui pour toi veut renoncer à l'être ?
Seroit-ce un artifice ? Epargne-toi ce soin,
L'art n'est pas fait pour toi, tu n'en as pas besoin :
Qu'il ne souille jamais le saint nœud qui nous lie,
L'art le plus innocent tient de la perfidie.
Je n'en connus jamais, & mes sens déchirés,
Pleins d'un amour si vrai...

Z A Y R E.

                    Vous me desespérez,
Vous m'êtes cher, sans doute, & ma tendresse ex-
    trême
Est le comble des maux pour ce cœur qui vous
    aime.
                        O ROSMANE.

OROSMANE.

O Ciel expliquez-vous. Quoi ? toujours me troubler ?
Se peut-il ? ...

ZAYRE.

Dieu puiſſant, que ne puis-je parler ?

OROSMANE.

Quel étrange ſecret me cachez vous, Zayre ?
Eſt-il quelque Chrétien qui contre moi conſpire ?
Me trahit-on ? parlez.

ZAYRE.

Eh ! peut-on vous trahir ?
Seigneur, entr'eux & vous vous me verriez courir :
On ne vous trahit point, pour vous rien n'eſt à
  craindre,
Mon malheur eſt pour moi, je ſuis la ſeule à plain-
  dre.

OROSMANE.

Vous, à plaindre, grand Dieu !

ZAYRE.

Souffrez qu'à vos genoux
Je demande en tremblant une grace de vous.

OROSMANE.

Une grace ! ordonnez, & demandez ma vie.

ZAYRE.

ZAYRE.

Plût au Ciel qu'à vos jours la mienne fut unie !
Orosmane.... Seigneur..... permettez qu'aujour-
d'hui,
Seule, loin de vous-même, & toute à mon ennui,
D'un œil plus recueilli contemplant ma fortune,
Je cache à votre oreille une plainte importune...
Demain tous mes secrets vous serons révélés.

OROSMANE.

De quelle inquiétude, ô Ciel, vous m'accablez !
Pouvez-vous ?...

ZAYRE.

Si pour moi l'amour vous parle encore,
Ne me refusez pas la grace que j'implore.

OROSMANE.

Et bien, il faut vouloir tout ce que vous voulez,
J'y consens, il en coûte à mes sens désolés :
Allez, souvenez-vous que je vous sacrifie
Les momens les plus beaux, les plus chers de ma vie.

ZAYRE.

En me parlant ainsi, vous me percez le cœur.

OROSMANE.

Eh bien, vous me quittez, Zayre ?

ZAYRE.

Hélas, Seigneur !

SCENE

SCENE III.

OROSMANE, CORASMIN.

OROSMANE.

AH! c'est trop-tôt chercher ce solitaire azyle,
C'est trop-tôt abuser de ma bonté facile,
Et plus j'y pense, ami, moins je puis concevoir
Le sujet si caché de tant de désespoir.
Quoi donc, par ma tendresse élevée à l'Empire,
Dans le sein du bonheur que son ame désire,
Près d'un Amant qu'elle aime, & qui brûle à ses
    pieds,
Ses yeux remplis d'amour, de larmes sont noyés! ...
Je suis bien indigné de voir tant de caprices.
Mais moi-même après tout eus-je moins d'injusti-
    ces?
Ai-je été moins coupable à ses yeux offensés?
Est-ce à moi de me plainde? on m'aime, c'est assez.
Il me faut expier par un peu d'indulgence,
De mes transports jaloux l'injurieuse offense:
Je me rends, je le vois, son cœur est sans détours,
Là Nature naïve anime ses discours.
Elle est dans l'âge heureux où régne l'innocence,
A sa sincérité je dois ma confiance:
Elle m'aime sans doute, oui, j'ai lû devant toi
Dans ses yeux attendris, l'amour qu'elle a pour moi,

Et

Et son ame éprouvant cette ardeur qui me touche,
Vingt fois pour me le dire a volé sur sa bouche.
Qui peut avoir un cœur assez traître, assez bas,
Pour montrer tant d'amour, & ne le sentir pas ?

S C E N E   I V.

O R O S M A N E, C O R A S M I N.
́M E L E D O R.

Cette Lettre, Seigneur, à Zayre adressée,
Par vos Gardes saisie, & dans vos mains laissée...

O R O S M A N E.

Donne... qui la portoit ? ... Donne.

M E L E D O R.

           Un de ces Chrétiens
Dont vos bontés, Seigneur, ont brisé les liens :
Au Sérail, en secret, il alloit s'introduire,
On l'a mis dans les fers.

O R O S M A N E

           Hélas ! que vais-je lire ?
Laisse-nous.... je frémis.

                           SCENE

SCENE V.

OROSMANE, CORASMIN.

CORASMIN.

CETTE Lettre, Seigneur,
Pourra vous éclaircir, & calmer votre cœur.

OROSMANE.

Ah ! lifons, ma main tremble, & mon ame étonnée
Prévoit que ce Billet contient ma deftinée.
Lifons... » Chere Zayre, il eft tems de nous voir,
» Il eft vers la Mofquée une fecrette iffue,
» Où vous pouvez fans bruit, & fans être apperçue,
» Tromper vos furveillans, & remplir notre efpoir:
» Il faut vous hazarder, vous connoiffez mon zéle ;
» Je vous attends, je meurs, fi vous n'êtes fidéle.
Eh bien, cher Corafmin, que dis-tu ?

CORASMIN.

Moi, Seigneur ?
Je fuis épouvanté de ce comble d'horreur.

OROSMANE.

Tu vois comme on me traite.

CORASMIN.

O trahifon horrible !
Seigneur,

Seigneur, à cet affront vous êtes insensible ?
Vous, dont le cœur tantôt sur un simple soupçon
D'une douleur si vive a reçu le poison ?
Ah ! sans doute l'horreur d'une action si noire
Vous guérit d'un amour qui blessoit votre gloire.

OROSMANE.

Cours chez elle à l'instant, va, vole, Corasmin.
Montre-lui cet écrit.... qu'elle tremble... & soudain
De cent coups de poignard que l'infidelle meure.
Mais avant de fraper.....ah ! cher ami, demeure,
Demeure, il n'est pas tems. Je veux que ce Chrétien
Devant elle amené.... non..... je ne veux plus rien....
Je me meurs... je succombe à l'excès de ma rage.

CORASMIN.

On ne reçut jamais un si sanglant outrage.

OROSMANE.

Le voilà donc connu, ce secret plein d'horreur ?
Ce secret qui pesoit à son infâme cœur !
Sous le voile emprunté d'une crainte ingénue,
Elle veut quelque tems se souftraire à ma vûe.
Je me fais cet effort ; je la laisse sortir ;
Elle part en pleurant.... & c'est pour me trahir.
Quoi, Zayre !

CORASMIN.

Tout sert à redoubler son crime.
Seigneur,

Seigneur, n'en soyez pas l'innocente victime,
Et de vos sentimens rappellant la grandeur. . . .

OROSMANE.

C'est-là ce Néreltan, ce Héros plein d'honneur,
Ce Chrétien si vanté, qui remplissoit Solyme
De ce faste imposant de sa vertu sublime ?
Je l'admirois moi-même, & mon cœur combattu
S'indignoit qu'un Chrétien m'égalât en vertu.
Ah ! qu'il va me payer sa fourbe abominable !
Mais Zayre, Zayre est cent fois plus coupable.
Une Esclave Chrétienne, & que j'ai pu laisser
Dans les plus vils emplois languir sans l'abaisser !
Une Esclave ! Elle sçait ce que j'ai fait pour elle.
Ah malheureux !

CORASMIN.

Seigneur, si vous souffrez mon zéle,
Si parmi les horreurs qui doivent vous troubler,
Vous vouliez . . . .

OROSMANE.

Oui, je veux la voir & lui parler.
Allez, volez, Esclave, & m'amenez Zayre.

CORASMIN.

Hélas ! en cet état que pourrez-vous lui dire ?

OROSMANE.

Je ne sçai, cher ami, mais je prétends la voir.
                                        CORASMIN.

C O R A S M I N.

Ah ! Seigneur, vous allez dans votre défespoir
Vous plaindre, menacer, faire couler fes larmes.
Vos bontés contre vous lui donneront des armes,
Et votre cœur féduit malgré tous vos foupçons,
Pour la juftifier cherchera des raifons.
M'en croirez-vous ? Cachez cette Lettre à fa vûe,
Prenez pour la lui rendre une main inconnue ;
Par-là, malgré la fraude & les déguifemens,
Vos yeux démêleront fes fecrets fentimens,
Et des plis de fon cœur verront tout l'artifice.

O R O S M A N E.

Penfes-tu qu'en effet Zayre me trahiffe ? ...
Allons, quoiqu'il en foit, je vais tenter mon fort,
Et pouffer la vertn jufqu'au dernier effort.
Je veux voir à quel point une femme hardie
Saura de fon côté pouffer la perfidie.

C O R A S M I N.

Seigneur, je crains pour vous ce funefte entretien ;
Un cœur tel que le vôtre...

O R O S M A N E.

　　　　　　Ah ! n'en redoute rien.
A fon exemple hélas ! ce cœur ne fauroit feindre.
Mais j'ai la fermeté de fçavoir me contraindre :
Oui, puifqu'elle m'abaiffe à connoître un rival...
　　　　　　　　　　Tiens,

Tiens, reçois ce billet à tous trois si fatal :
Va, choisis pour le rendre un Esclave fidelle,
Mets en de sûres mains cette Lettre cruelle :
Va, cours... je ferai plus, j'éviterai ses yeux,
Qu'elle n'approche pas.... c'est-elle, justes Cieux !

SCENE VI.

OROSMANE, ZAYRE, CORASMIN.

ZAYRE.

SEIGNEUR, vous m'étonnez, quelle raison soudaine,
Quel ordre si pressant près de vous me ramene ?

OROSMANE.

Eh bien, Madame, il faut que vous m'éclaircissiez :
Cet ordre est important plus que vous ne croyez ;
Je me suis consulté. ... Malheureux l'un par l'autre,
Il faut régler d'un mot & mon sort & le vôtre.
Peut-être qu'en effet ce que j'ai fait pour vous,
Mon orgueil oublié, mon Sceptre à vos genoux,
Mes bienfaits, mon respect, mes soins, ma con-
fiance,
Ont arraché de vous quelque reconnoissance.
Votre cœur par un Maître attaqué chaque jour,
Vaincu par mes bienfaits, crut l'être par l'amour.

Dans

Dans votre ame, avec vous il eſt tems que je liſe,
Il faut que ſes replis s'ouvrent à ma franchiſe.
Jugez-vous : répondez avec la vérité
Que vous devez au moins à ma ſincérité.
Si de quelqu'autre amour l'invincible puiſſance
L'emporte ſur mes ſoins , ou même les balance ,
Il faut me l'avouer , & dans ce même inſtant ,
Ta grace eſt dans mon cœur, prononce, elle t'attend.
Sacrifie à ma foi l'inſolent qui t'adore ,
Songe que je te vois , que je te parle encore ,
Que ma foudre à ta voix pourra ſe détourner ,
Que c'eſt le ſeul moment où je peux pardonner.

Z A Y R E.

Vous , Seigneur ! vous oſez me tenir ce langage ?
Vous , cruel ? .... apprenez , que ce cœur qu'on
     outrage
Et que par tant d'horreurs le Ciel veut éprouver ,
S'il ne vous aimoit pas , eſt né pour vous braver.
Je ne crains rien ici que ma funeſte flâme ;
N'imputez qu'à ce feu qui brûle encor mon ame,
N'imputez qu'à l'amour que je dois oublier ,
La honte où je deſcends de me juſtifier.
J'ignore ſi le Ciel qui m'a toujours trahie ,
A deſtiné pour vous ma malheureuſe vie,
Quoi qu'il puiſſe arriver, je jure par l'honneur
Qui non moins que l'amour eſt gravé dans mon
     cœur,
Je jure que Zayre à ſoi même rendue,

Des

Des Rois les plus puiffans détefteroit la vûe,
Que tout autre, après vous, me feroit odieux.
Voulez-vous plus fçavoir, & me connoître mieux ?
Voulez-vous que ce cœur à l'amertume en proye,
Ce cœur défefpéré devant vous fe déploye ?
Sachez donc qu'en fecret il penfoit malgré lui,
Tout ce que devant vous il déclare aujourd'hui ;
Qu'il foupiroit pour vous avant que vos tendreffes
Vinffent juftifier mes naiffantes foibleffes ;
Qu'il prévint vos bienfaits, qu'il brûloit à vos pieds;
Qu'il vous aimoit enfin lorfque vous m'ignoriez ;
Qu'il n'eut jamais que vous, n'aura que vous pour;
   Maître.
J'en attefte le Ciel, que j'offenfe peut-être ;
Et fi j'ai mérité fon éternel couroux,
Si mon cœur fut coupable, ingrat, c'étoit pour vous.

OROSMANE.

Quoi ? des plus tendres feux fa bouche encor m'af-
   fure !
Quel excès de noirceur ! Zayre !... ah, la parjure,
Quand de fa trahifon j'ai la preuve en ma main !

ZAYRE.

Que dites vous ? Quel trouble agite votre fein ?

OROSMANE.

Je ne fuis point troublé. Vous m'aimez ?

                    ZAYRE.

Z A Y R E.

Votre bouche
Peut-elle me parler avec ce ton farouche ?
D'un feu si tendrement déclaré chaque jour,
Vous me glacez de crainte, en me parlant d'amour.

O R O S M A N E.

Vous m'aimez ?

Z A Y R E.

Vous pouvez douter de ma tendresse ?
Mais encore une fois quelle fureur vous presse ?
Quels regards effrayans vous me lancez ! hélas !
Vous doutez de mon cœur ?

O R O S M A N E.

Non, je n'en doute pas.
Allez, rentrez, Madame.

S C E N E   VII.

O R O S M A N E ,   C O R A S M I N.

O R O S M A N E.

Ami, sa perfidie
Au comble de l'horreur ne s'est pas démentie,
Tranquille dans le crime, & fausse avec douceur,
Elle

Elle a jufques au bout foûtenu fa noirceur.
As-tu trouvé l'Efclave ? as-tu fervi ma rage ?
Connoîtrai-je à la fois fon crime & mon outrage?

CORASMIN.

Oüi, je viens d'obéir; mais vous ne pouvez pas
Soûpirer deformais pour fes traîtres appas:
Vous la verrez fans doute avec indifférence,
Sans que le repentir fuccede à la vengeance,
Sans que l'amour fur vous en repouffe les traits.

OROSMANE.

Corafmin, je l'adore encor plus que jamais.

CORASMIN.

Vous ? ô Ciel ! Vous ?

OROSMANE.

     Je vois un rayon d'efpérance.
Cet odieux Chrétien, l'Eleve de la France,
Eft jeune, impatient, léger, préfomptueux,
Il peut croire aifément fes téméraires vœux:
Son amour indifcret, & plein de confiance,
Aura de fes foupirs hazardé l'infolence:
Un regard de Zayre aura pu l'aveugler,
Sans doute il eft aifé de s'en laiffer troubler:
Il croit qu'il eft aimé; c'eft lui feul qui m'offenfe,
Peut-être ils ne font point tous deux d'intelligence:
Zayre n'a point vu ce Billet criminel,

Tome III.   E   Et

Et j'en croyois trop tôt mon déplaisir mortel.
Corafmin, écoutez. . . . Dès que la nuit plus fombre
Aux crimes des mortels viendra prêter fon ombre,
Si-tôt que ce Chrétien, chargé de mes bienfaits,
Néreftan, paroîtra fous les murs du Palais ;
Ayez foin qu'à l'inftant la Garde le faififfe,
Qu'on prépare pour lui le plus honteux fupplice,
Et que chargé de fers il me foit préfenté.
Laiffez, furtout, laiffez Zayre en liberté.
Tu vois mon cœur, tu vois à quel excès je l'aime,
Ma fureur eft plus grande, & j'en tremble moi-même.
J'ai honte des douleurs où je me fuis plongé,
Mais malheur aux ingrats qui m'auront outragé.

Fin du quatriéme Acte.

ACTE

ACTE V.

SCENE I.

OROSMANE, COROSMIN,

Un Esclave.

OROSMANE à l'Esclave.

N l'a fait avertir, l'ingrate va paroî-
tre.
Songe que dans tes mains est le sort
de ton Maître,
Donne-lui le Billet de ce traître Chrétien,
Rends-moi compte de tout, examine la bien.
Porte-moi sa réponse : on approche . . . . c'est elle.

A Corasmin.

Viens, d'un malheureux Prince, ami tendre & fidelle,
Viens m'aider à cacher ma rage & mes ennuis.

S C E N E II.

Z A Y R E, F A T I M E
L' E S C L A V E.

Z A Y R E.

EH ! qui peut me parler dans l'état où je suis ?
A tant d'horreurs, hélas ! qui pourra me souftraire,
Le Sérail eft fermé ! Dieu ! fi c'étoit mon frere !
Si la main de ce Dieu pour soûtenir ma foi,
Par des chemins cachés le conduifoit vers moi !
Quel Efclave inconnu se préfente à ma vûë ?

L' E S C L A V E.

Cette Lettre en fecret en mes mains parvenuë,
Pourra vous affurer de ma fidélité.

Z A Y R E.

Donne.

Elle lit.

F A T I M E *à part pendant que Zayre lit.*

Dieu tout-puiffant, éclate en ta bonté,
Fais defcendre ta grace en ce féjour profane,
Arrache ma Princeffe au barbare Orofmane.

Z A Y R E *à Fatime.*

Je voudrois te parler.

F A T I M E *à l'Efclave.*

Allez , retirez-vous ;
On vous rappellera, foyez prêt, laiffez nous.

SCENE

SCENE III.

ZAYRE, FATIME.

ZAYRE.

LIs ce Billet, hélas ! dis-moi ce qu'il faut
faire ;
Je voudrois obéïr aux ordres de mon frere.

FATIME.

Dites plûtôt, Madame, aux ordres éternels
D'un Dieu qui vous demande aux pieds de ses Autels.
Ce n'est point Néreftan, c'est Dieu qui vous appelle.

ZAYRE.

Je le sçais, à sa voix je ne suis point rebelle,
J'en ai fait le serment : mais puis-je m'engager,
Moi, les Chrétiens, mon Frere, en un si grand danger ?

FATIME.

Ce n'est point leur danger dont vous êtes troublée,
Votre amour parle seul à votre ame ébranlée,
Je connois votre cœur, il penseroit comme eux,
Il hazarderoit tout s'il n'étoit amoureux.
Ah ! connoissez du moins l'erreur qui vous engage,
Vous tremblez d'offenser l'Amant qui vous outrage.

E 3   Quoi!

Quoi ! ne voyez-vous pas toutes ſes cruautés ,
Et l'ame d'un Tartare à travers ſes bontés ?
Ce Tigre encor farouche au ſein de ſa tendreſſe ,
Même en vous adorant menaçoit ſa Maîtreſſe ...
Et votre cœur encor ne s'en peut détacher ,
Vous ſoupirez pour lui ?

Z A Y R E.

      Qu'ai-je à lui reprocher ?
C'eſt moi qui l'offenſois, moi qu'en cette journée
Il a vu ſouhaiter ce fatal hymenée ;
Le Trône étoit tout prêt ; le Temple étoit paré ,
Mon Amant m'adoroit, & j'ai tout differé.
Moi , qui devois ici trembler ſous ſa puiſſance ,
J'ai de ſes ſentimens bravé la violence ,
J'ai ſoumis ſon amour , il fait ce que je veux ,
Il m'a ſacrifié ſes tranſports amoureux.

F A T I M E.

Ce malheureux amour dont votre ame eſt bleſſée ,
Peut-il en ce moment remplir votre penſée ?

Z A Y R E.

Ah ! Fatime, tout ſert à me déſeſperer :
Je ſçai que du Sérail rien ne peut me tirer :
Je voudrois des Chrétiens voir l'heureuſe Contrée,
Quitter ce lieu funeſte à mon ame égarée ,
Et je ſens qu'à l'inſtant prompte à me démentir ,
Je fais des vœux ſecrets pour n'en jamais ſortir.

Quel

Quel état! quel tourment! Non, mon ame inquiete
Ne sçait ce qu'elle doit, ni ce qu'elle souhaite;
Une terreur affreuse est tout ce que je sens.
Dieu, détourne de moi ces noirs pressentimens,
Prends soin de nos Chrétiens, & veille sur mon frere,
Prends soin du haut des Cieux d'une tête si chere:
Oui, je le vais trouver, je lui vais obéïr.
Mais dès que de Solyme il aura pu partir,
Par son absence alors à parler enhardie,
J'apprends à mon Amant le secret de ma vie:
Je lui dirai le culte où mon cœur est lié,
Il lira dans ce cœur, il en aura pitié;
Mais dussai-je au suplice être ici condamnée,
Je ne trahirai point le sang dont je suis née.
Va, tu peux amener mon cher frere en ces lieux,
Rappelle cet Esclave.

SCENE IV.

ZAYRE seule.

O Dieu de mes Ayeux,
Dieu de tous mes parens, de mon malheureux Pere,
Que ta main me conduise, & que ton œil m'éclaire!

SCENE V.

ZAYRE, L'ESCLAVE

ZAYRE.

Allez dire au Chrétien qui marche sur vos
    pas,
Que mon cœur aujourd'hui ne le trahira pas,
Que Fatime en ces lieux va bien-tôt l'introduire.

A part.

Allons, rassure-toi, malheureuse Zayre.

SCENE VI.

OROSMANE, CORASMIN.
L'ESCLAVE.

OROSMANE.

Que ces momens, grand Dieu, sont lents
    pour ma fureur!

A Meledor.

Eh bien, que t'a-t-on dit? Réponds. Parle.

L'ECLAVE.

Seigneur,
On

On n'a jamais senti de si vives allarmes.

Elle a pâli, tremblé, ses yeux versoient des larmes,

Elle m'a fait sortir, elle m'a rappellé,

Et d'une voix tremblante, & d'un cœur tout troublé,

Près de ces lieux, Seigneur, elle a promis d'attendre

Celui cette nuit à ses yeux doit se rendre.

OROSMANE.

A Meledor.   *A Corasmin.*

Allez, il me suffit. Otes-toi de mes yeux.

Laissezmoi. Tout mortel me devient odieux.

Laisse-moi seul, te dis-je, à ma fureur extrême,

Je hais le monde entier, je m'abhorre moi-même.

SCENE VII.

OROSMANE *seul.*

OU suis-je? ô Ciel! Où suis-je? Où portai-je
     mes vœux?

Zayre, Nérestan... couple ingrat, couple affreux,

Traîtres, arrachez moi ce jour que je respire,

Ce jour souillé par vous .... miserable Zayre,

Tu ne jouïras pas... Corasmin, revenez.

SCENE VIII.

OROSMANE, CORASMIN,

OROSMANE.

AH ! trop cruel Ami , quoi vous m'abandonnez ?
Venez , a-t-il paru , ce Rival , ce coupable ?

CORASMIN.

Rien ne paroît encor.

OROSMANE.

O nuit ! nuit effroyable !
Peux-tu prêter ton voile à de pareils forfaits ?
Zayre ! . . . l'infidelle . . . . après tant de bienfaits...
J'aurois d'un œil ferein , d'un front inaltérable
Contemplé de mon rang la chûte épouvantable :
J'aurois fçu dans l'horreur de la captivité ,
Conferver mon courage & ma tranquillité ;
Mais me voir à ce point trompé par ce que j'aime ?...

CORASMIN.

Eh ! que prétendez-vous dans cette horreur extrême?
Quel eft votre deffein ?

OROSMANE.

N'entends-tu pas des cris ?

CORASMIN.

CORASMIN.

Seigneur.....

OROSMANE.

Un bruit affreux a frappé mes esprits,
On vient.

CORASMIN.

Non, jusqu'ici nul Mortel ne s'avance,
Le Sérail est plongé dans un profond silence ;
Tout dort; tout est tranquile, & l'ombre de la nuit...

OROSMANE.

Hélas ! le crime veille, & son horreur me suit.
A ce coupable excès porter sa hardiesse !
Tu ne connoissois pas mon cœur & ma tendresse,
Combien je t'adorois ! quels feux ! ah, Corasmin !
Un seul de ses regards auroit fait mon destin.
Je ne puis être heureux, ni souffrir que par elle.
Prends pitié de ma rage. Oui, cours.... Ah, la
    cruelle !

CORASMIN.

Est-ce vous qui pleurez ? Vous, Orosmane ? ô Cieux !

OROSMANE.

Voilà les premieres pleurs qui coulent de mes yeux,
Tu vois mon sort, tu vois la honte où je me livre.
Mais ces pleurs sont cruels, & la mort va les suivre :
Plains, Zayre, plains-moi, l'heure approche, ces
    pleurs,

E 6   Du

Du fang qui va couler font les avant-coureurs.

C O R A S M I N.

Ah ! je tremble pour vous.

O R O S M A N E.

Frémis de mes fouffrances,
Frémis de mon amour , frémis de mes vengeances·
Approche, viens, j'entends.... je ne me trompe pas.

C O R A S M I N.

Sous les murs du Palais quelqu'un porte fes pas.

O R O S M A N E.

Va faifir Néreftan, va, dis-je, qu'on l'enchaîne;
Que tout chargé de fers à mes yeux on l'entraîne·

S C E N E   IX.

O R O S M A N E, Z A Y R E E T F A T I M E,
marchant pendant la nuit dans l'enfoncement
du Théâtre.

Z A Y R E

VIENS, Fatime,

O R O S M A N E.

Qu'entends-je ! eft-ce-là cette voix,
Dont

Dont les sons enchanteurs m'ont séduit tant de fois?
Cette voix qui trahit un feu si légitime ?
Cette voix infidelle , & l'organe du crime ?
Perfide ! ... vengeons-nous. . quoi! c'est elle ,
  ô destin !

Il tire son poignard.

Zayre ! ah Dieu. ... ce fer échape de ma main.

ZAYRE à *Fatime.*

C'est ici le chemin , viens , soutiens mon courage.

FATIME.

Il va venir.

OROSMANE.

Ce mot me rend toute ma rage.

ZAYRE.

Je marche en frissonnant, mon cœur est éperdu. ...
Est-ce vous, Néreftan, que j'ai tant attendu ?

OROSMANE *courant à Zayre.*

C'est moi que tu trahis; tombe à mes pieds, parjure.

ZAYRE *tombant dans la coulisse.*

Je me meurs : ô mon Dieu !

OROSMANE.

J'ai vengé mon injure.
        Otons-

Otons-nous de ces lieux. Je ne puis.... Qu'ai-je
fait?...
Rien que de jufte... Allons, j'ai puni fon forfait.
Ah! voici fon Amant que mon deftin m'envoye,
Pour remplir ma vengeance & ma cruelle joye.

SCENE DERNIERE.

OROSMANE, ZAYRE, NERESTAN, CORASMIN, FATIME, ESCLAVES.

OROSMANE.

APPROCHE, malheureux, qui viens de m'ar-
racher,
De m'ôter pour jamais ce qui me fut fi cher,
Méprifable ennemi, qui fais encor paraître
L'audace d'un Héros avec l'ame d'un traître,
Tu m'impofois ici pour me deshonorer.
Va, le prix en eft prêt, tu peux t'y préparer,
Tes maux vont égaler les maux où tu m'expofes
Et ton ingratitude, & l'horreur que tu caufes.
Avez-vous ordonné fon fupplice?

CORASMIN.

Oui, Seigneur.

OROSMANE.

Il commence déja dans le fond de ton cœur.

Tes

Tes yeux cherchent partout, & demandent encore
La perfide qui t'aime , & qui me deshonore.
Regarde , elle eft ici.

NERESTAN.

    Que dis-tu ? Quelle erreur...

OROSMANE.

Regarde-la , te dis-je.

NERESTAN.

   Ah ! que vois-je ? Ah , ma fœur !
Zayre !... Elle n'eft plus. Ah , Monftre ! Ah , jour
 horrible !

OROSMANE.

Sa fœur ! Qu'ai-je entendu ? Dieu feroit-il poffible?

NERESTAN.

Barbare , il eft trop vrai : Viens épuifer mon flanc
Du refte infortuné de cet augufte fang.
Lufignan , ce Vieillard , fut fon malheureux pere ,
Il venoit dans mes bras d'achever fa mifere ,
Et d'un pere expiré j'apportois en ces lieux
La volonté derniere & les derniers adieux ;
Je venois , dans un cœur trop foible & trop fenfible,
Rappeller des Chrétiens le culte incorruptible.
Hélas ! elle offenfoit notre Dieu , notre Loi ,
Et ce Dieu la punit d'avoir brûlé pour toi.

OROSMANE.

Zayre !... Elle m'aimoit ? Eft-il bien vrai, Fatime?
Sa fœur ?... J'étois aimé ?

        Sa

FATIME.

Cruel ! voilà fon crime.
Tigre altéré de fang, tu viens de maffacrer
Celle qui malgré foi conftante à t'adorer,
Se flatoit, efpéroit que le Dieu de fes peres
Recevroit le tribut de fes larmes finceres ;
Qu'il verroit en pitié cet amour malheureux,
Que peut-être il voudroit vous réunir tous deux.
Hélas ! à cet excès fon cœur l'avoit trompée,
De cet efpoir trop rendre elle étoit occupée,
Tu balançois fon Dieu dans fon cœur allarmé.

OROSMANE

Tu m'en as dit affez. O Ciel ! j'étois aimé !
Va, je n'ai pas befoin d'en fçavoir davantage...

NERESTAN.

Cruel ! qu'attends-tu donc pour affouvir ta rage ;
Il ne refte que moi de ce fang glorieux,
Dont ton pere & ton bras ont inondé ces lieux :
Rejoins un malheureux à fa trifte famille,
Au Héros dont tu viens d'affaffiner la fille.
Tes tourmens font-ils prêts ? Je puis braver tes coups, —
Tu m'as fait éprouver le plus cruel de tous.
Mais la foif de mon fang qui toujours te dévore,
Permet-elle à l'honneur de te parler encore ?
En m'arrachant le jour fouviens-toi des Chrétiens

Dont

Dont tu m'avois juré de brifer les liens ;
Dans fa férocité ton cœur impitoyable,
De ce trait généreux feroit-il bien capable ?
Parle ; à ce prix encor je benis mon trépas.

OROSMANE *allant vers le corps de Zayre.*
Zayre !

CORASMIN.

Hélas ! Seigneur, où portez vous vos pas ?
Rentrez ; trop de douleur de votre ame s'empare,
Souffrez que Néreftan. . . .

NERESTAN.

Qu'ordonnes-tu, Barbare ?

OROSMANE *après une longue paufe.*

Qu'on détache fes fers. Ecoutez, Corafmin,
Que tous fes Compagnons foient délivrés foudain,
Aux malheureux Chrétiens prodiguez mes largeffes,
Comblés de mes bienfaits, chargés de mes richeffes,
Jufqu'au Port de Joppé vous conduirez leurs pas.

CORASMIN.

Mais, Seigneur. . . . .

OROSMANE.

Obéïs, & ne replique pas,
Vole, & ne trahis point la volonté fuprême
D'un Soudan qui commande, & d'un ami qui
t'aime,

Va,

Va , ne perds point de tems , fors , obéis... *

A Néreſtan. Et toi,

Guerrier infortuné , mais moins encor que moi ,
Quitte ces lieux ſanglans , remporte en ta Patrie
Cet objet que ma rage a privé de la vie.
Ton Roi , tous tes Chrétiens apprenans tes mal-
 heurs ,
N'en parleront jamais ſans répandre des pleurs.
Mais ſi la vérité par toi ſe fait connoître,
En déteſtant mon crime , on me plaindra peut-être.
Porte aux tiens ce poignard , que mon bras égaré
A plongé dans un ſein qui dût m'être ſacré ;
Dis-leur que j'ai donné la mort la plus affreuſe
A la plus digne femme , à la plus vertueuſe,
Dont le Ciel ait formé les innocents appas ;
Dis-leur qu'à ſes genoux j'avois mis mes Etats ;
Dis leur que dans ſon ſang cette main s'eſt plongée,
Dis que je l'adorois, & que je l'ai vengée. *Il ſe tue.*

Aux ſiens.

Reſpectez ce Héros , & conduiſez ſes pas.

N E R E S T A N.

Guide-moi , Dieu puiſſant , je ne me connois pas.
Faut-il qu'à t'admirer ta fureur me contraigne ?
Et que dans mon malheur ce ſoit moi qui te plaigne ?

Fin du cinquiéme & dernier Acte.

ALZIRE,

ALZIRE,

OU LES

AMERICAINS.

TRAGEDIE,

Représentée pour la premiere fois
le 27. Janvier 1736.

A MADAME
LA MARQUISE
DU CHASTELET.

ADAME,

Quel foible hommage pour Vous, qu'un de ces Ouvrages de Poësie, qui n'ont qu'un tems, qui doivent leur mérite à la faveur passagere du Public & à l'illusion du Théâtre, pour tomber ensuite dans la foule & dans l'obscurité!

Qu'est-ce en effet qu'un Roman mis en action & en vers, devant celle qui lit les Ouvrages de Géometrie

métrie avec la même facilité que les autres li-
sent les Romans ; devant celle qui n'a trouvé
dans Locke, ce sage Précepteur du Genre Humain, que ses propres sentimens & l'histoire de
ses pensées ; enfin aux yeux d'une personne, qui,
née pour les agrémens, leur préfere la Vérité ?

Mais, MADAME, le plus grand génie,
& sûrement le plus désirable, est celui qui ne donne l'exclusion à aucun des Beaux Arts. Ils sont
tous la nourriture & le plaisir de l'ame : y en a-t'il
dont on doive se priver ? Heureux l'esprit que la
Philosophie ne peut dessecher, & que les charmes
des Belles Lettres ne peuvent amollir ; qui sçait
se fortifier avec Locke, s'éclairer avec Clarke
& Newton, s'élever dans la lecture de Ciceron
& de Bossuet, s'embellir par les charmes de
Virgile & du Tasse !

Tel est votre génie, MADAME ; il faut
que je ne craigne point de le dire, quoique vous
craigniez de l'entendre. Il faut que votre exemple encourage les personnes de votre Sexe & de
votre Rang, à croire qu'on s'ennoblit encore en
perfectionnant sa Raison, & que l'esprit donne
des graces.

Il a été un tems en France, & même dans
toute l'Europe, où les hommes pensoient déro-
ger, & les femmes sortir de leur état, en osant
s'instruire. Les uns ne se croyoient nez que pour
la guerre, ou pour l'oisiveté ; & les autres, que
pour la coquéterie.

Le ridicule même que Moliere & Despréaux
ont jetté sur les Femmes sçavantes, a semblé
dans

dans un Siècle poli, justifier les préjugez de la Barbarie.

Mais Moliere, ce Législateur dans la Morale & dans les Bienséances du monde, n'a pas assurément prétendu, en attaquant les Femmes sçavantes, se moquer de la Science & de l'Esprit. Il n'en a joué que l'abus & l'affectation; ainsi que dans son Tartuffe, il a diffamé l'Hypocrisie, & non pas la Vertu.

Si, au lieu de faire une Satyre contre les Femmes, l'exact, le solide, le laborieux, l'élégant Despréaux avoit consulté les Femmes de la Cour les plus spirituelles, il eût ajoûté à l'art & au mérite de ses Ouvrages, si bien travaillez, des graces & des fleurs qui leur eussent encore donné un nouveau charme. Envain, dans sa Satyre des Femmes, il a voulu couvrir de ridicule une Dame qui avoit apris l'Astronomie; il eût mieux fait de l'aprendre lui-même.

L'esprit philosophique fait tant de progrès en France depuis quarante ans, que si Boileau vivoit encore, lui qui osoit se moquer d'une Femme de condition, parcequ'elle voyoit en secret Roverval & Sauveur, seroit obligé de respecter & d'imiter celles qui profitent publiquement des lumieres des Maupertuis, des Réaumur, des Mairan, des Dufay, & des Cleraux; de tous ces véritables Sçavans, qui n'ont pour objet qu'une Science utile, & qui en la rendant agréable, la rendent insensiblement nécessaire à notre Nation. Nous sommes au tems, j'ose

le

le dire, où il faut qu'un Poëte soit Philosophe, & où une Femme peut l'être hardiment.

Dans le commencement du dernier Siécle les François aprirent à arranger des mots. Le Siécle des choses est arrivé. Telle qui lisoit autrefois Montagne, l'Astrée, & les Contes de la Reine de Navarre, étoit une Sçavante. Les Deshoullieres & les Daciers, illustres dans différens genres, sont venues depuis. Mais votre Sexe a encore tiré plus de gloire de celles qui ont mérité qu'on fit pour elles le Livre charmant des Mondes, & les Dialogues sur la lumiere qui vont paroitre ; Ouvrage peut-être comparable aux Mondes.

Il est vrai qu'une Femme qui abandonneroit les devoirs de son état pour cultiver les Sciences, seroit condamnable, même dans ses succez ; mais, MADAME, le même esprit qui mene à la connoissance de la Vérité, est celui qui porte à remplir ses devoirs.

La Reine d'Angleterre, qui a servi de Médiatrice entre les deux plus grands Metaphysiciens de l'Europe, Clarke & Léibnitz, & qui pouvoit les juger, n'a pas négligé pour cela un moment les soins de Reine, de Femme & de Mere.

Christine, qui abandonna le Trône pour les Beaux - Arts, fut une grande Reine, tant qu'elle régna. La petite-fille du grand Condé, dans laquelle on voit revivre l'esprit de son Ayeul, n'a-t-elle pas ajouté une nouvel-

le

le considération au sang dont elle est sortie?

Vous, MADAME, dont on peut citer le nom à côté de celui de tous les Princes, vous faites aux Lettres le même honneur. Vous en cultivez tous les genres. Elles sont votre occupation dans l'âge des plaisirs. Vous faites plus; vous cachez ce mérite étranger au monde, avec autant de soin que vous l'avez acquis. Continuez, MADAME, à chérir, à oser cultiver les Sciences, quoique cette lumiere, long-tems renfermée dans vous-même, ait éclaté malgré vous. Ceux qui ont répandu en secret des bienfaits doivent - ils renoncer à cette vertu, quand elle est devenue publique?

Eh! pourquoi rougir de son mérite? L'esprit orné n'est qu'une beauté de plus. C'est un nouvel Empire. On souhaite aux Arts la protection des Souverains : celle de la Beauté n'est-elle pas au-dessus?

Permettez-moi de dire encore, qu'une des raisons qui doivent faire estimer les femmes qui font usage de leur esprit, c'est que le goût seul les détermine. Elles ne cherchent en cela qu'un nouveau plaisir, & c'est en quoi elles sont bien loüables.

Pour nous autres hommes, c'est souvent par vanité, quelquefois par intérêt, que nous consumons notre vie dans la culture des Arts. Nous en faisons les instrumens de notre fortune; c'est une espece de profanation. Je suis fâché qu'Horace dise de lui:

Tome III.   F   (*) L'In.

(*) L'Indigence est le Dieu qui m'inspira des Vers.

La roüille de l'Envie, l'artifice des Intrigues, le poison de la Calomnie, l'assassinat de la Satyre (si j'ose m'exprimer ainsi) deshonorent parmi les hommes une profession qui par elle-même a quelque chose de divin.

Pour moi, MADAME, qu'un penchant invincible a déterminé aux Arts dès mon enfance, je me suis dit de bonne heure ces paroles, que je vous ai souvent répétées, de Ciceron, ce Consul Romain qui fut le pere de la Patrie, de la Liberté & de l'Eloquence. (**) „ *Les Lettres forment la Jeunesse & font les* „ *charmes de l'âge avancé. La prosperité en* „ *est plus brillante. L'adversité en reçoit des* „ *consolations; & dans nos maisons, dans* „ *celles des autres, dans les voyages, dans* „ *la solitude, en tout tems, en tous lieux, elles* „ *font la douceur de notre vie.*

„ *Je les ai toûjours aimées pour elles-mêmes; mais à présent, MADAME, je les cultive pour vous, pour mériter, s'il est possible, de passer auprès de vous le reste de ma vie,*

dans

(*)——————— Paupertas impulit audax
Ut versus facerem ————
  Horat. Epist. Libr. II. Epist. 2. vs. 51.

(**) Studia Adolescentiam alunt, Senectutem oblectant, secundas res ornant, adversis perfugium ac solatium præbent; delectant domi, non impediunt foris, pernoctant nobiscum, peregrinantur, rusticantur.

dans le sein de la retraite, de la paix, peut-être de la Vérité, à qui vous sacrifiez dans votre jeunesse les plaisirs faux, mais enchanteurs du monde ; enfin pour être à portée de dire un jour avec Lucrece, ce Poëte Philosophe dont les beautés & les erreurs vous sont si connuës :

(†) Heureux ! qui retiré dans le Temple des
    Sages,
Voit en paix sous ses pieds se former les orages :
Qui contemple de loin les mortels insensés,
De leur joug volontaire esclaves empressés,
Inquiets, incertains du chemin qu'il faut suivre,
Sans penser, sans jouir, ignorent l'art de vivre ;
Dans l'agitation consumant leurs beaux jours,
Poursuivant la fortune & rampant dans les Cours.
O vanité de l'homme ! O foiblesse ! O misere !

Je n'ajouterai rien à cette longue Epitre, touchant la Tragedie que j'ay l'honneur de vous dédier. Comment en parler, MADAME, après avoir parlé de vous ? Tout

F 2   ce

(†) Sed nil dulcius est, bene quàm munita tenere
Edita doctrina Sapientûm templa serena,
Despicere unde queas alios, passimque videre
Errare, atque viam palanteis quærere vitæ
Certare ingenio, contendere nobilitate,
Noctes atque dies niti præstante labore
Ad summas emergere opes, rerumque potiri.
O miseras hominum mentes ! O pectora cæca !

ce que je puis dire, c'est que je l'ai composée dans votre maison & sous vos yeux. J'ai voulu la rendre moins indigne de vous, y mettant de la nouveauté, de la vérité & de la vertu. J'ai essayé de peindre ce sentiment généreux, cette humanité, cette grandeur d'ame qui fait le bien & qui pardonne le mal, ces sentimens tant recommandez par les Sages de l'Antiquité, & épurez dans notre Religion, ces vrayes Loix de la Nature, toûjours si mal suivies. Vous avez ôté bien des défauts à cet Ouvrage, vous connoissez ceux qui le défigurent encore. Puisse le Public, d'autant plus sévere qu'il a d'abord été plus indulgent, me pardonner, comme vous, mes fautes!

Puisse au moins cet hommage, que je vous rends, MADAME, périr moins vîte que mes autres Ecrits! Il seroit immortel, s'il étoit digne de celle à qui je l'adresse.

Je suis avec un profond respect,

MADAME,

Votre très-humble & très-
obéïssant Serviteur,
DE VOLTAIRE.

DISCOURS.

DISCOURS
PRÉLIMINAIRE.

ON a tâché dans cette Tragédie, toute d'invention & d'une espece assez neuve, de faire voir combien le véritable esprit de Religion l'emporte sur les vertus de la Nature.

La Religion d'un Barbare consiste à offrir à ses Dieux le sang de ses Ennemis. Un Chrétien mal instruit n'est souvent guéres plus juste. Etre fidéle à quelques pratiques inutiles, & infidéle aux vrais devoirs de l'homme : faire certaines prieres, & garder ses vices : jeûner ; mais haïr, cabaler, persécuter ; voilà sa Religion. Celle du Chrétien véritable est de regarder tous les hommes comme ses freres, de leur faire du bien, & de leur pardonner le mal.

Tel est Gusman au moment de sa mort ; tel Alvarés dans le cours de sa vie ; tel j'ai peint Henri I V. même au milieu de ses foiblesses.

On retrouvera dans presque tous mes Ecrits cette humanité qui doit être le premier caractere d'un Etre pensant : on y verra (si j'ose m'exprimer ainsi) le désir du bonheur des hommes, l'horreur de l'injustice & de l'oppression ; & c'est cela seul

F 3   qui

qui a jusqu'ici tiré mes Ouvrages de l'obscurité où leurs défauts devoient les ensevelir.

Voilà pourquoi la H E N R I A D E s'est soutenue malgré les efforts de quelques François jaloux, qui ne veulent pas absolument que la France ait un Poëme Epique. Il y a toujours un petit nombre de Lecteurs, qui ne laissent point empoisonner leur jugement du venin des cabales & des intrigues, qui n'aiment que le vrai, qui cherchent toujours l'homme dans l'Auteur. Voilà ceux devant qui j'ai trouvé grace. C'est à ce petit nombre d'hommes que j'adresse les réfléxions suivantes; j'espere qu'ils les pardonneront à la nécessité où je suis de les faire.

Un Etranger s'étonnoit un jour à Paris d'une foule de Libelles de toute espece, & d'un déchaînement cruel, par lequel un homme étoit opprimé. Il faut apparemment, dit-il, que cet homme soit d'une grande ambition, & qu'il cherche à s'élever à quelqu'un de ces postes qui irritent la cupidité humaine & l'envie. Non, lui répondit-on; c'est un Citoyen obscur, retiré, qui vit plus avec Virgile & Locke qu'avec ses Compatriotes, & dont la figure n'est pas plus connue de quelques-uns de ses ennemis, que du Graveur qui a prétendu graver son Portrait. C'est l'Auteur de quelques Piéces qui vous ont fait verser des larmes, & de quelques Ouvrages dans lesquels, malgré leurs défauts, vous aimez cet esprit d'humanité,

manité, de justice, de liberté qui y régne.
Ceux qui le calomnient, ce font des hommes pour la plûpart plus obscurs que lui,
qui prétendent lui disputer un peu de fu-
mée, & qui le persécuteront jusqu'à sa mort,
uniquement à cause du plaisir qu'il vous a
donné.

Cet Etranger se sentit quelque indignation pour les Persécuteurs, & quelque bien-
veillance pour le Persécuté.

Il est dur, il faut l'avouer, de ne point obtenir de ses Contemporains & de ses Compatriotes, ce que l'on peut espérer des Etrangers & de la Postérité. Il est bien cruel, bien
honteux pour l'Esprit humain, que la Littérature soit infectée de ces haines personnel-
les, de ces cabales, de ces intrigues qui dé-
vroient être le partage des Esclaves de la
fortune. Que gagnent les Auteurs en se
déchirant mutuellement? Ils avilissent une
profession qu'il ne tient qu'à eux de rendre
respectable. Faut-il que l'Art de penser, le
plus beau partage des hommes, devienne
une source de ridicule, & que les gens d'esprit
rendus souvent par leurs querelles le jouet
des Sots, soient les Bouffons d'un Public
dont ils devroient être les Maîtres?

Virgile, Varius, Pollion, Horace, Tibul-
le, étoient amis; les monumens de leur amitié subsistent, & apprendront à jamais aux
hommes, que les esprits supérieurs doivent
être unis. Si nous n'atteignons pas à l'excel-

F 4   lence

lence de leur génie, ne pouvons-nous pas
au moins avoir leurs vertus? Ces hommes
fur qui l'Univers avoit les yeux, qui avoient
à fe difputer l'admiration de l'Afie, de l'A-
frique, de l'Europe, s'aimoient pourtant
& vivoient en freres; & nous, qui fommes
renfermés fur un fi petit théâtre; nous, dont
les noms à peine connus dans un coin du
Monde, pafferont bien-tôt comme nos mo-
des, nous nous acharnons les uns contre les
autres pour un éclair de réputation, qui hors
de notre petit Horifon ne frappe les yeux
de perfonne. Nous fommes dans un tems
de difette, nous avons peu, nous nous
l'arrachons. Virgile & Horace ne fe difpu-
toient rien, parcequ'ils étoient dans l'abon-
dance.

On a imprimé un Livre, *De Morbis Ar-
tificum : de la maladie des Artiftes*. La plus
incurable eft cette jaloufie & cette baffeffe.
Mais ce qu'il y a de deshonorant, c'eft que
l'intérêt a fouvent plus de part encore que
l'envie à toutes ces petites Brochures fatyri-
ques dont nous fommes inondés. On demandoit il n'y a pas long-tems à un homme
qui avoit fait je ne fçai qu'elle mauvaife
Brochure contre fon ami & fon bienfaicteur, pourquoi il s'étoit emporté à cet excès
d'ingratitude? Il répondit froidement : Il
faut que je vive.

De quelque fource que partent ces outrages, il eft fûr qu'un homme qui n'eft attaqué

qué que dans ſes Ecrits ne doit jamais répondre aux Critiques ; car ſi elles ſont bonnes, il n'a autre choſe à faire qu'à ſe corriger ; & ſi elles ſont mauvaiſes, elles meurent
en naiſſant. Souvenons-nous de la Fable du
Bocalini. » Un Voyageur, dit-il, étoit im-
» portuné dans ſon chemin du bruit des Ci-
» gales, il s'arrêta pour les tuer ; il n'en vint
» pas à bout, & ne fit que s'écarter de ſa
» route. Il n'avoit qu'à continuer paiſible-
» ment ſon voyage ; les Cigales ſeroient
» mortes d'elles-mêmes au bout de huit
» jours.

Il faut toujours que l'Auteur s'oublie ;
mais l'homme ne doit jamais s'oublier,
ſe ipſum deſerere turpiſſimum eſt. On ſçait que
ceux qui n'ont pas aſſez d'eſprit pour attaquer nos Ouvrages, calomnient nos perſonnes ; quelque honteux qu'il ſoit de leur
répondre, il le ſeroit quelquefois davantage de ne leur répondre pas.

On m'a traité dans vingt Libelles, d'homme ſans Religion ; & une des belles preuves qu'on en a apportées, c'eſt que dans
Œdipe, Jocaſte dit ces Vers :

Les Prêtres ne ſont point ce qu'un vain Peuple penſe,
Notre crédulité fait toute leur ſcience.

Ceux qui m'ont fait ce reproche, ſont
auſſi raiſonnables pour le moins que ceux
qui ont imprimé, que la HENRIADE dans

plufieurs endroits *fentoit bien fon Semipé-
lagien.*

On renouvelle fouvent cette accufation
cruelle d'Irreligion, parceque c'eft le dernier refuge des Calomniateurs. Comment
leur répondre ? Comment s'en confoler, finon en fe fouvenant de la foule de ces
grands hommes, qui depuis Socrate jufqu'à Defcartes ont effuyé ces calomnies
atroces ? Je ne ferai ici qu'une feule queftion : Je demande qui a le plus de religion,
ou le Calomniateur qui perfécute, ou le
Calomnié qui pardonne ?

Ces mêmes Libelles me traitent d'homme envieux de la réputation d'autrui ; je ne
connois l'envie que par le mal qu'elle m'a
voulu faire. J'ai défendu à mon efprit d'ê-
tre fatyrique, & il eft impoffible à mon cœur
d'être envieux.

J'en appelle à l'Auteur de Radamifte &
d'Electre, dont les Ouvrages m'ont infpiré
les premiers le defir d'entrer quelque tems
dans la même carriere : fes fuccez ne m'ont
jamais coûté d'autres larmes que celles que
l'attendriffement m'arrachoit aux Reprefen-
tations de fes Piéces ; il fçait qu'il n'a fait naître en moi que de l'émulation & de l'amitié.

L'Auteur ingénieux & digne de beaucoup
de confidération, qui vient de travailler fur
un Sujet à-peu-près femblable à ma Tragédie, & qui s'eft exercé à peindre ce contrafte
des mœurs de l'Europe & de celles du Nou-

veau

veau Monde, (matiere si favorable à la Poësie) enrichira peut-être le Théâtre de sa Piéce nouvelle. Il verra si je serai le dernier à lui applaudir, & si un indigne amourpropre ferme mes yeux aux beautés d'un Ouvrage.

J'ose dire avec confiance, que je suis plus attaché aux Beaux-Arts qu'à mes Ecrits: sensible à l'excès dès mon enfance pour tout ce qui porte le caractere de génie, je regarde un grand Poëte, un bon Musicien, un bon Peintre, un Sculpteur habile (s'il a de la probité) comme un homme que je dois chérir, comme un frere que les Arts m'ont donné. Les jeunes gens qui voudront s'appliquer aux Lettres, trouveront en moi un ami, plusieurs y ont trouvé un pere. Voilà mes sentimens; quiconque a vécu avec moi sçait bien que je n'en ai point d'autres.

Je me suis cru obligé de parler ainsi au Public sur moi-même une fois en ma vie. A l'égard de ma Tragédie, je n'en dirai rien. Réfuter des Critiques est un vain amourpropre; confondre la Calomnie est un devoir.

F 6   *ACTEURS.*

ACTEURS.

D. GUSMAN, Gouverneur du Perou.

D. ALVARES, Pere de Gusman, ancien Gouverneur.

ZAMORE, Souverain d'une partie du Poroze.

MONTEZE, Souverain d'une autre partie.

ALZIRE, Fille de Monteze.

EMIRE,
CEPHANE, } Suivantes d'Alzire.

OFFICIERS ESPAGNOLS.

AMERICAINS.

La Scene est dans la Ville de Los-Reyes, autrement Lima.

ALZIRE,

ALZIRE,
OU LES
AMERICAINS.
TRAGEDIE.

ACTE PREMIER.

SCENE I.

ALVARES, D. GUSMAN.

ALVARES.

DU Conſeil de Madrid l'autorité ſuprême
Pour Succeſſeur enfin me donne un
fils que j'aime.
Faites régner le Prince & le Dieu que je ſers ,

Sur

Sur la riche moitié d'un Nouvel Univers :
Gouvernez cette Rive en malheurs trop féconde,
Qui produit les tréfors & les crimes du monde ;
Je vous remets, mon fils , ces honneurs fouverains
Que la vieilleffe arrache à mes débiles mains,
J'ai confumé mon âge au fein de l'Amérique,
Je montrai le premier au Peuple du Méxique (*)
L'appareil inouï , pour ces Mortels nouveaux,
De nos Châteaux aîlés qui voloient fut les eaux :
Des Mers de Magellan jufqu'aux Aftres de l'Ourfe,
Les Vainqueurs Caftillans(†), ont dirigé ma courfe ;
Heureux , fi j'avois pu, pour fruit de mes travaux,
En Chrétiens vertueux changer tous ces Héros !
Mais qui peut arrêter l'abus de la victoire ?
Leurs cruautés, mon fils, ont obfcurci leur gloire ,
Et j'ai pleuré long-tems fur ces triftes Vainqueurs,
Que le Ciel fit fi grands fans les rendre meilleurs.
Je touche au dernier pas de ma longue carriere,
Et mes yeux fans regret quitteront la lumiere,
S'ils vous ont vu régir fous d'équitables loix,
L'Empire du Potoze & la Ville des Rois.

GUSMAN.

J'ai conquis avec vous ce fauvage Hemifphere ,
Dans ces Climats brûlans j'ai vaincu fous mon Pere;

Je

(*) L'Expédition du Méxique fe fit en 1617. & celle
du Pérou en 1525. Ainfi Alvares a pu aifément les
voir. Los-Reyes , lieu de la Scene, fut bâti en 1535.
(†) On fçait quelles cruautés Fernand Cortez exerça
en Méxique , & Pizaro au Pérou.

Je dois de vous encore apprendre à gouverner ,
Et recevoir vos loix plûtôt que d'en donner.

ALVARES.

Non, non, l'autorité ne veut point de partage :
Consumé de travaux , appesanti par l'âge ,
Je suis las du pouvoir ; c'est assez si ma voix
Parle encor au Conseil , & régle vos exploits.
Croyez-moi, les Humains que j'ai trop sçu connoître,
Méritent peu , mon fils , qu'on veuille être leur
    maître.
Je consacre à mon Dieu négligé trop long-tems ,
De ma caducité les restes languissans.
Je ne veux qu'une grace , elle me sera chere ,
Je l'attends comme ami , je la demande en pere.
Mon fils , remettez-moi ces Esclaves obscurs ,
Aujourd'hui par votre ordre arrêtés dans nos murs :
Songez que ce grand jour doit être un jour propice ,
Marqué par la Clémence & non par la Justice.

GUSMAN.

Quand vous priez un fils , Seigneur , vous com-
    mandez ;
Mais daignez voir au moins ce que vous hazardez :
D'une Ville naissante encore mal assurée ,
Au Peuple Américain nous défendons l'entrée :
Empêchons, croyez-moi, que ce Peuple orgueilleux ,
Au fer qui l'a dompté n'accoûtume ses yeux ;
Que méprisant nos loix & prompt à les enfreindre,

Il ofe contempler des Maîtres qu'il doit craindre.
Il faut toûjours qu'il tremble, & n'aprenne à nous
    voir
Qu'armés de la vengeance ainſi que du pouvoir.
L'Américain farouche eſt un Monſtre ſauvage,
Qui mord en frémiſſant le frein de l'eſclavage;
Soumis au châtiment, fier dans l'impunité,
De la main qui le flatte il ſe croit redouté.
Tout pouvoir, en un mot, périt par l'indulgence,
Et la févérité produit l'obéïſſance.
Je ſçai qu'aux Caſtillans il ſuffit de l'honneur,
Qu'à ſervir ſans murmure ils mettent leur grandeur:
Mais le reſte du monde, eſclave de la crainte,
A beſoin qu'on l'opprime & ſert avec contrainte;
Les Dieux même adorés dans ces Climats affreux,
S'ils ne ſont teins du ſang, n'obtiennent point de
    vœux (*).

ALVARES.

Ah! mon fils, que je hais ces rigueurs tyranniques!
Les pouvez-vous aimer ces forfaits politiques;
Vous, Chrétien, vous choiſi pour régner déſormais
Sur des Chrétiens nouveaux au nom d'un Dieu de
    paix?
Vos yeux ne ſont-ils pas aſſouvis des ravages,
Qui de ce Continent dépeuplent les Rivages?

                                            Des

_____
(*) On immoloit des hommes en Amérique; mais il
n'y a aucun Peuple qui n'ait été coupable de cette horrible ſuperſtition.

Des bords de l'Orient, n'étois-je donc venu
Dans un Monde idolâtre, à l'Europe inconnu,
Que pour voir abhorrer sous ce brulant Tropique,
Et le nom de l'Europe & le nom Catholique ?
Ah ! Dieu nous envoyoit, par un contraire choix,
Pour annoncer son Nom, pour faire aimer ses Loix ;
Et nous de ces Climats, destructeurs implacables,
Nous & d'or & de sang toûjours insatiables,
Deserteurs de ces Loix qu'il falloit enseigner,
Nous égorgons ce Peuple au lieu de le gagner.
Par nous tout est en sang, par nous tout est en poudre,
Et nous n'avons du Ciel imité que la foudre.
Notre nom, je l'avouë, inspire la terreur,
Les Espagnols sont craints; mais ils sont en horreur:
Fleaux du Nouveau Monde, injustes, vaincus, avares,
Nous seuls en ces Climats nous sommes les Barbares;
L'Américain farouche en sa simplicité,
Nous égale en courage, & nous passe en bonté.
Hélas ! si, comme vous, il étoit sanguinaire,
S'il n'avoit des vertus, vous n'auriez plus de pere.
Avez-vous oublié qu'ils m'ont sauvé le jour ?
Avez-vous oublié que près de ce séjour
Je me vis entouré par ce Peuple en furie,
Rendu cruel enfin par notre barbarie ?
Tous les miens, à mes yeux, terminerent leur sort.
J'étois seul, sans secours, & j'attendois la mort :
Mais à mon nom, mon fils, je vis tomber leurs armes,
Un jeune Américain, les yeux baignés de larmes,
Au lieu de me frapper, embrassa mes genoux.

         » Alvares

» Alvarès, me dit-il, Alvarès est-ce vous ?
» Vivez, votre vertu nous est trop nécessaire :
» Vivez, aux malheureux servez long-tems de pere,
» Qu'un Peuple de Tyrans qui veut nous enchaîner,
» Du moins par cet exemple apprenne à pardonner.
» Allez, la grandeur d'ame est ici le partage
» Du Peuple infortuné qu'ils ont nommé sauvage.
Eh bien vous gémissez, je sens qu'à ce récit
Votre cœur, malgré vous, s'émeut & s'adoucit,
L'humanité vous parle ainsi que votre pere.
Ah ! si la cruauté vous étoit toûjours chere,
De quel front aujourd'hui pourriez-vous vous offrir
Au vertueux Objet qu'il vous faut attendrir,
A la fille des Rois de ces tristes Contrées
Qu'à vos sanglantes mains la fortune a livrées ?
Prétendez-vous, mon fils, cimenter ces liens
Par le sang répandu de ses Concitoyens ?
Ou bien attendez-vous que ces cris & ses larmes
De vos sévères mains fassent tomber les armes ?

GUSMAN.

Eh bien vous l'ordonnez, je brise leurs liens,
J'y consens ; mais songez qu'il faut qu'ils soient
　　Chrétiens.
Ainsi le veut la Loi : quitter l'Idolâtrie
Est un titre en ces Lieux pour mériter la vie :
A la Religion gagnons-les à ce prix :
Commandons aux Cœurs même, & forçons les
　　Esprits,

　　　　　　　　　　　　　　　De

De la néceſſité le pouvoir invincible
Traîne aux pieds des Autels un courage infléxible.
Je veux que ces Mortels, eſclaves de ma Loi,
Tremblent ſous un ſeul Dieu, comme ſous un ſeul
    Roi.

ALVARES.

Ecoutez-moi, mon fils, plus que vous je déſire
Qu'ici la Vérité fonde un nouvel Empire,
Que le Ciel & l'Eſpagne y ſoient ſans ennemis :
Mais les Cœurs opprimez ne ſont jamais ſoumis,
J'en ai gagné plus d'un, je n'ai forcé perſonne,
Et le vrai Dieu, mon fils, eſt un Dieu qui pardonne.

GUSMAN.

Je me rends donc, Seigneur, & vous l'avez voulu,
Vous avez ſur un fils un pouvoir abſolu ;
Oui, vous amoliriez le cœur le plus farouche,
L'indulgente vertu parle par votre bouche.
Eh bien, puiſque le Ciel voulut vous accorder
Ce don, cet heureux don de tout perſuader,
C'eſt de vous que j'attends le bonheur de ma vie.
Alzire contre moi par mes feux enhardie,
Se donnant à regret, ne me rend point heureux.
Je l'aime, je l'avouë, & plus que je ne veux ;
Mais enfin je ne peux, même en voulant lui plaire,
De mon cœur trop altier fléchir le caractere,
Et rampant ſous ſes Loix, eſclave, d'un coup d'œil,
Par des ſoumiſſions careſſer ſon orgueil.
Je ne veux point ſur moi lui donner tant d'empire,

Vous

Vous feul, vous pouvez tout fur le pere d'Alzire ;
En un mot, parlez-lui pour la derniere fois ;
Qu'il commande à fa fille & force enfin fon choix.
Daignez ... mais ç'en eft trop, je rougis que mon
    pere
Pour l'intérêt d'un fils s'abaiffe à la priere.

ALVARES.

Ç'en eft fait, j'ai parlé, mon fils, & fans rougir
Monteze a vû fa fille, il l'aura fçu fléchir ;
De fa Famille augufte en ces lieux prifonniere,
Le Ciel a par mes foins confolé la mifere.
Pour le vrai Dieu Monteze a quitté fes faux Dieux,
Lui-même de fa fille a décillé les yeux,
De tout ce Nouveau Monde Alzire eft le modelle,
Les Peuples incertains fixent les yeux fur elle :
Son cœur aux Caftillans va donner tous les cœurs,
L'Amérique à genoux adoptera nos mœurs ;
La Foi doit y jetter fes racines profondes,
Votre Hymen eft le nœud qui joindra les deux
    Mondes.
Ces féroces Humains qui déteftent nos Loix,
Voyant entre vos bras la fille de leurs Rôis,
Vont d'un efprit moins fier & d'un cœur plus facile,
Sous votre joug heureux baiffer un front docile ;
Et je verrai, mon fils, gracé à ces doux liens,
Tous les cœurs déformais Efpagnols & Chrétiens,
Monteze vient ici ; mon fils, allez m'attendre
Aux Autels où fa fille avec lui va fe rendre.

                       SCENE

SCENE II.

ALVARES, MONTEZE.

ALVARES.

EH bien ! votre sagesse & votre autorité
Ont d'Alzire en effet fléchi la volonté ?

MONTEZE.

Pere des malheureux, pardonne si ma fille,
Dont Gusman détruisit l'Empire & la Famille,
Semble éprouver encor un reste de terreur,
Et d'un pas chancelant marche vers son Vainqueur.
Les nœuds qui vont unir l'Europe & ma Patrie,
Ont revolté ma fille en ces Climats nourrie :
Mais tous les préjugez s'effacent à ta voix,
Tes mœurs nous ont appris à révérer tes loix ;
C'est par toi que le Ciel à nous s'est fait connoître,
Notre esprit éclairé te doit son nouvel être,
Sous le fer Castillan ce Monde est abattu,
Il céde à la puissance, & nous à la Vertu.
De tes Concitoyens la rage impitoyable
Auroit rendu comme eux leur Dieu même haïssable :
Nous detestions ce Dieu qu'annonça leur fureur,
Nous l'aimons dans toi seul, il s'est peint dans ton
cœur.
Voilà ce qui te donne & Monteze & ma fille.

Instruits

Inſtruits par tes vertus, nous ſommes ta famille,
Sers-lui long-tems de pere ainſi qu'à nos Etats :
Je la donne à ton fils, je la mets dans ſes bras ;
Le Pérou, le Potoze, Alzire, eſt ſa conquête :
Va dans ton Temple auguſte en ordonner la fête,
Va, je crois voir des Cieux les Peuples éternels,
Deſcendre de leur Sphere & ſe joindre aux Mortels.
Je réponds de ma fille, elle va reconnoître
Dans le fier Don Guſman ſon Epoux & ſon Maître.

A L V A R E S.

Ah ! puiſqu'enfin mes mains ont pu former ces
  nœuds,
Cher Monteze, au tombeau je deſcends trop heu-
  reux.
Toi qui nous découvris ces immenſes Contrées,
Rends du Monde aujourd'hui les bornes éclairées ;
Dieu des Chrétiens, préſide à ces vœux ſolem-
  nels,
Les premiers qu'en ces lieux on forme à tes Autels ;
Deſcens, attire à toi l'Amérique étonnée.
Adieu, je vais preſſer cet heureux Hymenée,
Adieu, je vous devrai le bonheur de mon fils.

SCENE

SCENE III.

MONTEZE *seul.*

DIEU deſtructeur des Dieux que j'avois trop ſer-
  vis,
Protege de mes ans la fin dure & funeſte ;
Tout me fut enlevé, ma fille ici me reſte ;
D'aigne veiller ſur elle & conduire ſon cœur.

SCENE IV.

MONTEZE, ALZIRE.

MONTEZE.

MA fille, il en eſt tems, conſens à ton bon-
  heur,
Ou plûtôt, ſi ta foi, ſi ton cœur me ſeconde,
Par ta félicité fais le bonheur du Monde :
Protege les vaincus, commande à nos vainqueurs,
Eteins entre leurs mains leurs foudres deſtructeurs :
Remonte au rang des Rois, du ſein de la miſere,
Tu dois à ton état plier ton caractere :
Prends un cœur tout nouveau, viens, obéis, ſuis-
  moi,
Et renais Eſpagnole en renonçant à toi.

Seche

Seche tes pleurs, Alzire, ils outragent ton pere.

A L Z I R E.

Tout mon fang eft à vous : mais fi je vous fuis
 chere,
Voyez mon défefpoir, & lifez dans mon cœur.

M O N T E Z E.

Non, je ne veux plus voir ta honteufe douleur,
J'ai reçu ta parole, il faut qu'on l'accompliffe.

A L Z I R E.

Vous m'avez arraché cet affreux facrifice.
Mais quel tems, juftes Cieux, pour engager ma foi!
Voici ce jour horrible où tout périt pour moi,
Où de ce fier Gufman le fer ofa détruire
Des enfans du Soleil le redoutable Empire.
Que ce jour eft marqué par des fignes affreux!

M O N T E Z E.

Nous feuls rendons les jours heureux ou malheureux;
Quitte un vain préjugé, l'Ouvrage de nos Prêtres,
Qu'à nos Peuples groffiers ont tranfmis nos Ancêtres.
A L Z I R E.

Au même jour, hélas! le vengeur de l'Etat,
Zamore mon efpoir périt dans le combat,
Zamore mon Amant, choifi pour vôtre gendre.
       M O N T E Z E.

MONTEZE.

J'ai donné comme toi des larmes à sa cendre,
Les Morts dans le tombeau n'exigent point ta foi,
Porte, porte aux Autels un cœur maître de soi ;
D'un amour insensé pour des cendres éteintes,
Commande à ta vertu d'écarter les atteintes.
Tu dois ton ame entiere à la Loi des Chrétiens,
Dieu t'ordonne par moi de former ces liens :
Il t'appelle aux Autels, il régle ta conduite ;
Entens sa voix.

ALZIRE.

        Mon Pere, où m'avez-vous réduite !
Je sçai ce qu'est un pere, & quel est son pouvoir.
M'immoler quand il parle est mon premier devoir,
Et mon obéïssance a passé les limites.
Qu'à ce devoir sacré la Nature a prescrites
Mes yeux n'ont jusqu'ici rien vû que par vos yeux,
Mon cœur changé par vous abandonna ses Dieux.
Je ne regrette point leurs grandeurs terrassées,
Devant ce Dieu nouveau, comme nous abaissées.
Mais vous, qui m'assuriez dans mes troubles cruels,
Que la paix habitoit aux piés de ses Autels,
Que sa Loi, sa Morale, & consolante & pure,
De mes sens désolés guériroit la blessure,
Vous trompiez ma foiblesse ! Un trait toujours
        Vainqueur,
Dans le sein de ce Dieu vient déchirer mon cœur.
Il y porte une image à jamais renaissante,
Zamore vit encore au cœur de son Amante.

Condamnez, s'il le faut, ces juftes fentimens,
Ce feu victorieux de la mort & du tems,
Cet amour immortel ordonné par vous-même.
Uniffez votre fille au fier Tyran qui m'aime.
Mon Pays le demande, il le faut, j'obéïs :
Mais tremblez en formant ces nœuds mal affortis;
Tremblez, vous qui d'un Dieu m'annoncez la ven-
    geance,
Vous qui me condamnez d'aller en fa préfence
Promettre à cet Epoux qu'on me donne aujour-
    d'hui,
Un cœur qui brûle encor pour un autre que lui.

M O N T E Z E.

Ah, que dis-tu ma fille ! épargne ma vieilleffe ;
Au nom de la Nature, au nom de ma tendreffe :
Par nos deftins affreux que ta main peut changer,
Par ce cœur paternel que tu viens d'outrager,
Ne rends point de mes ans la fin trop douloureufe.
Ai-je fait un feul pas que pour te rendre heureufe ?
Jouïs de mes travaux; mais crains d'empoifonner
Ce bonheur difficile où j'ai fçu t'amener.
Ta carriere nouvelle, aujourd'hui commencée,
Par la main du devoir eft à jamais tracée.
Ce monde gémiffant te preffe d'y courir,
Il n'efpere qu'en toi, voudrois-tu le trahir?
Apprends à te dompter.

A L Z I R E.

            Faut-il apprendre à feindre?
Quelle fcience, hélas !

                     SCENE

SCENE V.

GUSMAN, ALZIRE.

GUSMAN.

J'AI sujet de me plaindre
Que l'on oppose encor à mes empressemens
L'offensante lenteur de ces retardemens.
J'ai suspendu ma loi, prête à punir l'audace
De tous ces ennemis dont vous vouliez la grace.
Ils sont en liberté; mais j'aurois à rougir,
Si ce foible service eût pu vous attendrir.
J'attendois encore moins de mon pouvoir suprême,
Je voulois vous devoir à ma flâme, à vous-même,
Et je ne pensois pas, dans mes vœux satisfaits,
Que ma félicité vous coûtât des regrets.

ALZIRE.

Que puisse seulement la colere céleste
Ne pas rendre ce jour à tous les deux funeste !
Vous voyez quel effroi me trouble & me confond,
Il parle dans mes yeux, il est peint sur mon front.
Tel est mon caractere, & jamais mon visage
N'a de mon cœur encor démenti le langage.
Qui peut se déguiser pourroit trahir sa foi,
C'est un art de l'Europe, il n'est pas fait pour moi.

G 2 GUSMAN.

GUSMAN.

Je vois votre franchife, & je fçai que Zamore
Vir dans votre mémoire & vous eft cher encore.
Ce Cacique (*) obftiné, vaincu dans les combats,
S'arme encor contre moi de la nuit du trépas ;
Vivant je l'ai dompté, mort doit-il être à craindre ?
Ceffez de m'offenfer & ceffez de le plaindre ;
Votre devoir, mon nom, mon cœur en font bleffés,
Et ce cœur eft jaloux des pleurs que vous verfés.

ALZIZE.

Ayez moins de colere & moins de jaloufie,
Un rival au tombeau doit caufer peu d'envie,
Je l'aimai ; je l'avoue , & tel fut mon devoir.
De ce Monde opprimé Zamore étoit l'efpoir,
Sa foi me fut promife, il eut pour moi des charmes,
Il m'aima : fon trépas me coûte encor des larmes.
Vous, loin d'ofer ici condamner ma douleur,
Jugez de ma conftance, & connoiffez mon cœur ;
Et quittant avec moi cette fierté cruelle ,
Méritez, s'il fe peut, un amour fi fidelle.

(*) Le mot propre eft Inca : mais les Efpagnols ac-
coûtumés dans l'Amérique Septentrionale au titre de
Cacique , le donnerent d'abord à tous les Souverains
du Monde.

SCENE

SCENE VI.

GUSMAN *seul.*

SON orgueil, je l'avoue, & sa sincérité
Etonne mon courage & plaît à ma fierté.
Allons, ne souffrons pas que cette humeur altiere
Coûte plus à dompter que l'Amérique entiere.
La grossiere Nature, en formant ses appas,
Lui laisse un cœur sauvage,& fait pour ces Climats:
Le devoir fléchira son courage rebelle,
Ici tout m'est soumis, il ne reste plus qu'elle ;
Que l'Hymen en triomphe, & qu'on ne dise plus,
Qu'un Vainqueur & qu'un Maître essuya des refus.

Fin du premier Acte.

G 3   ACTE

ACTE II.

SCENE I.

ZAMORE, AMERICAINS.

ZAMORE.

MIS de qui l'audace, aux Mortels peu
     commune,
Renaît dans les dangers & croît dans
    l'infortune ;
Illustres Compagnons de mon funeste sort,
N'obtiendrons-nous jamais la vengeance ou sa
    mort ?
Vivrons-nous sans servir Alzire & la Patrie,
Sans ôter à Gusman sa détestable vie,
Sans punir, sans trouver cet insolent vainqueur,
Sans venger mon Pays qu'a perdu sa fureur ?
Dieux impuissans ! Dieux vains de nos vastes Con-
    trées !
A des Dieux ennemis vous les avez livrées ;
Et six cens Espagnols ont détruit sous leurs coups
Mon Pays & mon Trône, & vos Temples & vous.
                 Vous

Vous n'avez plus d'Autels, & je n'ai plus d'Empire,
Nous avons tout perdu, je suis privé d'Alzire :
J'ai porté mon couroux, ma honte & mes regrets
Dans les sables mouvans, dans le fond des Forêts ;
De la Zone brûlante & du milieu du Monde
L'Astre du jour (*) a vu ma course vagabonde
Jusqu'aux lieux où cessant d'éclairer nos Climats,
Il ramène l'Année & revient sur ses pas.
Enfin votre amitié, vos soins, votre vaillance
A mes vastes désirs ont rendu l'espérance ;
Et j'ai cru satisfaire, en cet affreux séjour,
Deux vertus de mon cœur, la vengeance & l'amour.
Nous avons rassemblé des mortels intrépides,
Eternels ennemis de nos Maîtres avides,
Nous les avons laissés dans ces Forêts errans
Pour observer ces murs bâtis par nos Tyrans.
J'arrive, on nous saisit ; une foule inhumaine
Dans des goufres profonds nous plonge & nous
   enchaîne.
De ces lieux infernaux on nous laisse sortir,
Sans que de notre sort on nous daigne avertir.
Amis où sommes-nous ? Ne pourra-t-on m'instruire
Qui commande en ces Lieux, quel est le sort d'Alzire ?
Si Monteze est Esclave & voit encore le jour,
S'il traîne ses malheurs en cette horrible Cour ?
Chers & tristes Amis du malheureux Zamore,

(*) L'Astronomie, la Géographie, la Géométrie
étoient cultivées au Pérou. On traçoit les Lignes sur des
Colomnes pour marquer les Equinoxes & les Solstices.

Ne pouvez-vous m'apprendre un destin que j'i-
     gnore?

UN AMERICAIN.

En des lieux différens, comme toi mis aux fers,
Conduits en ce Palais par des chemins divers,
Etrangers, inconnus chez ce Peuple farouche,
Nous n'avons rien apris de tout ce qui te touche.
Cacique infortuné, digne d'un meilleur sort,
Du moins si nos Tyrans ont résolu ta mort,
Tes amis avec toi, prêts à cesser de vivre,
Sont dignes de t'aimer, & dignes de te suivre.

ZAMORE.

Après l'honneur de vaincre, il n'est rien sous le
     Cieux,
De plus grand en effet qu'un trépas glorieux;
Mais mourir dans l'opprobre & dans l'ignominie,
Mais laisser en mourant des fers à sa Patrie;
Périr sans se venger, expirer par les mains
De ces Brigands d'Europe & de ces Assassins,
Qui de sang enivrés, de nos trésors avides,
De ce Monde usurpé désolateurs perfides,
Ont osé me livrer à des tourmens honteux,
Pour m'arracher des biens plus méprisables qu'eux;
Entraîner au tombeaux des Citoyens qu'on aime,
Laisser à ces Tyrans la moitié de soi-même,
Abandonner Alzire à leur lâche fureur,
Cette mort est affreuse & fait frémir d'horreur.

SCENE

SCENE II.

ALVARES, ZAMORE
AMERICAINS.

ALVARES.

Soyez libres, vivez.

ZAMORE.

Ciel ! que viens-je d'entendre ?
Quelle est cette vertu que je ne puis comprendre !
Quel Vieillard, ou quel Dieu vient ici m'étonner !
Tu parois Espagnol, & tu sçais pardonner !
Es-tu Roi ? Cette Ville est-elle en ta puissance ?

ALVARES.

Non ; mais je puis au moins proteger l'innocence.

ZAMORE.

Quel est donc ton dessein, Vieillard trop généreux ?

ALVARES.

Celui de secourir les mortels malheureux.

ZAMORE.

Eh ! qui peut t'inspirer cette auguste clémence ?

G 5 ALVARES.

A L V A R E S.

Dieu, ma Religion, & la reconnoiſſance.

Z A M O R E.

Dieu, ta Religion ! Quoi ces Tyrans cruels,
Monſtres déſaltérés dans le ſang des Mortels,
Qui dépeuplent la Terre, & dont la barbarie
En vaſte ſolitude a changé ma Patrie,
Dont l'infâme avarice eſt la ſuprême loi,
Mon pere, ils n'ont donc pas le même Dieu que
  toi ?

A L V A R E S.

Ils ont le même Dieu, mon fils; mais ils l'outragent.
Nés ſous la Loi des Saints, dans le crime ils s'enga-
  gent.
Ils ont tous abuſé de leur nouveau pouvoir,
Tu connois leurs forfaits, mais connois mon devoir.
Le Soleil par deux fois a, d'un Tropique à l'autre,
Eclairé dans ſa marche & ce Monde & le nôtre,
Depuis que l'un des tiens, par un noble ſecours,
Maître de mon deſtin, daigna ſauver mes jours,
Mon cœur dès ce moment partagea vos miſeres,
Tous vos Concitoyens ſont devenus mes freres,
Et je mourois heureux ſi je pouvois trouver
Ce Héros inconnu qui m'a pu conſerver.

Z A M O R E.

A ſes traits, à ſon âge, à ſa vertu ſuprême,
         C'eſt

C'est lui n'en doutons point: c'est Alvarès lui-même.
Pourrois-tu parmi nous reconnoître le bras
A qui le Ciel permit d'empêcher ton trépas?

ALVARES.

Que me dit-il? Approche. O Ciel! ô Providence!
C'est lui, voilà l'objet de ma reconnoissance.
Mes yeux, mes tristes yeux affoiblis par les ans,
Hélas! avez-vous pû le chercher si long-tems?
Mon bienfaiteur! mon fils! (*) parle, que dois-je
   faire?
Daigne habiter ces lieux, & je t'y sers de pere.
La mort a respecté ces jours que je te doi,
Pour me donner le tems de m'acquiter vers toi.

ZAMORE

Mon pere, ah! si jamais ta Nation cruelle
Avoit de tes vertus montré quelqu'étincelle,
Crois-moi, cet Univers aujourd'hui desolé,
Au-devant de leur joug sans peine auroit volé;
Mais autant que ton ame est bienfaisante & pure,
Autant leur cruauté fait frémir la Nature.
Et j'aime mieux périr que de vivre avec eux.
Tout ce que j'ose attendre, & tout ce que je veux,
C'est de sçavoir au moins si leur main sanguinaire
Du malheureux Monteze a fini la misere;
Si le pere d'Alzire..... hélas! tu vois les pleurs,
Qu'un souvenir trop cher arrache à mes douleurs.

                            G 6   ALVARES.

(*) Il l'embrasse.

A L V A R E S.

Ne cache point tes pleurs, cesse de t'en défendre,
C'est de l'humanité la marque la plus tendre.
Malheur aux cœurs ingrats & nés pour les forfaits,
Que les douleurs d'autrui n'ont attendri jamais :
Apprens que ton ami plein de gloire & d'années
Coule ici près de moi ses douces destinées.

Z A M O R E.

Le verrai-je ?

A L V A R E S.

Oui, crois-moi ; puisse-t-il aujourd'hui
T'engager à vivre comme lui !

Z A M O R E.

Quoi ! Monteze.... dis-tu ?

A L V A R E S.

Je veux que de sa bouche
Tu sois instruit ici de tout ce qui le touche,
Du sort qui nous unit, de ces heureux liens
Qui vont joindre mon Peuple à tes Concitoyens ;
Je vais dire à mon fils, dans l'excès de ma joye,
Ce bonheur inouï que le Ciel nous envoye.
Je te quitte un moment ; mais c'est pour te servir,
Et pour serrer les nœuds qui vont tous nous unir.

SCENE III.

ZAMORE, AMERICAINS.

ZAMORE,

DEs Cieux enfin sur moi la bonté se déclare,
Je trouve un homme juste en ce séjour barbare.
Alvarés est un Dieu, qui parmi ces pervers,
Descend pour adoucir les mœurs de l'Univers.
Il a, dit-il, un fils : ce fils sera mon frere ;
Qu'il soit digne, s'il peut, d'un si vertueux pere !
O jour ! ô doux espoir à mon cœur éperdu !
Monteze, après trois ans, tu vas m'être rendu.
Alzire, chere Alzire, ô toi que j'ai servie,
Toi pour qui j'ai tout fait, toi l'ame de ma vie,
Serois tu dans ces lieux ? hélas ! me gardes-tu
Cette fidelité, la premiere vertu ?
Un cœur infortuné n'est point sans défiance . . . .
Mais quel autre Vieillard à mes regards s'avance ?

SCENE IV.

MONTEZE, ZAMORE, AMERICAINS.

ZAMORE.

CHER Monteze, est-ce toi que je tiens dans
mes bras ?
Revois ton cher Zamore échappé du trépas,

Qui

Qui du sein du tombeau renaît pour te défendre;
Revois ton tendre ami, ton allié, ton gendre.
Alzir est-elle ici? parle, quel est son sort?
Acheve de me rendre ou la vie ou la mort.

MONTEZE.

Cacique malheureux! sur le bruit de ta perte,
Aux plus tendres regrets notre ame étoit ouverte,
Nous te redemandions à nos cruels destins,
Autour d'un vain tombeau que t'ont dressé nos
　　　　mains.
Tu vis, puisse le Ciel te rendre un sort tranquile,
Puissent tous nos malheurs finir dans cet azyle!
Zamore, ah! quel dessein t'a conduit en ces lieux?

ZAMORE.

La soif de me venger, toi, ta fille, & mes Dieux.

MONTEZE.

Que dis-tu?

ZAMORE.

　　　　　Souviens-toi du jour épouvantable
Où ce fer Espagnol, terrible, invulnerable,
Renversa, détruisit jusqu'en leurs fondemens
Ces murs que du Soleil ont bâti les enfans (*).
GUSMAN étoit son nom. Le destin qui m'opprime

(*) Les Péruviens qui avoient leurs Fables comme
les Peuples de notre Continent, croyoient que leur
premier Inca qui bâtit Cusco, étoit fils du Soleil.

Ne m'apprit rien de lui que son nom & son crime.
Ce nom, mon cher Monteze, à mon cœur si fatal,
Du pillage & du meurtre étoit l'affreux signal.
A ce nom, de mes bras on m'arracha ta fille,
Dans un vil esclavage on traîna ta famille :
On démolit ce Temple & ces Autels chéris,
Où nos Dieux m'attendoient pour me nommer ton
    fils :
On me traîna vers lui ; dirai-je à quel supplice,
A quels maux me livra sa barbare avarice,
Pour m'arracher ces biens par lui déifiés,
Idoles de son Peuple, & que je foule aux pieds ?
Je fus laissé mourant au milieu des tortures.
Le temps ne put jamais affoiblir les injures ;
Je viens après trois ans d'assembler des amis,
Dans leur commune haine avec nous affermis :
Ils sont dans nos Forêts, & leur foule héroïque
Vient périr sous ces murs ou venger l'Amérique.

MONTEZE.

Je te plains ; mais hélas ! où vas-tu t'emporter ?
Ne cherche point la mort qui vouloit t'éviter.
Que peuvent tes amis & leurs armes fragiles,
Des Habitans des eaux dépouilles inutiles,
Ces marbres impuissans en sabres façonnés,
Ces Soldats presque nuds & mal disciplinés,
Contre ces fiers Géans, ces Tyrans de la Terre,
De fer étincelans, armés de leur tonnerre,
Qui s'élancent sur nous aussi promts que les vents,
                     Sur

Sur des Monftres guerriers pour eux obéïffants.
L'Univers a cédé ... cédons, mon cher Zamore.

ZAMORE.

Moi fléchir, moi ramper, lorfque je vis encore !
Ah ! Monteze, crois-moi, ces foudres, ces éclairs,
Ce fer, dont nos Tyrans font armés & couverts,
Ces rapides Courfiers qui fous eux font la guerre,
Pouvoient à leur abord épouvanter la Terre.
Je les vois d'un œil fixe & leur ofe infulter,
Pour les vaincre il fuffit de ne rien redouter.
Leur nouveauté, qui feule a fait ce Monde efclave,
Subjugue qui la craint, & cede à qui la brave.
L'or, ce poifon brillant qui naît dans nos Climats,
Attire ici l'Europe, & ne nous défend pas.
Le fer manque à nos mains : les Cieux, pour nous
       avares,
Ont fait ce don funefte à des mains plus barbares ;
Mais pour venger enfin nos Peuples abattus,
Le Ciel, au lieu de fer, nous donna des vertus.
Je combats pour Alzire, & je vaincrai pour elle.

MONTEZE.

Le Ciel eft contre toi : calme un frivole zele.
Les tems font trop changés.

ZAMORE.

                     Que peux-tu dire, hélas !
Les tems font-ils changés, fi ton cœur ne l'eft pas ?

Si

Si ta fille est fidelle à ses vœux, à sa gloire ?
Si Zamore est présent encor à sa mémoire ?
Tu détournes les yeux, tu pleures, tu gémis !

MONTEZE.

Zamore infortuné !

ZAMORE.

     Ne suis-je plus ton fils ?
Nos Tyrans ont flétri ton ame magnanime ;
Sur le bord de la tombe ils t'ont appris le crime.

MONTEZE.

Je ne suis point coupable, & tous ces Conquérans,
Ainsi que tu le crois, ne sont point des Tyrans.
Il en est que le Ciel guida dans cet Empire,
Moins pour nous conquerir qu'afin de nous instruire ;
Qui nous ont apporté de nouvelles vertus,
Des Secrets immortels, & des Arts inconnus,
La science de l'homme, un grand exemple à suivre ;
Enfin, l'art d'être heureux, de penser, & de vivre.

ZAMORE.

Que dis-tu ? quelle horreur ta bouche ose avouer ?
Alzire est leur esclave, & tu peux les loüer !

MONTEZE.

Elle n'est point esclave.

ZAMORE.

     Ah ! Monteze, ah ! mon pere,
          Pardonne

Pardonne à mes malheurs, pardonne à ma colere ;
Songe qu'elle est à moi par des nœuds éternels :
Oui, tu me l'as promise aux pieds des Immortels,
Ils ont reçu sa foi, son cœur n'est point parjure.

MONTEZE.

N'atteste point ces Dieux enfans de l'imposture,
Ces Fantômes affreux que je ne connnois plus,
Sous le Dieu que j'adore ils sont tous abattus.

ZAMORE.

Quoi, ta Religion ! Quoi, la Loi de nos peres !

MONTEZE.

J'ai connue son néant, j'ai quitté ses chimeres ;
Puisse le Dieu des Dieux, dans ce Monde ignoré,
Manifester son Etre à ton cœur éclairé !
Puisse-tu mieux connoître, ô ! malheureux Zamore,
Les vertus de l'Europe, & le Dieu qu'elle adore !

ZAMORE.

Quelles vertus ! Cruel ! les Tyrans de ces Lieux
T'ont fait esclave en tout, t'ont arraché tes Dieux !
Tu les as donc trahis pour trahir ta promesse ?
Alzire a-t'elle encore imité ta foiblesse ?
Garde-toi . . .

MONTEZE.

Va, mon cœur ne se reproche rien,
Je dois benir mon sort, & pleurer sur le tien.

ZAMORE.

ZAMORE.

Si tu trahis ta foi , tu dois pleurer fans doute.
Prens pitié des tourmens que ton crime me coûte ;
Prens pitié de ce cœur enivré tour-à-tour
De zele pour mes Dieux, de vengeance & d'amour.
Je cherche ici Gufman, j'y vole pour Alzire,
Viens , conduis-moi vers elle, & qu'à fes pieds j'ex-
    pire.
Ne me dérobe point le bonheur de la voir,
Crains de porter Zamore au dernier défefpoir,
Reprens un cœur humain , que ta vertu bannie....

SCENE V.

MONTEZE, ZAMORE. *Suite.*

UN GARDE à *Monteze.*

SEigneur , on vous attend pour la cérémonie.

MONTEZE.

Je vous fuis.

ZAMORE.

Ah ! cruel je ne te quitte pas.
Quelle eft donc cette pompe où s'adreffent tes pas ?
Monteze....

MONTEZE.

Adieu , crois-moi , fuis de ce lieu funefte.

ZAMORE.

ZAMORE.

Dût m'accabler ici la colere céleste,
Je te suivrai.

MONTEZE.

Pardonne à mes soins paternels.

Aux Gardes.

Gardes empêchez-les de me suivre aux Autels.
Ces Payens, élevés dans des Loix étrangeres,
Pourroient de nos Chrétiens profaner les Mysteres:
Il ne m'appartient pas de vous donner des loix;
Mais Gusman vous l'ordonne, & parle par ma voix.

SCENE VI.

ZAMORE, AMERICAINS.

ZAMORE.

QU'AI-JE entendu, Gusman! O trahison! O rage!
O comble des forfaits! lâche & dernier outrage!
Il serviroit Gusman! l'ai-je bien entendu?
Dans l'Univers entier n'est-il plus de vertu?
Alzire, Alzire aussi sera-t'elle coupable?
Aura-t'elle sucé ce poison détestable,
Apporté parmi nous par ces Persécuteurs,
Qui poursuivent nos jours & corrompent nos
    mœurs?
Gusman est donc ici? que résoudre & que faire?

UN

UN AMERICAIN.

J'ose ici te donner un conseil salutaire.
Celui qui t'a sauvé, ce Vieillard vertueux,
Bien-tôt avec son fils va paroître à tes yeux.
Aux Portes de la Ville obtiens qu'on nous conduise.
Sortons, allons tenter notre illustre entreprise :
Allons tout préparer contre nos Ennemis,
Et surtout n'épargnons qu'Alvarès & son Fils.
J'ai vu de ces ramparts l'étrangere structure,
Cet Art nouveau pour nous, vainqueur de la Nature;
Ces angles, ces fossés, ces hardis boulevards,
Ces Tonnerres d'airain grondant sur les ramparts,
Ces piéges de la Guerre, où la mort se présente,
Tout étonnants qu'ils sont, n'ont rien qui m'épou-
    vante.
Hélas ! nos Citoyens enchaînés en ces lieux,
Servent à cimenter cet azyle odieux ;
Ils dressent d'une main dans les fers avilie,
Ce siége de l'orgueil & de la tyrannie.
Mais, crois-moi, dans l'instant qu'ils verront leurs
    Vengeurs,
Leurs mains vont se lever sur leurs Persécuteurs ;
Eux-mêmes ils détruiront cet effroyable ouvrage,
Instrument de leur honte & de leur esclavage.
Nos Soldats, nos Amis, dans ces fossés sanglants,
Vont te faire un chemin sur leurs corps expirants.
Partons, & revenons, sur ces coupables têtes,
Tourner ces traits de feu, ce fer & ces tempêtes,
Ce salpêtre enflâmé, qui d'abord à nos yeux

                       Parut

Parut un feu facré, lancé des mains dès Dieux.
Connoiffons, renverfons cette horrible puiffance,
Que l'orgueil trop long-tems fonda fur l'ignorance.

Z A M O R E.

Illuftres malheureux, que j'aimôà voir vos cœurs
Embraffer mes deffeins, & fentir mes fureurs !
Puiffions-nous de Gufman punir la barbarie !
Que fon fang fatisfaffe au fang de ma Patrie !
Trifte Divinité des mortels offenfés,
Vengeance, arme nos mains, qu'il meure, & c'eft
    affez,
Qu'il meure... mais hélas ! plus malheureux que
    braves,
Nous parlons de punir & nous fommes Efclaves,
De notre fort affreux le joug s'appefantit.
Alvares difparoit, Monteze nous trahit,
Ce que j'aime eft peut-être en des mains que j'ab-
    horre ;
Je n'ai d'autre douceur que d'en douter encore.
Mes amis, quels accens rempliffent ce féjour ?
Ces flambeaux allumés ont redoublé le jour.
J'entends l'Airain fonnant de ce Peuple barbare :
Quelle Fête, ou quel crime eft-ce donc qu'il prépare?
Voyons fi de ces lieux on peut au moins fortir ;
Si je puis vous fauver, ou s'il nous faut périr.

Fin du fecond Acte.

ACTE

ACTE III.

SCENE I.

ALZIRE *seule.*

ANES de mon Amant, j'ai donc trahi
    ma foi !
C'en est fait, & Gusman régne à ja-
    mais sur moi !
L'Océan, qui s'éleve entre nos Hemispheres,
A donc mis entre nous d'impuissantes barrieres ;
Je suis à lui, l'Autel a donc reçu nos vœux,
Et déja nos sermens sont écrits dans les Cieux !
O toi, qui me poursuis, Ombre chere & sanglante,
A mes sens désolés, Ombre à jamais présente,
Cher Amant ! si mes pleurs, mon trouble, mes re-
    mords,
Peuvent percer ta Tombe, & passer chez les Morts;
Si le pouvoir d'un Dieu fait survivre à sa cendre
Cet esprit d'un Héros, ce cœur fidéle & tendre ;
Cette ame qui m'aima jusqu'au dernier soupir,
Pardonne à cet Hymen où j'ai pu consentir.
Il falloit m'immoler aux volontés d'un Pere,

Au

Au bien de mes Sujets dont je me fens la Mere,
A tant de malheureux, aux larmes des vaincus,
Au foin de l'Univers, hélas ! où tu n'es plus.
Zamore, laiffe en paix mon ame déchirée
Suivre l'affreux devoir où les Cieux m'ont livrée :
Souffre un joug impofé par la néceffité ;
Permets ces nœuds cruels, ils m'ont affez coûté.

SCENE II.

ALZIRE, EMIRE.

ALZIRE.

EH bien ! veut-on toujours ravir à ma préfence
Les Habitans des lieux fi chers à mon enfance ?
Ne puis-je voir enfin ces Captifs malheureux,
Et goûter la douceur de pleurer avec eux ?

EMIRE.

Ah ! plûtôt de Gufman redoutez la furie,
Craignez pour ces Captifs, tremblez pour la Patrie.
On nous menace, on dit qu'à notre Nation
Ce jour fera le jour de la deftruction.
On déploye aujourd'hui l'Etendard de la guerre,
On allume ces feux enfermés fous la terre ;
On affembloit déja le fanglant Tribunal,
Monteze eft appellé dans ce Confeil fatal,
C'eft tout ce que j'ai fçu.

ALZIRE,

ALZIRE.

Ciel ! qui m'avez trompée,
De quel étonnement je demeure frappée !
Quoi ! puisqu'entre mes bras & du pied de l'Autel,
Gusman contre les miens leve son bras cruel !
Quoi ! j'ai fait le serment du malheur de ma vie !
Serment, qui pour jamais m'avez assujettie !
Hymen, cruel Hymen ! sous quel Astre odieux,
Mon pere-a-t'il formé tes redoutables nœuds ?

SCENE III.

ALZIRE, EMIRE, CEPHANE.

CEPHANE.

MADAME, un des Captifs, qui dans cette
journée
N'ont dû leur liberté qu'à ce grand Hymnée,
à vos pieds en secret demande à se jetter.

ALZIRE.

Ah ! qu'avec assurance il peut se présenter !
Sur lui, sur ses amis, mon ame est attendrie :
Ils sont chers à mes yeux, j'aime en eux la Patrie
Mais quoi ! faut-il qu'un seul demande à me parler ?

CEPHANE.

Il a quelques secrets qu'il veut vous réveler.

C'eſt ce même Guerrier, dont la main tutelaire
De Guſman votre Epoux ſauva, dit-on, le pere.

E M I R E.

Il vous cherchoit, Madame, & Monteze en ces
    lieux
Par des ordres ſecrets le cachoit à vos yeux.
Dans un ſombre chagrin ſon ame enveloppée,
Sembloit d'un grand deſſein profondément frappée.

C E P H A N E.

On liſoit ſur ſon front le trouble & les douleurs.
Il vous nommoit, Madame, & répandoit des pleurs;
Et l'on connoît aſſez par ſes plaintes ſecretes,
Qu'il ignore & le rang & l'éclat où vous êtes.

A L Z I R E.

Quel éclat, cher Emire, & quel indigne rang!
Ce Héros malheureux, peut-être de mon ſang,
De ma famille au moins il a vû la puiſſance;
Peut-être de Zamore il avoit connoiſſance.
Qui ſçait ſi de ſa perte il ne fut pas témoin?
Il vient pour m'en parler: ah! quel funeſte ſoin!
Sa voix redoublera les tourmens que j'endure,
Il va percer mon cœur & r'ouvrir ma bleſſure.
Mais n'importe, qu'il vienne. Un mouvement confus
S'empare malgré moi de mes ſens éperdus.

Hélas! dans ce Palais arroſé de mes larmes,
Je n'ai point encor eu de moment ſans allarmes.

SCENE

SCENE IV.

ALZIRE, ZAMORE, EMIRE.

ZAMORE.

M'EST-ELLE enfin renduë? Eft-ce elle que je
vois ?

ALZIRE.

Ciel ! tels étoient ſes traits, ſa démarche, ſa voix.

Elle tombe entre les mains de ſa Confidente.

Zamore.... Je ſuccombe; à peine je reſpire.

ZAMORE.

Reconnois ton Amant.

ALZIRE.

Zamore aux pieds d'Alzire,
Eſt-ce une illuſion ?

ZAMORE·

Non , je revis pour toi.
Je reclame à tes pieds tes ſermens & ta foi.
O moitié de moi-même ! Idole de mon ame !
Toi qu'un amour ſi tendre aſſuroit à ma flâme ,
Qu'as-tu fait des ſaints nœuds qui nous ont en-
chaînés ?

H 2   ALZIRE.

ALZIRE.

O jours ! O doux momens d'horreur empoisonnés !
Cher & fatal objet de douleur & de joye :
Ah ! Zamore, en quel tems faut-il que je te voye?
Chaque mot dans mon cœur enfonce le poignard.

ZAMORE.

Tu gémis & me vois !

ALZIRE.

Je t'ai revu trop tard,

ZAMORE.

Le bruit de mon trépas a dû remplir le Monde.
J'ai traîné loin de toi ma course vagabonde,
Depuis que ces Brigands t'arrachant à mes bras,
M'enleverent mes Dieux, mon Trône & tes appas.
Sçais-tu que ce Gusman, ce Destructeur sauvage,
Par des tourmens sans nombre éprouva mon cou-
    rage ?
Sçais-tu que ton Amant, à ton lit destiné,
Chere Alzire, aux Bourreaux se vit abandonné ?
Tu frémis. Tu ressens le couroux qui m'enflâme,
L'horreur de cette injure a passé dans ton ame.
Un Dieu sans doute, un Dieu qui préside à l'amour,
Dans le sein du trépas me conserva le jour.
Tu n'as point démenti ce grand Dieu qui me guide,
Tu n'es point devenuë Espagnole & perfide.
On dit que ce Gusman respire dans ces lieux,
Je venois t'arracher à ce Monstre odieux.

Tu

Tu m'aimes : vengeons-nous ; livre-moi la victime.

ALZIRE.

Oui, tu dois te venger, tu dois punir le crime,
Frappe.

ZAMORE.

Que me dis-tu ? Quoi tes vœux ! Quoi, ta foi !

ALZIRE.

Frappe ; je suis indigne & du jour & de toi :

ZAMORE.

Ah Monteze ! ah cruel ! mon cœur n'a pu te croire.

ALZIRE.

A-t-il osé t'apprendre une action si noire ?
Sçais-tu pour quel Epoux j'ai pu t'abandonner ?

ZAMORE.

Non, mais parle : aujourdhui rien ne peut m'é-
tonner.

ALZIRE.

Eh bien ! Vois donc l'abîme où le sort nous engage :
Vois le comble du crime, ainsi que de l'outrage.

ZAMORE.

Alzire !

ALZIRE.

Ce Gusman....

ZAMORE.

Grand Dieu !

H 3   ALZIRE.

ALZIRE.

Ton affaffin,
Vient en ce même inftant de recevoir ma main.

ZAMORE.

Lui !

ALZIRE.

Mon pere, Alvarès, ont trompé ma jeuneffe.
Ils ont à cet Hymen entraîné ma foibleffe.
Ta criminelle Amante, aux Autels des Chrétiens
Vient prefque fous tes yeux de former ces liens.
J'ai tout quitté, mes Dieux, mon Amant, ma Patrie :
Au nom de tous les trois arrache-moi la vie.
Voilà mon cœur, il vole au-devant de tes coups.

ZAMORE.

Alzire, eft-il bien vrai ? Gufman eft ton Epoux !

ALZIRE.

Je pourrois t'alleguer pour affoiblir mon crime ,
De mon pere fur moi le pouvoir légitime ,
L'erreur où nous étions, mes regrets, mes combats,
Les pleurs que j'ai trois ans donnés à ton trépas :
Que des Chrétiens vainqueurs Efclave infortunée,
La douleur de ta perte à leur Dieu m'a donnée :
Que je t'aimai toûjours, que mon cœur éperdu,
A détefté tes Dieux qui t'ont mal défendu.
Mais je ne cherche point, je ne veux point d'excufe,
Il n'en eft point pour moi lorfque l'amour m'accufe.
Tu vis, il me fuffit. Je t'ai manqué de foi ;
Tranche

Tranche mes jours affreux, qui ne font plus pour toi.
Quoi! tu ne me vois point d'un œil impitoyable?

ZAMORE.

Non, fi je fuis aimé, non, tu n'es point coupable:
Puis-je encor me flatter de régner dans ton cœur?

ALZIRE.

Quand Monteze, Alvarès, peut-être un Dieu ven-
geur,
Nos Chrétiens, ma foibleffe, au Temple m'ont
conduite,
Sure de ton trépas, à cet Hymen réduite,
Enchaînée à Gufman par des nœuds éternels,
J'adorois ta mémoire au pied de nos Autels.
Nos Peuples, nos Tyrans, tous ont fçu que je t'aime,
Je l'ai dit à la Terre, au Ciel, à Gufman même,
Et dans l'affreux moment, Zamore, où je te vois,
Je te le dis encor pour la derniere fois.

ZAMORE.

Pour la derniere fois Zamore t'auroit vuë!
Tu me ferois ravie auffi-tôt que renduë!
Ah! fi l'Amour encore te parloit aujourd'hui.....

ALZIRE.

O Ciel! c'est Gufman même, & fon pere avec lui.

SCENE V.

ALVARES, GUSMAN, ZAMORE,
ALZIRE, *Suite.*

ALVARES *à son Fils.*

TU vois mon bienfaicteur, il est auprès d'Alzire.

A Zamore.

O toi ! jeune Héros, toi par qui je respire ,
Viens , ajoûte à ma joye en cet auguste jour ,
Viens avec mon cher fils partager mon amour.

ZAMORE.

Qu'entens-je ? lui, Gusman ! lui, ton fils, ce barbare !

ALZIRE.

Ciel ! détourne les coups que ce moment prépare.

ALVARES.

Dans quel étonnement . . .

ZAMORE.

Quoi ! le Ciel a permis
Que ce vertueux pere eût cet indigne fils ?

GUSMAN *à Zamore.*

Esclave, d'où te vient cette aveugle furie ?

Sçais-

Sçais-tu bien qui je suis ?

ZAMORE.

Horreur de ma Patrie !

Parmi les malheureux que ton pouvoir a faits,
Connois-tu bien Zamore, & vois-tu tes forfaits ?

GUSMAN.

Toi !

ALVARES.

Zamore !

ZAMORE.

Oui, lui-même, à qui ta barbarie
Voulut ôter l'honneur & crut ôter la vie ;
Lui que tu fis languir dans des tourmens honteux,
Lui dont l'aspect ici te fait baisser les yeux.
Ravisseur de nos biens, Tyran de notre Empire,
Tu viens de m'arracher le seul bien où j'aspire.
Acheve, & de ce fer, *Trésor* de tes Climats,
Préviens mon bras vengeur, & préviens ton trépas.
La main, la même main, qui t'a rendu ton pere,
Dans ton sang odieux pourroit venger la Terre (*) ;
Et j'aurois les Mortels & les Dieux pour amis,
En révérant le pere & punissant le fis.

H 5   ALVARES.

___

(*) *Pere* doit rimer avec *Terre*, parcequ'on les prononce tous deux de même. C'est aux oreilles & non
pas aux yeux qu'il faut rimer. Cela est si vrai, que le
mot *Paon* n'a jamais rimé avec *Phaon*, quoique l'or-
tographe soit la même ; & ce mot *encore* rime très-bien
avec *abhorre*, quoiqu'il n'y ait qu'un R à l'un, & qu'il
y ait deux RR à l'autre. La Poësie est faite pour l'o-
reille : un usage contraire ne seroit qu'une pédan-
terie ridicule.

ALVARES à *Gusman.*

De ce difcours, ô Ciel, que je me fens eonfondre!
Vous fentez-vous coupable, & pouvez vous ré-
    pondre?

GUSMAN.

Répondre à ce Rebelle, & daigner m'avilir
Jufqu'à le réfuter quand je le dois punir!
Son jufte châtiment, que lui-même il prononce,
Sans mon refpect pour vous eût été ma réponfe.

A Alzire.

Madame, votre cœur doit vous l'inftruire affez
A quel point en fecret ici vous m'offenfez;
Vous, qui, finon pour moi, du moins pour votre
    gloire
Deviez de cet Efclave étouffer la mémoire;
Vous, dont les pleurs encor outragent votre Epoux;
Vous, qne j'aimois affez pour en être jaloux.

ALZIRE.

A Gusman.   *A Alvares*

Cruel! & vous, Seigneur! mon protecteur fon pere:

A Zamore

Toi! Jadis mon efpoir en un tems plus profpere,
Voyez le joug horrible où mon fort eft lié,
Et frémiffez tous trois d'horreur & de pitié.

En montrant Zamore.

Voici l'Amant, l'Epoux que me choifit mon pere,
Avant que je connuffe un nouvel Hémifphere,

Avant

Avant que de l'Europe on nous portât des fers,
Le bruit de son trépas perdit cet Univers.
Je vis tomber l'Empire où régnoient mes Ancêtres,
Tout changea sur la Terre, & je connus des Maîtres.
Mon pere infortuné, plein d'ennuis & de jours,
Au Dieu que vous servez eut à la fin recours :
C'est ce Dieu des Chrétiens, que devant vous j'atteste,
Ses Autels sont témoins de mon Hymen funeste,
C'est aux pieds de ce Dieu qu'un horrible serment
Me donne au Meurtrier qui m'ôta mon Amant.
Je connois mal peut-être une loi si nouvelle ;
Mais j'en crois ma vertu qui parle aussi haut qu'elle.
Zamore, tu m'es cher, je t'aime, je le doi ;
Mais après mes sermens je ne puis être à toi.
Toi, Gusman, dont je suis l'Epouse & la victime,
Je ne suis point à toi, cruel, après ton crime.
Qui des deux osera se venger aujourd'hui ?
Qui percera ce cœur que l'on arrache à lui ?
Toûjours infortunée, & toûjours criminelle,
Perfide envers Zamore, à Gusman infidelle,
Qui me délivrera, par un trépas heureux,
De la nécessité de vous trahir tous deux ?
Gusman, du sang des miens ta main déja rougie,
Frémira moins qu'une autre à m'arracher la vie.
De l'Hymen, de l'Amour il faut venger les droits,
Punis une coupable, & sois juste une fois.

GUSMAN.

Ainsi vous abusez d'un reste d'indulgence,
Que ma bonté trahie oppose à votre offense :

H 6 Mais

Mais vous le demandez , & je vais vous punir ;
Votre supplice est prêt, mon rival va périr.
Hola , Soldats.

ALZIRE.

Cruel !

ALVARES.

Mon fils , qu'allez-vous faire ?
Respectez ses bienfaits , respectez sa misere.
Quel est l'état horrible , ô Ciel où je me vois !
L'un tienr de moi la vie, à l'autre je la dois !
Ah mes fils ! de ce nom ressentez la tendresse ,
D'un Pere infortuné regardez la vieillesse ,
Et du moins...

SCENE VI.

ALVARES, GUSMAN, ALZIRE,
DOM ALONZE, *Officier Espagnol.*

ALONZE.

Paroissez, Seigneur, & commandez,
D'armes & d'ennemis ces champs sont inondés :
Ils marchent vers ces murs , & le nom de Zamore
Est le cri menaçant qui les rassemble encore.
Ce nom sacré pour eux se mêle dans les airs ,
A ce bruit belliqueux des barbares concerts.
Sous leurs boucliers d'or les Campagnes mugissent,

De

De leurs cris redoublés les Echos retentiſſent,
En Bataillons ſerrés ils meſurent leurs pas,
Dans un ordre nouveau qu'ils ne connoiſſoient pas;
Et ce Peuple autrefois, vil fardeau de la Terre,
Semble apprendre de nous le grand art de la guerre.

GUSMAN.

Allons, à leurs regards il faut donc ſe montrer.
Dans la poudre à l'inſtant vous les verrez rentrer.
Héros de la Caſtille, Enfans de la Victoire,
Ce Monde eſt fait pour vous, vous l'êtes pour la
  gloire,
Eux pour porter vos fers, vous craindre, & vous
  ſervir.

ZAMORE.

Mortel égal à moi, nous faits pour obéïr?

GUSMAN.

Qu'on l'entraîne.

ZAMORE.

   Oſes-tu? Tyran de l'innocence,
Oſes-tu me punir d'une juſte défenſe?

Aux Eſpagnols qui l'entourent.

Etes-vous donc des Dieux qu'on ne puiſſe attaquer?
Et teints de notre ſang faut-il vous invoquer?

GUSMAN.

Obéïſſez.

ALZIRE.

Seigneur!

ALVARES.

ALVARES.

Dans ton couroux févére,
Songe au moins , mon cher fils , qu'il a fauvé ton
Pere.

GUSMAN.

Seigneur, je fonge à vaincre , & je l'appris de vous ;
J'y vole, adieu.

SCENE VII.

ALVARES, ALZIRE.

ALZIRE *fe jettant à genoux*.

SEIGNEUR, j'embraffe vos genoux,
C'eft à votre vertu que je rends cet hommage,
Le premier où le fort abaiffa mon courage.
Vengez , Seigneur , vengez fur ce cœur affligé,
L'honneur de votre fils par fa femme outragé :
Mais à mes premiers nœuds mon ame étoit unie ,
Hélas ! peut-on deux fois fe donner dans fa vie?
Zamore étoit à moi , Zamore eut mon amour :
Zamore eft vertueux , vous lui devez le jour.
Pardonnez... je fuccombe à ma douleur mortelle.

ALVARES.

Je conferve pour toi ma bonté paternelle.

Je

Je plains Zamore & toi , je serai ton apui ;
Mais songe au nœud sacré qui t'attache aujourd'hui.
Ne porte point l'horreur au sein de ma famille :
Non, tu n'es plus à toi ; sois mon sang, sois ma fille.
Gusman fut inhumain, je le sçai, j'en frémis ;
Mais il est ton Epoux, il t'aime, il est mon fils,
Son ame à la pitié se peut ouvrir encore.

ALZIRE.

Hélas, que n'êtes-vous le pere de Zamore !

Fin du troisiéme Acte.

ACTE

ACTE IV.

SCENE I.

ALVARES, GUSMAN.

ALVARES.

ERITEZ donc, mon fils, un si grand
      avantage.
  Vous avez triomphé du nombre & du
      courage,
Et de tous les Vengeurs de ce triste Univers
Une moitié n'est plus, & l'autre est dans vos fers.
Ah ! n'ensanglantez point le prix de la victoire,
Mon fils, que la clémence ajoute à votre gloire.
Je vais sur les vaincus étendant mes secours,
Consoler leur misere, & veiller sur leurs jours.
Vous, songez cependant qu'un pere vous implore ;
Soyez homme & Chrétien, pardonnez à Zamore.
Ne pourrai-je adoucir vos inféxibles mœurs ?
Et n'apprendrez-vous point à conquérir des cœurs?

GUSMAN.

Ah ! vous percez le mien. Demandez-moi ma vie :
                       Mais

Mais laissez un champ libre à ma juste furie :
Ménagez le couroux de mon cœur opprimé ;
Comment lui pardonner ? le barbare est aimé.

ALVARES.

Il en est plus à plaindre.

GUSMAN.

     A plaindre ? lui , mon pere ?
Ah ! qu'on me plaigne ainsi , la mort me sera chere.

ALVARES.

Quoi , vous joignez encor à cet ardent couroux ,
La fureur des soupçons , ce tourment des jaloux ?

GUSMAN.

Et vous condamneriez jusqu'à ma jalousie ?
Quoi ! ce juste transport dont mon ame est saisie ,
Ce triste sentiment plein de honte & d'horreur ,
Si légitime en moi , trouve en vous un censeur !
Vous voyez sans pitié ma douleur effrenée !

ALVARES.

Mêlez moins d'amertume à votre destinée ;
Alzire a des vertus , & loin de les aigrir ,
Par des dehors plus doux vous devez l'attendrir.
Son cœur de ces Climats conserve la rudesse ,
Il résiste à la force , il céde à la souplesse ,
Et la douceur peut tout sur notre volonté.

GUSMAN.

Moi que je flatte encor l'orgueil de sa beauté ?

Que

Que sous un front serein déguisant mon outrage,
A de nouveaux mépris ma bonté l'encourage ?
Ne dévriez-vous pas, de mon honneur jaloux,
Au lieu de le blâmer, partager mon couroux ?
J'ai déja trop rougi d'épouser une Esclave,
Qui m'ose dédaigner, qui me hait, qui me brave,
Dont un autre à mes yeux possede encor le cœur,
Et que j'aime, en un mot, pour comble de malheur.

ALVARES.

Ne vous repentez point d'un amour légitime ;
Mais sçachez le régler, tout excès mene au crime.
Promettez-moi du moins de ne décider rien
Avant de m'accorder un second entretien.

GUSMAN.

Eh ! que pourroit un fils refuser à son pere ?
Je veux bien pour un tems suspendre ma colere,
N'en exigez pas plus de mon cœur outragé.

ALVARES.

Je ne veux que du tems.   *Il sort.*

GUSMAN *seul.*

Quoi n'être point vengé !
Aimer, me repentir, être réduit encore
A l'horreur d'envier le destin de Zamore,
D'un de ces vils mortels en Europe ignorés,
Qu'à peine du nom d'homme on auroit honorés !
Que vois-je ! Alzire ! ô Ciel....

SCENE

SCENE II.

GUSMAN, ALZIRE, EMIRE.

ALZIRE.

C'Est moi, c'est ton Epouse,
C'est ce fatal objet de ta fureur jalouse,
Qui n'a pu te chérir, qui t'a dû révérer,
Qui te plaint, qui t'outrage, & qui vient t'implorer.
Je n'ai rien déguisé. Soit grandeur, soit foiblesse,
Ma bouche a fait l'aveu qu'un autre a ma tendresse;
Et ma sincérité, trop funeste vertu,
Si mon Amant périt, est ce qui l'a perdu.
Je vais plus t'étonner, ton Epouse a l'audace
De s'adresser à toi pour demander sa grace.
J'ai cru que Dom Gusman, tout fier, tout rigoureux,
Tout terrible qu'il est doit être généreux.
J'ai pensé qu'un Guerrier, jaloux de sa puissance,
Peut mettre l'orgueil même à pardonner l'offense :
Une telle vertu séduiroit plus nos cœurs,
Que tout l'or de ces lieux n'éblouït nos vainqueurs.
Par ce grand changement dans ton ame inhumaine,
Par un effort si beau tu vas changer la mienne,
Tu t'assures ma foi, mon respect, mon retour,
Tous mes vœux (s'il en est qui tiennent lieu d'a-
     mour.)

                              Pardonne...

Pardonne... je m'égare... éprouve mon courage,
Peut-être une Espagnole eût promis davantage,
Elle eût pû prodiguer les charmes de ses pleurs ;
Je n'ai point leurs attraits, & je n'ai point leurs
       mœurs.
Ce cœur simple & formé des mains de la Nature,
En voulant t'adoucir redouble ton injure ;
Mais enfin c'est à toi d'essayer desormais
Sur ce cœur indompté la force des bienfaits.

G U S M A N.

Eh bien ! si les vertus peuvent tant sur vôtre ame,
Pour en suivre les loix, connoissez-les , Madame.
Etudiez nos mœurs avant de les blâmer.
Ces mœurs sont vos devoirs , il faut s'y conformer.
Sachez que le premier est d'étouffer l'idée
Dont votre ame à mes yeux est encor possedée.
De vous respecter plus , & de n'oser jamais
Me prononcer le nom d'un rival que je hais ;
D'en rougir la premiere , & d'attendre en silence
Ce que doit d'un Barbare ordonner ma vengeance.
Sachez que votre Epoux qu'ont outragé vos feux,
S'il peut vous pardonner est assez généreux.
Plus que vous ne pensez je porte un cœur sensible,
Et ce n'est pas à vous à me croire infléxible.

ALZIRE,

SCENE III.

ALZIRE, EMIRE,

EMIRE.

VOus voyez qu'il vous aime, on pourroit l'attendrir.

ALZIRE.

S'il m'aime, il eſt jaloux : Zamore va périr :
J'aſſaſſinois Zamore en demandant ſa vie.
Ah ! Je l'avois prévu. M'auras-tu mieux ſervie ?
Pourras-tu le ſauver ? Vivra-t-il loin de moi ?
Du Soldat qui le garde as-tu tenté la foi ?

EMIRE.

L'or qui les ſéduit tous vient d'éblouïr ſa vue.
Sa foi, n'en doutez point, ſa main vous eſt vendue.

ALZIRE.

Ainſi , graces aux Cieux, ces métaux déteſtés
Ne ſervent pas toujours à nos calamités.
Ah ! ne perds point de tems : tu balances encore !

EMIRE.

Mais auroit-on juré la perte de Zamore ?
Alvarès auroit-il aſſez peu de crédit ,

Et

Et le Conseil enfin. . . .

A L Z I R E.

Je crains tout , il suffit.
Tu vois de ces Tyrans la fureur despotique ,
Ils pensent que po ur eux le Ciel fit l'Amérique,
Qu'ils en sont nés les Rois;& Zamore à leurs yeux,
Tout Souverain qu'il fut , n'est qu'un séditieux,
Conseil de Meurtriers ! Gusman ! Peuple barbare !
Je préviendrai les coups que votre main prépare.
Ce Soldat ne vient point , qu'il tarde à m'obéïr !

E M I R E.

Madame , avec Zamore il va bien-tôt venir ;
Il court à la prison. Déja la nuit plus sombre
Couvre ce grand dessein du secret de son ombre.
Fatigués de carnage & de sang enivrés ,
Les Tyrans de la terre au sommeil sont livrés.

A L Z I R E.

Allons , que ce Soldat nous conduise à la porte ,
Qu'on ouvre la prison , que l'innocence en sorte.

E M I R E.

Il vous prévient déja ; Céphane le conduit.
Mais si l'on vous rencontre en cette obscure nuit,
Votre gloire est perdue , & cette honte extrême. . .

A L Z I R E.

Va, la honte seroit de trahir ce que j'aime.

Cet

Cet honneur étranger parmi nous inconnu,
N'eſt qu'un Fantôme vain qu'on prend pour la Vertu:
C'eſt l'amour de la gloire & non de la juſtice,
La crainte du reproche & non celle du Vice.
Je fus inſtruite, Emire, en ce groſſier Climat,
A ſuivre la Vertu ſans en chercher l'eclat.
L'honneur eſt dans mon cœur,& c'eſt lui qui m'or-
    donne
De ſauver un Héros que le Ciel abandonne.

SCENE IV.

ALZIRE, ZAMORE, EMIRE.

ALZIRE.

TOut eſt perdu pour toi, tes Tyrans ſont vain-
    queurs,
Ton ſupplice eſt tout prêt, ſi tu ne fuis, tu meurs.
Pars, ne perds point de tems, prens ce Soldat pour
    guide.
Trompons des Meurtriers l'eſpérance homicide ;
Tu vois mon deſeſpoir & mon ſaiſiſſement,
C'eſt à toi d'épargner la mort à mon Amant ,
Un crime à mon Epoux, & des larmes au Monde.
L'Amérique t'appelle , & la nuit te ſeconde ;
Prens pitié de ton ſort, & laiſſe-moi le mien.

ZAMORE.

Eſclave d'un Barbare, Epouſe d'un Chrétien,
                                            Toi

Toi qui m'as tant aimé , tu m'ordonnes de vivre !
Eh bien j'obéirai : mais ofes-tu me fuivre ?
Sans Trône , fans fecours , au comble du malheur ,
Je n'ai plus à t'offrir qu'un Défert & mon cœur.
Autrefois à tes pieds j'ai mis un Diadême.

ALZIRE.

Ah ! Qu'étoit-il fans toi ? Qu'ai-je aimé que toi-
    même ?
Et qu'eft-ce auprès de toi que ce vil Univers ?
Mon ame va te fuivre au fond de tes Déferts.
Je vais feule en ces lieux , où l'horreur me confume,
Languir dans les regrets , fecher dans l'amertume :
Mourir dans le remords d'avoir trahi ma foi :
D'être au pouvoir d'un autre , & de brûler pour toi.
Pars , emporte avec toi mon bonheur & ma vie ,
Laiffe-moi les horreurs du devoir qui me lie ;
J'ai mon Amant enfemble & ma gloire à fauver ,
Tous deux me font facrés , je les veux conferver.

ZAMORE.

Ta gloire ! Quelle eft donc cette gloire inconnue ?
Quel fantôme d'Europe a fafciné ta vûe ?
Quoi ! ces affreux fermens qu'on vient de te dicter ;
Quoi ! Ce Temple Chrétien que tu dois détefter ,
Ce Dieu , ce deftructeur des Dieux de mes Ancêtres ,
T'arrachent à Zamore , & te donnent des Maîtres ?

ALZIRE.

J'ai promis , il fuffit , que t'importe à quel Dieu ?
                           ZAMORE,

Z A M O R E.

Ta promesse est ton crime, elle est ma perte, adieu.
Périssent tes sermens, & le Dieu que j'abhorre !

A L Z I R E.

Attête. Quels adieux ! Arrête, cher Zamore,

Z A M O R E.

Gusman est ton époux !

A L Z I R E.

Plains-moi sans m'outrager.

Z A M O R E.

Songe à nos premiers nœuds.

A L Z I R E.

Je songe à ton danger.

Z A M O R E.

Non, tu trahis, cruelle, un feu si légitime.

A L Z I R E.

Non, je t'aime à jamais, & c'est un nouveau crime.
Laisse-moi mourir seule, ôte-toi de ces lieux.
Quel desespoir horrible étincelle en tes yeux ?
Zamore….

Z A M O R E.

Ç'en est fait.

ALZIRE.

Où vas-tu?

ZAMORE.

Mon courage

De cette liberté va faire un digne usage.

ALZIRE.

Tu n'en saurois douter, je péris si tu meurs.

ZAMORE.

Peux-tu mêler l'amour à ces momens d'horreurs?
Laisse-moi, l'heure fuit, le jour vient, le tems presse:
Soldat, guide mes pas.

SCENE V.

ALZIRE, EMIRE.

ALZIRE.

JE succombe, il me laisse:
Il part, que va-t'il faire? O moment plein d'effroi!
Gusman! Quoi c'est donc lui que j'ai quitté pour toi!
Emire, suis ses pas, vole, & reviens m'instruire,
S'il est en sureté, s'il faut que je respire.
Va voir si ce Soldat nous sert ou nous trahit.

Emire sort.

Un noir pressentiment m'afflige & me saisit,

Ce

Ce jour, ce jour pour moi ne peut être qu'horrible.
O toi ! Dieu des Chrétiens, Dieu vainqueur & terrible,
Je connois peu tes Loix. Ta main du haut des Cieux
Perce à peine un nuage épais sur mes yeux ;
Mais si je suis à toi, si mon amour t'offense,
Sur ce cœur malheureux épuise ta vengeance.
Grand Dieu, conduis Zamore au milieu des Deserts.
Ne serois-tu le Dieu que d'un autre Univers ?
Les seuls Européans sont ils nés pour te plaire ?
Es-tu Tyran d'un Monde & de l'autre le Pere ?
Les vainqueurs, les vaincus, tous ces foibles humains
Sont tous également l'ouvrage de tes mains.
Mais de quels cris affreux mon oreille est frapée !
J'entends nommer Zamore. O Ciel ! on m'a trompée,
Le bruit redouble, on vient, ah ! Zamore est perdu.

SCENE VI.

ALZIRE, EMIRE.

ALZIRE.

CHere Emire, est-ce toi ? Qu'a-t-on fait ?
  Qu'as-tu vu ?
Tire-moi par pitié de mon doute terrible.

EMIRE.

Ah ! n'esperez plus rien ; sa perte est infaillible.

Dés armes du Soldat qui conduifoit fes pas
Il a couvert fon front, il a chargé fon bras.
Il s'éloigne : à l'inftant, le Soldat prend la fuite,
Votre Amant au Palais court & fe précipite.
Je le fuis en tremblant parmi nos ennemis,
Parmi ces Meurtriers dans le fang endormis,
Dans l'horreur de la nuit, des morts & du filence,
Au Palais de Gufman, je le vois qui s'avance :
Je l'appellois en vain de la voix & des yeux,
Il m'échappe, & foudain j'entends des cris affreux,
J'attends dire, qu'il meure : on court, on vole aux
        armes.
Retirez-vous, Madame, & fuyez tant d'allarmes :
Rentrez.

A L Z I R E.

Ah ! chere Emire, allons le fecourir,

E M I R E.

Que pouvez-vous, Madame, ô Ciel !

A L Z I R E.
                                    Je peux mourir.

SCENE

SCENE VII.

ALZIRE, EMIRE, DON ALONZE, GARDES.

DON ALONZE.

A Mes ordres secrets, Madame, il faut vous
rendre.

ALZIRE.

Que me dis-tu, Barbare? & que viens-tu m'apprendre?
Qu'est devenu Zamore?

DON ALONZE.

      En ce moment affreux
Je ne puis qu'annoncer un ordre rigoureux,
Daignez me suivre.

ALZIRE.

     O sort! ô vengeance trop forte!
Cruels, quoi, ce n'est point la mort que l'on m'a-
  porte?
Quoi Zamore n'est plus! & je n'ai que des fers!
Tu gémis, & tes yeux de larmes sont couverts!
Mes maux ont-ils touché les cœurs nés pour la haine?
Viens, si la mort m'attend, viens, j'obéïs sans peine.

Fin du quatriéme Acte.

I 3   ACTE

ACTE V.

SCENE I.

ALZIRE, GARDES.

ALZIRE.

 Réparez-vous pour moi vos suplices cruels,
Tyrans, qui vous nommés les Juges des mortels ?
Laissez-vous dans l'horreur de cette inquiétude
De mes destins affreux flotter l'incertitude ?
On m'arrête, on me garde, on ne s'informe pas
Si l'on a résolu ma vie ou mon trépas.
Ma voix nomme Zamore, & mes Gardes pâlissent.
Tout s'émeut à ce nom, ces Monstres en frémissent.

SCENE II.

MONTEZE, ALZIRE.

ALZIRE.

AH mon pere !

MONTEZE

MONTEZE.

   Ma Fille, où nous as-tu réduits ?
Voilà de ton amour les execrables fruits.
Hélas ! nous demandions la grace de Zamore ;
Alvares avec moi daignoit parler encore ;
Un Soldat à l'inſtant ſe préſente à nos yeux,
C'étoit Zamore même, égaré, furieux.
Par ce déguiſement la vûë étoit trompée,
A peine entre ſes mains j'apperçois une épée ;
Entrer, voler vers nous, s'élancer ſur Guſman,
L'attaquer, le frapper, n'eſt pour lui qu'un moment.
Le ſang de ton Epoux rejaillit ſur ton pere :
Zamore au même inſtant dépouillant ſa colere,
Tombe aux pieds d'Alvares, & tranquille, ſoumis,
Lui préſentant ce fer, teint du ſang de ſon fils.
J'ai fait ce que j'ai dû, j'ai vengé mon injure :
Fais ton devoir, dit-il, & venge la Nature.
Alors il ſe proſterne attendant le trépas.
Le pere tout ſanglant ſe jette entre mes bras ;
Tout ſe réveille, on court, on s'avance, on s'écrie,
On vole à ton Epoux, on rappelle ſa vie,
On arrête ſon ſang, on preſſe le ſecours
De cet art inventé pour conſerver nos jours.
Tout le Peuple à grands cris demande ton ſuplice,
Du meurtre de ſon Maître il te croit la complice ...

   ALZIRE.
Vous pourriez !

   MONTEZE.

  Non, mon cœur ne t'en ſoupçonne pas.
    I 4   Non,

Non , le tien n'eſt pas fait pour de tels attentats ,
Capable d'une erreur , il ne l'eſt point d'un crime,
Tes yeux s'étoient fermés ſur le bord de l'abîme.
Je le ſouhaite ainſi , je le croi : cependant
Ton Epoux va mourir des coups de ton Amant.
On va te condamner , tu vas perdre la vie
Dans l'horreur du ſupplice & dans l'ignominie ,
Et je retourne enfin par un dernier effort,
Demander au Conſeil & ta grace & ma mort.

A L Z I R E.

Ma grace! à mes Tyrans! les prier! vous,mon pere?
Oſez vivre & m'aimer , c'eſt ma ſeule priere.
Je plains Guſman , ſon ſort a trop de cruauté,
Et je le plains ſurtout de l'avoir mérité.
Pour Zamore il n'a fait que venger ſon outrage.
Je ne peux excuſer ni blâmer ſon courage.
J'ai voulu le ſauver , je ne m'en défens pas,
Il mourra . . . Gardez-vous d'empêcher mon trépas.

M O N T E Z E.

O Ciel! inſpire-moi , j'implore ta clémence.
Il ſort.

S C E N E   III.

A L Z I R E *ſeule.*

O Ciel ! anéantis ma fatale exiſtence.
Quoi ce Dieu que je ſers me laiſſe ſans ſecours !

Il

Il défend à mes mains d'attenter sur mes jours.
Ah! j'ai quitté des Dieux dont la bonté facile
Me permettoit la mort, la mort mon seul asyle.
Eh, quel crime est-ce donc devant ce Dieu jaloux
De hâter un moment qu'il nous prépare à tous?
Quoi du calice amer d'un malheur si durable
Faut-il boire à long traits la lie insuportable?
Ce corps vil & mortel est-il donc si sacré,
Que l'esprit qui le meut ne le quitte à son gré?
Ce Peuple des Vainqueurs armé de son tonnerre,
A-t-il le droit affreux de dépeupler la Terre?
D'exterminer les miens? de déchirer mon flanc?
Et moi je ne pourrai disposer de mon sang?
Je ne pourrai sur moi permettre à mon courage
Ce que sur l'Univers il permet à sa rage?
Zamore va mourir dans des tourmens affreux,
Barbares!

SCENE IV.

ZAMORE enchaîné, ALZIRE,
GARDES.

ZAMORE.

C'Est ici qu'il faut périr tous deux.
Sous l'horrible appareil de sa fausse justice,
Un Tribunal de sang te condamne au supplice.

Gusman

Gusman respire encor ; mon bras désesperé
N'a porté dans son sein qu'un coup mal assûré.
Il vit pour achever le malheur de Zamore,
Il mourra tout couvert de ce sang que j'adore ;
Nous périrons ensemble à ses yeux expirans,
Il va goûter encor le plaisir des Tyrans.
Alvarès doit ici prononcer de sa bouche
L'abominable Arrêt de ce Conseil farouche.
C'est moi qui t'ai perdue, & tu péris pour moi.

ALZIRE.

Va , je ne me plains plus , je mourrai près de toi.
Tu m'aimes, c'est assez ; benis ma destinée ,
Benis le coup affreux qni rompt mon hymenée ;
Songe que ce moment , où je vais chez les morts ,
Est le seul où mon cœur peut t'aimer sans remords.
Libre par mon supplice , à moi-même rendue ,
Je dispose à la fin d'une foi qui t'est duë.
L'appareil de la mort élevé pour nous deux,
Est l'Autel où mon cœur te rend ses premiers feux :
C'est-là que j'expierai le crime involontaire
De l'infidélité que j'avois pu te faire.
Ma plus grande amertume en ce funeste sort,
C'est d'entendre Alvarès prononcer notre mort.

ZAMORE.

Ah ! le voici, les pleurs inondent son visage.

ALZIRE.

Qui de nous trois, ô Ciel, a reçu plus d'outrage ?
Et que d'infortunés le sort assemble ici !

SCENE

SCENE V.

ALZIRE, ZAMORE, ALVARES, GARDES.

ZAMORE.

J'ATTENDS la mort de toi, le Ciel le veut ainſi,
Tu dois me prononcer l'Arrêt qu'on vient de
   rendre,
Parle ſans te troubler comme je vais t'entendre,
Et fais livrer ſans crainte aux ſupplices tout prêts,
L'Aſſaſſin de ton fils, & l'Ami d'Alvarès.
Mais que t'a fair Alzire ? & quelle barbarie
Te force à lui ravir une innocente vie ?
Les Eſpagnols enfin t'ont donné leur fureur,
Une injuſte vengeance entre-t-elle en ton cœur ?
Connu ſeul parmi nous par ta clémence auguſte,
Tu veux donc renoncer à ce grand nom de Juſte !
Dans le ſang innocent ta main va ſe baigner !

ALZIRE.

Venge-toi, venge un Fils, mais ſans me ſoupçonner,
Epouſe de Guſman, ce nom ſeul doit t'apprendre,
Que loin de le trahir je l'aurois ſçu défendre.
J'ai reſpecté ton fils, & ce cœur gémiſſant,
Lui conſerva ſa foi même en le haïſſant.

I 6   **Que**

Que je fois de ton Peuple applaudie ou blâmée,
Ta feule opinion fera ma renommée ;
Eftimée en mourant d'un cœur tel que le tien ,
Je dédaigne le refte & ne demande rien.
Zamore va mourir , il faut bien que je meure ,
C'eft tout ce que j'attends, & c'eft toi que je pleure.

ALVARES.

Quel mélange, grand Dieu, de tendreffe & d'horreur!
L'Affaffin de mon fils eft mon Libérateur.
Zamore ! .... oui, je te dois des jours que je détefte ,
Tu m'as vendu bien cher un préfent fi funefte...
Je fuis Pere, mais homme ; & malgré ta fureur,
Malgré la voix du fang qui parle à ma douleur,
Qui demande vengeance à mon ame éperdue,
La voix de tes bienfaits eft encor entendue.

Et toi qui fus ma fille, & que dans nos malheurs,
J'appelle encor du nom qui fait couler nos pleurs ,
Va, ton pere eft bien loin de joindre à fes fouffrances
Cet horrible plaifir que donnent les vengeances.
Il faut perdre à la fois par des coups inoüis ,
Et mon Libérateur , & ma Fille & mon Fils.
Le Confeil vous condamne , il a dans fa colere
Du fer de la vengeance armé la main d'un pere.
Je n'ai point refufé ce miniftere affreux. ..
Et je viens le remplir pour vous fauver tous deux.
Zamore , tu peux tout.

ZAMORE.

Je peux fauver Alzire !
Ah !

Ah ! parle, que faut-il ?

ALVARES.

   Croire un Dieu qui m'infpire,
Tu peux changer d'un mot & fon fort & le tien ;
Ici la Loi pardonne à qui fe rend Chrétien.
Cette Loi que n'aguére un faint zéle a dictée
Du Ciel en ta faveur y femble être apportée.
Le Dieu qui nous apprit lui-même à pardonner,
De fon ombre à nos yeux faura t'environner :
Tu vas des Efpagnols arrêter la colere,
Ton fang facré pour eux eft le fang de leur frere :
Les traits de la vengeance en leurs mains fufpendus,
Sur Alzire & fur toi ne fe tourneront plus.
Je réponds de fa vie ainfi que de la tienne,
Zamore, c'eft de toi qu'il faut que je l'obtienne.
Ne fois point infléxible à cette foible voix,
Je te devrai la vie une feconde fois.
Cruel, pour me payer du fang dont tu me prives,
Un pere infortuné demande que tu vives.
Rends-toi Chrétien comme elle, accorde-moi ce prix
De fes jours, & des tiens, & du fang de mon fils.

ZAMORE à *Alzire*.

Alzire, jufques-là chéririons-nous la vie ?
La rechercherions-nous par mon ignominie ?
Quitterai-je mes Dieux pour le Dieu de Gufman ?
Et toi plus que ton fils feras-tu mon Tyran ?
Tu veux qu'Alzire meure, ou que je vive en traître.
         Ah !

Ah ! lorfque de tes jours je me fuis vu le maître,
Si j'avois mis ta vie à cet indigne prix,
Parle, aurois-tu quitté les Dieux de ton pays ?

ALVARES.

J'aurois fait ce qu'ici tu me vois faire encore,
J'aurois prié ce Dieu, feul Etre que j'adore,
De n'abandonner pas un cœur tel que le tien,
Tout aveuglé qu'il eft, digne d'être Chrétien.

ZAMORE.

Dieux ! quel genre inouï de trouble & de fupplice !
Entre quels attentats faut-il que je choififfe ?

A Alzire.

Il s'agit de tes jours, il s'agit de mes Dieux.
Toi, qui m'ofes aimer, ofes juger entreux,
Je m'en remets à toi, mon cœur fe flatte encore
Que tu ne voudras point la honte de Zamore.

ALZIRE.

Ecoute. Tu fçais trop qu'un Pere infortuné
Difpofa de ce cœur que je t'avois donné ;
Je reconnus fon Dieu : tu peux de ma jeuneffe
Accufer fi tu veux l'erreur ou la foibleffe ;
Mais des Loix des Chrétiens mon efprit enchanté,
Vit chez eux, ou du moins, crut voir la Verité ;
Et ma bouche abjurant les Dieux de ma patrie,
Par mon ame en fecret ne fut point démentie ;

Mais

Mais renoncer aux Dieux que l'on croit dans son
　　　　cœur,
C'eſt le crime d'un lâche, & non pas une erreur,
C'eſt trahir à la fois, ſous un maſque hypocrite,
Et le Dieu qu'on préfére, & le Dieu que l'on quitte;
C'eſt mentir au Ciel même, à l'Univers, à ſoi.
Mourons, mais en mourant ſois digne encor de moi;
Et ſi Dieu ne te donne une clarté nouvelle,
Ta probité te parle, il faut n'écouter qu'elle.

ZAMORE.

J'ai prévu ta réponſe, il vaut mieux expirer
Et mourir avec toi que ſe deshonorer.

ALVARES.

Cruels, ainſi tous deux vous voulez votre perte !
Vous bravez ma bonté, qui vous étoit offerte;
Ecoutez, le tems preſſe, & ces lugubres cris....

SCENE VI.

ALVARES, ZAMORE, ALZIRE, ALONZE, AMERICAINS, ESPAGNOLS.

ALONZE.

ON amene à vos yeux votre malheureux Fils.
　　Seigneur, entre vos bras il veut quitter la vie.
Du Peuple qui l'aimoit, une troupe en furie,
S'empreſſant près de lui, vient ſe raſſaſier
Du ſang de ſon Epouſe & de ſon Meurtrier.
　　　　　　　　　　　　SCENE

SCENE VII,

ALVARES, GUSMAN, ZAMORE, AMÉRICAINS, SOLDATS.

ZAMORE.

CRUELS, sauvez Alzire, & pressez mon supplice.

ALZIRE.

Non, qu'une affreuse mort tous trois nous réunisse.

ALVARES.

Mon Fils mourant, mon Fils, ô comble de douleur !

ZAMORE à Gusman.

Tu veux donc jusqu'au bout consommer ta fureur ?
Viens, vois couler mon sang, puisque tu vis encore,
Viens apprendre à mourir en regardant Zamore.

GUSMAN à Zamore.

Il est d'autres vertus que je veux t'enseigner :
Je dois un autre exemple, & je viens le donner.

A Alvares.

Le Ciel qui veut ma mort & qui l'a suspendue,
Mon Pere, en ce moment m'amene à votre vûe.

Mon

Mon ame fugitive, & prête à me quitter,
S'arrête devant vous... mais pour vous imiter.
Je meurs, le voile tombe, un nouveau jour m'éclaire,
Je ne me suis connu qu'au bout de ma carriere.
J'ai fait jusqu'an moment qui me plonge au cer-
cueil,
Gémir l'Humanité du poids de mon orgueil.
Le Ciel venge la Terre, il est juste, & ma vie
Ne peut payer le sang dont ma main s'est rougie.
Le bonheur m'aveugla, la mort m'a détrompé :
Je pardonne à la main par qui Dieu m'a frappé.
J'étois Maître en ces lieux ; seul j'y commande en-
core.
Seul je puis faire grace, & la fais à Zamore.
Vis, superbe ennemi, sois libre, & te souvien,
Quel fut & le devoir, & la mort d'un Chrétien.

A Monteze qui se jette à ses pieds.

Monteze, Américains, qui fûtes mes victimes,
Songez que ma clémence a surpassé mes crimes.
Instruisez l'Amérique, apprenez à ses Rois
Que les Chrétiens sont nés pour leur donner des
Loix.

A Zamore.

Des Dieux que nous servons, connois la différence :
Les tiens t'ont commandé le meurtre & la ven-
geance,
Et le mien, quand ton bras vient de m'assassiner,
M'ordonne de te plaindre & de te pardonner.

ALVARES.

ALVARES.

Ah mon Fils ! tes vertus égalent ton courage.

ALZIRE.

Quel changement, grand Dieu, quel étonnant langage !

ZAMORE.

Quoi, tu veux me forcer moi-même au repentir!

GUSMAN.

Je veux plus, je te veux forcer à me chérir.
Alzire n'a vécu que trop infortunée ,
Et par mes cruautés & par mon Hymenée.
Que ma mourante main la remette en tes bras.
Vivez fans me haïr , gouvernez vos Etats ,
Et de vos murs détruits rétabliffant la gloire ,
De mon nom, s'il se peut , beniffez la mémoire.

A Alvares.

Daigne fervir de pere à ces Epoux heureux :
Que du Ciel par vos foins le jour luife fur eux ,
Aux clartés des Chrétiens fi fon ame eft ouverte ,
Zamore eft votre Fils , & répare ma perte.

ZAMORE.

Je demeure immobile , égaré , confondu ,
Quoi donc les vraisChétiens auroient tant de vertu!
Ah ! la Loi qui t'oblige à cet effort fuprême ,

Je

Je commence à le croire,est la Loi d'un Dieu même :
J'ai connu l'amitie , la conftance, la foi ;
Mais tant de grandeur d'ame eft au-deſſus de moi :
Tant de vertu m'accable , & fon charme m'attire ,
Honteux d'être vengé , je t'aime & je t'admire.

Il ſe jette à ſes pieds.

ALZIRE.

Seigneur, en rougiſſant je tombe à vos genoux ,
Alzire en ce moment voudroit mourir pour vous,
Entre Zamore & vous mon ame déchirée ,
Succombe au repentir dont elle eft devorée.
Je me ſens trop coupable , & mes triftes erreurs …

GUSMAN.

Tout vous eft pardonné , puiſque je vois vos pleurs.
Pour la derniere fois approchez-vous , mon pere ,
Vivez long-tems heureux,qu'Alzire vous ſoit chere,
Zamore, ſois Chrétien , je fuis content , je meurs.

ALVARES *à Monteze.*

Je vois le doigt de Dieu marqué dans nos malheurs.
Mon cœur défefperé ſe foumet , s'abandonne
Aux volontés d'un Dieu,qui frappe & qui pardonne.

Fin du dernier Acte.

L'ENFANT

L'ENFANT PRODIGUE.

COMÉDIE,

Représentée pour la premiere fois
le 10. Octobre 1736.

L'ENFANT

PRÉFACE.
DE L'ÉDITEUR.

IL est assez étrange que l'on n'ait pas son-
gé plûtôt à imprimer cette Comédie, qui
fut jouée il y a près de deux ans, & qui eut
environ trente Repréfentations. L'Auteur
ne s'étant point déclaré, on l'a mife jufqu'ici fur le compte de diverfes perfonnes
très-eftimées ; mais elle eft véritablement
de Mr. de Voltaire, quoique le ftile de la
Henriade & d'Alzire foit fi différent de ce-
luici, qu'il ne permet guéres d'y reconnoître
la même main.

C'eft ce qui fait que nous donnons, fous
fon nom, cette Piéce au Public comme la
première Comédie qui foit écrite en Vers
de cinq pieds. Peut-être cette nouveauté
engagera-t'elle quelqu'un à fe fervir de cette
mefure. Elle produira fur le Théâtre Français de la variété, & qui donne des plaifirs
nouveaux, doit toûjours être bien reçu.

Si la Comédie doit être la repréfentation
des mœurs, cette Piéce femble être affez
de ce caractere. On y voit un mélange de
férieux & de plaifanterie, de comique & de
touchant. C'eft ainfi que la vie des hommes
eft bigarée ; fouvent même une feule avanture produit tous ces contraftes. Rien n'eft

ſi

ſi commun qu'une maiſon dans laquelle un
pere gronde, une fille occupée de ſa paſſion
pleure; le fils ſe moque des deux, & quelques parens prennent différemment part à
la ſcéne. On raillé très-ſouvent dans une
chambre, de ce qui attendrit dans la chambre voiſine; & la même perſonne a quelquefois ri & pleuré de la même choſe dans le
même quart-d'heure.

Une Dame très-reſpectable étant un jour
au chevet d'une de ſes filles qui étoit en
danger de mort, entourée de toute ſa famille, s'écrioit en fondant en larmes: *Mon
Dieu, rendez-la moi, & prenez tous mes autres enfans.* Un homme qui avoit épouſé une
de ſes filles, s'aprocha d'elle, & la tirant par
la manche: *Madame*, dit-il, *les gendres en
ſont-ils?* Le ſens froid & le comique avec
lequel il prononça ces paroles, fit un tel
effet ſur cette Dame affligée, qu'elle ſortit
en éclatant de rire; tout le monde la ſuivit
en riant, & la malade ayant ſçu de quoi il
étoit queſtion, ſe mit à rire plus fort que les
autres.

Nous n'inférons pas de là que toute Comédie doive avoir des Scénes de bouffon-
nerie & des Scenes attendriſſantes: il y a
beaucoup de très-bonnes Piéces où il ne
régne que de la gayeté: d'autres toutes ſé-
rieuſes: d'autres mélangées: d'autres où
l'attendriſſement va juſques aux larmes; il
ne faut donner l'excluſion à aucun genre,

&

& fi l'on me demandoit quel genre eft le meilleur, je répondrois : *Celui qui eft le mieux traité.*

Il feroit peut-être à propos & conforme au goût de ce Siécle *raifonneur*, d'examiner ici quelle eft cette forte de plaifanterie qui nous fait rire à la Comédie.

La caufe du rire eft une de ces chofes plus fenties que connues ; l'admirable Moliére, Renard qui le vaut quelquefois, & les Auteurs de tant de jolies petites Piéces, fe font contentés d'exciter en nous ce plaifir, fans nous en rendre jamais raifon, & fans nous dire leur fecret.

J'ai cru remarquer aux Spectacles, qu'il ne s'éleve prefque jamais de ces éclats de rire univerfels qu'à l'occafion d'une méprife. Mercure pris pour Sofie, le Chevalier Menechme pris pour fon frere, Crifpin faifant fon Teftament fous le nom du bonhomme Géronte, Valere parlant à Harpagon des beaux yeux de fa fille, tandis qu'Harpagon n'entend que les beaux yeux de fa Caffette ; Pourceaugnac, à qui on tâte le poulx, parcequ'on le veut faire paffer pour fou ; en un mot, les méprifes, les équivoques de pareille efpece excitent un rire général.

Arlequin ne fait guéres rire que quand il fe méprend, & voilà pourquoi le titre de *Balourd* lui étoit fi bien aproprié.

Il y a bien d'autres genres de comique :

Tome III. K ij

il y a des plaifanteries qui caufent une autre
forte de plaifir ; mais je n'ai jamais vu ce
qui s'apelle rire de tout fon cœur , foit aux
Spectacles , foit dans la fociété , que dans
des cas aprochans de ceux dont je viens de
parler.

Il y a des caractéres ridicules dont la Repréfentation plaît , fans caufer ce rire im-
modéré de joye : *Triffotin & Vadius* , par
exemple, femblent être de ce genre; le *Joueur*,
le *Grondeur* , qui font un plaifir inexprima-
ble , ne permettent guéres le rire éclatant.

Il y a d'autres ridicules mêlés de vice ,
dont on eft charmé de voir la peinture , &
qui ne caufent qu'un plaifir férieux. Un
malhonnête-homme ne fera jamais rire ,
parceque dans le rire il entre toujours de
la gayeté incompatible avec le mépris &
l'indignation.

Il eft vrai qu'on rit au *Tartuffe* ; mais ce
n'eft pas de fon hypocrifie , c'eft de la méprife du bon-homme qui le croit un Saint;
& l'hypocrifie une fois reconnue , on ne rit
plus , on fent d'autres impreffions.

On pourroit aifément remonter aux fources de nos autres fentimens , à ce qui excite
la gayeté , la curiofité , l'intérêt , l'émotion,
les larmes.

Ce feroit furtout aux Auteurs Dramatiques à nous déveloper tous ces refforts,
puifque ce font eux qui les font jouer. Mais
ils font plus occupés de remuer les paffions
que

que de les examiner : ils fon perfuadés qu'un fentiment vaut mieux qu'une définition, & je fuis trop de leur avis pour mettre un Traité de Philofophie au - devant d'une Piéce de Théâtre.

Je me bornerai fimplement à infifter encore un peu fur la néceffité où nous fommes d'avoir des chofes nouvelles.

Si l'on avoit toujours mis fur le Théâtre Tragique la Grandeur Romaine, à la fin on s'en feroit rebuté. Si les Héros ne parloient jamais que tendreffe, on feroit affadi :

O Imitatores fervum pecus !

Les bons Ouvrages que nous avons depuis les Corneilles, les Moliéres, les Racines, les Quinauts, les Lullis, les le Bruns, me paroiffent tous avoir quelque chofe de neuf & d'original qui les a fauvés du naufrage. Encore une fois tous les genres font bons hors le genre ennuyeux.

Ainfi il ne faut jamais dire, fi cette Mufique n'a pas réuffi, fi ce Tableau ne plaît pas, fi cette Piéce eft tombée, c'eft que cela étoit d'une efpece nouvelle. Il faut dire, c'eft que cela ne vaut rien dans fon efpece.

K 2   *ACTEURS.*

ACTEURS.

EUPHEMON Pere.

EUPHEMON Fils.

FIERENFAT, Préſident de Cognac, ſecond Fils d'Euphemon.

RONDON, Bourgeois de Cognac.

LISE, Fille de Rondon.

LA BARONNE de Croupillac.

MARTHE, Suivante de Liſe.

JASMIN, Valet d'Euphemon fils.

La Scène eſt à Cognac.

L'ENFANT PRODIGUE, COMEDIE.

ACTE PREMIER.

SCENE I.

EUPHEMON, RONDON.

RONDON.

MON triste Ami, mon cher & vieux voisin,
Que de bon cœur j'oublirai ton char-
grin !
Que je rirai! Quel plaisir, que ma fille
Va ranimer ta dolente famille !
Mais , Mons ton fils , le Sieur de Fierenfat,

Me semble avoir un procédé bien plat.

EUPHEMON.

Quoi donc !

RONDON.

Tout fier des Magistratures,
Il fait l'amour avec poids & mesure.
Adolescent, qui s'érige en Barbon ;
Jeune Ecolier, qui vous parle en Caton,
Est, à mon sens, un Animal bernable,
Et j'aime mieux l'air fou que l'air capable ;
Il est trop fat.

EUPHEMON.

Et vous êtes aussi
Un peu trop brusque.

RONDON.

Ah ! je suis fait ainsi.
J'aime le vrai, je me plais à l'entendre,
J'aime à le dire, à gourmander mon Gendre,
A bien mâter cette fatuité,
Et l'air pédant dont il est encrouté.
Vous avez fait, Beaupere, en Pere sage,
Quand son Aîné, ce joüeur, ce volage,
Ce débauché, ce fou partit d'ici,
De donner tout à ce sot Cadet-ci ;
De mettre en lui toute votre espérance,
Et d'acheter pour lui la Présidence
De cette Ville. Oüi, c'est un trait prudent.
Mais dès qu'il fut Monsieur le Président

Il fut , ma foi , gonflé d'impertinence ;
Sa gravité marche & parle en cadence ,
Il dit qu'il a bien plus d'esprit que moi,
Qui, comme on sçait , en ai bien plus que toi.
Il en. . . .

EUPHEMON.

Eh mais , qu'elle humeur vous emporte ?
Faut-il toûjours. . . .

RONDON.

Va , va , laisse , qu'importe ?
Tous ces défauts , vois-tu , sont comme rien,
Lorsque d'ailleurs on amasse un gros bien.
Il est avare , & tout avare est sage.
Oh ! c'est un vice excellent en ménage ,
Un très-bon vice. Allons , dès aujourd'hui
Il est mon gendre & ma Lise est à lui.
Il reste donc , notre triste Beaupere ,
A faire ici donation entiere
De tous vos biens , contracts , acquis , conquis ,
Présens , futurs , à Monsieur votre fils ,
En réservant sur votre vieille tête
D'un usufruit l'entretien fort honnête ;
Le tout en bref arrêté , cimenté ,
Pour que ce fils , bien cossu , bien doté ,
Joigne à nos Biens une vaste opulence ,
Sans quoi soudain ma Lise à d'autres pense.

EUPHEMON.

Je l'ai promis, & j'y satisferai ;

K 4　　　　Oüi,

Oüi, Fierenfat aura le Bien que j'ai.
Je veux couler au sein de la Retraite
La triste fin de ma vie inquiete;
Mais je voudrois, qu'un fils si bien doté
Eût pour mes biens un peu moins d'âpreté.
J'ai vu d'un fils la débauche infensée,
Je vois dans l'autre une ame intéreffée.

RONDON.

Tant mieux, tant mieux.

EUPHEMON.

Cher ami, je suis né
Pour n'être rien qu'un Pere infortuné.

RONDON.

Voilà-t'il pas de vos jérémiades,
De vos regrets, de vos complaintes fades?
Voulez-vous pas que ce maître Etourdi,
Ce bel Aîné dans le vice enhardi,
Venant gâter les douceurs que j'aprête,
Dans cet Hymen paroiffe en trouble-fête?

EUPHEMON.

Non.

RONDON.

Voulez-vous, qu'il vienne, sans façon,
Mettre en jurant le feu dans la Maison?

EUPHEMON.

Non.

RONDON.

Qu'il vous batte, & qu'il m'enleve Lise?

Lise

Lise autrefois à cet Aîné promise ?
Ma Lise qui...

EUPHEMON.

Que cet Objet charmant
Soit préservé d'un pareil Garnement !

RONDON.

Qu'il rentre ici pour dépoüiller son Pere ?
Pour succeder ?

EUPHEMON.

Non... tout est à son frere.

RONDON.

Ah ! sans cela point de Lise pour lui.

EUPHEMON.

Il aura Lise & mes Biens aujourd'hui,
Et son Aîné n'aura pour tout partage,
Que le couroux d'un Pere qu'il outrage.
Il le mérite, il fut dénaturé.

RONDON.

Ah ! vous l'aviez trop long-tems enduré.
L'autre du moins agit avec prudence.
Mais cet Aîné ! quels traits d'extravagance !
Le libertin, mon Dieu, que c'étoit-là !
Te souvient-il, vieux Beaupere, ah, ah, ah,
Qu'il te vola, ce tour est bagatelle,

K 5.   Chevaux,

Chevaux , habits , linge , meubles , vaiſſelle ,
Pour équiper la petite Jourdain ,
Qui le quitta le lendemain matin ?
J'en ai bien ri ; je l'avouë.

EUPHEMON.

Ah ! quels charmes
Trouvez-vous donc à rapeller mes larmes ?

RONDON.

Et ſur un As mettant vingt rouleaux d'or ?
Eh , eh !

EUPHEMON.

Ceſſez.

RONDON.

Te ſouvient-il encor ,
Quand l'Etourdi dût en face d'Egliſe ,
Se fiancer à ma petite Liſe ,
Dans quel endroit on le trouva caché ?
Comment , pour qui ? . . peſte quel débauché !

EUPHEMON.

Epargnez-moi ces indignes Hiſtoires ,
De ſa conduite impreſſions trop noires ;
Ne ſuis-je pas aſſez infortuné ?
Je ſuis ſorti des lieux où je ſuis né ,
Pour m'épargner , pour ôter de ma vûë
Ce qui rapelle un malheur qui me tuë :
Votre commerce ici vous a conduit ,

Mon

Mon amitié, ma douleur vous y fuit ;
Ménagez-les, vous prodiguez fans cesse
La verité ; mais la verité blesse.

RONDON.

Je me tairai, foit : j'y confens ; d'accord.
Pardon ; mais Diable ! aussi vous aviez tort,
En connoiffant le fougueux caractere
De votre fils, d'en faire un Mousquetaire.

EUPHEMON.

Encor !

RONDON.

Pardon ; mais vous deviez . . .

EUPHEMON.

Je dois

Oublier tout pour notre nouveau choix,
Pour mon cadet & pour son mariage ;
Çà penfez-vous que ce Cadet fi fage
De votre fille ait pu toucher le cœur ?

RONDON.

Affurément. Ma fille a de l'honneur,
Elle obéit à mon pouvoir fuprême ;
Et quand je dis : Allons, je veux qu'on aime,
Son cœur docile & que j'ai fçu tourner,
Tout auffi-tôt aime fans raifonner.
A mon plaifir j'ai paîtri fa jeune ame.

K 6 EUPHE-

E U P H E M O N.

Je doute un peu pourtant qu'elle s'enflâme
Par vos leçons, & je me trompe fort ,
Si de vos foins votre fille eft d'accord.
Pour mon Aîné j'obtins le facrifice
Des premiers vœux de fon Ame novice ;
Je fçai quels fônt ces premiers traits d'amour ,
Le cœur eft tendre, il faigne plus d'un jour.

R O N D O N.

Vous radotez.

E U P H E M O N.

Quoique vous puiffiez dire ,
Cet Etourdi pouvoit très-bien féduire.

R O N D O N.

Lui ! point du tout ; ce n'étoit qu'un Vaurien.
Pauvre bonhomme ! allez , ne craignez rien :
Car à ma fille, après ce beau ménage,
J'ai défendu de l'aimer d'avantage.
Ayez le cœur fur cela réjoüi,
Quand j'ai dit non perfonne ne dit oüi.
Voyez plûtôt.

SCENE

SCENE II.

EUPHEMON, RONDON, LISE,
MARTHE.

RONDON.

APROCHEZ, venez Life,
Ce jour pour vous eft un grand jour de crife.
Que je te donne un mari jeune ou vieux,
Ou laid ou béau, trifte ou gai, riche ou gueux,
Ne fens-tu pas des défirs de lui plaire,
Du goût pour lui, de l'amour ?

LISE.

Non, mon Pere.

RONDON.

Comment, Coquine ?

EUPHEMON.

Ah, ah, notre féal,
Votre pouvoir va, ce femble, un peu mal;
Qu'eft devenu ce defpotique empire ?

RONDON.

Comment, après tout ce que j'ai pu dire,
Tu n'aurois pas un peu de paffion
Pour ton futur Epoux ?

LISE.

LISE.

Mon Pere, non.

RONDON.

Ne fçais-tu pas que le devoir t'oblige
A lui donner tout ton cœur ?

LISE.

Non, vous dis-je.

Je fçai, mon Pere, à quoi ce nœud facré
Oblige un cœur de vertu pénetré.
Je fçai qu'il faut, aimable en fa fageffe,
De fon Epoux mériter la tendreffe,
Et réparer du moins par la bonté,
Ce que le fort nous refufe en beauté :
Etre au-dehors difcrette, raifonnable,
Dans fa maifon, douce, égale, agréable:
Quant à l'amour, c'eft tout un autre point,
Les fentimens ne fe commandent point.
N'ordonnez rien, l'amour fuit l'efclavage,
De mon Epoux le refte eft le partage :
Mais pour mon cœur il le doit mériter ;
Ce cœur au moins difficile à dompter,
Ne peut aimer ni par ordre d'un Pere,
Ni par raifon, ni pardevant Notaire.

EUPHEMON.

C'eft à mon gré raifonner fenfément,
J'approuve fort ce jufte fentiment :
C'eft à mon fils, à tâcher de fe rendre

Digne

Digne d'un cœur aussi noble que tendre.

RONDON.

Vous tairez-vous, radoteur complaisant,
Flatteur Barbon, vrai corrupteur d'Enfans ?
Jamais sans vous ma fille bien apprise
N'eût devant moi lâché cette sottise. (*A Lise.*)
Ecoute, toi : je te baille un mari,
Tant soit peu fat, & par trop rencheri ;
Mais c'est à moi de corriger mon Gendre ;
Toi, tel qu'il est, c'est à toi de le prendre,
De vous aimer, si vous pouvez tous deux,
Et d'obéir à tout ce que je veux.
C'est-là ton lot, & toi notre Beaupere,
Allons signer chez notre gros Notaire,
Qui vous allonge en cent mots superflus,
Ce qu'on diroit en quatre tout au plus.
Allons hâter son bavard grifonnage,
Lavons la tête à ce large visage ;
Puis je reviens, après cet entretien,
Grondeur ton fils, ma fille & toi.

EUPHEMON.

Fort bien.

SCENE III.

LISE, MARTHE.

MARTHE.

MON Dieu ! qu'il joint à tous ses airs grotesques
es sentimens & des travers burlesques !

LISE.

LISE.

Je fuis fa fille, & de-plus fon humeur
N'altere point la bonté de fon cœur;
Et fous les plis d'un front attrabilaire,
Sous cet air brufque il a l'ame d'un Pere;
Quelquefois même, au milieu de fes cris,
Tout en grondant il céde à mes avis.
Il eft bien vrai qu'en blâmant la perfonne,
Et les défauts du mari qu'il me donne,
En me montrant d'une telle union
Tous les dangers, il a grande raifon;
Mais lorfqu'enfuite il ordonne que j'aime,
Dieu ! que je fens que fon tort eft extrême!

MARTHE.

Comment aimer un Monfieur Fierenfat?
J'épouferois plûtôt un vieux Soldat,
Qui jure, boit, bat fa femme & qui l'aime,
Qu'un fat en Robe, enyvré de lui-même:
Qui d'un ton grave, & d'un air de Pédant
Semble juger fa femme en lui parlant;
Qui comme un Paon dans lui-même fe mire,
Sous fon rabat fe rengorge & s'admire;
Et plus avare encor que fuffifant,
Vous fait l'amour en comptant fon argent.

LISE.

Ah ! ton pinceau l'a peint d'après nature.
Mais qu'y ferai-je? Il faut bien que j'endure
L'état

L'état forcé de cet Hymen prochain.
On ne fait pas comme on veut son destin,
Et mes parents, ma fortune, mon âge,
Tout de l'Hymene me prescrit l'esclavage :
Ce Fierenfat est, malgré mes dégoûts,
Le seul qui puisse être ici mon Epoux ;
Il est le fils de l'ami de mon Pere,
C'est un parti devenu nécessaire.
Hélas ! quel cœur, libre dans ses soupirs,
Peut se donner au gré de ses desirs ?
Il faut céder : le tems, la patience
Sur mon Epoux vaincront ma répugnance ;
Et je pourrai, soumise à mes liens,
A ses défauts me prêter comme aux miens.

MARTHE.

C'est bien parler, belle & discrette Lise,
Mais votre cœur tant soit peu se déguise.
Si j'osois... mais vous m'avez ordonné
De ne parler jamais de cet Ainé.

LISE.

Quoi ?

MARTHE.

D'Euphémon qui, malgré tous ses vices
De votre cœur eut les tendres prémices,
Qui vous aimoit,

LISE.

Il ne m'aima jamais ;

Ne

Ne parlons plus de ce nom que je hais.

MARTHE *en s'en allant.*

N'en parlons plus.

LISE *la retenant.*

Il est vrai : sa jeunesse
Pour quelque tems a surpris ma tendresse ;
Etoit-il fait pour un cœur vertueux ?

MARTHE *en s'en allant.*

C'étoit un fou, ma foi, très-dangereux.

LISE *revenant.*

De corrupteurs sa jeunesse entourée ,
Dans les excez se plongeoit égarée ,
Le malheureux ! il cherchoit tour-à-tour ,
Tous les plaisirs, il ignoroit l'amour.

MARTHE.

Mais autrefois vous m'avez paru croire
Qu'à vous aimer il avoit mis sa gloire ,
Que dans vos fers il étoit engagé.

LISE.

S'il eût aimé , je l'aurois corrigé.
Un amour vrai , sans feinte & sans caprice ,
Est en effet le plus grand frein du vice.
Dans ses liens qui sçait se retenir,
Est honnête-homme, ou va le devenir ;

Mais

Mais Euphémon dédaigna sa Maîtresse,
Pour la débauche il quitta la tendresse.
Ses faux amis, indigens, scélérats,
Qui dans le piége avoient conduit ses pas,
Ayant mangé tout le Bien de sa mere,
Ont sous son nom volé son triste Pere.
Pour comble enfin, ces séducteurs cruels
L'ont entraîné loin des bras paternels,
Loin de mes yeux, qui, noyez dans les larmes,
Pleuroient encor ses vices & ses charmes.
Je ne prends plus nul intérêt à lui.

MARTHE.

Son frere enfin lui succéde aujourd'hui.
Il aura Lise : & certes c'est dommage ;
Car l'autre avoit un bien joli visage,
De blonds cheveux, la jambe faite au tour,
Dansoit, chantoit étoit né pour l'amour.

LISE.

Ah ! que dis-tu ?

MARTHE.

Même dans ces mêlanges
D'égaremens, de sottises étranges,
On découvroit aisément dans son cœur
Sous ses défauts un certain fond d'honneur.

LISE.

Il étoit né pour le Bien, je l'avoue.

MARTHE.

MARTHE.

Ne croyez pas que ma bouche le loue ;
Mais il n'étoit, me semble, point flatteur,
Point médisant, point escroc, point menteur.

LISE.

Oui ; mais.....

MARTHE.

Fuyons, car c'est Monsieur son Frere.

LISE.

Il faut rester, c'est un mal nécessaire.

SCENE IV.

LISE, MARTHE, LE PRESIDENT
FIERENFAT.

FIERENFAT.

JE l'avouerai, cette Donation
Doit augmenter la satisfaction
Que vous avez d'un si beau mariage :
Surcroît de Biens est l'ame d'un ménage ;
Fortune, Honneurs, & Dignités, je croi,
Abondamment se trouvent avec moi ;
Et vous aurez dans Cognac, à la ronde,
L'honneur du pas sur les gens du beau monde.

C'est

C'eſt un plaiſir bien flatteur que cela,
Vous entendrez murmurer, *la voilà*.
En vérité, quand j'examine au large,
Mon Rang, mon Bien, tous les droits de ma Charge,
Les agrémens que dans le monde j'ai,
Les droits d'Aîneſſe où je ſuis ſubrogé,
Je vous en fais mon compliment, Madame.

M A R T H E.

Moi, je la plains : c'eſt une choſe infâme,
Que vous mêliez dans tous vos entretiens
Vos Qualités, votre Rang & vos Biens.
Etre à la fois & Midas & Narciſſe,
Enflé d'orgueil & pincé d'avarice ;
L'orgner ſans ceſſe avec un œil content
Et ſa perſonne & ſon argent comptant ;
Etre en rabat un Petit-Maître avare,
C'eſt un excès de ridicule rare.
Un jeune fat paſſe encor ; mais, ma foi,
Un jeune avare eſt un Monſtre pour moi.

F I E R E N F A T.

Ce n'eſt pas vous probablement, ma Mie,
A qui mon Pere aujourd'hui me marie ;
C'eſt à Madame. Ainſi donc, s'il vous plaît,
Prenez à nous un peu moins d'intérêt. (*A Liſe.*)
Le ſilence eſt votre fait.... Vous, Madame,
Qui dans une heure ou deux ſerez ma femme,
Avant la nuit vous aurez la bonté

De

De me chaffer ce Gendarme effronté,
Qui fous le nom d'une Fille fuivante,
Donne carriére à fa langue impudente ;
Je ne fuis pas un Préfident pour rien,
Et nous pourrions l'enfermer pour fon bien.

MARTHE à *Life.*

Défendez-moi, parlez-lui, parlez ferme :
Je fuis à vous, empêchez qu'on m'enferme ;
Il pourroit bien vous enfermer auffi.

LISE.

J'augure mal déja de tout ceci.

MARTHE.

Parlez-lui donc ; laiffez ces vains murmures.

LISE.

Que puis-je, hélas ! lui dire ?

MARTHE.

Des injures.

LISE.

Non, des raifons valent mieux.

MARTHE.

Croyez-moi,
Point de raifons, c'eft le plus fûr.

SCENE

SCENE V.

RONDON, ACTEURS PRECEDENS.

RONDON.

Ma foi

Il nous arrive une plaisante affaire.

FIERENFAT.

Eh quoi, Monsieur ?

RONDON.

Ecoute. A ton vieux Pere
J'allois porter notre papier timbré,
Quand nous l'avons ici-près rencontré,
Entretenant au pied de cette Roche,
Un Voyageur qui descendoit du Coche.

LISE.

Un Voyageur jeune......

RONDON.

Nenni vraiment,
Un béquillard, un vieux ridé sans dent.
Nos deux Barbons d'abord avec franchise
L'un contre l'autre ont mis leur barbe grise:
Leurs dos voutés s'élevoient, s'abaissoient
Aux longs élans des soupirs qu'ils poussoient:

Et

Et sur leurs nez leur prunelle étaillée
Versoit les pleurs dont elle étoit mouillée :
Puis Euphémon, d'un air tout rechigné,
Dans son logis soudain s'est rencogné :
Il dit qu'il sent une douleur insigne,
Qu'il faut au moins qu'il pleure avant qu'il signe,
Et qu'à personne il ne prétend parler.

FIERENFAT.

Ah ! je prétends moi l'aller consoler.
Vous sçavez tous comme je le gouverne,
Et d'assez près la chose nous concerne :
Je le connois, & dès qu'il me verra
Contrat en main d'abord il signera.
Le tems est cher, mon nouveau droit d'aînesse
Est un objet.

LISE.

Non, Monsieur, rien ne presse.

RONDON,

Si fait tout presse, & c'est ta faute aussi,
Que tout cela.

LISE.

Comment, moi ! ma faute ?

RONDON.

Oui.

Les contretems qui troublent les familles,
Viennent toujours par la faute des filles.

LISE.

Qu'ai-je donc fait qui vous fâche si fort ?

RONDON.

RONDON.

Vous avez fait, que vous avez tous tort.
Je veux un peu voir nos deux vieux troubles-fêtes,
A la raison ranger leurs lourdes têtes ;
Et je prétends vous marier tantôt,
Malgré leurs dents, malgré vous, s'il le faut.

Fin du premier Acte.

ACTE II.

SCENE I.

LISE, MARTHE.

MARTHE

OUS frémissez en voyant de plus près
Tout ce fracas, ces nôces, ces aprêts.

LISE.

Ah ! plus mon cœur s'étudie & s'essaye,
Plus de ce joüg la pesanteur m'effraye :
A mon avis, l'Hymen & ses liens
Sont les plus grands, ou des Maux, ou des Biens.
Point de milieu ; l'état du mariage
Est des Humains le plus cher avantage,
Quand le raport des esprits & des cœurs,
Des sentimens, des goûts & des humeurs,
Serre ces nœuds tissus par la Nature,
Que l'Amour forme & que l'Honneur épure.
Dieux ! quel plaisir d'aimer publiquement,
Et de porter le nom de son Amant !

Votre

Votre Maifon, vos Gens, votre Livrée,
Tout vous retrace une image adorée :
Et vos enfans, ces gages précieux,
Nés de l'amour, en font de nouveaux nœuds.
Un tel Hymen, une union si chere,
Si l'on en voit, c'eft le Ciel fur la Terre.
Mais triftement vendre par un Contract
Sa liberté, fon nom & fon état,
Aux volontez d'un Maître defpotique,
Dont on devient le premier domeftique ;
Se quereller, ou s'éviter le jour,
Sans joye à table, & la nuit fans amour :
Trembler toûjours d'avoir une foibleffe,
Y fuccomber, ou combattre fans ceffe :
Tromper fon Maître, ou vivre fans efpoir
Dans les langueurs d'un importun devoir ;
Gémir, fécher dans fa douleur profonde,
Un tel Hymen eft l'Enfer de ce Monde.

MARTHE.

En verité les filles, comme on dit,
Ont un Démon qui leur forme l'efprit :
Que de lumiere en une ame fi neuve !
La plus experte & la plus fine Veuve,
Qui fagement fe confole à Paris
D'avoir porté le deuil de trois maris,
N'en eût pas dit fur ce point davantage.
Mais vos dégoûts fur ce beau mariage
Auroient befoin d'un éclairciffement.

L'Hy-

L'Hymen déplaît avec le Préfident :
Vous plairoit-il avec Mr. fon Frere ?
Débroüillez-moi, de grace, ce myftere ;
L'Aîné fait-il bien du tort au Cadet ?
Haïffez-vous ? aimez-vous ? parlez net

L I S E.

Je n'en fçai rien, je ne peux & je n'ofe
De mes dégoûts bien démêler la caufe :
Comment chercher la trifte verité
Au fond d'un cœur hélas! trop agité ?
Il faut au moins pour fe mirer dans l'onde,
Laiffer calmer la tempête qui gronde,
Et que l'orage & les vents en repos,
Ne rident plus la furface des Eaux.

M A R T H E.

Comparaifon n'eft pas raifon, Madame,
On lit très-bien dans le fond de fon ame :
On y voit clair ; & fi les paffions
Portent en nous tant d'agitations,
Fille de bien fçait toûjours dans fa tête
D'où vient le vent qui caufe la tempête.
On fçait...

L I S E.

Et moi, je ne veux rien fçavoir :
Mon œil fe ferme, & je ne veux rien voir :
Je ne veux point chercher fi j'aime encore
Un malheureux qu'il faut bien que j'abhorre.

Je ne veux point accroître mes dégoûts
Du vain regret d'un plus aimable Epoux.
Que loin de moi cet Euphemon, ce traître,
Vive content, soit heureux, s'il peut l'être :
Qu'il ne soit pas au moins deshérité ;
Je n'aurai pas l'affreuse dureté,
Dans ce Contract, où je me détermine,
D'être sa Sœur pour hâter sa ruïne.
Voilà mon cœur, c'est trop le pénétrer ;
Aller plus loin, seroit le déchirer.

SCENE II.

LISE, MARTHE, UN LAQUAIS.
UN LAQUAIS.

L A-bas, Madame, il est une Baronne
De Croupillac.

LISE.
Sa visite m'étonne.

LE LAQUAIS.

Qui d'Angoulême arrive justement,
Et veut ici vous faire compliment.

LISE.
Hélas surquoi ?

MARTHE.
Sur votre Hymen, sans doute.

L 3   LISE.

LISE.

Ah ! c'eft encor tout ce que je redoute.
Suis-je en etat d'entendre ces propos,
Ces complimens, protocole des Sots,
Où l'on fe gêne, où le Bon-Sens expire
Dans le travail de parler fans rien dire ?
Que ce fardeau me péfe & me déplaît !

SCENE III.

LISE, MADAME CROUPILLAC, MARTHE.

MARTHE.

Voila la Dame.

LISE.

Oh ! je vois trop qui c'eft.

MARTHE.

On dit qu'elle eft affez grande époufeufe,
Un peu plaideufe, & beaucoup radoteufe.

LISE.

Des fiéges donc. Madame, pardon fi. . . .,

Mde. CROUPILLAC.

Ah, Madame !

LISE.

LISE.

Eh, Madame !

Mde. CROUPILLAC.

Il faut auffi.

LISE.

S'affeoir Madame.

Mde. CROUPILLAC *affife*.

En verité, Madame,
Je fuis confufe, & dans le fond de l'ame
Je voudrois bien....

LISE.

Madame ?

Mde. CROUPILLAC.

Je voudrois

Vous enlaidir, vous ôter vos attraits:
Je pleure; hélas ! vous voyant fi jolie.

LISE.

Confolez-vous, Madame.

Mde. CROUPILLAC.

Oh ! nom, ma Mie,
Je ne fçaurois : je vois que vous aurez
Tous les maris que vous demanderez.
J'en avois un du moins en efpérance :
Un feul hélas ! c'eft bien peu quand j'y penfe,
Et j'avois eu grand peine à le trouver ;
Vous me l'ôtez, vous allez m'en priver.

L 4   II

Il est un tems, ah ! que ce tems vient vîte,
Où l'on perd tout quand un Amant nous quitte,
Où l'on est seule ; & certes il n'est pas bien,
D'enlever tout à qui n'a presque rien.

L I S E.

Excusez-moi, si je suis interdite
De vos discours & de votre visite.
Quel accident afflige vos esprits ?
Qui perdez-vous, & qui vous ai-je pris ?

Mde. CROUPILLAC.

Ma chere enfant, il est force bégueules
Au teint ridé, qui pensent qu'elles seules,
Avec du fard & quelques fausses dents,
Fixent l'amour, les plaisirs & les tems.
Pour mon malheur, hélas ! je suis plus sage,
Je vois trop bien que tout passe, & j'enrage.

L I S E.

J'en suis fâchée, & tout est ainsi fait ;
Mais je ne peux vous rajeunir.

Mde. CROUPILLAC.

Si fait :
J'espere encor ; & ce seroit peut-être
Me rajeunir que me rendre mon traître.

L I S E.

Mais de quel traître ici me parlez-vous ?

Mde.

Mde. CROUPILLAC.

D'un Préfident , d'un ingrat , d'un Epoux ,
Que je pourfuis , pour qui je perds haleine,
Et furement qui n'en vaut pas la peine.

LISE.

Eh bien , Madame ?
Mde. CROUPILLAC.

    Eh bien , dans mon Printems ,
Je ne parlois jamais aux Préfidens :
Je haïffois leur perfonne & leur ftile ;
Mais avec l'âge on eft moins difficile.

LISE.

Enfin , Madame ?
Mde. CROUPILLAC,

    Enfin il faut fçavoir,
Que vous m'avez réduite au defefpoir.

LISE.

Comment ? En quoi ?
Mde. CROUPILLAC.

    J'étois dans Angoulême ,
Veuve , & pouvant difpofer de moi-même :
Dans Angoulême en ce tems Fierenfat
Etudioit , aprentif Magiftrat ;
Il me lorgnoit , il fe mit dans la tête
Pour ma perfonne un amour mal-honnête,
Bien mal-honnête , hélas ! bien outrageant ;

     L 5   Car

Car il faisoit l'amour à mon argent,
Je fis écrire au bonhomme de pere,
On s'entremit, on poussa loin l'affaire ;
Car en mon nom souvent on lui parla.
Il répondit qu'il verroit tout cela.
Vous voyez bien que la chose étoit sure.

LISE.

Oh oüi.

Mde. CROUPILLAC.

Pour moi, j'étois prête à conclure ;
De Fierenfat alors le frere Aîné
A votre lit fut, dit-on, destiné.

LISE.

Quel souvenir !

Mde. CROUPILLAC.

C'étoit un fou, ma Chere,
Qui joüissoit de l'honneur de vous plaire.

LISE.

Ah !

Mde. CROUPILLAC.

Ce fou-là s'étant fort dérangé,
Et de son pere ayant pris son congé,
Errant, proscrit, peut-être mort, que sçai-je !
(Vous vous troublez !) mon Héros de Collége,
Mon Président sachant que votre bien
Est, tout compté, plus ample que le mien,
Méprise enfin ma fortune & mes larmes,

De

De votre dot il convoite les charmes,
Entre vos bras il est ce soir admis ;
Mais pensez-vous qu'il vous soit bien permis
D'aller ainsi courant de frere en frere,
Vous emparer d'une famille entiere ?
Pour moi , déja par protestation
J'arrête ici la célebration ;
J'y mangerai mon Château , mon Doüaire,
Et le Procès sera fait de maniere,
Que vous , son pere, & les enfans que j'ai,
Nous ferons morts avant qu'il soit jugé.

LISE.

En vérité je suis toute honteuse
Que mon Hymen vous rende malheureuse ;
Je suis peu digne , hélas ! de ce couroux ,
Sans être heureux on fait donc des jaloux !
Cessez , Madame, avec un œil d'envie ,
De regarder mon état & ma vie ;
On nous pourroit aisément accorder ,
Pour un mari je ne veux point plaider.

Mde. CROUPILLAC.

Quoi point plaider !

LISE.

Non : je vous l'abandonne,

Mde. CROUPILLAC.

Vous êtes donc sans goût pour sa personne ?
Vous n'aimez point ?

LISE.

Je trouve peu d'attraits
Dans l'Hymenée, & nul dans les procès.

L 6   SCENE

SCENE IV.

Mde. CROUPILLAC, LISE,
RONDON.

RONDON.

OH, oh, ma fille, on nous fait des affaires,
Qui font dresser les cheveux aux Beaux-peres !
On m'a parlé de protestation,
Eh vertu-bleu qu'on en parle à Rondon,
Je chasserai bien loin ces créatures.

Mde. CROUPILLAC.

Faut-il encor essuyer des injures ?
Monsieur Rondon, de grace écoutez-moi.

RONDON.

Que vous plait-il ?

Mde. CROUPILLAC.

Votre gendre est sans foi,
C'est un fripon d'espéce toute neuve,
Galant, avare, écornifleur de Veuve,
C'est de l'argent qu'il aime.

RONDON.

Il a raison.

Mde. CROUPILLAC.

Il m'a cent fois promis dans ma maison

Un

Un pur amour, d'éternelles tendreſſes.

R O N D O N.

Eſt-ce qu'on tient de ſemblables promeſſes ?

Mde. C R O U P I L L A C.

Il m'a quittée, hélas! ſi durement.

R O N D O N.

J'en aurois fait de bon cœur tout autant.

Mde. C R O U P I L L A C.

Je vais parler comme il faut à ſon Pere.

R O N D O N.

Ah ! parlez-lui plûtôt qu'à moi.

Mde. C R O U P I L L A C.

      L'affaire
Eſt effroyable, & le Beau-Sexe entier,
En ma faveur ira partout crier.

R O N D O N.
Il criera moins que vous.

Mde. C R O U P I L L A C.

      Ah ! vos perſonnes
Sauront un peu ce qu'on doit aux Baronnes.

R O N D O N.

On doit en rire.

          Mde.

Mde. CROUPILLAC.

Il me faut un Epoux,
Et je prendrai lui, son vieux pere, ou vous.

RONDON.

Qui, moi ?

Mde. CROUPILLAC.

Vous même.

RONDON.

Oh! je vous en défie.

Mde. CROUPILLAC.

Nous plaiderons.

RONDON.

Mais voyez la folie.

SCENE V.

RONDON, FIERENFAT, LISE.

RONDON à Lise.

JE voudrois bien sçavoir aussi pourquoi
Vous recevez ces visites chez moi ?
Vous m'attirez toujours des algarades ;
Et vous, Monsieur, (à Fierenfat) le Roi des Pé-
dans fades,
Quelsot Démon vous force à courtiser
Une Baronne afin de l'abuser ?
C'est bien à vous, avec ce plat visage ;

De

De vous donner les airs d'être volage ?
Il vous sied bien, grave & triste indolent,
De, vous mêler du métier de Galant ?.
C'étoit le fait de votre fou de frere.
Mais vous, mais vous !

FIENENFAT.

   Détrompez-vous, Beau-pere,
Je n'ai jamais requis cette union ;
Je ne promis que sous condition ,
Me réservant toujours au fond de l'ame
Le droit de prendre une plus riche femme.
De mon Aîné l'exhérédation ,
Et tous les biens en ma possession,
A votre fille enfin m'ont fait prétendre ;
Argent comptant fait & Beau-pere & Gendre.

RONDON.

Il a raison, ma foi, j'en suis d'accord.

LISE.

Avoir ainsi raison, c'est un grand tort.

RONDON.

L'argent fait tout. Va, c'est chose très-sûre,
Hâtons-nous donc sur ce pied de conclure ,
D'écus tournois soixante pesans sacs
Finiront tout malgré les Croupillacs.
Qu'Euphémon tarde, & qu'il me desespére !

       Signons

Signons toujours avant lui.

L I S E.

Non, mon pere,
Je fais auffi mes proteftations,
Et je me donne à des conditions.

R O N D O N.

Conditions! toi, quelle impertinence!
Tu dis, tu dis?

L I S E.

Je dis ce que je penfe.
Peut-on goûter le bonheur odieux
De fe nourrir des pleurs d'un malheureux?

A Fierenfat.

Et vous, Monfieur, dans votre fort profpere,
Oubliez-vous que vous avez un frere?

F I E R E N F A T.

Mon Frere? moi? je ne l'ai jamais vu,
Et du logis il étoit difparu,
Lorfque j'étois encor dans notre Ecole
Le nez collé fur *Cujas* & *Bartole.*
J'ai fçu depuis fes beaux déportemens;
Et fi jamais il reparoît céans,
Confolez-vous, nous fçavons les affaires,
Nous l'enverrons en douceur aux Galéres.

L I S E.

C'eft un projet fraternel & Chrétien;

En

En attendant vous confisquez son bien :
C'est votre avis ; mais moi, je vous déclare
Que je déteste un tel projet.

RONDON.

Tarare.
Va, mon enfant, le Contrat est dressé,
Sur tout cela le Notaire a passé.

FIERENFAT.

Nos Peres l'ont ordonné de la sorte,
En Droit Ecrit leur volonté l'emporte :
Lisez, *Cujas*, Chapitre cinq, six, sept :
»Tout libertin de débauches infect,
»Qui renonçant à l'aîle paternelle,
»Fuit la maison, ou bien qui pille icelle,
»*Ipso facto* de tout dépossedé,
»Comme un Batard il est exhérédé.

LISE.

Je ne connois le Droit, ni la Coûtume :
Je n'ai point lû *Cujas* ; mais je présume
Que ce sont tous des mal-honnêtes gens,
Vrais ennemis du Cœur & du Bon-Sens,
Si dans leur Code ils ordonnent qu'un frere
Laisse périr son frere de misere ;
Et la Nature & l'Honneur ont leurs droits,
Qui valent mieux que *Cujas* & vos Loix.

RONDON.

Ah ! laissez-là vos Loix & votre Code,

Et

Et votre Honneur, & faites à ma mode;
De cet Aîné que t'embarrasses-tu ?
Il faut du Bien.

LISE.

Il faut de la vertu.

Qu'il soit puni ; mais au moins qu'on lui laisse
Un peu de bien, reste d'un droit d'aînesse.
Je vous le dis, ma main ni mes faveurs
Ne seront point le prix de ses malheurs.
Corrigez donc l'article que j'abhorre
Dans ce Contrat, qui tous nous deshonore ;
Si l'intérêt ainsi l'a pu dresser,
C'est un opprobre, il le faut effacer.

FIERENFAT.

Ah ! qu'une femme entend mal les affaires !

RONDON.

Quoi ! tu voudrois corriger deux Notaires ?
Faire changer un Contrat ?

LISE.

Pourquoi non ?

RONDON.

Tu ne feras jamais bonne Maison :
Tu perdras tout.

LISE.

Je n'ai pas grand usage

Jusqu'à

Jufqu'à préfent du monde & du ménage :
Mais l'Intérêt, mon cœur vous le maintient,
Perd des Maifons, autant qu'il en foutient.
Si j'en fais une, au moins cet Edifice
Sera d'abord fondé fur la Juftice.

RONDON.

Elle eft têtue : & pour la contenter,
Allons, mon Gendre, il faut s'exécuter.
Çà, donne un peu.

FIERENFAT.

Oui, je donne à mon frere...
Je donne... allons...

RONDON.

Ne lui donne donc guére.

SCENE VI.

EUPHEMON, RONDON, LISE,
FIERENFAT.

RONDON.

AH ! le voici le bonhomme Euphémon :
Viens, viens, j'ai mis ma fille à la raifon,
On n'attend plus rien que ta fignature :
Preffe-moi donc cette tardive allure :

Dégourdis.

Dégourdis-toi, prends un ton réjoui,
Un air de nôces, un front épanoui ;
Car dans neuf mois, je veux, ne te déplaise,
Que deux enfans... je ne me sens pas d'aise.
Allons, ris donc, chassons tous les ennuis.
Signons, signons.

EUPHEMON.

Non, Monsieur, je ne puis.

FIERENFAT.

Vous ne pouvez ?

RONDON.

En voici bien d'une autre ?

FIERENFAT.

Quelle raison ?

RONDON.

Quelle rage est la vôtre ?
Quoi ? tout le monde est-il devenu fou ?
Chacun dit non : comment ? pourquoi ? par où ?

EUPHEMON.

Ah ! ce seroit outrager la Nature,
Que de signer dans cette conjoncture.

RONDON.

Seroit-ce point la Dame Croupillac,
Qui sourdement fait ce maudit micmac ?

EUPHEMON.

EUPHEMON.

Non, cette femme est folle, & dans sa tête
Elle veut rompre un Hymen que j'aprête.
Mais ce n'est pas de ses cris impuissans
Que sont venus les ennuis que je sens.

RONDON.

Eh bien, quoi donc ? ce Béquillard du Coche
Dérange tout, & notre affaire accroche ?

EUPHEMON.

Ce qu'il a dit doit retarder du moins
L'heureux Hymen, objet de tant de soins.

LISE.

Qu'a-t-il donc dit, Monsieur ?

FIERENFAT.

                 Quelle nouvelle
A-t-il appris ?

EUPHEMON.

            Une, hélas ! trop cruelle.
Devers Bourdeaux cet homme a vu mon fils
Dans les prisons, sans secours, sans habits ;
Mourant de faim, la honte & la tristesse
Vers le tombeau conduisoient sa jeunesse ;
La maladie & l'excès du malheur
De son Printemps avoient séché la fleur,

                        Et

Et dans son sang la fiévre enracinée
Précipitoit sa derniere journée.
Quand il le vit il étoit expirant,
Sans doute, hélas ! il est mort à présent.

R O N D O N.

Voilà, ma foi, sa pension payée.

L I S E.

Il seroit mort !

R O N D O N.

N'en sois point effrayée ;
Va, que t'importe ?

F I E R E N F A T.

Ah ! Monsieur, la pâleur
De son visage efface la couleur.

R O N D O N.

Elle est, ma foi, sensible : ah ! la friponne ;
Puisqu'il est mort, allons, je te pardonne.

F I E R E N F A T.

Mais après tout, mon Pere, voulez-vous ?

E U P H E M O N.

Ne craignez rien, vous serez son Epoux :
C'est mon bonheur ; mais il seroit atroce,
Qu'un jour de deuil devînt un jour de nôce.
Puis-je, mon fils, mêler à ce festin

Le contretems de mon juste chagrin ?
Et sur vos fronts parés de fleurs nouvelles
Laisser couler mes larmes paternelles ?
Donnez, mon fils, ce jour à nos soupirs,
Et différez l'heure de vos plaisirs ;
Par une joye indiscrette, insensée,
L'honnêteté seroit trop offensée.

LISE.

Ah ! oui, Monsieur, j'approuve vos douleurs,
Il m'est plus doux de partager vos pleurs,
Que de former les nœuds du mariage.

FIERENFAT.

Eh ! mais mon Pere. . . .

RONDON.

Eh, vous n'êtes pas sage !
Quoi différer un hymen projetté
Pour un ingrat cent fois deshérité ;
Maudit de vous, de sa famille entiere !

EUPHEMON.

Dans ces momens un pere est toujours pere :
Ses attentats, & toutes ses erreurs,
Furent toujours le sujet de mes pleurs ;
Et ce qui pese à mon ame attendrie,
C'est qu'il est mort sans réparer sa vie.

RONDON

Réparons-la ; donnons-nous aujourd'hui
Des petits-fils qui valent mieux que lui ;
Signons, dansons, allons, que de foiblesse !

EUPHEMON.

EUPHEMON.

Mais....

RONDON.

Mais, morbleu, ce procédé me blesse :
De regretter même le plus grand bien,
C'est fort mal fait; douleur n'est bonne à rien ;
Mais regretter le fardeau qu'on vous ôte,
C'est une énorme & ridicule faute.
Ce fils Aîné, ce fils votre fléau,
Vous mit trois fois sur le bord du tombeau :
Pauvre cher homme ! allez, sa frenésie
Eût tôt ou tard abregé votre vie ;
Soyez tranquille, & suivez mes avis,
C'est un grand gain que de perdre un tel fils.

EUPHEMON.

Oui ; mais ce gain coûte plus qu'on ne pense,
Je pleure hélas ! sa mort & sa naissance.

RONDON *à Fierenfat.*

Va, suis ton pere, & sois expéditif,
Prend ce Contrat, le mort saisit le vif :
Il n'est plus tems qu'avec moi l'on barguigne ;
Prends-lui la main, qu'il paraphe & qu'il signe.

A Lise.

Et toi, ma fille, attendons à ce soir.
Tout ira bien.

LISE.

Je suis au desespoir.

Fin du second Acte.

ACTE

ACTE III.

SCENE I.

EUPHEMON FILS, JASMIN.

JASMIN.

UI, mon Ami, tu fus jadis mon Maîtr ,
Je t'ai servi deux ans sans te con-
    noître.
Ainsi que moi , réduit à l'Hôpital,
Ta pauvreté m'a rendu ton égal.
Non , tu n'es plus ce Monsieur d'*Entremonde* ,
Ce Chevalier si pimpant dans le monde ,
Fêté, couru, de femmes entouré ,
Nonchalamment de plaisirs enyvré.
Tout est au Diable. Eteins dans ta mémoire
Ces vains regrets des beaux jours de ta gloire :
Sur du fumier l'orgueil est un abus ;
Le souvenir d'un bonheur qui n'est plus
Est à nos maux un poids insupportable.
Toûjours Jasmin, j'en suis moins misérable,
Né pour souffrir , je sçai souffrir gayement,

Manquer de tout, voilà mon élément :
Ton vieux chapeau, tes guenilles de bure,
Dont tu rougis, c'étoit-là ta parure ;
Tu dois avoir, ma foi, bien du chagrin,
De n'avoir pas été toûjours Jasmin.

EUPHEMON FILS.

Que la misere entraîne d'infamie !
Faut-il encor qu'un Valet m'humilie !
Quelle accablante & terrible leçon !
Je sens encor, je sens qu'il a raison.
Il me console au moins à sa maniere :
Il m'accompagne, & son ame grossiere,
Sensible & tendre en sa rusticité,
N'a point pour moi perdu l'humanité.
Né mon égal (puisqu'enfin il est homme)
Il me soutient sous le poids qui m'assomme ;
Il suit gayement mon sort infortuné,
Et mes amis m'ont tous abandonné.

JASMIN.

Toi, des amis ! hélas ! mon pauvre Maître,
Apprens-moi donc de grace à les connoître,
Comment sont faits les gens qu'on nomme amis ?

EUPHEMON FILS.

Tu les a vus chez moi toûjours admis,
M'importunant souvent de leurs visites,
A mes soupers délicats parasites,

Vantant

Vantant mes goûts d'un esprit complaisant,
Et sur le tout empruntant mon argent ;
De leur bon cœur m'étourdissant la tête,
Et me louant, moi présent.

JASMIN.

Pauvre Bête !

Pauvre innocent ! tu ne les voyois pas
Te chansonner au sortir d'un repas,
Siffler, berner ta bénigne imprudence.

EUPHEMON FILS.

Ah ! je le crois ; car dans ma décadence,
Lorsqu'à Bourdeaux je me vis arrêté,
Aucun de ceux à qui j'ai tout prêté
Ne me vint voir, nul ne m'offrit sa bourse ;
Puis au sortir, malade & sans ressource,
Lorsqu'à l'un d'eux que j'avois tant aimé,
J'allai m'offrir mourant, inanimé,
Sous ces haillons dépouillés, délabrés,
De l'indigence exécrables livrées ;
Quand je lui vins demander un secours,
D'où dépendoient mes misérables jours,
Il détourna son œil confus & traître,
Puis il feignit de ne me pas connoître,
Et me chassa comme un pauvre importun.

JASMIN.

Aucun n'osa te consoler ?

M 2   EUPHE-

EUPHEMON FILS.

Aucun.

JASMIN.

Ah les Amis ! Amis, quels infâmes !

EUPHEMON FILS.

Les hommes font tous de fer.

JASMIN.

Et les femmes ?

EUPHEMON FILS.

J'en attendois hélas ! plus de douceur,
J'en ai cent fois effuyé plus d'horreur :
Celle furtout qui m'aimant fans myftere,
Sembloit placer fon orgueil à me plaire,
Dans fon logis meublé de mes préfens,
De mes bienfaits acheta des amans,
Et de mon Vin régaloit leur cohue,
Lorfque de faim j'expirois dans fa rue.
Enfin, Jafmin, fans ce pauvre Vieillard,
Qui dans Bourdeaux me trouva par hazard,
Qui m'avoit vu, dit-il, dans mon enfance,
Une mort prompte eût fini ma fouffrance.
Mais en quel lieu fommes-nous, cher Jafmin ?

JASMIN.

Près de Cognac, fi je fçai mon chemin ;
Et l'on m'a dit que mon vieux premier Maître,

Monfieur

Monsieur Rondon loge en ces lieux peut-être.

E U P H E M O N   F I L S.

Rondon le pere de. . . . quel nom dis-tu ?

J A S M I N.

Le nom d'un homme affez brufque & bourru,
Je fus jadis Page dans fa Cuifine :
Mais dominé d'un humeur libertine,
Je voyageai : je fus depuis Coureur,
Laquais , Commis , Fantaffin , Deferteur ,
Puis dans Bourdeaux je te pris pour mon Maître ;
De moi Rondon fe fouviendra peut-être,
Et nous pourrions dans notre adverfité...

E U P H E M O N   F I L S.

Et depuis quand, dis-moi, l'as-tu quitté ?

J A S M I N.

Depuis quinze ans. C'étoit un caractere,
Moitié plaifant , moitié trifte & colere,
Au fond bon diable : il avoit un Enfant,
Un vrai Bijou , fille unique vraiment ,
Oeil bleu , nez court, teint frais, bouche vermeille,
Et des raifons ! c'étoit une merveille :
Cela pouvoit bien avoir de mon tems,
A bien compter , entre fi à fept ans ;
Et cette fleur avec l'âge embellie,
Eft en état, ma foi, d'être cueillie.

M 3   EUPHE-

EUPHEMON FILS.

Ah malheureux!

JASMIN.

Mais j'ai beau te parler,
Ce que je dis ne te peut confoler ;
Je vois toûjours à travers ta vifiere ,
Tomber des pleurs qui bordent ta paupiere.

EUPHEMON FILS.

Quel coup du fort , ou quel ordre des Cieux ,
A pu guider ma mifere en ces lieux ?
Hélas !

JASMIN.

Ton œil contemple ces demeures ;
Tu reftes là tout penfif, & tu pleures.

EUPHEMON FILS.

J'en ai fujet.

JASMIN.

Mais connois-tu Rondon ?
Serois-tu pas parent de la Maifon ?

EUPHEMON FILS.

Ah ! laifle-moi.

JASMIN *en l'embraffant.*

Par charité , mon Maître.
Mon cher ami , dis-moi qui tu peux être.

EUPHEMON

EUPHEMON *en pleurant.*

Je suis . . . je suis un malh   mortel,
Je suis un fou, je suis un
Qu'on doit haïr, que le Ciel doit poursuivre,
Et qui devroit être mort.

JASMIN.

Songe à vivre ;
Mourir de faim est par trop rigoureux :
Tiens, nous avons quatre mains à nous deux,
Servons-nous-en, sans complainte importune ;
Vois-tu d'ici ces gens, dont la fortune
Est dans leurs bras, qui la bêche à la main,
Le dos courbé retournent ce Jardin ?
Enrôlons-nous parmi cette Canaille ;
Viens avec eux, imite-les, travaille,
Gagne ta vie.

EUPHEMON FILS.

Hélas dans leurs travaux,
Ces vils humains, moins Hommes qu'Animaux,
Goûtent des biens dont toûjours mes caprices
M'avoient privé dans mes fausses délices ;
Ils ont au moins, sans trouble, sans remords,
La paix de l'ame & la santé du corps.

M 4   SCENE

SCENE II.

Mde. CROUPILLAC, EUPHEMON FILS, JASMIN.

Mde. CROUPILLAC *dans l'enfoncement.*

QUE vois-je ici ? Serois-je aveugle ou borgne ?
C'eſt lui, ma foi, plus j'aviſe & je lorgne
Cet homme-là , plus je dis que c'eſt lui.

Elle le conſidere.

Mais ce n'eſt plus le même homme aujourd'hui,
Ce Cavalier brillant dans Angoulême ,
Jouant gros jeu, couſu d'or . . . . c'eſt lui-même.

Elle approche d'Euphemon.

Mais l'autre étoit riche, heureux, beau, bien fait,
Et celui-ci me ſemble pauvre & laid.
La maladie altere un beau viſage,
La pauvreté change encor davantage.

JASMIN.

Mais pourquoi donc ce Spectre féminin
Nous pourſuit-il de ſon regard malin ?

EUPHEMON FILS.

Je la connois, hélas ! ou je me trompe ;

Elle

Elle m'a vu dans l'éclat, dans la pompe.
Il est affreux d'être ainsi dépoüillé,
Aux mêmes yeux ausquels on a brillé.
Sortons.

Mde. CROUPILLAC *s'avançant vers*
Euphemon fils.

Mon fils, quelle étrange avanture
T'a donc réduit en si piétre posture ?

EUPHEMON FILS.

Ma faute.

Mde. CROUPILLAC.

Hélas ! comme te voilà mis !

JASMIN.

C'est pour avoir eu d'excellens amis :
C'est pour avoir été volé, Madame.

Mde. CROUPILLAC.

Volé ? par qui ? comment ?

JASMIN.

Par bonté, Dame.
Nos voleurs sont de très-honnêtes gens ;
Gens du beau monde, aimables fainéans,
Buveurs, joueurs, & conteurs agréables,
Des gens d'esprit, des femmes adorables.

Mde. CROUPILLAC.

J'entends, j'entends, vous avez tout mangé.

Mais

Mais vous ferez cent fois plus affligé,
Qu'en vous fçaurez les exceffives pertes,
Qu'en fait d'Hymen j'ai depuis peu fouffertes.

EUPHEMON FILS.
Adieu , Madame.

Mde. CROUPILLAC *l'arrêtant.*

Adieu ? non, tu fçauras
Mon accident ; parbleu tu me plaindras.

EUPHEMON FILS.

Soit , je vous plains , adieu.

Mde. CROUPILLAC.

Non , je te jure
Que tu fçauras toute mon avanture :
Un Fierenfat , Robin de fon métier,
Vint avec moi connoiffance lier,

Elle court après luî.

Dans Angoulême, au tems où vous batîtes
Quatre Huiffiers & la fuite vous prîtes ;
Ce Fierenfat habite en ce Canton,
Avec fon pere un Seigneur Euphemon.

EUPHEMON FILS *revenant.*
Euphemon !

Mde. CROUPILLAC.
Oüi.

EUPHEMON FILS.

Ciel , Madame , de grace ,
Cet

Cet Euphemon, cet honneur de sa race
Que ses vertus ont rendus si fameux,
Seroit ...

Mde. C R O U P I L L A C.

Oh oüi !

E U P H E M O N F I L S.

Quoi ! dans ces mêmes lieux !

Mde. C R O U P I L L A C,

Oüi.

E U P H E M O N F I L S.

Puis-je au moins sçavoir... comme il se porte ?

Mde. C R O U P I L L A C.

Fort bien, je croi ... que diable vous importe ?

E U P H E M O N F I L S.

Et que dit-on ? ...

Mad. C R O U P I L L A C.

De qui ?

E U P H E M O N F I L S.

D'un Fils aîné

Qu'il eut jadis ?

Mde. C R O U P I L L A C.

Ah ! c'est un fils mal né,
Un garnement, une tête légere,
Un fou fieffé, le fléau de son pere,
Depuis long-tems de débauches perdu,
Et qui peut-être est à présent pendu.

EUPHEMON FILS.

En vérité . . . je suis confus dans l'ame,
De vous avoir interrompu, Madame.

Mde. CROUPILLAC.

Poursuivons donc, Fierenfat, son cadet,
Chez moi l'amour hautement me faisoit ;
Il me devoit avoir par mariage.

EUPHEMON FILS.

Eh bien ! a-t-il ce bonheur en partage ?
Est-il à vous ?

Mde. CROUPILLAC.

        Non...ce fat engraissé
De tout le lot de son frere insensé,
Devenu riche, & voulant l'être encore,
Rompt aujourd'hui cet hymen qui l'honore.
Il veut saisir la fille d'un Rondon,
D'un plat Bourgeois, le Coq de ce Canton.

EUPHEMON FILS.

Que dites-vous ? Quoi, Madame, il l'épouse ?

Mde. CROUPILLAC.

Vous m'en voyez terriblement jalouse.

EUPHEMON FILS.

Ce jeune objet aimable. . . . dont Jasmin
M'a tantôt fait un portrait divin,

Se

Se donneroit.....

JASMIN.

Quelle rage est la vôtre !
Autant lui vaut ce mari-là qu'un autre,
Quel diable d'homme ! il s'afflige de tout.

EUPHEMON FILS *à part.*

Ce coup a mis ma patience à bout.

A Mde. Croupillac.

Ne doutez point que mon cœur ne partage
Amérement un si sensible outrage.
Si j'étois cru, cette Lise aujourd'hui,
Assurément ne seroit pas pour lui.

Mde. CROUPILLAC.

Oh ! tu le prends du ton qu'il le faut prendre,
Tu plains mon sort, un gueux est toujours tendre :
Tu paroissois bien moins compâtissant,
Quand tu roulois sur l'or & sur l'argent.
Ecoute ; on peut s'entr'aider dans la vie.

JASMIN.

Aidez-nous donc, Madame, je vous prie.

Mde. CROUPILLAC.

Je veux ici te faire agir pour moi.

EUPHEMON FILS.

Moi vous servir ? Hélas ! Madame, en quoi ?

Mde.

Mde. C R O U P I L L A C.

En tout. Il faut prendre en main mon injure :
Un autre habit, quelque peu de parure,
Te pourroient rendre encor assez joli :
Ton esprit est insinuant, poli,
Tu connois l'art d'empaumer une fille :
Introduis-toi, mon cher, dans la famille ;
Fais le flatteur auprès de Fierenfat ;
Vantes son bien, son esprit, son rabat ;
Sois en faveur, & lorsque je proteste
Contre son vol, toi, mon cher, fais le reste.
Je veux gagner du tems en protestant.

E U P H E M O N *voyant son pere.*

Que-vois-je ! ô Ciel !

Il s'enfuit.

Mde. C R O U P I L L A C.

Cet homme est fou vraiment ;
Pourquoi s'enfuir ?

J A S M I N.

C'est qu'il vous craint sans doute,

Mde. C R O U P I L L A C.

Poltron ! demeure, arrête, écoute, écoute.

SCENE

SCENE III.

EUPHEMON PERE, JASMIN.

EUPHEMON.

JE l'avouerai, cet aspect imprévu
D'un malheureux avec peine entrevu,
Porte à mon cœur je ne sçai quelle atteinte,
Qui me remplit d'amertume & de crainte.
Il a l'air noble, & même certains traits
Qui m'ont touché; las! je ne vois jamais
De malheureux à-peu-près de cet âge,
Que de mon fils la douloureuse image
Ne vienne alors par un retour cruel
Perfécuter ce cœur trop paternel.
Mon fils est mort, ou vit dans la mifere,
Dans la débauche, & fait honte à fon pere.
De tous côtez je fuis bien malheureux,
J'ai deux enfans, ils m'accablent tous deux.
L'un par fa perte & par fa vie infâme
Fait mon fupplice & déchire mon ame;
L'autre en abufe, il fent trop que fur lui
De mes vieux ans j'ai fondé tout l'appui.
Pour moi la vie est un poids qui m'accable.

Appercevant Jafmin qui le falue.

Que veux-tu, l'ami?

JASMIN.

JASMIN.

Seigneur aimable,
Reconnoiffez, digne & noble Euphémon,
Certain Jafmin élevé chez Rondon.

EUPHEMON.

C'eft toi! le tems change un vifage,
Et mon front chauve en fent le long outrage :
Quand tu partis, tu me vis encor frais :
Mais l'âge avance, & le terme eft bien près.
Tu reviens donc enfin dans ta patrie ?

JASMIN.

Oui, je fuis las de tourmenter ma vie,
De vivre errant & damné comme un Juif ;
Le bonheur femble un Etre fugitif,
Le Diable enfin, qui toujours me promene,
Me fit partir, le Diable me ramene.

EUPHEMON.

Je t'aiderai : fois fage fi tu peux.
Mais quel étoit cet autre malheureux,
Qui te parloit dans cette promenade,
Qui s'eft enfui ?

JASMIN.

Mais.... c'eft mon camarade,
Un pauvre Hére, affamé comme moi,
Qui n'ayant rien, cherche auffi de l'emploi.

EUPHEMON.

EUPHEMON.

On peut tous deux vous occuper peut-être.
A-t-il des mœurs ? Est-il sage ?

JASMIN.

Il doit l'être :

Je lui connois d'assez bons sentimens :
Il a de plus de fort jolis talens,
Il sçait écrire, il sçait l'Arithmétique,
Dessine un peu, sçait un peu de Musique ;
Ce drôle-là fut très-bien élevé.

EUPHEMON.

S'il est ainsi, son poste est tout trouvé :
Jasmin, mon fils deviendra votre Maître,
Il se marie, & dès ce soir peut-être,
Avec son bien son train doit augmenter.
Un de ces gens qui vient de le quitter
Vous laisse encore une place vacante ;
Tous deux ce soir il faut qu'on vous présente,
Vous le verrez chez Rondon mon voisin.
J'en parlerai. J'y vais, adieu, Jasmin :
En attendant, tiens, voici de quoi boire.

SCENE IV.

JASMIN seul.

AH ! l'honnête - homme : ô Ciel pourroit - on
croire,

Qu'il

Qu'il foit encor en ce Siécle félon ,
Un cœur fi droit , un mortel auffi bon ?
Cet air , ce port, cet ame bienfaifante ,
Du bon vieux tems eft l'image parlante.

***

SCENE V.

EUPHEMON FILS *revenant.*
JASMIN.

JASMIN *en l'embraffant.*

JE t'ai trouvé déja condition ,
Et nous ferons Laquais chez Euphémon.

EUPHEMON FILS.

Ah !

JASMIN.

S'il te plaît , quel excès de furprife ?
Pourquoi ces yeux de gens qu'on exorcife ?
Et ces fanglots coup fur coup redoublés ,
Preffant tes mots au paffage étranglés ?

EUPHEMON FILS.

Ah ! je ne puis contenir ma tendreffe ,
Je céde au trouble , au remords qui me preffe.

JASMIN.

Qu'a-t'elle dit qui t'ait tant agité ?

EUPHEMON.

EUPHEMON FILS.

Ille ma dit .... je n'ai rien écouté.

JASMIN.

Qu'avez-vous donc?

EmPHEMON FILS.

Mon cœur ne peut se taire:

Cet Euphémon....

JASMIN.

Eh bien ?

EUPHEMON FILS.

Ah! .... c'est mon pere.

JASMIN.

Qui lui, Monsieur ?

EUPHEMON FILS.

Oui , je suis cet aîné,
Ce criminel & cet infortuné,
Qui désola sa famille éperdue.
Ah ! que mon cœur palpitoit à sa vûe ,
Qu'il lui portoit ses vœux humiliés ,
Que j'étois prêt de tomber à ses pieds !

JASMIN.

Qui ! vous , son fils ? Ah ! pardonnez , de grace ,
Ma familiere & ridicule audace.

Pardon,

Pardon, Monſieur.

EUPHEMON FILS.

Va, mon cœur opreſſé
Peut-il ſçavoir ſi tu m'as offenſé ?

JASMIN.

Vous êtes fils d'un homme qu'on admire,
D'un homme unique ; & s'il faut tout vous diré,
D'Euphémon fils la réputation
Ne flaire pas à beaucoup près ſi bon.

EUPHEMON FILS.

Et c'eſt auſſi ce qui me deſeſpere ;
Mais réponds-moi : que te diſoit mon pere ?

JASMIN.

Moi, je diſois que nous étions tous deux
Prêts à ſervir, bien élevés, très-gueux :
Et lui, plaignant nos deſtins ſimpathiques,
Nous recevoit tous deux pour domeſtiques.
Il doit ce ſoir vous placer chez ce fils,
Ce Préſident à Liſe tant promis,
Ce Préſident votre fortuné Frere,
De qui Rondon doit être le Beau-pere.

EUPHEMON FILS.

Eh bien, il faut déveloper mon cœur :
Vois tous mes maux, connois leur profondeur ;

S'être

S'être attiré par un tiffu de crimes,
D'un pere aimé les fureurs légitimes,
Etre maudit, être deshérité,
Sentir l'horreur de la mendicité,
A mon cadet voir paffer ma fortune,
Etre expofé dans ma honte importune
A le fervir, quand il m'a tout ôté :
Voilà mon fort, je l'ai bien mérité.
Mais croirois-tu qu'au fein de la fouffrance,
Mort aux plaifirs, & mort à l'efpérance,
Haï du monde & méprifé de tous,
N'attendant rien, j'ofe être encor jaloux ?

JASMIN.

Jaloux ! de qui ?

EUPHEMON FILS.

De mon frere, de Life.

JASMIN.

Vous fentiriez un peu de convoitife
Pour votre fœur ? Mais vraiment c'eft un trait
Digne de vous, ce péché vous manquoit.

EUPHEMON FILS.

Tu ne fçais pas qu'au fortir de l'enfance ;
(Car chez Rondon tu n'étois plus je penfe)
Par nos parens l'un à l'autre promis,
Nos cœurs étoient à leurs ordres foumis ;
Tout nous lioit, la conformité d'âge,

Celle

Celle des goûts, les yeux, le voisinage.
Plantés exprès, deux jeunes Arbrisseaux
Croissent ainsi pour unir leurs rameaux.
Le tems, l'amour qui hâtoit sa jeunesse,
La fit plus belle, augmenta sa tendresse :
Tout l'Univers alors m'eût envié ;
Mais moi pour lors à des méchans lié,
Qui de mon cœur corrompoient l'innocence,
Yvre de tout dans mon extravagance,
Je me faisois un lâche point d'honneur,
De mépriser, d'insulter son ardeur.
Le croirois-tu ? je l'accablai d'outrages,
Quels tems, hélas ! les violens orages
Des passions qui troubloient mon destin,
A mes parens m'arracherent enfin ;
Tu sçais depuis quel fut mon sort funeste,
J'ai tout perdu, mon amour seul me reste,
Le Ciel, ce Ciel qui doit nous desunir,
Me laisse un cœur, & c'est pour me punir.

J A S M I N.

S'il est ainsi, si dans votre misere
Vous la raimez, n'ayant pas mieux à faire,
De Croupillac le conseil étoit bon,
De vous fourrer, s'il se peut, chez Rondon.
Le sort maudit épuisa votre bourse,
L'amour pourroit vous servir de ressource.

E U P H E M O N F I L S

Moi, l'oser voir ! moi, m'offrir à ses yeux,

Après

Après mon crime, en cet état hideux !
Il me faut fuir un Pere, une Maîtresse,
J'ai de tous deux outragé la tendresse,
Et je ne sçai, ô regrets superflus !
Lequel des deux doit me haïr le plus.

SCENE VI.

EUPHEMON FILS, FIERENFAT, JASMIN.

JASMIN.

VOILA, je crois, ce Président si sage.

EUPHEMON FILS.

Lui ? je n'avois jamais vu son visage.
Quoi ! c'est donc lui, mon frere, mon Rival ?

FIERENFAT.

En vérité cela ne va pas mal ;
J'ai tant pressé, tant sermonné mon pere,
Que malgré lui nous finissons l'affaire ;

En voyant Jasmin.

Où sont ces gens qui vouloient me servir ?

JASMIN.

C'est nous, Monsieur, nous venions nous offrir

Très-humblement.

FIERENFAT.

Qui de vous deux sçait lire ?

JASMIN.

C'est lui, Monsieur.

PIERENFAT.

Il sçait sans doute écrire ?

JASMIN.

Oh oui, Monsieur, déchiffrer, calculer.

FIERENFAT.

Mais il devroit sçavoir aussi parler ?

JASMIN.

Il est timide, & sort de maladie.

FIERENFAT.

Il a pourtant la mine assez hardie,
Il me paroît qu'il sent assez son bien.
Combien veux-tu gagner de gages?

EUPHEMON FILS.

Rien.

JASMIN.

Oh, nous avons, Monsieur, l'ame héroïque.

FIERENFAT.

A ce prix-là, viens, sois mon domestique;

C'est

C'est un marché que je veux accepter,
Viens, à ma femme il faut te présenter.

EUPHEMON FILS.

A votre femme ?

FIERENFAT.

Oui, oui, je me marie.

EUPHEMON FILS.

Quand ?

FIERENFAT.

Dès ce soir.

EUPHEMON FILS.

Ciel ! … Monsieur, je vous prie,
De cet objet vous êtes donc charmé ?

FIERENFAT.

Oui.

EUPHEMON FILS.

Monsieur !

FIERENFAT.

Hem !

EUPHEMON FILS.

En seriez-vous aimé ?

FIERENFAT.

Oui. Vous semblez bien curieux, mon drôle !

EUPHEMON FILS.

Que je voudrois lui couper la parole ,

Et

Et le punir de son trop de bonheur !

FIERENFAT.
Qu'est-ce qu'il dit ?

JASMIN.
Il dit que de grand cœur
Il voudroit bien vous ressembler & plaire.

FIERENFAT.
Eh, je le crois, mon homme est téméraire ;
Çà, qu'on me suive & qu'on soit diligent,
Sobre, frugal, soigneux, adroit, prudent,
Respectueux ; allons, la Fleur, la Brie,
Venez faquins.

EUPHEMON FILS.
Il me prend une envie,
C'est d'affubler sa face de Palais
A poing fermé de deux larges soufflets.

JASMIN.
Vous n'êtes pas trop corrigé, mon Maître.

EUPHEMON FILS.
Ah ! soyons sages, il est bien tems de l'être,
Le fruit au moins que je dois recueillir
De tant d'erreurs, est de sçavoir souffrir.

Fin du troisiéme Acte.

ACTE

ACTE IV.

SCENE I.

Mde. CROUPILLAC, EUPHEMON FILS, JASMIN.

Mde. CROUPILLAC.

·AI , mon très-cher, par prévoyance ex-
trême ,
Fait arriver deux Huiſſiers d'Angoulê-
me.
Et toi , t'es-tu ſervi de ton eſprit ?
As-tu bien fait tout ce que je t'ai dit ?
Pourras-tu Bien d'un air de prud'hommie,
Dans la maiſon ſemer la zizanie ?
As-tu flatté le bonhomme Euphémon ?
Parles : as-tu vu la future ?

EUPHEMON FILS.
Hélas ! non.

Mde. CROUPILLAC.
Comment ?

EUPH

EUPHEMON FILS.

    Croyez que je me meurs d'envie
D'être à ses pieds.

   Mde. CROUPILLAC.

     Allons donc, je t'en prie,
Attaques-la pour me plaire, & rends-moi
Ce traître ingrat, qui séduisit ma foi.
Je vais pour toi procéder en justice,
Et tu feras l'amour pour mon service.
Reprens cet air imposant & vainqueur,
Si sûr de soi, si puissant sur un cœur ;
Qui triomphoit si-tôt de la sagesse.
Pour être heureux, reprens ta hardiesse.

   EUPHEMON FILS.
Je l'ai perduë.

    Mde. CROUPILLAC.

    Eh quoi ! quel embarras !

  EUPHEMON FILS.

J'étois hardi, lorsque je n'aimois pas.

    JASMIN.

D'autres raisons l'intimident peut-être ;
Ce Fierenfat est, ma foi, notre Maître,
Pour ses Valets il nous retient tous deux.

   Mde. CROUPILLAC.

C'est fort bien fait, vous êtes trop heureux :

          De

De fa Maîtreffe être le Domeftique,
Eft un bonheur, un deftin prefque unique.
Profitez-en.

JASMIN.

Je vois certains attraits
S'acheminer pour prendre ici le frais,
De chez Rondon, me femble, elle eft fortie.

Mde. CROUPILLAC.

Eh, fois donc vîte amoureux, je t'en prie :
Voici le tems, ofe un peu lui parler.
Quoi ! je te vois foupirer & trembler !
Tu l'aimes donc ? ah ! mon cher, ah de grace !

EUPHEMON FILS.

Si vous faviez, hélas ! ce qui fe paffe
Dans mon efprit interdit & confus,
Ce tremblement ne vous furprendroit plus.

JASMIN *en voyant Life.*

L'aimable Enfant ! comme elle eft embellie ?

EUPHEMON FILS.

C'eft elle ? ô Dieux ! je meurs de jaloufie,
De défefpoir, de remords & d'amour.

Mde. CROUPILLAC.

Adieu, je vais te fervir à mon tour.

N 3 EUPHE-

EUPHEMON FILS.

Si vous pouvez, faites que l'on diffère
Ce triste Hymen.

Mde. CROUPILLAC.

C'est ce que je vais faire.

EUPHEMON FILS.

Je tremble, hélas !

JASMIN.

Il faut tâcher du moins
Que vous puissiez lui parler sans témoins.
Retirons-nous.

EUPHEMON FILS.

Oh ! je te suis : j'ignore
Ce que j'ai fait, ce qu'il faut faire encore ;
Je n'oserai jamais m'y présenter.

SCENE II.

LISE, MARTHE, JASMIN *dans*
l'enfoncement, & EUPHEMON *plus reculé.*

LISE.

J'Ai beau me fuir, me chercher, m'éviter,
Rentrer, sortir, goûter la solitude,
Et de mon cœur faire en secret l'étude,

Plus

Plus j'y regarde, hélas ! & plus je voi
Que le bonheur n'étoit pas fait pour moi.
Si quelque chose un moment me console,
C'est Croupillac, c'est cette vieille Folle
A mon hymen mettant empêchement.
Mais ce qui vient redoubler mon tourment,
C'est qu'en effet Fierenfat & mon pere
En sont plus vifs à presser ma misere ;
Ils ont gagné le bonhomme Euphémon.

MARTHE.

En verité ce Vieillard est trop bon,
Ce Fierenfat est par trop tyrannique,
Il le gouverne.

LISE.

Il aime un fils unique,
Je lui pardonne ; accablé du premier,
Au moins sur l'autre il cherche à s'appuyer.

MARTHE.

Mais après tout, malgré ce qu'on publie,
Il n'est pas sûr que l'autre soit sans vie.

LISE.

Hélas ! il faut (quel funeste tourment !)
Le pleurer mort, ou le haïr vivant.

MARTHE.

De son danger cependant la nouvelle

Dans

Dans votre cœur mettoit quelque étincelle.

L I S E.

Ah ! sans l'aimer on peut plaindre son sort.

M A R T H E.

Mais n'être plus aimé, c'est être mort.
Vous allez donc être enfin à son frere ?

L I S E.

Ma chere enfant, ce mot me désespere ;
Pour Fierenfat tu connois ma froideur,
L'aversion s'est changée en horreur ;
C'est un breuvage affreux, plein d'amertume,
Que dans l'excès du mal qui me consume,
Je me résous de prendre malgré moi,
Et que ma main rejette avec effroi.

J A S M I N *tirant Marthe par la robe.*

Puis-je en secret, ô gentille Merveille,
Vous dire ici quatre mots à l'oreille ?

M A R T H E *à Jasmin.*
Très-volontiers.
L I S E *à part.*

   O sort ! pourquoi faut-il
Que de mes jours tu respectas le fil,
Lorsqu'un ingrat, un Amant si coupable,
Rendit ma vie, hélas ! si misérable ?

       MARTHE

MARTHE *venant à Lise.*

C'est un des gens de votre Président ,
Il est à lui , dit-il , nouvellement ,
Il voudroit bien vous parler.

LISE.

Qu'il attende.

MARTHE *à Jasmin.*

Mon cher ami , Madame vous commande
D'attendre un peu.

LISE.

Quoi ! toûjours m'exceder !
Et même absent en tous lieux m'obseder !
De mon hymen que je suis déja lasse !

JASMIN *à Marthe.*

Ma belle Enfant , obtiens-nous cette grace.

MARTHE *revenant.*

Absolument il prétend vous parler.

LISE.

Ah ! je vois bien qu'il faut nous en aller.

MARTHE.

Ce quelqu'un-là veut vous voir tout-à-l'heure ,
Il faut , dit-il , qu'il vous parle , ou qu'il meure.

LISE.

Rentrons donc vîte , & courons me cacher.

N 5   SCENE

SCENE III.

LISE, MARTHE, EUPHEMON FILS
s'apuyant sur Jasmin.

EUPHEMON FILS.

LA voix me manque, & je ne peux marcher,
Mes foibles yeux font couverts d'un nuage.

JASMIN.

Donnez la main : venons fur fon paffage.

EUPHEMON FILS.

Un froid mortel a paffé dans mon cœur. *(A Life.)*
Souffrirez-vous?...

LISE *fans le regarder.*

Que voulez-vous, Monfieur ?

EUPHEMON FILS *fe jettant à genoux.*

Ce que je veux ? La mort que je mérite.

LISE.

Que vois-je ? ô Ciel !

MARTHE.

Quelle étrange vifite !
C'est Euphemon ! Grand Dieu ! qu'il eft changé !

EUPHEMON FILS.

Oüi je le fuis, votre cœur eft vangé ;

Oüi,

Oüi , vous devez en tout me méconnoître :
Je ne suis plus ce furieux , ce traître ,
Si détesté , si craint dans ce séjour ,
Qui fit rougir la Nature & l'amour.
Jeune , égaré , j'avois tous les caprices ,
De mes amis j'avois pris tous les vices ,
Et le plus grand qui ne peut s'effacer ,
Le plus affreux fut de vous offenser.
J'ai reconnu , j'en jure par vous-même ,
Par la vertu que j'ai fuï , mais que j'aime ;
J'ai reconnu ma détestable erreur ,
Le vice étoit étranger dans mon cœur.
Ce cœur n'a plus les taches criminelles ,
Dont il couvrit ses clartez naturelles ;
Mon feu pour vous , ce feu saint & sacré ,
Y reste seul , il a tout épuré.
C'est cet amour , c'est lui qui me ramene ,
Non pour briser votre nouvelle chaîne ;
Non pour oser traverser vos destins ,
Un malheureux n'a pas de tels desseins.
Mais quand les maux où mon esprit succombe ,
Dans mes beaux jours avoient creusé ma tombe ,
A peine encore échapé du trépas ,
Je suis venu , l'amour guidoit mes pas.
Oüi , je vous cherche à mon heure derniere.
Heureux cent fois en quittant la lumiere ,
Si destiné pour être votre Epoux ,
Je meurs au moins sans être haï de vous.

LISE.

LISE.

Je suis à peine en mon sens revenuë.
C'est vous ? Ciel ! vous qui cherchez ma vûë !
Dans quel état ! quel jour !... ah malheureux !
Que vous avez fait de tort à tous deux !

EUPHEMON FILS.

Oüi, je le sçai : mes excez que j'abhorre,
En vous voyant semblent plus grands encore.
Ils sont affreux, & vous les connoissez ;
J'en suis puni, mais point encore assez.

LISE.

Est-il bien vrai ? Malheureux que vous êtes !
Qu'enfin domptant vos fougues indiscrettes,
Dans votre cœur, en effet combattu,
Tant d'infortune ait produit la vertu ?

EUPHEMON FILS.

Qu'importe, hélas ! que la vertu m'éclaire.
Ah ! j'ai trop tard aperçu sa lumiere,
Trop vainement mon cœur en est épris,
De la vertu je perds en vous le prix.

LISE.

Mais répondez, Euphemon, puis-je croire
Que vous ayïez gagné cette victoire ?
Consultez-vous, ne trompez point mes vœux,

Seriez-

Seriez-vous bien & sage & vertueux ?

EUPHEMON FILS.

Oui, je le suis ; car mon cœur vous adore.

LISE.

Vous, Euphemon ! vous m'aimeriez encore ?

EUPHEMON FILS.

Si je vous aime ? hélas ! je n'ai vécu
Que par l'amour qui seul ma soutenu.
J'ai tout souffert, tout jusqu'à l'infamie ;
Ma main cent fois alloit trancher ma vie,
Je respectai les maux qui m'accabloient ;
J'aimai mes jours, ils vous appartenoient.
Oui, je vous dois mes sentimens, mon être,
Ces jours nouveaux qui me luiront peut-être.
De ma raison je vous dois le retour,
Si j'en conserve avec autant d'amour ;
Ne cachez point à mes yeux pleins de larmes,
Ce front serein, brillant de nouveaux charmes :
Regardez-moi tout changé que je suis,
Voyez l'effet de mes cruels ennuis,
De longs remords, une horrible tristesse,
Sur mon visage ont flétri la jeunesse.
Je fus peut-être autrefois moins affreux ;
Mais voyez-moi, c'est tout ce que je veux.

LISE.

Si je vous vois constant & raisonnable.

C eu

C'en eft affez, je vous vois trop aimable.

EUPHEMON FILS.

Que dites-vous ? Jufte Ciel ! vous pleurez ?

LISE à Marthe.

Ah ! foutiens-moi, mes fens font égarés ;
Moi, je ferois l'époufe de fon frere ? . . .
N'avez-vous point vu déja votre pere ?

EUPHEMON FILS.

Mon front rougit, il ne s'eft point montré
A ce Vieillard que j'ai deshonoré.
Haï de lui, profcrit fans efpérance,
J'ofe l'aimer, mais je fuis fa préfence.

LISE.

Eh, quel eft donc votre projet enfin ?

EUPHEMON FILS.

Si de mes jours Dieu recule la fin,
Si votre fort vous attache à mon frere,
Je vais chercher le trépas à la guerre ;
Changeant de nom auffi bien que d'état,
Avec honneur je fervirai Soldat.
Peut-être un jour le bonheur de mes armes
Fera ma gloire, & m'obtiendra vos larmes,
Par ce métier l'honneur n'eft point bleffé,
Rofe & Fabert ont ainfi commencé.

LISE.

LISE.

Ce defefpoir eft d'une ame bien haute ,
Il eft d'un cœur au-deffus de fa faute :
Ces fentimens me touchent encor plus ,
Que vos pleurs mêmes à mes pieds répandus ;
Non, Euphémon , fi de moi je difpofe.
Si je peux fuir l'hymen qu'on me propofe ,
De votre fort fi je peux prendre foin ,
Pour le changer vous n'irez pas fi loin.

EUPHEMON FILS.

O Ciel ! mes maux ont attendri votre ame !

LISE.

Ils me touchoient ; votre remords m'enflâme.

EUPHEMON FILS.

Quoi ! vos beaux yeux fi long-tems couroucés
Avec amour fur les miens font baiffes !
Vous rallumez ces feux fi légitimes ,
Ces feux facrés qu'avoient éteint mes crimes.
Ah ! fi mon frere , aux trefors attaché ,
Garde mon bien à mon pere arraché ,
S'il engloutit à jamais l'héritage ,
Dont la nature avoit fait mon partage ;
Qu'il porte envie à ma félicité ,
Je vous fuis cher , il eft deshérité.
Ah ! je mourrai dans l'excès de ma joye.

MARTHE.

MARTHE.

Ma foi , c'eſt lui qu'ici le Diable envoye.

LISE.

Contraignez-donc ces ſoupirs enflâmés ,
Diſſimulez.

EUPHEMON FILS.

Pourquoi ? ſi vous m'aimez.

LISE.

Ah ! redoutez mes parens , votre pere ,
Nous ne pouvons cacher à votre frere
Que vous avez embraſſé mes genoux ;
Laiſſez-le au moins ignorer que c'eſt vous.

MARTHE.

Je ris déja de ſa grave colere.

SCENE IV.

LISE, EUPHEMON FILS, MARTHE,
JASMIN, FIERENFAT *dans le fond
pendant qu'Euphémon lui tourne le dos.*

FIERENFAT.

OU quelque Diable a troublé ma viſiere,
Ou ſi mon œil eſt toujours clair & net,
Je ſuis… j'ai vu… je le ſuis… j'ai mon fait.

En avançant vers Euphémon.

Ah ! c'eſt donc toi, traître, impudent, fauſſaire.

EUPHEMON *en colére.*

Je....

JASMIN *ſe mettant entr'eux.*

C'eſt, Monſieur, une importante affaire,
Qui ſe traitoit, & que vous dérangez ;
Ce ſont deux cœurs en peu de tems changés;
C'eſt du reſpect, de la reconnoiſſance,
De la vertu... Je m'y perds quand j'y penſe.

FIERENFAT.

De la vertu? Quoi! lui baiſer la main!
De la vertu ? ſcélérat !

EUPHEMON FILS.

Ah ! Jaſmin,
Que ſi j'oſois...

FIEREN FAT.

Non, tout ceci m'aſſomme.
Si ç'eût été du moins un Gentilhomme !
Mais un Valet, un gueux, contre lequel,
En intentant un procès criminel,
C'eſt de l'argent que je perdrai peut-être.

LISE *à Euphemon.*

Contraignez-vous, ſi vous m'aimez.

FIERENFAT.

Ah ! traître,
Je

Je te ferai pendre ici , fur ma foi.

A Marthe.

Tu ris , Coquine ?

M A R T H E.

Oui , Monfieur.

F I E R E N F A T.

Et pourquoi ?

De quoi ris-tu ?

M A R T H E.

Mais , Monfieur , de la chofe...

F I E R E N F A T.

Tu ne fçais pas à quoi ceci t'expofe,
Ma bonne amie , & ce qu'au nom du Roi,
On fait par fois aux filles comme toi.

M A R T H E.

Pardonnez-moi , je le fçai à merveilles.

F I E R E N F A T *à Life.*

Et vous femblez vous boucher les oreilles,
Vous ! infidelle, avec votre air fucré,
Qui m'avez fait ce tour prématuré ;
De votre cœur l'inconftance eft précoce.
Un jour d'hymen ! une heure avant la nôce.
Voilà , ma foi , de votre probité !

L I S E.

Calmez , Monfieur , votre efprit irrité,

Il ne faut pas sur la simple aparence,
Légérement condamner l'innocence.

FIERENFAT.

Quelle innocence !

LISE.

Oui , quand vous connoîtrez
Mes sentimens , vous les estimerez.

FIERENFAT.

Plaisant chemin pour avoir de l'estime ?

EUPHEMON FILS.

Oh ! c'en est trop.

LISE *à Euphémon.*

Quel courroux vous anime ?
Eh , réprimez.....

EUPHEMON FILS.

Non , je ne peux souffrir
Que d'un reproche il ose vous couvrir.

FIERENFAT.

Savez-vous bien que l'on perd son Douaire ,
Son Bien , sa Dot , quand....

EUPHEMON *en colere , & mettant la main*
sur la garde de son épée.

Savez-vous vous taire ?
LISE.

LISE.

Eh ! modérez.

EUPHEMON FILS.

Monfieur le Préfident,
Prenez un air un peu moins impofant,
Moins fier, moins haut, moins Juge; car Madame
N'a pas l'honneur d'être encor votre femme ;
Elle n'eft point votre Maîtreffe auffi.
Eh ! pourquoi donc gronder de tout ceci ?
Vos droits font nuls, il faut avoir fçu plaire
Pour obtenir le droit d'être en colere.
De tels apas n'étoient pas faits pour vous,
Il vous fied mal d'être jaloux.
Madame eft bonne, & fait grace à mon zele :
Imitez-la, foyez auffi bon qu'elle.

FIERENFAT *en pofture de fe battre.*

Je n'y puis plus tenir. A moi, mes gens.

EUPHEMON FILS.

Comment ?

PIERENFAT.

Allez me chercher des Sergens.

LISE *à Euphémon fils.*

Retirez-vous.

FIERENFAT.

Je te ferai connoître.
Ce que l'on doit de refpect à fon Maître,

A mon

A mon état, à ma robe.

EUPHEMON FILS.

Obfervez

Ce qu'à Madame ici vous en devez,
Et quant à moi, quoi qu'il puiffe en paroître;
C'eft vous, Monfieur, qui m'en devez peut-être.

FIERENFAT.

Moi... moi?

EUPHEMON FILS.

Vous... vous.

FIERENFAT.

Ce drôle eft bien ofé;
C'eft quelque Amant en Valet déguifé.
Qui donc es-tu? réponds-moi.

EUPHEMON FILS.

Je l'ignore;
Ma deftinée eft incertaine encore,
Mon fort, mon rang, mon état, mon bonheur,
Mon être enfin, tout dépend de fon cœur,
De fes regards, de fa bonté propice.

FIERENFAT.

Il dépendra bien-tôt de la Juftice,
Je t'en réponds; va, va, je cours hâter
Tous mes Records, & vîte inftrumenter.
Allez, perfide, & craignez ma colere,
J'amenerai vos parens, votre pere;
Votre innocence en fon jour paroîtra,
Et comme il faut on vous eftimera.

SCENE

SCENE V.

LISE, EUPHEMON FILS, MARTHE.

LISE.

EH, cachez-vous de grace, rentrons vîte,
De tout ceci je crains pour nous la fuite ;
Si votre pere aprenoit que c'eft vous,
Rien ne pourroit apaifer fon couroux ;
Il penferoit qu'une fureur nouvelle,
Pour l'infulter en ces lieux vous rapelle ;
Que vous venez entre nos deux maifons
Porter le trouble & les divifions ;
Et l'on pourroit pour ce nouvel efclandre,
Vous enfermer, hélas ! fans vous entendre.

MARTHE.

Laiffez-moi donc le foin de le cacher ;
Soyez-en fure, on aura beau chercher.

LISE.

Allez, croyez qu'il eft très-néceffaire.
Que j'adouciffe en fecret votre pere ;
De la Nature il faut que le retour
Soit, s'il fe peut, l'ouvrage de l'amour ;
Cachez-vous bien...   (*à Marthe.*)
                    Gardez qu'il ne paroiffe ;
Eh, va donc vîte.

SCENE

SCENE VI.

RONDON, LISE.

RONDON.

EH bien ? ma Life, qu'eft-ce ?
Je te cherchois & ton époux auffi.

LISE.

Il ne l'eft pas, je le crois, Dieu merci !

RONDON.

Où vas-tu donc,

LISE.

Monfieur, la bienféance
M'oblige encor d'éviter fa préfence. (*Elle fort.*)

RONDON.

Ce Préfident eft donc bien dangereux !
Je voudrois être *incognito* près d'eux.
Là... voir un peu quelle plaifante mine
Font deux Amans qu'à l'hymen on deftine.

SCENE

SCENE VII.

FIERENFAT , RONDON , SERGENS.

FIERENFAT.

AH ! les fripons , ils font fins & fubtils ;
Où les trouver ? où font-ils , où font-ils ?
Où cachent-ils ma honte & leur frédaine ;

RONDON.

Ta gravité me femble hors d'haleine ,
Que prétends-tu ? que cherche-tu ? qu'as-tu ?
Que t'a-t'on fait ?

FIERENFAT.

J'ai qu'on m'a fait Cocu.

RONDON.

Cocu ! tu-dieu ! prends garde , arrête , obferve.

FIERENFAT.

Oui , oui , ma femme. Allez , Dieu me préferve
De lui donner le nom que je lui dois.
Je fuis Cocu malgré toutes les Loix.

RONDON.

Mon Gendre !

FIERENFAT.

Hélas ! il eft trop vrai, Beau-pere.

RONDON.

RONDON.

Eh quoi la chose !

FIERENFAT.

Oh ! la chose est fort claire.

RONDON.

Vous me poussez.

FIERENFAT.

C'est moi qu'on pousse à bout

RONDON.

Si je croyois...

FIERENFAT,

Vous pouvez croire tout,

RONDON.

Mais plus j'entends, moins je comprends, mon
Gendre.

FIERENFAT.

Mon fait pourtant est facile à comprendre,

RONDON.

S'il étoit vrai, devant tous mes voisins
J'étranglerois ma Lise de mes mains.

FIERENFAT.

Etranglez donc, car la chose est prouvée.

RONNON.

Mais en effet ici je l'ai trouvée,
La voix éteinte & le regard baiſſé :
Elle avoit l'air timide, embarraſſé.
Mon gendre, allons, ſurprenons la pendarde,
Voyons le cas, car l'honneur me poignarde.
Tu-dieu, l'honneur ! Oh voyez-vous ; Rondon,
En fait d'honneur, n'entend jamais raiſon.

Fin du quatriéme Acte.

ACTE

ACTE V.

SCENE I.

LISE, MARTHE.

LISE.

H je me ſauve à peine entre tes bras.
Que de dangers ! quel horrible embarras!
Faut-il qu'une ame auſſi tendre, auſſi
pure,
D'un tel ſoupçon ſouffre un moment l'injure !
Cher Euphémon, cher & funeſte Amant,
Es-tu donc né pour faire mon tourment ?
A ton départ tu m'arrachas la vie,
Et ton retour m'expoſe à l'infamie. (à Marthe.)
Prens garde au moins, car on cherche partout.

MARTHE.

J'ai mis, je crois, tous mes chercheurs à bout ;
Nous braverons le Greffe & l'Ecritoire ;
Certains recoins, chez moi, dans mon Armoire,
Pour mon uſage en ſecret pratiqués,

Par ces Furets ne font point remarqués.
Là, votre Amant se tapit, se dérobe
Aux yeux hagards des noirs Pédans en robe ;
Je les ai tous fait courir comme il faut,
Et de ces Chiens la meute est en défaut.

SCENE II.

LISE, MARTHE, JASMIN.

LISE.

EH bien, Jasmin, qu'a-t'on fait ?

JASMIN.

Avec gloire

J'ai soûtenu mon interrogatoire ;
Tel qu'un fripon, blanchi dans le métier,
J'ai répondu sans jamais m'effrayer.
L'un vous traînoit sa voix de Pédagogue,
L'autre brailloit d'un ton cas, d'un air rogue,
Tandis qu'un autre avec un ton fluté,
Difoit ; Mon fils, sçachons la verité.
Moi toûjours ferme & toûjours laconique,
Je rembarrois la Troupe scholaftique.

LISE.

On ne sçait rien ?

JASMIN.

Non, rien : mais dès demain

On

On sçaura tout ; car tout se sçait enfin.

L I S E.

Ah ! que du moins Fierenfat en colere
N'ait pas le tems de prévenir son pere :
Je tremble encor, & tout accroît ma peur ,
Je crains pour lui , je crains pour mon honneur:
Dans mon amour j'ai mis mes espérances ;
Il m'aidera . . .

M A R T H E.

    Moi , je suis dans des trances
Que tout ceci ne soit cruel pour vous ;
Car nous avons deux peres contre nous ;
Un Président , les Bégueules , les Prudes ;
Si vous sçaviez quels airs hautins & rudes ;
Quel ton severe & quel sourcil froncé ,
De leur vertu le faste rehaussé ,
Prend contre vous : avec quelle insolence
Leur âcreté poursuit votre innocence ;
Leurs cris, leur zele & leur sainte fureur
Vous feroient rire , ou vous feroient horreur.

J A S M I N.

J'ai voyagé , j'ai vu du tintamare ,
Je n'ai jamais vu semblable bagare ,
Tout le logis est sans-dessus-dessous.
Ah ! que les gens sont sots , méchans & fous !
On vous accuse , on augmente , on murmure ,

      O 3   En

En cent façons on conte l'avanture ;
Les Violons font déja renvoyés
Tout interdits, fans boire, & point payés.
Pour le feftin fix Tables bien dreffées
Dans ce tumulte ont été renverfées ;
Le peuple accourt, le Laquais boit & rit,
Et Rondon jure, & Fierenfat écrit.

LISE.

Et d'Euphémon le pere refpeĉtable,
Que fait-il donc dans ce trouble effroyable ?

MARTHE.

Madame, on voit fur fon front éperdu
Cette douleur qui fied à la vertu ;
Il leve au Ciel les yeux, & ne peut croire,
Que vous ayiez d'une tache fi noire
Soüillé l'honneur de vos jours innocens ;
Par des raifons il combat vos Parens.
Enfin furpris des preuves qu'on lui donne,
Il en gémit, & dit que fur perfonne
Il ne faudra s'affurer déformais,
Si cette tache a flétri vos attrais.

LISE.

Que ce Vieillard m'infpire de tendreffe !

MARTHE.

Voici Rondon, Vieillard d'une autre efpece.
Fuyons, Madame.

LISE.

LISE.

    Ah ! gardons-nous-en bien,
Mon cœur est pur, il ne doit craindre rien.

JASMIN.

Moi, je crains donc.

SCENE III.

LISE, MARTHE, RONDON.

RONDON.

Matoise, Mijaurée !
Fille pressée, ame dénaturée !
Ah ! Life, Life : allons, je veux sçavoir
Tous les entours de ce procedé noir :
Çà, depuis quand connois-tu le Corsaire ?
Son nom, son rang, comment t'a-t'il pû plaire ?
De ses méfaits je veux sçavoir le fil.
D'où nous vient-il ? En quel endroit est-il ?
Réponds, réponds : tu ris de ma colere ;
Tu ne meurs pas de honte ?

LISE.

    Non, mon pere,

RONDON.

Encor des *non* ? toûjours ce chien de ton ;

Et

Et toûjours *non*, quand on parle à Rondon!
La négative eft pour moi trop fufpecte,
Quand on a tort il faut qu'on me refpecte,
Que l'on me craigne, & qu'on fçache obéïr.

LISE.

Oui, je fuis prête à vous tout d'écouvrir.

RONDON.

Ah! c'eft parler cela; quand je menace,
On eft petit....

LISE.

Je ne veux qu'une grace,
C'eft qu'Euphémon daignât auparavant
Seul en ce lieu me parler un moment.

RONDON.

Euphémon? bon! eh, que pourra-t'il faire?
C'eft à moi feul qu'il faut parler.

LISE.

Mon pere,
J'ai des fecrets qu'il faut lui confier,
Pour votre honneur daignez me l'envoyer,
Daignez... c'eft tout ce que je puis vous dire.

RONDON.

A fa demande encore faut-il foufcrire,
A ce bonhomme elle veut s'expliquer,
On peut fort bien fouffrir, fans rien rifquer,
Qu'en confidence elle lui parle feule,
Puis fur le champ je cloître ma bégueule.

SCENE

SCENE IV.

LISE, MARTHE.

LISE.

DIGNE Euphémon, pourrois-je te toucher ?
Mon cœur de moi semble se détacher,
J'attends ici mon trépas ou ma vie. (*A Marthe.*)
Ecoute un peu. (*Elle lui parle à l'oreille.*)

MARTHE.

Vous serez obéie.

SCENE V.

EUPHEMON PERE, LISE.

LISE.

UN siège.... hélas !.. Monsieur, asseyez-vous,
Et permettez que je parle à genoux.

EUPHEMON *l'empêchant de se mettre à genoux.*

Vous m'outragez.

LISE.

Non, mon cœur vous revere,
Q 5 Je

Je vous regarde à jamais comme un pere.

EUPHEMON PERE.

Qui vous ! ma fille !

LISE.

Oui , j'ose me flatter
Que c'est un nom que j'ai sçu mériter.

EUPHEMON PERE.

Après l'éclat & la triste avanture,
Qui de nos nœuds a causé la rupture !

LISE.

Soyez mon Juge , & lisez dans mon cœur ,
Mon Juge enfin sera mon protecteur :
Ecoutez-moi , vous allez reconnoître
Mes sentimens & les vôtres peut-être.

Elle prend un siége à côté de lui.

Si votre cœur eût été lié
Par la plus tendre & plus pure amitié ,
A quelque objet , de qui l'aimable enfance
Donna d'abord la plus belle espérance ,
Et qui brilla dans son heureux Printems ,
Croissant en grace , en mérite , en talens ;
Si quelque tems sa jeunesse abusée ,
Des vains plaisirs suivant la pente aisée ,
Au feu de l'âge avoit sacrifié
Tous ses devoirs & même l'amitié.

EUPHEMON.

EUPHEMON PERE.

Eh bien ?

LISE.

Monſieur, ſi ſon expérience
Eût reconnu la triſte joüiſſance
De ces faux biens, objets de ſes tranſports,
Nés de l'erreur & ſuivis des remords,
Honteux enfin de ſa folle conduite ;
Si ſa raiſon par le malheur inſtruite,
De ſes vertus rallumant le flambeau,
Le ramenoit avec un cœur nouveau ;
Ou que plûtôt, honnêtehomme & fidelle,
Il eût repris ſa forme naturelle,
Pourriez-vous bien lui fermer aujourd'hui
L'accès d'un cœur qui fut ouvert pour lui ?

EUPHEMON PERE.

De ce portrait que voulez-vous conclure ?
Et quel rapport a-t'il à mon injure ?
Le malheureux qu'à vos pieds on a vu,
Eſt un jeune homme en ces lieux inconnu,
Et cette Veuve, ici dit elle-même,
Qu'elle l'a vu ſix mois dans Angoulême ;
Un autre dit que c'eſt un effronté,
D'amours obſcurs follement entêté ;
Et j'avouerai que ce portrait redouble
L'étonnement & l'horreur qui me trouble.

LISE.

Hélas ! Monſieur, quand vous aurez apris

Tout

Tout ce qu'il est, vous ferez plus surpris.
De grace un mot, votre ame est noble & belle ;
La cruauté n'est pas faite pour elle.
N'est-il pas vrai qu'Euphémon votre fils
Fut long-tems cher à vos yeux attendris ?

EUPHEMON PERE.

Oüi, je l'avoue, & ses lâches offenses
Ont d'autant mieux mérité mes vengeances :
J'ai plaint sa mort, j'avois plaint ses malheurs ;
Mais la Nature, au milieu de mes pleurs,
Auroit laissé ma raison saine & pure
De ses excès punir sur lui l'injure.

LISE.

Vous ! vous pourriez à jamais le punir,
Sentir toûjours le malheur de haïr,
Et repousser encore avec outrage
Ce fils changé devenu votre image,
Qui de ses pleurs arroseroit vos pieds ?
Le pourriez-vous ?

EUPHEMON PERE.

Hélas ! vous oubliez,
Qu'il ne faut point par de nouveaux suplices,
De ma blessure ouvrir les cicatrices ;
Mon fils est mort, ou mon fils loin d'ici
Est dans le crime à jamais endurci ;
De la vertu s'il eût repris la trace,

Viendroit

Viendroit-il pas me demander sa grace ?

LISE.

La demander ! sans doute il y viendra ;
Vous l'entendrez ; il vous attendrira.

EUPHEMON PERE.

Que dites-vous ?

LISE.

Oui , si la mort trop prompte
N'a pas fini sa douleur & sa honte ,
Peut-être ici vous le verrez mourir
A vos genoux d'excès de repentir.

EUPHEMON PERE.

Vous sentez trop quel est mon trouble extrême ,
Mon fils vivroit !

LISE.

S'il respire , il vous aime.

EUPHEMON PERE.

Ah ! s'il m'aimoit ; mais quelle vaine erreur.
Comment ? De qui l'apprendre ?

LISE.

De son cœur.

EUPHEMON PERE.

Mais, sçauriez-vous ? ....

LISE.

LISE.

     Sur tout ce qui le touche
La verité vous parle par ma bouche.

EUPHEMON PERE.

Non , non , c'eſt trop me tenir en ſuſpens ;
Ayez pitié du déclin de mes ans :
J'eſpere encor , & je ſuis plein d'allarmes ;
J'aimai mon fils , jugez-en par mes larmes.
Ah! s'il vivoit , s'il étoit vertueux !
Expliquez-vous ; parlez-moi.

LISE.

     Je le veux,

Eh bien , ſçachez . . . .

SCENE VI.

ACTEURS PRECEDENS, FIERENFAT,
RONDON , EUPHEMON FILS
l'épée à la main , Mde. CROUPILAC,
EXEMTS.

FIERENFAT.

Vite qu'on l'environne,
Point de quartier , ſaiſiſſez ſa perſonne.

RONDON *aux Exemts.*

Montrez un cœur au-deſſus du commun,
        Soyez

Soyez hardis, vous êtes six contre un.

LISE.

Ah malheureux! arrêtez.

MARTHE.

Comment faire ?

EUPHEMON FILS.

Lâches, fuyez... où suis-je ? C'est mon pere.

Il jette son épée.

EUPHEMON PERE.

Que vois-je ? Hélas !

EUPHEMON FILS *aux pieds de son pere.*

Un trop malheureux fils
Qu'on poursuivoit, & qui vous est soumis.

LISE.

Oui, le voilà cet inconnu que j'aime.

RONDON.

Ma foi, c'est lui.

FIERENFAT.

Mon frere ?

Mde. CROUPILLAC.

O Ciel !

MARTHE.

MARTHE.
Lui-même.
EUPHEMON FILS.

Connoiſſez-moi, décidez de mon ſort,
J'attends d'un mot, ou la vie, où la mort.

EUPHEMON PERE.

Ah! qui t'amene en cette conjoncture ?

EUPHEMON FILS.

Le repentir, l'amour & la nature.

LISE ſe mettant auſſi à genoux.

A vos genoux vous voyez vos enfans ;
Oui, nous avons les mêmes ſentìmens,
Le même cœur.. ....

EUPHEMON FILS en montrant Liſe.

Hélas ! ſon indulgence,
De mes fureurs a pardonné l'offenſe ;
Suivez, ſuivez pour cet infortuné,
L'exemple heureux que l'amour a donné ;
Je n'eſpérois dans ma douleur mortelle
Que d'expirer aîmé de vous & d'elle :
Et ſi je vis, ah ! c'eſt pour mériter
Ces ſentimens dont j'oſe me flatter.
D'un malheureux vous détournés la vûe,
De quels tranſports votre ame eſt-elle émue ?

Eſt

Eft-ce la haine ? Et ce fils condamné . . . .

EUPHEMON *fe levant & l'embraffant.*

C'eft la tendreffe, & tout eft pardonné
Si la vertu régne enfin dans ton ame :
Je fuis ton pere.

LISE.

Et j'ofe être fa femme. (*A Rondon.*)
Unis tous trois, permettez qu'à vos pieds,
Nos premiers nœuds foient enfin renoués.

A Euphémon.

Non, ce n'eft pas votre bien qu'il demande,
D'un cœur plus pur il vous porte l'offrande.
Il ne veut rien, & s'il eft vertueux,
Tout ce que j'ai fuffira pour nous deux.

RONDON.

Quel changement ! quoi, c'eft donc là mon drôle ?

FIERENFAT.

Oh, oh ! je jouë un fort fingulier rôle ;
Tu-dieu, quel frere !

EUPHEMON PERE.

Oui, je l'avois perdu ;
Le repentir, le Ciel me l'a rendu.

Mde. CROUPILLAC.

C'eft Euphémon ? tant mieux.

FIERENFAT.

FIERENFAT.

La vilaine Ame !
Il ne revient que pour m'ôter ma femme !

EUPHEMON FILS à *Fierenfat.*

Il faut enfin que vous me connoiſſiez,
C'eſt vous , Monſieur , qui me la raviſſiez ;
Dans d'autre tems j'avois eu ſa tendreſſe ;
L'emportement d'une folle jeuneſſe
M'ôta ce Bien dont on doit être épris ,
Et dont j'avois trop mal connu le prix.
J'ai retrouvé dans ce jour ſalutaire
Ma probité, ma Maîtreſſe, mon Perè :
M'envieriez-vous l'inopiné retour
Des droits du ſang & des droits de l'amour ?
Gardez mes Biens, je vous les abandonne ;
Vous les aimez… moi j'aime ſa perſonne ;
Chacun de nous aura ſon vrai bonheur,
Vous dans mes biens , moi , Monſieur, dans ſon
cœur.

EUPHEMON PERE.

Non, ſa bonté ſi deſintéreſſée
Ne ſera pas ſi mal récompenſée ;
Non , Euphémon, ton pere ne veut pas
T'offrir ſans bien, ſans dot à ſes apas.

RONDON.

Oh ! bon cela.

Mde. CROUPILLAC.

Je ſuis émerveillée ,

Toute

Toute ébaudie & toute confolée.
Ce Gentilhomme eft venu tout exprès,
En vérité pour venger mes attraits.

A Euphémon fils.

Vîte époufez, le Ciel vous favorife,
Car tout exprès pour vous il a fait Life,
Et je pourrois par ce bel accident,
Si l'on vouloit, ravoir mon Préfident.

LISE *à Rondon.*

De tout mon cœur. Et vous, fouffrez, mon pere ;
Souffrez qu'une ame & fidelle & fincere,
Qui ne pouvoit fe donner qu'une fois,
Soit ramenée à fes premieres loix.

RONDON.

Si fa cervelle eft enfin moins volage...

LISE.

Oh ! j'en réponds.

RONDON.

S'il t'aime, s'il eft fage...

LISE.

N'en doutez pas.

RONDON.

Si furtout Euphémon
D'un ample dot lui fait un large don,
J'en fuis d'accord.

FIERENFAT.

Je gagne en cette affaire
Beaucoup, fans doute, en trouvant un mien frere ;
Mais cependant je perds en moins de rien
Mes frais de nôce, une femme & du bien.

Mde.

Mde. CROUPILLAC.

Eh, fi vilain ! quel cœur fordide & chiche !
Faut-il toujours courtifer la plus riche ?
N'ai-je donc pas en Contrats, en Châteaux,
Affez pour vivre, & plus que tu ne vaux ?
Ne fuis-je pas en datte la premiere ?
N'as-tu pas fait, dans l'ardeur de me plaire,
De longs Sermens, tous couchez par écrit,
Des Madrigaux, des Chanfons fans efprit ?
Entre les mains j'ai toutes tes promeffes,
Nous plaiderons, je montrerai les piéces ;
Le Parlement doit en femblable cas
Rendre un Arrêt contre tous les ingrats.

RONDON.

Ma foi, l'ami, crains fa jufte colere,
Epoufe-la, crois-moi, pour t'en défaire.

EUPHEMON PERE à Mde. Croupillac.

Je fuis confus du vil empreffement
Dont vous flattez mon fils le Préfident,
Votre procès lui devroit plaire encore,
C'eft un dépit dont la caufe l'honore.
Mais permettez que mes foins réunis,
Soient pour l'objet qui m'a rendu mon fils.
Vous, mes enfans, dans ces momens profperes,
Soyez unis, embraffez-vous en freres.
Vous, mon ami, rendons graces aux Cieux,
Dont les bontez ont tout fait pour le mieux.
Non, il ne faut, & mon cœur le confeffe,
Defefpérer jamais de la jeuneffe.

Fin du cinquiéme & dernier Acte.

LA

MORT

DE

CESAR.

TRAGEDIE.

PRÉFACE

DES

ÉDITEURS.

NOus donnons cette Edition de la Tragédie de la Mort de Céfar de Monfieur de Voltaire : nous pouvons dire qu'il eft le premier qui ait fait connoître les Mufes Angloifes en France. Il traduifit en Vers, il y a quelques années, plufieurs morceaux des meilleurs Poëtes d'Angleterre , pour l'inftruction de fes Amis , & par-là il engagea beaucoup de perfonnes à apprendre l'Anglois ; enforte qu'aujourd'hui cette Langue eft devenuë familiere aux Gens de Lettres. C'eft rendre fervice à l'Efprit humain de l'orner ainfi des richeffes des Païs Etrangers.

Parmi les morceaux les plus finguliers des Poëtes Anglois que notre Ami nous traduifit , il nous donna la Scéne d'Antoine & du Peuple Romain, prife de la Tragédie de Jules-Cefar , écrite il y a cent cinquante ans par le fameux Shakefpear , & jouée encore aujourd'hui avec un trèsgrand concours fur le Théâtre de Londres. Nous le priâmes de nous donner le refte de la Piéce ; mais il étoit impoffible de la traduire.   Shakef-

Shakefpear étoit un grand Génie ; mais qui vivoit dans un Siécle groffier, & l'on trouve dans fes Piéces la groffiereté de ce tems beaucoup plus que le génie de l'Auteur. Mr. de Voltaire au lieu de traduire l'Ouvrage monftrueux de Shakefpear, compofa dans le goût Anglois ce Jules-Cefar que nous donnons au Public. Ce n'eft pas ici une Piéce telle que le *Sir Politick* de Mr. de St. Evremond, qui n'ayant aucune connoiffance du Théâtre Anglois, & n'en fçachant pas même la Langue, donna fon *Sir Politick*, pour faire connoître la Comédie de Londres aux François. On peut dire que cette Comédie du *Sir Politick* n'étoit ni dans le goût des Anglois, ni dans celui d'aucune autre Nation.

Il eft aifé d'appercevoir dans la Tragédie de la Mort de Cefar le génie & le caractere des Ecrivains Anglois, auffi-bien que celui du Peuple Romain. On y voit cet amour dominant de la Liberté, & ces hardieffes que les Auteurs François ont rarement.

Il y a encore en Angleterre une autre Tragédie de la Mort de Cefar compofée par le Duc de Buckingham. Il y en a une en Italien de Mr. l'Abbé Conti Noble Vénitien. Ces Piéces ne fe reffemblent qu'en un feul point, c'eft qu'on n'y trouve point d'amour. Aucun de ces Auteurs n'a avili ce grand Sujet par une intrigue de galanterie ; mais il

y a

y a environ trente-cinq ans que l'un des plus beaux Génies de France s'étant associé avec Mademoiselle Barbier, pour composer un Jules-César, il ne manqua pas de représenter César & Brutus amoureux & jaloux. Cette petitesse ridicule est un des plus grands exemples de la force de l'habitude, personne n'ose guérir le Théâtre François de cette contagion. Il a falu que dans Racine, Mithridate, Alexandre, Porus, ayent été galans. Corneille n'a jamais évité cette foiblesse. Il n'a fait aucune Piéce sans amour, & il faut avouer que dans ses Tragédies (si vous exceptez le Cid & Polyeucte) cette passion est aussi mal peinte, qu'elle y est étrangere. Notre Auteur a donné peut-être ici dans un autre excès. Bien des gens trouvent dans sa Piéce trop de férocité; ils voyent avec horreur, que Brutus sacrifie à l'amour de sa patrie non seulement son bienfaicteur, mais son pere. On n'a à répondre autrechose, sinon que tel étoit le caractere de Brutus, & qu'il faut peindre les hommes tels qu'ils étoient. On a encore une Lettre de ce fier Romain, dans laquelle il dit qu'il tueroit son Pere pour le salut de la République. On sçait que Cesar étoit son pere : il n'en faut pas davantage pour justifier cette hardiesse.

On imprime au-devant de cette Edition, la Lettre du Marquis Algaroti, jeune homme déja connu pour un bon Poëte, & pour un bon Philosophe, & Ami de Mr. de Voltaire.

Tome III.   P   LET-

LETTRE

DE Mr. ALGAROTI,

A Mr. L'ABBE' FRANQUINI

ENVOYÉ DE FLORENCE;

Sur la Tragédie de Jules-Cesar, par Mr. de Voltaire.

J'AI differé jusqu'à présent, Monsieur, de vous envoyer le Jules-Cesar que vous me demandez, pour vous faire part de celui de Mr. de Voltaire.

L'Edition qu'on en a faite à Paris il y a quelques mois, est très-informe. On y reconnoît assez la main de quelqu'un du genre de ceux que Pétrone appelle *Doctores Umbratici*. Elle est défectueuse au point qu'on y trouve des Vers qui n'ont pas le nombre de syllabes nécessaire. Cependant la Critique a jugé cette Piéce avec la même sévérité, que si Mr. de Voltaire l'eût donnée lui-même au Public. Ne seroit-il pas injuste d'imputer au Titien le mauvais coloris d'un de ses Tableaux barbouillés par un Peintre moderne ? J'ai été assez heureux pour qu'il m'en soit tombé entre les mains un Manuscrit digne de vous être envoyé, & voilà enfin le Tableau tel qu'il est sorti des mains

du

du Maître. J'ofe même l'accompagner des Réfléxions que vous m'avez demandées.

Il faudroit ignorer qu'il y a une Langue Françoife & un Théâtre, pour ne pas fçavoir à quel degré de perfection Corneille & Racine ont porté le Dramatique. Il fembloit qu'après ces grands Hommes, il ne reftoit plus rien à fouhaiter, & que tâcher de les imiter étoit tout ce qu'on pouvoit faire de mieux. Defira-t-on quelque chofe dans la Peinture après la Galathée de Raphaël? Cépendant la célébre Tête de Michel Ange dans le Petit Farnefe, donna l'idée d'un genre plus terrible & plus fier auquel cet Art pouvoit être élevé. Il femble que dans les Beaux-Arts on ne s'apperçoit qu'il y avoit des vuides qu'après qu'ils font remplis. La plûpart des Tragédies de ces Maîtres, foit que l'Action fe paffe à Rome, à Athenes, ou à Conftantinople, ne contiennent qu'un Mariage concerté, traverfé, ou rompu. On ne peut s'attendre à rien de mieux dans ce genre, où l'Amour donne avec un fouris ou la paix ou la guerre. Il me paroît qu'on pourroit donner au Dramatique un ton fupérieur à celui-ci. Le Jules-Cefar m'en eft une preuve; l'Auteur de la tendre Zaïre ne refpirant ici que des fentimens d'ambition, de vengeance & de liberté.

La Tragédie doit être l'imitation des Grands Hommes. C'eft ce qui la diftingue de la Comédie. Mais fi les actions qu'elle

repré-

repréſente, ſont auſſi des plus grandes, cette diſtinction n'en ſera que plus marquée, & l'on peut atteindre par ce moyen à un genre ſupérieur. N'admire-t-on pas davantage Marc-Antoine à Philippes qu'à Actium ? Je ne doute pourtant pas que ces raiſons ne puiſſent eſſuyer de fortes contradictions. Il faudroit avoir bien peu de connoiſſance de l'homme, pour ne pas ſçavoir que les Préjugés l'emportent preſque toujours ſur la Raiſon, & ſurtout les préjugés autoriſés par un Sexe qui impoſe une loi qu'on ſuit toujours avec plaiſir.

L'Amour eſt depuis trop long-tems en poſſeſſion du Théâtre François, pour ſouffrir que d'autres paſſions y prennent ſa place. C'eſt ce qui me fait croire que le Jules-Ceſar pourroit bien avoir le même ſort que les Thémiſtocles, les Alcibiades & les autres Grands Hommes d'Athenes admirés de toute la Terre, pendant que l'Oſtraciſme les banniſſoit de leur Patrie.

Mr. de Voltaire a imité en quelques endroits Shakeſpear, Poëte Anglois, qui a réuni dans la même Piéce les puérilités les plus ridicules & les morceaux les plus ſublimes. Il en a fait le même uſage que Virgile faiſoit des Ouvrages d'Ennius; il a imité de l'Auteur Anglois les deux dernieres Scénes, qui ſont des plus beaux modeles d'Eloquence qu'il y ait au Théâtre.

Quum flueret lutulentus, erat quod tollere velles.

N'eſt-

N'eſt-ce point un reſte de barbarie en Europe, de vouloir que lés bornes que la politique & la fantaiſie des hommes ont preſcrites pour la ſéparation des Etats, ſervent auſſi de limites aux Sciences & aux Beaux-Arts, dont les progrez pourroient s'étendre par un commerce mutuel des lumieres de ſes Voiſins. Cette Réfléxion convient même mieux à la Nation Françoiſe qu'à toute autre. Elle eſt dans le cas de ces Auteurs dont le Public exige plus à meſure qu'il en a plus reçu. Elle eſt ſi généralement polie & cultivée, que cela met en droit d'exiger d'elle, que non ſeulement elle approuve ; mais qu'elle cherche même à s'enrichir de ce qu'elle trouve de bon chez ſes Voiſins:

Tros Rutulusve fuat, nullo diſcrimine habeto.

Une objection dont je ne vous parlerois pas, ſi je ne l'euſſe entendu faire, eſt ſur ce que cette Tragédie n'eſt qu'en trois Actes. C'eſt, dit-on, pécher contre le Théâtre, qui veut que le nombre des Actes ſoit fixé à cinq. Il eſt vrai qu'une des Régles, eſt qu'à toute rigueur la Repréſentation ne dure pas plus de tems que n'auroit duré l'action, ſi véritablement elle fût arrivée. On a borné avec raiſon le tems à trois heures, parcequ'une plus longue durée laſſeroit l'attention, & empêcheroit qu'on ne pût réunir aiſément dans le même point de vûë les diffé-

ren-

rentes circonstances de l'action qui les passe.
Sur ce principe on a divisé les Actes en cinq,
pour la commodité des Spéctateurs & de
l'Auteur, qui peut faire arriver dans ces
intervalles quelque événement nécessaire
au nœud ou au dénouement de la Piéce.
Toute l'objection se réduit donc à n'avoir
fait durer l'action du Cesar que deux heures au lieu de trois. Si ce n'est pas un défaut, la division des Actes n'en doit pas
être un non-plus ; puisque la même raison
qui veut qu'une action de trois heures soit
partagée en cinq Actes, demande aussi
qu'une action de deux heures ne le soit qu'en
trois. Il ne s'ensuit pas de ce que la plus
grande étendue qui a été prescrite est de
trois heures, qu'on ne puisse pas la rendre
moindre ; & je ne vois point pourquoi une
Tragédie assujettie aux trois unités, d'ailleurs pleine d'intérêts, excitant la terreur &
la compassion, enfin faisant en deux heures
ce que les autres font en trois ; ne seroit pas
une excellente Tragédie. Une Statue dans
laquelle les belles proportions & les autres
régles de l'Art sont observées, ne laisse pas
d'être une belle Statue, quoiqu'elle soit
plus petite qu'une autre, faite sur les mêmes Régles. Je ne crois pas que personne
trouve la Venus de Médicis moins belle
dans son genre, que le Gladiateur, parcequ'elle n'a que quatre pieds de hauteur, &
que le Gladiateur en a six. M. de Voltaire a
peut-

peut-être voulu donner à fon Cefar moins
d'étendue que l'on n'en donne communé-
ment aux Piéces Dramatiques, pour fonder
le goût du Public par un effai, fi l'on peut
appeller de ce nom une Piéce auffi achevée.
Il s'agit pour cela d'une révolution dans le
Théâtre François, & c'eût été peut-être trop
hazarder, que de commencer par parler de
Liberté & de Politique trois heures de fuite
à une Nation accoutumée à voir foupirer
Mithridate, fur le point de marcher vers le
Capitole. On doit tenir compte à Mr. de
Voltaire de ce ménagement, & ne lui point
faire d'ailleurs un crime de n'avoir mis ni
amour, ni femmes dans fa Piéce : nées pour
infpirer la moleffe & les fentimens, elles ne
pourroient jouer qu'un rôle ridicule entre
Brutus & Caffius, *atroces animæ*. Elles en
jouent de fi brillants partout ailleurs, qu'elles ne doivent pas fe plaindre de n'en avoir
aucun dans Cefar. Je ne vous parlerai point
des beautés de détail qui font fans nombre
dans cette Piéce, ni de la force de la Poëfie,
pleine d'Images & de Sentimens. Que ne
doit-on pas attendre de l'Auteur de Brutus
& de la Henriade ? La Scene de la Confpi-
ration me paroît des plus belles & des plus
fortes qu'on ait encore vûës fur le Théâtre;
elle fait voir en action ce qui jufqu'à préfent ne s'étoit prefque toujours paffé qu'en
récit.

P 4   La

Segnius irritant animos demiſſa per aures (*),
Quam quæ ſunt oculis ſubjecta fidelibus , & quæ
Ipſe ſibi tradit Spectator......

La Mort même de Cefar ſe paſſe preſ-
qu'à la vûe des ſpectateurs ; ce qui nous
épargne un récit qui , quelque beau qu'il
fût , ne pourroit qu'être froid : ces événe-
mens & les circonſtances qui l'accompagnent étant trop connues de tout le
monde.

Je ne puis aſſez admirer combien cette
Tragédie eſt pleine de choſes, & combien
les caracteres ſont grands & ſoutenus. Quel
prodigieux contraſte entre Cefar & Brutus!
Ce qui d'ailleurs rend ce Sujet extrémement
difficile à traiter , c'eſt l'art qu'il faut pour
peindre d'un côté Brutus avec une vertu fé-
roce, à la vérité, & preſque ingrat; mais ayant
en main la bonne cauſe, au moins ſelon les
apparences, & par rapport aux tems où l'Auteur nous tranſporte; & de l'autre côté, Cefar
rempli de clémence & des vertus les plus
aimables , comblant de bienfaits ſes ennemis; mais voulant opprimer la liberté de ſa
Patrie. Il faut s'intéreſſer également pour
tous les deux pendant le cours de la Piéce,
quoiqu'il ſemble que les paſſions doivent
s'entre-nuire & ſe détruire réciproquement
à la fin : comme feroient deux forces égales
& oppo-

(*) Horat. de Arte Poëtica , v. 180. & ſeqq.

& opposées, & par conséquent ne produire
aucun effet, & renvoyer les Spectateurs
sans agitation. Ce sont ces réfléxions qui ont
fait dire à un homme du métier (*) qu'il re-
gardoit ce sujet comme l'écueil des Poëtes
Tragiques, & qu'il l'auroit proposé volon-
tiers à quelqu'un de ses Rivaux. Il semble
que Mr. de Voltaire, non content de ses
difficultés, en ait voulu faire naître de nouvelles, en faisant Brutus fils de Cesar; ce
qui d'ailleurs est fondé sur l'Histoire. Il a
aussi trouvé par-là le moyen de se ménager
de très-belles situations, & de jetter dans sa
Piéce un nouvel intérêt, qui se réunit tout
entier à la fin pour Cesar. La Harangue d'Antoine produit cet effet, & elle est à mon avis
le modéle de l'éloquence la plus séduisante.
Enfin, je crois que l'on peut dire avec vérité, que Mr. de Voltaire a ouvert une nouvelle carriére, & qu'il a attéint le but en
même tems.

(*) M. Martelli qui a écrit beaucoup de Tragedies
en Italien. Il s'est servi d'uue nouvelle espece de Vers
rimez qu'il avoit imaginé d'après les Vers Aléxan-
drins. Cette nouveauté n'a pas été favorable à ses
Piéces.

ACTEURS

ACTEURS.

JULES-CESAR, Directeur.

MARC-ANTOINE, Conful.

JUNIUS BRUTUS, Préteur.

CASSIUS,

CIMBER,

DECIMUS,

DOLABELLA, } Sénateurs.

CASCA.

LES ROMAINS.

LICTEURS.

La Scene eſt à Rome au Capitole.

LA MORT
DE
CESAR,
TRAGEDIE.

ACTE PREMIER.

SCENE I.

CESAR, ANTOINE.

ANTOINE.

ESAR, tu vas régner, voici le jour augufte,

Où le Peuple Romain, pour toi toûjours injufte,

Changé par tes vertus, va reconnoître en toi,

Son vainqueur ſon apui, ſon vengeur, & ſon Roi.
Antoine tu le ſçais, ne connoît point l'envie.
J'ai chéri plus que toi la gloire de ta vie;
J'ai préparé la chaîne où tu mets les Romains.
Content d'être ſous toi le ſecond des Humains,
Plus fier de t'attacher ce nouveau Diadême,
Plus grand de te ſervir que de régner moi-même.
Quoi! tu ne me réponds que par de longs ſoupirs!
Ta grandeur fait ma joye, & fait tes déplaiſirs!
Roi de Rome & du Monde eſt-ce à toi de te plaindre?
Ceſar peut-il gémir, ou Ceſar peut-il craindre?
Qui peut à ta grande ame inſpirer la terreur?

CESAR.

L'amitié, cher Antoine, il faut t'ouvrir mon cœur.
Tu ſçais que je te quitte, & le Deſtin m'ordonne
De porter nos Drapeaux aux Champs de Babylone.
Je pars, & vais venger ſur le Parthe inhumain
La honte de Craſſus & du Peuple Romain.
L'Aigle des Légions que je retiens encore,
Demande à s'envoler vers les Mers du Boſphore,
Et mes braves Soldats n'attendent pour ſignal,
Que de revoir mon front ceint du Bandeau Royal.
Peut-être avec raiſon Ceſar peut entreprendre
D'attaquer un Pays qu'a ſoumis Aléxandre.
Peut-être les Gaulois, Pompée & les Romains
Valent bien les Perſans ſubjuguez par ſes mains.
J'oſe au moins le penſer, & ton ami ſe flatte
Que le Vainqueur du Rhin peut l'être de l'Euphrate.

Mais

Mais cet espoir m'anime & ne m'aveugle pas,
Le Sort peut se lasser de marcher sur mes pas :
La plus haute sagesse en est souvent trompée,
Il peut quitter Cesar, ayant trahi Pompée ;
Et dans les factions comme dans les combats,
Du triompe à la chûte il n'est souvent qu'un pas.
J'ai servi, commandé, vaincu, quarante années ;
Du Monde entre mes mains j'ai vu les destinées,
Et j'ai toûjours connu qu'en chaque événement
Le destin des Etats dépendoit d'un moment.
Quoiqu'il puisse arriver, mon cœur n'a rien à
craindre,
Je vaincrai sans orgueil, ou mourrai sans me plain-
dre.
Mais j'exige en partant, de ta tendre amitié
Qu'Antoine à mes Enfans soit pour jamais lié :
Que Rome par mes mains défendue & conquise,
Que la Terre à mes Fils, comme à toi soit soumise ;
Et qu'emportant d'ici le grand titre de Roi,
Mon sang & mon ami le prennent après moi.
Je te laisse aujourd'hui ma volonté derniere,
Antoine, à mes Enfans il faut servir de Pere.
Je ne veux point de toi démander des sermens,
De la foi des humains sacrés & vains garans ;
Ta promesse suffit, & je la crois plus pure
Que les Autels des Dieux entourés du parjure.

ANTOINE.

C'est déja pour Antoine un assez dure loi,

Que

Que tu cherches la Guerre & le trépas sans moi,
Et que ton intérêt m'attache à l'Italie,
Quand la gloire t'appelle aux bornes de l'Asie,
Je m'afflige encor plus de voir que ton grand cœur
Doute de sa fortune, & présage un malheur :
Mais je ne comprends point ta bonté qui m'outrage;
Cesar, que me dis-tu de tes Fils, de partage ?
Tu n'as de Fils qu'Octave, & nulle adoption
N'a d'un autre Cesar appuyé ta Maison.

CESAR.

Il n'est plus tems, ami, de cacher l'amertume
Dont mon cœur paternel en secret se consume.
Octave n'est mon sang qu'à la faveur des Loix :
Je l'ai nommé Cesar, il est fils de mon choix.
Le Destin, (dois-je dire, ou propice ou sévere ?)
D'un véritable Fils en effet m'a fait Pere,
D'un Fils que je chéris; mais qui pour mon malheur
A ma tendre amitié répond avec horreur.

ANTOINE.

Et quel est cet Enfant ? Quel ingrat peut-il être
Si peu digne du Sang dont les Dieux l'ont fait naître?

CESAR,

Ecoute : Tu connois ce malheureux Brutus,
Dont Caton cultiva les farouches vertus,
De nos antiques Loix ce Défenseur austere,
Ce rigide Ennemi du Pouvoir arbitraire,

Qui

Qui toûjours contre moi , les armes à la main ,
De tous mes Ennemis a suivi le destin ,
Qui fut mon Prisonnier aux Champs de Thessalie ,
A qui j'ai malgré lui deux fois sauvé la vie ,
Né , nourri loin de moi chez mes fiers Ennemis.

A N T O I N E.

Brutus ! il se pourroit . . . . .

C E S A R.

Ne m'en crois pas. Tiens , lis.

A N T O I N E.

Dieux ! la Sœur de Caton ! la fiere Servilie !

C E S A R.

Par une himen secret elle me fut unie.
Ce farouche Caton dans nos premiers débats,
La fit presqu'à mes yeux passer en d'autres bras :
Mais le jour qui forma ce second Hymenée ,
De son nouvel Epoux trancha la destinée.
Sous le nom de Brutus mon fils fut élevé.
Pour me haïr , ô Ciel ! étoit-il reservé ?
Mais lis , tu sçauras tout par cet Ecrit funeste.

A N T O I N E. *Il lit.*

Cesar , je vais mourir. La colere céleste
Va finir à la fois ma vie & mon amour.
Souviens-toi qu'à Brutus Cesar donna le jour.
Adieu

Adieu. Puiſſe ce Fils éprouver pour ſon Pere
L'amitié qu'en mourant te conſervoit ſa mere!

Servilie.

Quoi ! faut-il que du ſort la tyrannique loi,
Ceſar, te donne un Fils ſi peu ſemblable à toi !

C E S A R.

Il a d'autres vertus ; ſon ſuperbe courage
Flatte en ſecret le mien, même alors qu'il l'outrage.
Il m'irrite, il me plaît. Son cœur indépendant
Sur mes ſens étonnés prend un fier aſcendant.
Sa fermeté m'impoſe, & je l'excuſe même
De condamner en moi l'autorité ſuprême.
Soit qu'étant homme & Pere, un charme ſeducteur
L'excuſant à mes yeux, me trompe en ſa faveur :
Soit qu'étant né Romain, la voix de ma Patrie
Me parle malgré moi contre ma Tyrannie,
Et que la liberté que je viens d'opprimer,
Plus forte encor que moi me condamne à l'aimer.
Te dirai-je encor plus ? Si Brutus me doit l'Etre,
S'il eſt Fils de Ceſar il doit haïr un Maître.
J'ai penſé comme lui dès mes plus jeunes ans,
J'ai déteſté Silla, j'ai hai les Tyrans.
J'euſſe été Citoyen, ſi l'orgueilleux Pompée
N'eût voulu m'opprime ſous ſa gloire uſurpée.
Né fier, ambitieux, mais né pour les vertus,
Si je n'étois Ceſar j'aurois été Brutus,
  Tout homme à ſon état doit plier ſon courage.
Brutus tiendra bien-tôt un différent langage,

Quand

Quand il aura connu de quel sang il est né.
Crois-moi, le Diadême à son front destiné,
Adoucira dans lui sa rudesse importune,
Il changera de mœurs en changeant de fortune;
La Nature, le sang, mes bienfaits, tes avis,
Le devoir, l'intérêt, tout me rendra mon Fils.

ANTOINE.

J'en doute. Je connois sa fermeté farouche :
La Secte dont il est n'admet rien qui la touche.
Cette Secte intraitable, & qui fait vanité
D'endurcir les esprits contre l'humanité,
Qui dompte & foule aux pieds la Nature irritée,
Parle seule à Brutus, & seule est écoutée.
Ces préjugez affreux, qu'ils appellent devoir,
Ont sur ces cœurs de bronze un absolu pouvoir.
Caton même, Caton, ce malheureux Stoïque,
Ce Héros forcene, la victime d'Utique,
Qui fuyant un pardon qui l'eût humilié,
Préfera la mort même à ta tendre amitié ;
Caton fut moins altier, moins dur, & moins à
    craindre,
Que l'ingrat qu'à t'aimer ta bonté veut contraindre.

CESAR.

Cher ami, de quels coups tu viens de me frapper !
Que m'as-tu dit ?

ANTOINE.

Je t'aime, & ne te puis tromper.
CESAR·

CESAR.

Le tems amollit tout.

ANTOINE.

Mon cœur en défefpere.

CESAR.

Quoi, fa haine!....

ANTOINE.

Crois-moi.

GESAR.

N'importe; je fuis Pere.
J'ai cheri, j'ai fauvé mes plus grands Ennemis,
Je veux me faire aimer de Rome & de mon fils,
Et conquerant des cœurs vaincus par ma clémence,
Voir la Terre & Brutus adorer ma puiffance.
C'eft à toi de m'aider dans de fi grands deffeins :
Tu m'as prêté ton bras pour dompter les humains,
Dompte aujourd'hui Brutus, adoucis fon courage:
Prépare par degrés cette vertu fauvage,
Au fecret important qu'il lui faut réveler,
Et dont mon cœur encore héfite à lui parler.

ANTOINE.

Je ferai tout pour toi ; mais j'ai peu d'efpérance.

SCENE

SCENE II.

CESAR, ANTOINE, DOLABELLA.

DOLABELLA.

Cesar, les Sénateurs attendent audience,
A ton ordre suprême ils se rendent ici.

CESAR.

Il ont tardé long-tems. . . . Qu'ils entrent.

ANTOINE.

Les voici,
Que je lis sur leur front de dépit & de haine!

SCENE III.

CESAR, ANTOINE, BRUTUS, CASSIUS,
CIMBER, DECIMUS, CINNA,
CASCA, &c. LICTEURS.

CESAR assis.

Venez, dignes soutiens de la grandeur Romaine,
Compagnons de Cesar. Approchez, Cassius,
Cimber, Cinna, Décime, & toi mon cher Brutus.
Enfin voici le tems, si le Ciel me seconde,

Où

Où je vais achever la conquéte du Monde,
Et voir dans l'Orient le Trône de Cyrus,
Satisfaire, en tombant, aux Mânes de Craſſus.
Il eſt tems d'ajoûter par le droit de la Guerre,
Ce qui manque aux Romains des trois parts de la
  Terre.
Tout eſt prêt, tout prévu pour ce vaſte deſſein;
L'Euphrate attend Céſar, & je pars dès demain.
Brutus & Caſſius me ſuivront en Aſie,
Antoine retiendra la Gaule & l'Italie,
De la Mer Atlantique, & des bords du Bétis,
Cimber gouvernera les Rois aſſujettis.
Je donne à Décimus la Grece & la Lycie,
A Marcellus le Pont, à Caſca la Syrie.
Ayant ainſi réglé le ſort des Nations,
Et laiſſant Rome heureuſe & ſans diviſions,
Il ne reſte au Sénat, qu'à juger ſous quel titre
De Rome & des Humains je dois être l'arbitre.
Silla fut honoré du nom de Dictateur,
Marius fut Conſul, & Pompée Empereur.
J'ai vaincu le dernier, & c'eſt aſſez vous dire,
Qu'il faut un nouveau nom pour un nouvel Empire;
Un non plus grand, plus ſaint, moins ſujet aux revers,
Autrefois craint dans Rome, & cher à l'Univers.
Un bruit trop confirmé ſe répand ſur la Terre,
Qu'en vain Rome aux Perſans oſe faire la guerre;
Qu'un Roi ſeul peut les vaincre & leur donner la Loi;
Cefar va l'entreprendre, & Céſar n'eſt pas Roi.
Il n'eſt qu'un Citoyen fameux pour ſes ſervices,

          Qui

Qui peut du Peuple encore essuyer les caprices....
Romains, vous m'entendez, vous sçavez mon espoir,
Songez à mes bienfaits, songez à mon pouvoir.

CIMBER.

Cesar, il faut parler. Ces Sceptres, ces Couronnes,
Ce fruit de nos travaux, l'Univers que tu donnes,
Seroient aux yeux du Peuple, & du Sénat jaloux,
Un outrage à l'Etat plus qu'un bienfait pour nous.
Marius, ni Silla, ni Carbon, ni Pompée,
Dans leur autorité sur le Peuple usurpée,
N'ont jamais prétendu disposer à leur choix
Des conquêtes de Rome, & nous parler en Rois.
Cesar, nous attendions de ta clémence auguste
Un don plus précieux, une faveur plus juste,
Au-dessus des Etats donnés par ta bonté ...

CESAR.

Qu'oses-tu demander, Cimber ?

CIMBER.

     La Liberté.

CASSIUS.

Tu nous l'avois promise, & tu juras toi-même
D'abolir pour jamais l'autorité suprême ;
Et je croyois toucher à ce moment heureux,
Où le Vainqueur du Monde alloit combler nos vœux,
Fumante de son sang, captive & désolée ;
Rome dans cet espoir renaissoit consolée.

Avant que d'être à toi nous sommes ses Enfans ;
Je songe à ton pouvoir ; mais songe à tes sermens.

BRUTUS.

Oüi, que Cesar soit grand, mais que Rome soit libre,
Dieux ! Maîtresse de l'Inde, Esclave au bord du Tibre !
Qu'importe que son nom commande à l'Univers,
Et qu'on l'appelle Reine alors qu'elle est aux fers ?
Qu'importe à ma Patrie, aux Romains que tu braves,
D'apprendre que Cesar a de nouveaux Esclaves ?
Les Persans ne sont point nos plus fiers Ennemis ;
Il en est de plus grand. Je n'ai pas d'autre avis.

CESAR.

Et toi, Brutus, aussi ?

ANTOINE à *Cesar*.

Tu connois leur audace :
Vois si ces cœurs ingrats sont dignes de leur grace.

CESAR.

Ainsi vous voulez donc dans vos témerités
Tenter ma patience, & lasser mes bontez ?
Vous qui m'appartenez par le droit de l'épée,
Rampans sous Marius, Esclaves de Pompée ;
Vous qui ne respirez qu'autant que mon couroux
Retenu trop long-tems s'est arrêté sur vous ;
Républicains ingrats, qu'enhardit ma clémence,
Vous qui devant Silla garderiez le silence ;
Vous que ma bonté seule invite à m'outrager,

Sans

Sans craindre que Cesar s'abaisse à se venger :
Voilà ce qui vous donne une ame assez hardie
Pour oser me parler de Rome & de Patrie,
Pour affecter ici cette illustre hauteur,
Et ces grands sentimens devant votre Vainqueur.
Il les falloit avoir aux Plaines de Pharsale :
La fortune entre nous devient trop inégale ;
Si vous n'avez sçu vaincre, apprenez à servir.

BRUTUS.

Cesar, aucun de nous n'apprendra qu'à mourir :
Nul de m'en desavouë, & nul en Thessalie
N'abaissa son courage à demander la vie.
Tu nous laissas le jour, mais pour nous avilir,
Et nous le détestons s'il te faut obéïr.
Cesar, qu'à ta colere aucun de nous n'échappe :
Commence ici par moi, si tu veux régner, frappe.

CESAR.

Ecoute .!. & vous sortez. (*) Brutus m'ose offenser !
Mais sçais-tu de quels traits tu viens de me percer ?
Va, Cesar est bien loin d'en vouloir à ta vie.
Laisse-là du Sénat l'indiscrete furie.
Demeure. C'est toi seul qui peux me désarmer.
Demeure. C'est toi seul que Cesar veut aimer.

BRUTUS.

Tout mon sang est à toi, si tu tiens ta promesse.

Si

_____
(*) *Les Sénateurs sortent.*

Si tu n'es qu'un Tyran , j'abhorre ta tendreſſe ;
Et je ne peux reſter avec Antoine & toi ,
Puiſqu'il n'eſt plus Romain , & qu'il demande un
Roi.

SCENE IV.

CESAR, ANTOINÉ.

ANTOINE.

EH bien, t'ai-je trompé ? Crois-tu que la Nature
Puiſſe amollir une ame , & ſi fiere , & ſi dure ?
Laiſſe à jamais dans ſon obſcurité
Ce ſecret malheureux qui peſe à ta bonté.
Que de Rome, s'il veut , il déplore la chûte ;
Mais qu'il ignore au moins quel ſang il perſécute.
Il ne mérite pas de te devoir le jour.
Ingrat à tes bontés , ingrat à ton amour,
Renonce-le pour Fils.

CESAR.

Je ne le puis, je l'aime.

ANTOINE.

Ah ! ceſſe donc d'aimer l'orgueil du Diadême :
Deſcends donc de ce rang où je te vois monté ;
La bonté convient mal à ton autorité,
De ta grandeur naiſſante elle détruit l'Ouvrage.
Quoi ! Rome eſt ſous tes Loix, & Caſſius t'outrage !
Quoi

Quoi Cimber ! Quoi Cinna ! ces obscurs Sénateurs
Aux yeux du Roi du Monde affectent ces hauteurs !
Ils bravent ta puissance, & ces vaincus respirent !

CESAR.

Ils sont nés mes égaux; mes armes les vainquirent,
Et trop au-dessus d'eux, je leur puis pardonner
De frémir sous le joug que je leur veux donner.

ANTOINE.

Marius de leur sang eût été moins avare.
Silla les eût punis.

CESAR.

Silla fut un Barbare,
Il n'a sçu qu'opprimer. Le meurtre & la fureur
Faisoient sa politique, ainsi que sa grandeur.
Il a gouverné Rome au milieu des supplices ;
Il en étoit l'effroi, j'en serai les délices.
Je sçai quel est le Peuple, on le change en un jour ;
Il prodigue aisément sa haine & son amour ;
Si ma grandeur l'aigrit, ma clémence l'attire.
Un pardon politique à qui ne peut me nuire,
Dans mes chaînes qu'il porte, un air de liberté
A ramené vers moi sa foible volonté.
Il faut couvrir de fleurs l'abîme où je l'entraîne,
Flatter encor ce Tigre à l'instant qn'on l'enchaîne,
Lui plaire en l'accablant, l'asservir, le charmer,
Et punir mes Rivaux en me faisant aimer.

ANTOINE.

Il faudroit être craint : c'est ainsi que l'on régne.

CESAR.

Va, ce n'eft qu'aux combats que je veux qu'on
me craigne.

ANTOINE.

Le Peuple abufera de ta facilité.

CESAR.

Le Peuple a jufqu'ici confacré ma bonté:
Vois ce Temple que Rome éleve à ma Clémence.

ANTOINE.

Crains qu'elle n'en éleve un autre à la Vengeance:
Crains des cœurs ulcerés, nourris de défefpoir,
Idolâtres de Rome, & cruels par devoir.
Caffius allarmé prévoit qu'en ce jour même
Ma main doit fur ton front mettre le Diadême.
Déja même à tes yeux on ofe en murmurer,
Des plus impétueux tu devrois t'affurer.
A prévenir leurs coups daigne au moins te con-
traindre.

CESAR.

Je les aurois punis fi je les pouvois craindre.
Ne me confeille point de me faire haïr:
Je fçais combattre, vaincre, & ne fçais point punir.
Allons, & n'écoutant ni foupçon, ni vengeance,
Sur l'Univers foumis régnons fans violence.

Fin du premier Acte.

ACTE

ACTE II.

SCENE I.

BRUTUS, ANTOINE, DOLABELLA.

ANTOINE.

L E superbe refus, cette animosité,
Marquent moins de vertu que de féro-
cité.
Les bornes de Cefar, & furtout fa puif-
fance,
Méritoient plus d'égards & plus de complaifance :
A lui parler du moins vous pourriez confentir.
Vous ne connoiffez pas qui vous ofez haïr,
Et vous en frémiriez fi vous pouviez apprendre...

BRUTUS.

Ah ! j'en frémis déja ; mais c'eft de vous entendre.
Ennemi des Romains que vous avez vendus,
Penfez-vous ou tromper, ou corrompre Brutus ?
Allez ramper fans moi fous la main qui vous brave,
Je fçai tous vos deffeins, vous brûlez d'être Efclave.

Voulez

Vous voulez un Monarque, & vous êtes Romain!

ANTOINE.

Je suis ami, Brutus, & porte un cœur humain.
Je ne recherche point une vertu plus rare :
Tu veux être un Héros, mais tu n'es qu'un Barbare,
Et ton farouche orgueil que rien ne peut fléchir,
Embrassa la vertu pour la faire haïr.

SCENE II.

BRUTUS.

QUELLE bassesse, o Ciel ! & qu'elle ignominie !
Voilà donc les soutiens de ma triste Patrie !
Voilà vos successeurs, Horace, Decius,
Et toi, Vengeur des Loix, toi mon sang, toi Brutus,
Quels restes, justes Dieux, de la grandeur Romaine !
Chacun baise en tremblant la main qui nous en-
          chaîne.
César nous a ravi jusques à nos vertus,
Et je cherche ici Rome, & ne la trouve plus.
Vous que j'ai vu périr, vous immortels courages,
Héros, dont en pleurant j'apperçois les Images,
Famille de Pompée, & toi, divin Caton,
Toi dernier des Héros du sang de Scipion :
Vous ranimez en moi ces vives étincelles
Des vertus dont brilloient vos ames immortelles.
Vous vivez dans Brutus, vous mettez dans mon sein
Tout l'honneur qu'un Tyran ravit au nom Romain.
Que vois-je, Grand Pompée, au pied de ta Statuë !
                                          Quel

Quel Billet, fous mon nom, fe préfente à ma vûë ?
Lifons(*) : *Tu dors, Brutus, & Rome eft dans les fers!*
Rome, mes yeux fur toi feront toûjours ouverts;
Ne me reproche point des chaînes que j'abhorre.
Mais quel autre Billet à mes yeux s'offre encore ?
Non, tu n'es pas Brutus. Ah ! reproche cruel !
Cefar ! tremble Tyran : voilà ton coup mortel.
Non, tu n'es pas Brutus. Je le fuis, je veux l'être.
Je périrai, Romains, ou vous ferez fans Maître.
Je vois que Rome encore a des cœurs vertueux.
On demande un Vengeur, on a fur moi les yeux :
On excite cette ame, & cette main trop lente :
On demande du fang.... Rome fera contente.

SCENE III.

BRUTUS, CASSIUS, CINNA, CASCA, DECIMUS, *Suite.*

CASSIUS.

JE t'embraffe, Brutus, pour la derniere fois.
Amis, il faut tomber fous les débris des Loix.
De Cefar déformais je n'attends plus de grace,
Il fçait mes fentimens, il connoît notre audace.
Notre ame incorruptible étonne fes deffeins ;
Il va perdre dans nous les derniers des Romains.
Ç'en eft fait, mes Amis, il n'eft plus de Patrie,
Plus d'Honneur, plus de Loix, Rome eft anéantie,
De l'Univers & d'elle il triomphe aujourd'hui.

Q 3   Nos

(*) Il prend le Billet.

Nos imprudens Ayeux n'ont vaincu que pour lui.
Ces dépouilles des Rois, ce Sceptre de la Terre,
Six cens ans de vertus, de travaux & de Guerre:
César joüit de tout, & dévore le fruit
Que six Siécles de Gloire à peine avoient produit.
Ah Brutus! es-tu né pour servir sous un Maître?
La liberté n'est plus.

BRUTUS.

Elle est prête à renaître.

CASSIUS.

Que dis-tu? Mais quel bruit vient fraper mes esprits!

BRUTUS.

Laisse-là ce vil Peuple & ses indignes cris.

CASSIUS.

La liberté, dis-tu?... Mais quoi.... le bruit redouble.

SCENE IV.

BRUTUS, CASSIUS, CIMBER, DECIMUS.

CASSIUS.

AH! Cimber, est-ce toi? parle, quel est ce
trouble?

DECIMUS.

Trame-t-on contre Rome un nouvel attentat?
Qu'a-t-on fait? Qu'as-tu vu?

CIMBER.

La honte de l'Etat.
César

Cefar étoit au Temple, & cette fiere Idole
Sembloit être le Dieu qui tonne au Capitole.
C'eft-là qu'il annonçoit fon fuperbe deffein
D'aller joindre la Perfe à l'Empire Romain.
On lui donnoit les noms de Foudre de la Guerre,
De Vengeur des Romains, de Vainqueur de la Terre.
Mais parmi tant d'éclat, fon orgueil impudent
Vouloit un autre Titre, & n'étoit pas content.
Enfin parmi ces cris & ces chants d'allegreffe
Du Peuple qui l'entoure, Antoine fend la preffe :
Il entre : ô honte! ô crime indigne d'un Romain!
Il entre, la Couronne, & le Sceptre à la main.
On fe tait : on frémit : lui, fans que rien l'étonne,
Sur le front de Cefar attache la Couronne;
Et foudain devant lui fe mettant à genoux,
Cefar, régne, dit-il, fur la Terre & fur nous.
Des Romains à ces mots les vifages pâliffent,
De leurs cris douloureux les voûtes retentiffent.
J'ai vu des Citoyens s'enfuir avec horreur,
D'autres rougir de honte & pleurer de douleur.
Cefar qui cependant lifoit fur fon vifage
De l'indignation l'éclatant témoignage,
Feignant des fentimens long-tems étudiés,
Jette & Sceptre & Couronne, & les foule à fes
    pieds.
Alors tout fe croit libre, alors tout eft en proye
Au fol enyvrement d'une indiferette joye.
Antoine eft allarmé : Cefar feint, & rougit;
Plus il céle fon trouble, & plus on l'applaudit.
La modération fert de voile à fon crime :

Il affecte à regret un refus magnanime.
Mais malgré ses efforts il frémissoit tout bas
Qu'on applaudît en lui les vertus qu'il n'a pas.
Enfin ne pouvant plus retenir sa colere,
Il sort du Capitole avec un front sévere.
Il veut que dans une heure on s'assemble au Sénat.
Dans une heure, Brutus, Cesar change l'Etat.
De ce Sénat sacré la moitié corrompuë
Ayant acheté Rome, à Cesar l'a venduë,
Plus lâche que ce Peuple, à qui dans son malheur
Le nom de Roi du moins fait toûjours quelque
     horreur.
Cesar déja trop Roi, veut encor la Couronne :
Le Peuple la refuse, & le Sénat la donne ;
Que faut-il faire enfin, Héros qui m'écoutez ?

CASSIUS.

Mourir, finir des jours dans l'opprobre comptés.
J'ai traîné les liens de mon indigne vie,
Tant qu'un peu d'espérance a flatté ma Patrie.
Voici son dernier jour, & du moins Cassius
Ne doit plus respirer lorsque l'Etat n'est plus.
Pleure qui voudra Rome, & lui reste fidelle ;
Je ne peux la venger, mais j'expire avec elle.
Je vais où sont nos Dieux.... Pompée & Scipion,
       En regardant leurs Statuës.
Il est tems de vous suivre, & d'imiter Caton.

BRUTUS.

Non, n'imitons personne, & servons tous d'exemple :
C'est nous, braves Amis, que l'Univers contemple,
                    C'est

C'est à nous de répondre à l'admiration
Que Rome en expirant conserve à notre nom.
Si Caton m'avoit cru, plus juste en sa furie,
Sur Cesar expirant il eût perdu la vie ;
Mais il tourna sur soi ses innocentes mains,
Sa mort fut inutile au bonheur des humains.
Faisant tout pour la gloire, il ne fit rien pour Rome,
Et c'est la seule faute où tomba ce grand homme.

CASSIUS.

Que veux-tu donc qu'on fasse en un tel désespoir ?

BRUTUS.

Montrant le Billet.

Voilà ce qu'on m'écrit, voilà notre devoir.

CASSIUS.

On m'en écrit autant, j'ai reçu ce reproche.

BRUTUS.

C'est trop le mériter.

CIMBER.

L'heure fatale approche.

Dans une heure un Tyran détruit le nom Romain.

BRUTUS.

Dans une heure à Cesar il faut percer le sein.

CASSIUS.

Ah ! je te reconnois à cette noble audace.

DECIMUS.

Ennemi des Tyrans, & digne de ta race,
Voilà les sentimens que j'avois dans mon cœur.

CASSIUS.

Tu me rends à moi-même, & je t'en dois l'honneur.

Q 5   C'est-

C'est-là ce qu'attendoient ma haine & ma colere
De la mâle vertu qui fait ton caractere.
C'est Rome qui t'inspire en des desseins si grands :
Ton nom seul est l'Arrêt de la mort des Tyrans,
Layons, mon cher Brutus, l'opprobre de la Terre,
Vengeons ce Capitole au défaut du Tonnerre.
Toi Cimber, toi Cinna, vous Romains indomptés
Avez-vous une autre ame & d'autres volontés ?

GIMBER.

Nous pensons comme toi, nous méprisons la vie,
Nous détestons Cesar, nous aimons la Patrie,
Nous la vengerons tous ; Brutus & Cassius
De quiconque est Romain raniment les vertus.

DECIMUS.

Nés Juges de l'Etat, nés les Vengeurs du crime,
C'est souffrir trop long-tems la main qui nous oprime;
Et quand sur un Tyran nous suspendons nos coups,
Chaque instant qu'il respire est un crime pour nous.

CIMBER.

Admettrons-nous quelqu'autre à ces honneurs su-
prêmes ?

BRUTUS.

Pour venger la Patrie il suffit de nous-mêmes.
Dolabella, Lépide, Emile, Bibulus,
Ou tremblent sous Cesar, ou bien lui sont vendus.
Ciceron qui d'un Traître a puni l'insolence,
Ne sert la Liberté que par son éloquence ;
Hardi dans le Sénat, foible dans le danger,
Fait pour haranguer Rome, & non pour le venger.
Laissons à l'Orateur, qui charme sa Patrie,

Le

Le soin de nous louer quand nous l'aurons servie.
Non, ce n'est qu'avec vous que je veux partager
Cet immortel honneur, & ce pressant danger.
Dans une heure au Sénat le Tyran doit se rendre :
Là, je le punirai : là, je le veux surprendre ;
Là je veux que ce fer enfoncé dans son sein,
Venge Caton, Pompée, & le Peuple Romain.
C'est hazarder beaucoup. Ses ardens Satellites
Partout du Capitole occupent les limites ;
Ce Peuple mou, volage & facile à fléchir,
Ne sçait s'il doit encor l'aimer ou le haïr.
Notre mort, mes Amis, paroît inévitable.
Mais qu'une telle mort est noble & desirable !
Qu'il est beau de périr dans des desseins si grands,
De voir couler son sang dans le sang des Tyrans !
Qu'avec plaisir alors on voit sa derniere heure !
Mourons, braves Amis, pourvu que Cesar meure,
Et que la Liberté, qu'oppriment ses forfaits,
Renaisse de sa cendre, & revive à jamais.

CASSIUS.

Ne balançons donc plus, courons au Capitole ;
C'est-là qu'il nous opprime, & qu'il faut qu'on l'immole.
Ne craignons rien du Peuple, il semble encor douter ;
Mais si l'Idole tombe, il va la détester.

BRUTUS.

Jurez donc avec moi, jurez sur cette épée,

Par le fang de Caton , par celui de Pompée ,
Par les Mânes facrés de tous ces vrais Romains ,
Qui dans les Champs d'Afrique ont fini leurs def-
  tins ;
Jurez par tous les Dieux , Vengeurs de la Patrie ,
Que Cefar fous vos coups va terminer fa vie.

C A S S I U S.

Faifons plus , mes Amis , jurons d'exterminer
Quiconque ainfi que lui prétendra gouverner :
Fuffent nos propres Fils , nos Freres , ou nos Peres :
S'ils font Tyrans , Brutus , ils font nos Adverfaires ;
Un vrai Républicain n'a pour Pere & pour Fils ,
Que la Vertu , les Dieux , les Loix & fon Païs.

B R U T U S.

Oui , j'unis pour jamais mon fang avec le vôtre.
Tous dès ce moment même , adoptés l'un pour l'autre,
Le falut & l'Etat nous a rendus Parens ,
Scellons notre union du fang de nos Tyrans.

Il s'avance vers la Statue de Pompée.

Nous le jurons par vous , Héros , dont les Images
A ce preffant devoir excitent nos courages.
Nous promettons , Pompée , à tes facrés genoux ,
De faire tout pour Rome , & jamais rien pour nous ;
D'être unis pour l'Etat , qui dans nous fe raffemble ,
De vivre , de combattre , & de mourir enfemble.
Allons ; préparons-nous , c'eft trop nous arrêter.

SCENE

SCENE V.

CESAR, BRUTUS.

CESAR.

DEMEURE. C'eſt ici que tu dois m'écouter ;
Où vas-tu malheureux ?

BRUTUS.

Loin de la Tyrannie.

CESAR.

Licteurs qu'on le retienne.

BRUTUS.

Acheve, & prens ma vie.

CESAR.

Brutus, ſi ma colere en vouloit à tes jours,
Je n'aurois qu'à parler, j'aurois fini leur cours.
Tu l'as trop mérité. Ta fiere ingratitude
Se fait de m'offenſer une farouche étude.
Je te retrouve encor avec ceux des Romains
Dont j'ai plus ſoupçonné les perfides deſſeins ;
Avec ceux qui tantôt ont oſé me déplaire ,
Ont blâmé ma conduite , ont bravé ma colere.

BRUTUS.

Ils parloient en Romains, Ceſar, & leurs avis,
Si les Dieux t'inſpiroient , ſeroient encor ſuivis.

CESAR.

Je ſouffre ton audace, & conſens à t'entendre:
De mon rang avec toi je me plais à deſcendre.
Que me reproches-tu ?

BRUTUS.

BRUTUS.

Le Monde ravagé,
Le fang des Nations, ton Païs faccagé :
Ton pouvoir, tes vertus qui font tes injuftices,
Qui de tes attentats font en toi les complices ;
Ta funefte bonté qui fait aimer tes fers,
Et qui n'eft qu'un appas pour tromper l'Univers.

CESAR.

Ah ! c'eft ce qu'il falloit reprocher à Pompée.
Par fa feinte vertu la tienne fut trompée.
Ce Citoyen fuperbe, à Rome plus fatal,
N'a pas même voulu Cefar pour fon égal.
Crois-tu, s'il m'eût vaincu, que cette ame hautaine
Eût laiffé refpirer la liberté Romaine ?
Ah ! fous un joug de fer il t'auroit accablé.
Qu'eût fait Brutus alors ?

BRUTUS.

Brutus l'eût immolé.

CESAR.

Voilà donc ce qu'enfin ton grand cœur me deftine ?
Tu ne t'en défens point. Tu vis pour ma ruïne,
Brutus !

BRUTUS.

Si tu le crois, préviens donc ma fureur.
Qui peut te retenir ?

CESAR. *Il lui préfente la Lettre de Servilie.*

La Nature, & mon cœur.
Lis, ingrat, lis, connois le fang que tu m'oppofes
Vois qui tu peux haïr, & pourfuis fi tu l'ofes.

BRUTUS.

BRUTUS.

Où suis-je? Qu'ai-je lû? Me trompez-vous, mes yeux?

CESAR.

Eh bien ! Brutus , mon Fils !

BRUTUS.

     Lui , mon Pere ! Grands Dieux !

CESAR.

Oui , je le suis, ingrat : Quel silence farouche !
Que dis-je? Quels sanglots échappent de ta bouche?
Mon fils..... Quoi, je te tiens muet entre mes bras !
La Nature s'étonne , & ne t'attendrit pas !

BRUTUS.

O sort épouvantable , & qui me desespere !
O sermens ! ô Patrie ! ô Rome toujours chere !
Cesar !... Ah ! malheureux j'ai trop long-tems vécu.

CESAR.

Parle. Quoi d'un remords ton cœur est combattu !
Ne me déguise rien. Tu gardes le silence ?
Tu crains d'être mon Fils, ce nom sacré t'offense ?
Tu crains de me chérir, de partager mon rang ;
C'est un malheur pour toi d'être né de mon sang ?
Ah ! ce Sceptre du Monde , & ce Pouvoir Suprême !
Ce Cesar que tu hais , les vouloit pour toi-même.
Je voulois partager avec Octave & toi ,
Le prix de cent combats , & le titre de Roi.

BRUTUS.

Ah ! Dieux !

CESAR.

    Tu veux parler, & te retiens à peine ?
Ces transports sont-ils donc de tendresse ou de haine?

             Quel

Quel est donc le secret qui semble t'accabler ?

BRUTUS.

Cesar. ...

CESAR.

Eh bien, mon Fils ?

BRUTUS.

Je ne puis lui parler.

CESAR.

Tu n'oses me nommer du tendre nom de Pere ?

BRUTUS.

Si tu l'es, je te fais une unique priere.

CESAR.

Parle. En te l'accordant, je croirai tout gagner.

BRUTUS.

Fais-moi mourir sur l'heure, ou cesse de régner.

CESAR.

Ah ! barbare Ennemi, Tigre que je caresse !
Ah ! cœur dénaturé qu'endurcit ma tendresse !
Va, tu n'es plus mon Fils. Va, cruel Citoyen,
Mon cœur desespéré prend l'exemple du tien ;
Ce cœur à qui tu fais cette effroyable injure,
Saura bien comme toi vaincre enfin la Nature.
Va, Cesar n'est pas fait pour te prier envain ;
J'apprendrai

J'apprendrai de Brutus à cesser d'être humain.
Je ne te connois plus. Libre dans ma puissance,
Je n'écouterai plus un injuste clémence :
Tranquille, à mon couroux je vais m'abandonner,
Mon cœur trop indulgent est las de pardonner.
J'imiterai Silla, mais dans ses violences ;
Vous tremblerez, ingrats, au bruit de mes ven-
 geances.
Va, cruel, va trouver tes indignes Amis,
Tous m'ont osé déplaire, ils seront tous punis.
On sçait ce que je puis, on verra ce que j'ose :
Je deviendrai barbare, & toi seul en es cause.

BRUTUS.

Ah ! ne le quittons point dans ses cruels desseins,
Et sauvons, s'il se peut, Cesar & les Romains.

Fin du second Acte.

ACTE

ACTE III.

SCENE I.

CASSIUS, CIMBER, DECIME, CINNA, CASCA, LES CONJUREZ.

CASSIUS.

NFIN donc l'heure approche, où
Rome va renaître.
La Maîtresse du Monde est aujour-
d'hui sans Maître.
L'honneur en est à vous, Cimber, Casca, Probus,
Décime. Encore une heure, & le Tyran n'est plus.
Ce que n'ont pu Caton, & Pompée & l'Asie,
Nous seuls l'exécutons, nous vengeons la Patrie ;
Et je veux qu'en ce jour on dise à l'Univers,
Mortels respectez Rome, elle n'est plus aux fers.

CIMBER.

Tu vois tous nos Amis, ils sont prêts à te suivre,
A frapper, à mourir, à vivre s'il faut vivre ;
A servir le Sénat dans l'un ou l'autre sort,
En donnant à Cesar, ou recevant la mort.

DECIME.

DECIME.

Mais d'où vient que Brutus ne paroît point encore,
Lui ce fier Ennemi du Tyran qu'il abhorre ?
Lui qui prit nos sermens , qui nous rassembla tous,
Lui qui doit sur Cesar porter les premiers coups ?
Le Gendre de Caton tarde bien à paroître.
Seroit-il arrêté ? Cesar peut-il connoître ? . . . .
Mais le voici. Grands Dieux ! qu'il paroît abbatu ,

SCENE II.

CASSIUS, BRUTUS, CIMBER, CASCA, DECIME, LES CONJUREZ.

CASSIUS.

BRUTUS, quelle infortune accable ta vertu ?
Le Tyran sçait-il tout ? Rome est-elle trahie ?

BRUTUS.

Non , Cesar ne sçait point qu'on va trancher sa vie·
Il se confie à vous.

DECIMUS.

Qui peut donc te troubler ?

BRUTUS.

Un malheur , un secret qui vous fera trembler.

CASSIUS.

De nous ou du Tyran c'est la mort qui s'apprête ,
Nous pouvons tout périr ; mais trembler, nous !

BRUTUS.

Arrête ;
Je vais t'épouvanter par ce secret affreux.

Je

Je dois sa mort à Rome, à Vous, à nos Neveux,
Au bonheur des Mortels, & j'avois choisi l'heure,
Le lieu, le bras, l'instant où Rome veut qu'il meure :
L'honneur du premier coup à mes mains est remis ;
Tout est prêt. Apprenez que Brutus est son Fils.

CIMBER.

Toi, son Fils !

CASSIUS.

De Cesar !

DECIMUS.

O Rome !

BRUTUS.

Servilie

Par un hymen secret à Cesar fut unie,
Je suis de cet hymen le fruit infortuné,

CIMBER.

Brutus, Fils d'un Tyran !

CASSIUS.

Non, tu n'en es pas né,
Ton cœur est trop Romain.

BRUTUS.

Ma honte est véritable.

Vous, Amis, qui voyez le destin qui m'accable,
Soyez par mes sermens les maîtres de mon sort.
Est-il quelqu'un de vous d'un esprit assez fort,
Assez Stoïque, assez au-dessus du Vulgaire,
Pour oser décider ce que Brutus doit faire ?
Je m'en remets à vous. Quoi ! vous baissez les yeux!
Toi, Cassius, aussi tu te tais avec eux !
Aucun ne me soutient au bord de cet abîme !

Aucun

Aucun ne m'encourage, ou ne m'attache au crime !
Tu frémis, Caffius ! & prompt à t'étonner.....

CASSIUS.

Je frémis du confeil que je vais te donner.

BRUTUS.

Parle.

CASSIUS.

Si tu n'étois qu'un Citoyen vulgaire,
Je te dirois : Va, fers ; fois Tyran fous ton Pere :
Ecrafe cet Etat que tu dois foutenir :
Rome aura deformais deux Traîtres à punir.
Mais je parle à Brutus, à ce puiffant génie,
A ce Héros armé contre la Tyrannie,
Dont le cœur infléxible, au bien déterminé,
Epura tout le fang que Cefar t'a donné.
Ecoute, tu connois avec quelle furie
Jadis Catilina menaça fa Patrie.

BRUTUS.

Oui.

CASSIUS.

Si le même jour que ce grand Criminel
Dut à la Liberté porter le coup mortel :
Si lorfque le Sénat eût condamné ce Traître,
Catilina pour Fils t'eût voulu reconnoître ;
Entre ce Monftre & nous forcé de décider,
Parle : Qu'aurois-tu fait ?

BRUTUS.

Peux-tu le demander ?
Penfes-tu qu'un inftant ma vertu démentie,
Eût mis dans la balance un homme & la Patrie ?

CASSIUS.

CASSIUS.

Brutus, par ce feul mot ton devoir eſt diⒸé.
C'eſt l'Arrêt du Sénat, Rome eſt en ſûreté.
Mais, dis, fens-tu ce trouble, & ce fecret murmure,
Qu'un préjugé vulgaire impute à la Nature ?
Un feul mot de Cefar a-t-il éteint dans toi
L'amour de ton Païs, ton devoir & ta foi ?
En difant ce fecret, ou faux ou véritable,
En t'avouant pour Fils, en eſt-il moins coupable?
En es-tu moins Brutus ? En es-tu moins Romain ?
Nous dois-tu moins ta vie, & ton cœur & ta main ?
Toi, fon Fils ! Rome enfin n'eſt-elle plus ta Mere ?
Chacun des Conjurés n'eſt-il donc plus ton Frere ?
Né dans nos murs facrés, nourri par Scipion,
Eleve de Pompée, adopté par Caton,
Ami de Caffius, que veux-tu davantage ?
Ces titres font facrés, tout autre les outrage.
Qu'importe qu'un Tyran, vil efclave d'amour,
Ait féduit Servilie, & t'ait donné le jour ?
Laiffe-là les erreurs & l'hymen de ta Mere,
Caton forma tes mœurs, Caton feul eſt ton Pere ;
Tu lui dois ta vertu, ton ame eſt toute à lui :
Brife l'indigne nœud que l'on t'offre aujourd'hui ;
Qu'à nos fermens communs ta fermeté réponde,
Et tu n'as de Parens que les Vengeurs du Monde.

BRUTUS.

Et vous, braves Amis, parlez, que penfez-vous ?
CIMBER.

CIMBER.

Jugez de nous par lui, jugez de lui par nous.
D'un autre sentiment si nous étions capables,
Rome n'auroit point eu des Enfans plus coupables.
Mais à d'autres qu'à toi pourquoi t'en raporter?
C'est ton cœur, c'est Brutus, qu'il te faut consulter.

BRUTUS.

Eh bien, à vos regards mon ame est dévouée,
Lisez-y les horreurs dont elle est accablée.
Je ne vous céle rien, ce cœur s'est ébranlé,
De mes Stoïques yeux des larmes ont coulé.
Après l'affreux serment que vous m'avez vu faire,
Prêt à servir l'Etat, mais à tuer mon Pere,
Pleurant d'être son Fils, honteux de ses bienfaits,
Admirant ses vertus, condamnant ses forfaits,
Voyant en lui mon Pere, un coupable, un grand
    Homme,
Entraîné par Cesar, & retenu par Rome,
D'horreur & de pitié mes esprits déchirés,
Ont souhaité la mort que vous lui préparez.
Je vous dirai bien plus, sçachez que je l'estime,
Son grand cœur me séduit au sein même du crime;
Et si sur les Romains quelqu'un pouvoit régner,
Il est le seul Tyran que l'on dût épargner.
Ne vous allarmez point : ce nom que je déteste,
Ce nom seul de Tyran l'emporte sur le reste.
Le Sénat, Rome, & Vous, vous avez tous ma foi :
Le bien du Monde entier me parle contre un Roi.
                       J'embrasse

J'embrasse avec horreur une vertu cruelle,
J'en frissonne à vos yeux ; mais je vous suis fidéle.
Cesar me va parler, que ne puis-je aujourd'hui
L'attendrir, le changer, sauver l'Etat & lui !
Veuillent les Immortels s'expliquant par ma bouche,
Prêter à mon organe, un pouvoir qui le touche !
Mais si je n'obtiens rien de cet Ambitieux,
Levez le bras, frappez, je détourne les yeux.
Je ne trahirai point mon Païs pour mon pere :
Que l'on aprouve, ou non, ma fermeré sévere,
Qu'à l'Univers surpris cette grande action
Soit un objet d'horreur ou d'admiration ;
Mon esprit peu jaloux de vivre en la mémoire,
Ne considere point le reproche ou la gloire ;
Toujours indépendant, & toujours Citoyen,
Mon devoir me suffit, tout le reste n'est rien.
Allez, ne songez plus qu'à sortir d'esclavage.

CASSIUS.

Du salut de l'Etat ta parole est le gage.
Nous comptons tous sur toi, comme si dans ces lieux
Nous entendions Caton, Rome même & nos Dieux.

SCENE III.

BRUTUS seul.

Voici donc le moment où Cesar va m'entendre;
Voici ce Capitole où la mort va l'attendre.

Epargnez-

Epargnez-moi, Grands Dieux, l'horreur de le haïr !

Dieux arrêtez ces bras levés pour le punir !

Rendez, s'il se peut, Rome, à son grand cœur
   plus chere,

Et faites qu'il soit juste afin qu'il soit mon pere,

Le voici. Je demeure immobile, éperdu,

O Mânes de Caton, soutenez ma vertu.

SCENE IV.

CESAR, BRUTUS.

CESAR.

EH bien, que veux-tu ? Parle. As-tu le cœur
   d'un homme ?

Es-tu Fils de Cesar ?

BRUTUS.

        Ouï, si tu l'es de Rome.

CESAR.

Républicain farouche, où vas-tu t'emporter ?

N'as-tu voulu me voir que pour mieux m'insulter ?

Quoi ! tandis que sur toi mes faveurs se répandent,

Que du Monde soumis les hommages t'attendent,

L'Empire, mes bontés, rien ne fléchit ton cœur ?

De quel œil vois-tu donc le Sceptre ?

BRUTUS.

             Avec horreur.

         CESAR.

CESAR.

Je plains tes préjugés, je les excuse même.
Mais peux-tu me haïr ?

BRUTUS.

Non, Cesar, & je t'aime ;
Mon cœur par tes Exploits fut pour toi prévenu
Avant que pour ton sang tu m'eusses reconnu.
Je me suis plaint aux Dieux de voir qu'un si Grand - Homme
Fût à la fois la Gloire & le Fléau de Rome.
Je déteste Cesar avec le nom de Roi :
Mais Cesar Citoyen seroit un Dieu pour moi ;
Je lui sacrifierois ma fortune & ma vie.

CESAR.

Que peux-tu donc haïr en moi ?

BRUTUS.

La Tyrannie.
Daigne écouter les vœux, les larmes, les avis
De tous les vrais Romains, du Sénat, de ton Fils.
Veux-tu vivre en effet le premier de la Terre,
Jouïr d'un droit plus saint que celui de la Guerre,
Etre encor plus que Roi , plus même que Cesar ?

CESAR.

Eh bien.

BRUTUS.

Tu vois la Terre enchaînée à ton Char ;
Romps

Romps nos fers, fois Romain, renonce au Diadême.

CESAR.

Ah ! que proposes-tu ?

BRUTUS.

Ce qu'a fait Silla même.
Long-tems dans notre sang Silla s'étoit noyé,
Il rendit Rome libre , & tout fut oublié.
Cet affaffin illuftre entouré de victimes ,
En defcendant du Trône effaça tous fes crimes.
Tu n'eus point fes fureurs , ofe avoir fes vertus.
Ton cœur fçut pardonner, Cefar, fais encore plus,
Que fervent déformais les graces que tu donnes ?
C'eft à Rome , à l'Etat qu'il faut que tu pardonnes,
Alors plus qu'à ton rang nos cœurs te font foumis ;
Alors tu fçais régner , alors je fuis ton fils.
Quoi ! je te parle envain ?

CESAR.

Rome demande un Maître.
Un jour à tes dépens tu l'apprendras peut-être.
Tu vois nos Citoyens plus puiffans que des Rois.
Nos mœurs changent , Brutus ; il faut changer
       nos Loix.
La Liberté n'eft plus que le droit de fe nuire :
Rome qui détruit tout , femble enfin fe détruire ;
Ce Coloffe effrayant dont le Monde eft foulé ,
En preffant l'Univers eft lui-même ébranlé.
Il panche vers fa chûte , & contre la tempête

R 2   II

Il demande mon bras pour soutenir sa tête ;
Enfin depuis Silla nos antiques vertus ,
Les Loix , Rome , l'Etat , sont des noms superflus.
Dans nos tems corrompus, pleins de Guerres civiles,
Tu parles comme au tems des Déces , des Emiles ;
Caton t'a trop séduit, mon cher Fils , je prévoi
Que ta triste vertu perdra l'Etat & toi.
Fais céder , si tu peux , ta raison détrompée
Au Vainqueur de Caton, au Vainqueur de Pompée,
A ton pere qui t'aime, & qui plaint ton erreur.
Sois mon fils en effet, Brutus, rends- moi ton cœur,
Prens d'autres sentimens , ma bonté t'en conjure ;
Ne force point ton ame à vaincre la Nature.
Tu ne me réponds rien : tu détournes les yeux ?

BRUTUS.

Je ne me connois plus. Tonnez sur moi , Grands
    Dieux !
Cesar . . . .

CESAR.

    Quoi ! tu t'émeus ? ton ame est amolie ?
Ah ! mon Fils . . . . .

BRUTUS.

    Sçais-tu bien qu'il y va de ta vie ?
Sçais-tu que le Sénat n'a point de vrai Romain
Qui n'aspire en secret à te percer le sein ?

Il se jette à ses genoux.

Que le salut de Rome, & que le tien te touche,
                       Ton

Ton Génie allarmé te parle par ma bouche :
Il me pousse, il me presse, il me jette à tes pieds.
Cesar, au nom des Dieux dans ton cœur oubliés,
Au nom de tes vertus, de Rome, & de toi-même,
Dirai-je au nom d'un Fils qui frémit & qui t'aime,
Qui te préfere au monde, & Rome seule à toi,
Ne me rebute pas.

CESAR.

Malheureux, laisse-moi.
Que me veux-tu ?

BRUTUS.

Crois-moi, ne soit point insensible.

CESAR.

L'Univers peut changer ; mon ame est inféxible.

BRUTUS.

Voilà donc ta réponse ?

CESAR.

Oui. Tout est résolu.
Rome doit obéïr quand Cesar a voulu.

BRUTUS *d'un air consterné.*

Adieu, Cesar.

CESAR.

Eh, quoi ! d'où viennent tes allarmes ?
Demeure encor, mon Fils. Quoi tu verses des larmes?

Quoi !

Quoi ! Brutus peut pleurer ! Est-ce d'avoir un Roi ?
Pleures-tu les Romains ?

BRUTUS.

Je ne pleure que toi,
Adieu, te dis-je.

CESAR.

O Rome ! ô rigueur héroïque !
Que ne puis-je à ce point aimer ma République.

SCENE V.

CESAR, DOLABELLA, ROMAINS.

DOLABELLA.

LE Sénat par ton ordre au Temple est arrivé :
On n'attend plus que toi, le Trône est élevé.
Tous ceux qui t'ont vendu leur vie & leurs sufrages
Vont prodiguer l'Encens au pié de tes Images :
J'amene devant toi la foule des Romains ;
Le Sénat va fixer leurs esprits incertains.
Mais si Cesar croyoit un vieux Soldat qui l'aime,
Nos présages affreux, nos Devins, nos Dieux même,
Cesar différeroit ce grand événement.

CESAR.

Quoi ! lorsqu'il faut régner, différer d'un moment !

Qui

Qui pourroit m'arrêter, moi ?

DOLABELLA.

Toute la Nature
Conspire à t'avertir par un sinistre augure ;
Le Ciel qui fait les Rois , redoute ton trépas.

CESAR.

Va, Cesar n'est qu'un homme , & je ne pense pas
Que le Ciel de mon sort à ce point s'inquiéte :
Qu'il anime pour moi la Nature muette ,
Et que les Elémens paroissent confondus ,
Pour qu'un mortel ici respire un jour de plus.
Les Dieux du haut du Ciel ont compté nos années,
Suivons sans reculer nos hautes destinées.
Cesar n'a rien à craindre.

DOLABELLA.

Il a des Ennemis ,
Qui sous un joug nouveau sont à peine asservis.
Qui sçait s'ils n'auroient point conspiré leur van-
geance ?

CESAR.

Ils n'oseroient.

DOLABELLA.

Ton cœur a trop de confiance.

CESAR.

Tant de précautions contre mon jour fatal,

Me

Me rendroient méprisable, & me défendroient mal.

DOLABELLA.

Pour le salut de Rome il faut que Cesar vive,
Dans le Sénat aumoins permets que je te suive.

CESAR.

Non, pourquoi changer l'ordre entre nous concerté?
N'avançons point, ami, le moment arrêté ;
Qui change ses desseins découvre sa foiblesse.

DOLABELLA.

Je te quitte à regret. Je crains, je le confesse.
Ce nouveau mouvement dans mon cœur est trop
    fort.

CESAR.

Va, j'aime mieux mourir que de craindre la mort.
Allons.

SCENE VI.

DOLABELLA, ROMAINS.

DOLABELLA.

CHERS Citoyens, quel Héros, quel
    courage
De la Terre & de vous méritoit mieux l'hommage?
Joignez

Joignez vos vœux aux miens Peuples qui l'admirez,
Confirmez les honneurs qui lui font préparés.
Vivez pour le fervir , mourez pour le défendre...
Quelles clameurs, ô Ciel! quels cris fe font entendre!

LES CONJUREZ *derriere le Théâtre.*

Meurs , expire , Tyran. Courage , Caffius.

DOLABELLA.

Ah ! courons le fauver.

***

SCENE VII.

CASSIUS *un poignard à la main.* DOLABELLA, ROMAINS.

CASSIUS.

C'EN eft fait, il n'eft plus.

DOLABELLA.

Peuples, fecondez-moi, frapons, perçons ce Traître.

CASSIUS.

Peuples, imitez-moi , vous n'avez plus de Maître.
Nations de Héros , Vainqueurs de l'Univers ,
Vive la liberté, ma main brife vos fers.

R 5   DOLABELLA.

DOLABELLA.

Vous trahiſſez ? Romains, le ſang de ce Grand
Homme !

CASSIUS.

J'ai tué mon ami pour le ſalut de Rome.
Il vous aſſervit tous, ſon ſang eſt répandu.
Eſt-il quelqu'un de vous de ſi peu de vertu,
D'un eſprit ſi rampant, d'un ſi foible courage,
Qu'il puiſſe regretter Ceſar & l'eſclavage ?
Quel eſt ce vil Romain qui veut avoir un Roi ?
S'il en eſt un, qu'il parle, & qu'il ſe plaigne à moi.
Mais vous m'aplaudiſſez, vous aimez tous la gloire.

ROMAINS.

Ceſar fut un Tyran, périſſe ſa mémoire.

CASSIUS.

Maîtres du Monde entier, de Rome heureux enfans,
Conſervez à jamais ces nobles ſentimens.
Je ſçai que devant vous Antoine va paroître,
Amis, ſouvenez-vous que Ceſar fut ſon Maître;
Qu'il a ſervi ſous lui dès ſes plus jeunes ans
Dans l'Ecole du crime & dans l'Art des Tyrans.
Il vient juſtifier ſon Maître & ſon Empire,
Il vous mépriſe aſſez pour penſer vous ſéduire.
Sans doute il peut ici faire entendre ſa voix;
Telle eſt la Loi de Rome, & j'obéis aux Loix.
Le Peuple eſt déſormais leur organe ſuprême,
Le Juge de Ceſar, d'Antoine, de moi-même,

Vous

Vous rentrez dans vos droits indignement perdus,
César vous les ravit, je vous les ai rendus:
Je les veux affermir, je rentre au Capitole,
Rappeller la Justice & nos Dieux exilez:
Etouffer des Méchans les fureurs intestines,
Et de la Liberté réparer les ruïnes.
Vous, Romains, seulement consentez d'être heu-
    reux:
Ne vous trahissez pas, c'est tout ce que je veux:
Redoutez tout d'Antoine, & surtout l'artifice.

ROMAINS.

S'il vous ose accuser, que lui-même il périsse.

CASSIUS.

Souvenez-vous, Romains, de ces sermens sacrez.

ROMAINS.

Aux Vangeurs de l'Etat nos cœurs sont assurés.

SCENE VIII.

ANTOINE, ROMAINS,

DOLABELLA.

UN ROMAIN.

Mais Antoine paroît.

AUTRE ROMAIN.

Qu'osera-t-il nous dire?

UN ROMAIN.

Ses yeux versent des pleurs, il se trouble, il soupire,

UN

UN AUTRE.

Il aimoit trop Cefar.

ANTOINE.

Montant à la Tribune Aux Harangues.

Oui je l'aimois, Romains,
Oui j'aurois de mes jours prolongé fes deftins.
Hélas ! vous avez tous penfé comme moi-même,
Et lorfque de fon front ôtant le Diadême,
Ce Héros à vos Loix s'immoloit aujourd'hui,
Qui de vous en effet n'eût expiré pour lui ?
Hélas ! je ne viens point célébrer fa mémoire,
La voix du Monde entier parle affez de fa gloire.
Mais de mon défefpoir ayez quelque pitié,
Et pardonnez dumoins des pleurs à l'amitié.

UN ROMAIN.

Il les falloit verfer quand Rome avoit un Maître.
Cefar fut un Héros ; mais Cefar fut un Traître.

AUTRE ROMAIN.

Puifqu'il étoit Tyran il n'eut point de vertus,
Et nous approuvons tous Caffius & Brutus.

ANTOINE.

Contre fes Meurtriers je n'ai rien à vous dire,
C'eft à fervir l'Etat que leur grand cœur afpire.
De votre Dictateur ils ont percé le flanc,
Comblés de fes bienfaits ils font teints de fon fang;
Pour forcer des Romains à ce coup déteftable,
Sans doute il falloit bien que Céfar fût coupable.
Je le crois. Mais enfin Céfar a-t-il jamais
De fon pouvoir fur vous appefanti le faix ?

A-t-il

A-t-il gardé pour lui le fruit de ses Conquêtes ?
Des dépouilles du Monde il couronnoit vos têtes.
Tout l'Or des Nations qui tomboient sous ses
    coups ,
Tout le prix de son sang fut prodigué pour vous.
De son Char de Triomphe il voyoit vos allarmes,
Cesar en descendoit pour essuyer vos larmes.
Du Monde qu'il soumit vous triomphez en paix.
Puissans par son courage, heureux par ses bienfaits.
Il payoit le service, il pardonnoit l'outrage.
Vous le savez, Grands Dieux ! vous dont il fut
    l'Image ;
Vous, Dieux qui lui laissiez le Monde à gouverner,
Vous sçavez si son cœur aimoit à pardonner.

ROMAINS.

Il est vrai que César fit aimer sa clémence.

ANTOINE.

Hélas ! si sa grande ame eût connu la vengeance,
Il vivroit, & sa vie eût rempli nos souhaits.
Sur tous ses Meurtriers il versa ses bienfaits.
Deux fois à Cassius il conserva la vie,
Brutus.... où suis-je ? ô Ciel ! ô crime ! ô barbarie !
Chers amis, je succombe, & mes sens interdits....
Brutus son Assassin... ce Monstre étoit son Fils.

ROMAINS.

Ah Dieux !

ANTOINE.

    Je vois frémir vos généreux courages,
Amis, je vois les pleurs qui mouillent vos visages.
Oui Brutus est son Fils ; mais vous qui m'écoutez,
Vous étiez ses Enfans dans son cœur adoptés.

                  Hélas !

Hélas ! Si vous fçaviez fa volonté derniere !

ROMAINS.

Quelle eft-elle ? Parlez.

ANTOINE.

Rome eft fon héritiere.

Ses Tréfors font vos biens, vous en allez jouïr ;

Au-delà du Tombeau Cefar veut vous fervir.

C'eft vous feuls qu'il aimoit, c'eft pour vous qu'en
Afie

Il alloit prodiguer fa fortune & fa vie.

O Romains, difoit-il, Peuple Roi que je fers,

Commandez à Cefar, Cefar à l'Univers.

Brutus ou Caffius eût-il fait davantage ?

ROMAINS.

Ah ! nous les déteftons. Ce doute nous outrage,

UN ROMAIN.

Cefar fut en effet le Pere de l'Etat.

ANTOINE.

Votre Pere n'eft plus ; un lâche affaffinat

Vient de trancher ici les jours de ce Grand-Hom-
me,

L'honneur de la Nature & la gloire de Rome.

Romains, priverez-vous des honneurs du Bucher,

Ce Pere, cet Ami qui vous étoit fi cher ?

On l'apporte à vos yeux.

Le fond du Théâtre s'ouvre , des
Licteurs apportent le Corps de
Cefar, couvert d'une Robe fan-
glante ; Antoine defcend de la
Tribune , & fe jette à genoux
auprès du Corps.

ROMAINS.

ROMAINS.

O spectacle funeste !

ANTOINE.

Du plus grand des Romains voilà ce qui vous reste;
Voilà ce Dieu vangeur idolâtré par vous,
Que ses Assassins même adoroient à genoux ;
Qui toûjours votre appui, dans la paix, dans la
    guerre,
Une heure auparavant faisoit trembler la Terre ;
Qui devoit enchaîner Babylone à son Char ;
Amis, en cet état connoissez-vous Cesar ?
Vous le voyez, Romains, vous touchez ces blessu-
    res,
Ce sang qu'ont sous vos yeux versé des mains par-
    jures.
» Là, Cimber l'a frappé ; là, sur le grand Cesar
» Cassius & Décime enfonçoient leur poignard.
» Là, Brutus éperdu, Brutus l'ame égarée,
» A fouillé dans ses flancs sa main dénaturée.
» Cesar le regardant d'un œil tranquille & doux,
» Lui pardonnoit encor en tombant sous ses coups,
» Il l'appelloit son Fils, & ce nom cher & tendre
» Est le seul qu'en mourant Cesar ait fait entendre,
» O mon Fils ! disoit-il.

UN ROMAIN.

O monstre, que les Dieux
Devoient exterminer avant ce coup affreux !

Autres Romains en regardant le
corps dont ils sont proche.

Dieux ! son sang coule encore.

ANTOINE.

ANTOINE.

> Il demande vangeance,

Il l'attend de vos mains & de votre vaillance.
Entendez-vous sa voix? Réveillez-vous, Romains;
Marchez, suivez-moi tous contre ses Assassins.
Ce sont-là les honneurs qu'à Cesar on doit rendre.
Des brandons du Bucher qui va le mettre en cen-
    dre,
Embrasons les Palais de ces fiers Conjurés:
Enfonçons dans leur sein nos bras désespérés :
Venez, dignes Amis; venez, Vangeurs des crimes,
Au Dieu de la Patrie immoler ces Victimes.

ROMAINS.

Oui, nous les punirons; oui, nous suivrons vos
    pas,
Nous jurons par son sang de vanger son trépas.
Courons.

ANTOINE à DOLABELLA.

> Ne laissons pas leur fureur inutile,

Précipitons ce Peuple inconstant & facile ;
Entraînons-le à la guerre, & sans rien ménager,
Succédons à César en courant le vanger.

Fin du troisiéme & dernier Acte.

LETTRE

LETTRE

DU PERE DE TOURNEMINE,
Jésuite, au Pere Brumoy sur la Tragédie de Mérope.

JE vous renvoye, mon Révérend Pere, Mérope, ce matin à huit heures. Vous vouliez l'avoir dès hier au soir, j'ai pris le tems de la lire avec attention. Quelque succès que lui donne le goût inconstant de Paris, elle passera jusqu'à la Postérité comme une de nos Tragédies les plus parfaites, comme un modéle de Tragédie. Aristote, ce sage Législateur du Théâtre, a mis ce sujet au premier rang des sujets Tragiques. Euripide l'avoit traité, & nous apprenons d'Aristote, que toutes les fois qu'on représentoit sur le Théâtre de l'ingénieuse Athènes le Cresphonte d'Euripide, ce Peuple, accoûtumé aux Chefs-d'œuvres Tragiques, étoit frappé, saisi, transporté d'une émotion extraordinaire. Si le goût de Paris ne s'accorde pas avec celui d'Athènes, Paris aura tort sans doute. Le Cresphonte d'Euripide est perdu, Monsieur de Voltaire nous le rend. Vous, mon Pere, qui nous avez donné en Français Euripide, tel qu'il charmoit la Grece,

avez

avez reconnu dans la Mérope de notre illuftre Ami, la fimplicité, le naturel, le patétique d'Euripide. Monfieur de Voltaire a confervé la fimplicité du fujet, il l'a débarraffé non feulement d'Epifodes fuperflus ; mais encor de Scenes inutiles. Le péril d'Egifte occupe feul le Théâtre. L'intérêt croît de Scene en Scene jufqu'au dénouement, dont la furprife eft ménagée, préparée avec beaucoup d'art. On l'attend du petit-fils d'Alcide. Tout fe paffe fur le Théâtre comme il fe paffa dans Meffene. Les coups de Théâtre ne font point des fituations forcées dont le merveilleux choque la vraifemblance, ils naiffent du fujet, c'eft l'événement hiftorique vivement repréfenté. Peut-on n'être pas touché, enlevé dans la Scene où Narbas arrive au moment que Mérope va immoler fon fils qu'elle croit vanger ? Dans la Scene où elle ne peut fauver fon fils d'une mort inévitable qu'en le faifant connaître au Tyran. Le cinquiéme Acte égale ou furpaffe le peu de cinquiémes Actes excellens qu'on a vûs fur le Théâtre. Tout fe paffe hors du Théâtre, & l'Auteur a tranfporté, ce femble, toute l'action fur le Théâtre, avec un Art admirable. La narration d'Ifmenie n'eft pas de ces narrations étudiées hors d'œuvre, où l'efprit brille à contre-tems, qui rallentiffent l'action, qui dégenerent en fadeur ; elle eft toute action. Le trouble
d'Ifmenie

d'Ifmenie peint le tumulte qu'elle raconte. Je ne parle point de la Verfification, le Poëte, admirable Verfificateur, s'eft furpaffé! jamais fa Verfification ne fut plus belle & plus claire. Tous ceux qu'un zéle raifonnable anime contre la corruption des Mœurs, qui fouhaitent la réformation du Théâtre, qui voudroient qu'imitateurs exacts des Grecs que nous avons furpaffés dans plufieurs perfections de la Poëfie Dragmatique, nous euffions plus de foin d'attendre à fa véritable fin, de rendre le Théâtre, comme il peut l'être, une école des Mœurs. Tous ceux qui penfent fi raifonnablement doivent être charmés de voir un auffi grand Poëte, un Poëte auffi acrédité que le fameux Voltaire, donner une Tragédie fans amour.

Il n'a point hazardé imprudemment une entreprife fi utile aux fentimens de l'amour, il fubftituë des fentimens vertueux qui n'ont pas moins de force. Quelque prévenu qu'on foit pour les Tragédies dont l'amour forme l'intrigue, il eft cependant vrai, (& nous l'avons fouvent remarqué) les Tragédies qui ont le plus réuffi ne doivent pas leur fuccès aux Scenes amoureufes. Au-contraire tous les Connoiffeurs habiles foutiennent que la Galanterie Romanefque a dégradé notre Théâtre, & auffi nos meilleurs Poëtes. Le grand Corneille l'a fenti, il fouffroit

avec

avec peine la fervitude où le réduifoit le
mauvais goût dominant ; n'ofant encor
bannir du Théâtre l'amour, il en a banni
l'amour heureux ; il ne lui a permis ni
baffeffe ni faibleffe, il l'a élevé jufqu'à
l'Héroïfme, aimant mieux paffer le naturel , que de s'abaiffer à un naturel trop
tendre & contagieux.

Voilà, mon Révérend Pere, le jugement que votre illuftre Ami demande , je
l'ai écrit à la hâte, c'eft une preuve de ma
déférence ; mais l'amitié paternelle qui
m'attache à lui depuis fon enfance ne m'a
point aveuglé. Faites paffer jufqu'à lui ce
que je vous écris. J'ai l'honneur d'être
avec les fentimens que vous connaiffez,
mon cher ami, mon cher fils, la gloire
de votre pere, entierement à vous, Tour-
nemine Jefuite.

*Ce vingt-trois de Dé-
cembre 1738.*

A MONSIEUR

À

MONSIEUR LE MARQUIS
SCIPION MAFFEI,

AUTEUR DE LA MEROPE ITALIENNE,
& de beaucoup d'autres Ouvrages célébres.

ONSIEUR,

Ceux dont les Italiens Modernes &
les autres Peuples ont presque tout appris,
les Grecs & les Romains, adressoient
leurs Ouvrages, sans la vaine formule
d'un compliment à leurs amis & aux
Maîtres de l'Art.

C'est à ces titres que je vous dois l'hommage de la Mérope Française.

Les

Les Italiens, qui ont été les Restaurateurs de presque tous les beaux Arts, & les Inventeurs de quelques-uns, furent les premiers qui sous les yeux de Leon X. firent renaître la Tragédie; & vous êtes le premier, Monsieur, qui dans ce siécle où l'Art des Sophocles commençait à être amolli par des intrigues d'amour, souvent étrangeres au sujet, ou avili par d'indignes bouffonneries qui deshonoroient le goût de votre ingénieuse Nation; vous êtes le premier, dis-je, qui avez eu le courage & le talent de donner une Tragédie sans galanterie, une Tragédie digne des beaux jours d'Athènes, dans laquelle l'amour d'une mere fait toute l'intrigue, & où le plus tendre intérêt naît de la vertu la plus pure.

La France se glorifie d'Athalie : c'est le Chef-d'œuvre de notre Théâtre; c'est celui de la Poësie; c'est de toutes les Piéces qu'on joue, la seule où l'amour ne soit pas introduit; mais aussi elle est soutenue par la pompe de la Religion, & par cette majesté de l'éloquence des Prophêtes.

Vous n'avez point eu cette ressource, & cependant vous avez fourni cette longue carriere de cinq Actes, qui est si prodigieusement difficile à remplir sans Episodes.

J'avouë que votre sujet me paroît beaucoup plus intéressant & plus tragique que celui d'Athalie; & si notre admirable Racine
cine

cine a mis plus d'Art, de Poëſie & de grandeur dans ſon Chef-d'œuvre, je ne doute pas que le vôtre n'ait fait couler beaucoup plus de larmes.

Le Précepteur d'Alexandre, (& il faut de tels Précepteurs aux Rois) Ariſtote, cet eſprit ſi étendu, ſi juſte & ſi éclairé dans les choſes qui étoient alors à la portée de l'eſprit humain ; Ariſtote, dans ſa Poëtique immortelle, ne balance pas à dire que la reconnoiſſance de Mérope & de ſon fils étoit le moment le plus intéreſſant de toute la Scene Grecque. Il donnoit à ce coup de Théâtre la préférence ſur tous les autres. Plutarque dit que les Grecs, ce Peuple ſi ſenſible, frémiſſoient de crainte que le Vieillard qui devoit arrêter le bras de Mérope, n'arrivât pas aſſez-tôt. Cette Piéce, qu'on jouoit de ſon tems, & dont il nous reſte très - peu de fragmens, lui paroiſſoit la plus touchante de toutes les Tragédies d'Euripide ; mais ce n'étoit pas ſeulement le choix du ſujet qui fit le grand ſuccès d'Euripide, quoiqu'en tout genre le choix ſoit beaucoup.

Il a été traité pluſieurs fois en France, mais ſans ſuccès ; peut-être les Auteurs voulurent charger ce ſujet ſi ſimple, d'ornemens étrangers. C'étoit la Venus toute nue de Praxitele qu'ils cherchoient à couvrir de clinquant. Il faut toujours beaucoup de tems aux hommes pour leur apprendre

prendre qu'en tout ce qui eft grand on doit revenir au naturel & au fimple.

En 1641. lorfque le Théâtre commençoit à fleurir en France, & à s'élever même fort au-deffus de celui de la Grece, par le génie de P. Corneille, le Cardinal de Richelieu qui recherchoit toute forte de gloire, & qui avoit fait bâtir la Salle des Spectacles du Palais Royal, pour y repréfenter des Piéces dont il avoit fourni le deffein, y fit jouer une Mérope fous le nom de Telefonte. Le plan eft, à ce qu'on croit, entierement de lui. Il y avoit une centaine de Vers de fa façon; le refte étoit de Colletet, de Bois-Robert, de Démarêts & de Chapelain; mais toute la puiffance du Cardinal de Richelieu ne pouvoit donner à ces Ecrivains le génie qui leur manquoit. Il n'avoit peut-être pas lui-même celui du Théâtre, quoiqu'il en eût le goût; & tout ce qu'il pouvoit & devoit faire, c'étoit d'encourager le grand Corneille.

Mr. Gilbert, Réfident de la célébre Reine Chriftine, donna en 1643. fa Mérope, aujourd'hui non moins connu que l'autre. Jean de la Chapelle, de l'Académie Françaife, Auteur d'une Cléopatre, jouée avec quelque fuccès, fit repréfenter fa Mérope en 1683. Il ne manqua pas de remplir fa Piéce d'une Epifode d'amour. Il fe plaint d'ailleurs dans la Préface de ce qu'on lui reprochoit trop de merveilleux. Il fe trompoit

poit ; ce n'étoit pas ce merveilleux qui avoit fait tomber fon Ouvrage ; c'étoit en effet le défaut de génie , & la froideur de la Verfification : car voilà le grand point, voilà le vice capital qui fait périr tant de Poëmes. L'Art d'être éloquent en Vers eft de tous les Arts le plus difficile & le plus rare. On trouvera mille génies qui fçauront arranger un Ouvrage , & le ver-fifier d'une maniere commune ; mais le traiter en vrais Poëtes , c'eft un talent qui eft donné à trois ou quatre hommes fur la Terre.

Au mois de Décembre 1701. Mr. de la Grange fit jouer fon Amafis , qui n'eft au-tre chofe que le fujet de Mérope , fous d'autres noms : la galanterie régne auffi dans cette Piéce , & il y a beaucoup plus d'incidens merveilleux que dans celle de la Chapelle ; mais auffi elle eft conduite avec plus d'Art , plus de génie , plus d'in-térêts , elle eft écrite avec plus de chaleur & de force : cependant elle n'eut pas d'a-bord un fuccès éclatant, *& habent fua fata libelli.* Mais depuis elle a été rejouée avec de très-grands applaudiffemens , & c'eft une des Piéces dont la Repréfentation a fait le plus de plaifir au Public.

Avant & après Amafis nous 'avons eu beaucoup de Tragédies fur des fujets à-peu-près femblables , dans lefquels une mere va vanger la mort de fon fils fur fon

Tome III. S propre

propre fils même , & le reconnoît dans
l'inſtant qu'elle va le tuer. Nous étions
même accoutumés à voir ſur notre Théâtre
cette ſituation frapante ; mais rarement
vraiſemblable , dans laquelle un Perſon-
nage vient , un poignard à la main pour
tuer ſon ennemi , tandis qu'un autre Per-
ſonnage arrive dans l'inſtant même , &
lui arrache le poignard. Ce coup de Théâtre àvoit fait réuſſir , dumoins pour un
tems , le Camma de Thomas Corneille.

Mais de toutes les Piéces dont je vous
parle il n'y en a aucune qui ne ſoit char-
gée d'une petite Epiſode d'amour , ou
plûtôt de galanterie ; car il faut que tout
ſe plie au goût dominant. Et ne croyez
pas , Monſieur , que cette malheureuſe
coutume d'accabler nos Tragédies d'une
Epiſode inutile de galanterie , ſoit duë à
Racine , comme on le lui reproche en Italie. C'eſt lui , au-contraire , qui a fait ce
qu'il a pû pour reformer en cela le goût
de la Nation. Jamais chez lui la paſſion
de l'amour n'eſt Epiſodique ; elle eſt le
fondement de toutes ſes Piéces ; elle en
forme le principal intérêt. C'eſt la paſſion
la plus Théâtrale de toutes , la plus fertile
en ſentimens , la plus variée : elle doit être
l'ame d'un Ouvrage de Théâtre , ou en
être entierement bannie. Si l'amour n'eſt
pas Tragique , il eſt inſipide ; & s'il eſt Tragique , il doit régner ſeul. Il n'eſt pas fait
pour

pour la seconde place. C'est Rotrou, c'est le grand Corneille même, il le faut avouer, qui en créant notre Théâtre l'ont presque toujours défiguré par ces amours de commande , par ces intrigues galantes, qui n'étant point de vrayes passions, ne font point dignes du Théâtre ; & si vous demandez pourquoi on joue si peu de Piéces de Pierre Corneille, n'en cherchez point ailleurs la raison ; c'est que dans la Tragédie d'Othon,

Othon à la Princesse a fait un compliment ,
Plus en homme d'esprit qu'en véritable amant.
Il suivoit pas-à-pas un effort de mémoire ,
Qu'il étoit plus aisé d'admirer que de croire.
Camille sembloit même assez de cet avis ;
Elle auroit mieux goûté des discours moins suivis.
Dis-moi donc , lorsqu'Othon s'est offert à Camille,
A-t-il été content ? A-t-elle été facile ?

C'est que dans Pompée , l'inutile Cléopatre dit que Cesar

Lui trace des soupirs , & d'un stile plaintif ,
Dans son Champ de Victoire il se dit son captif.
C'est que César demande à Antoine
  S'il a vû cette Reine adorable ;
Et qu'Antoine répond :
  Oui , Seigneur , je l'ai vûe , elle est incompa.
    rable.

C'est

C'eſt que dans Sertorius, le vieux Sertorius même eſt amoureux à la fois par politique & par goût, & dit :

J'aime ailleurs, à mon âge il ſi ſied ſi mal d'aimer,
Que je le cache même à qui m'a ſçu charmer,
Et que d'un front ridé les replis jauniſſans
Ne ſont pas un grand charme à captiver les
ſens.

C'eſt que dans Œdipe Théſée débute par
dire à Dircé :

Quelque ravage affreux qu'étale ici la peſte,
L'abſence aux vrais amans eſt encor plus funeſte.

Enfin, c'eſt que jamais un tel amour ne fait
verſer de larmes, & quand l'amour n'émeut
pas, il réfroidit.

Je ne vous dis ici, Monſieur, que ce que
tous les Connoiſſeurs les véritables gens de
goût ſe diſent tous les jours en converſa-
tion ; ce que vous avez entendu pluſieurs
fois chez moi ; enfin ce qu'on penſe, & ce
que perſonne n'oſe encore imprimer. Car
vous ſçavez comment les hommes ſont
faits ; ils écrivent preſque tous contre leur
propre ſentiment, de-peur de choquer le
préjugé reçu.

Pour moi, qui n'ai jamais mis dans la
Littérature aucune politique, je vous dis
hardiment la vérité, & j'ajoute que je reſ-
pecte plus Corneille, & que je connois
mieux le grand mérite de ce pere de Théâtre,

tre, que ceux qui le louent au hazard de
ses défauts.

On a donné une Mérope sur le Théatre
de Londres en 1731. Qui croiroit qu'une
intrigue d'amour y entrât encore ? Mais depuis le Régne de Charles II. l'amour s'étoit
emparé du Théatre d'Angleterre, & il faut
avouer qu'il n'y a point de Nation au monde qui ait peint si mal cette passion.

L'amour ridiculement amené & traité de
même, est encore le défaut le moins mons-
trueux de la Mérope Anglaise. Le jeune
Egiste, tiré de sa prison par une Fille-d'honneur amoureuse de lui, est conduit devant
la Reine qui lui présente une coupe de poison & un poignard, & qui lui dit : Si tu n'a-
vales le poison, ce poignard va servir à tuer
ta maîtresse. Le jeune-homme boit, & on
l'emporte mourant. Il revient au cinquiéme
Acte annoncer froidement à Mérope, qu'il
est son fils, & qu'il a tué le Tyran. Mérope
lui demande comment ce miracle s'est ope-
ré ? Une amie de la Fille-d'honneur, répond-
il, avoit mis du jus de pavot, au-lieu de
poison, dans la coupe. Je n'étois qu'endor-
mi quand on m'a cru mort : j'ai appris,
m'éveillant, que j'étois votre fils, & sur
le champ j'ai tué le Tyran. Ainsi finit la
Tragédie.

Elle fut sans doute mal reçue : mais
n'est-il pas bien étrange qu'on l'ait représentée ? N'est-ce pas une preuve que le Théâ-

tre

tre Anglais n'eſt pas encore épuré ? Il ſemble que la même cauſe qui prive les Anglais du génie de la Peinture & de la Mu-
ſique, leur ôte auſſi celui de la Tragédie.
Cette Iſle, qui a produit les plus grands
Philoſophes de la terre, n'eſt pas auſſi fertile pour les Beaux Arts ; & ſi les Anglais ne
s'appliquent ſérieuſement à ſuivre les pré-
ceptes de leurs excellens citoyens, Adiſſon
& Pope, ils n'approcheront pas des autres
Peuples en fait de goût & de Littérature.

Mais tandis que le ſujet de Mérope étoit
ainſi défiguré dans une partie de l'Europe,
il y avoit long-tems qu'il étoit traité en
Italie ſelon le goût des Anciens.

Dans ce ſeiziéme Siécle, qui ſera fameux
dans tous les Siécles, le Comte de Torelli
avoit donné ſa Mérope avec des Chœurs.
Il paroît que ſi M. de la Chapelle a outré
tous les défauts du Théâtre Français, qui
ſont, l'air romaneſque, l'amour inutile,
& les Epiſodes ; & ſi l'Auteur Anglais a
pouſſé à l'excès la barbarie, l'indécence &
l'abſurdité : l'Auteur Italien avoit outré les
défauts des Grecs, qui ſont le vuide d'action, & la déclamation. Enfin, Monſieur,
vous avez évité tous ces écueils, vous qui
avez donné à vos Compatriotes des modé-
les en plus d'un genre ; vous leur avez donné dans votre Mérope l'exemple d'une
Tragédie ſimple & intéreſſante.

J'en fus ſaiſi dès que je la lus : mon amour
pour

pour ma Patrie ne m'a jamais fermé les yeux
fur le mérite des Etrangers ; au-contraire,
plus je fuis bon citoyen, plus je cherche à
enrichir mon pays des tréfors qui ne font
point nés dans fon fein.

Mon envie de traduire votre Mérope re-
doubla lorfque j'eus l'honneur de vous connoître à Paris en 1733. Je m'apperçus qu'en
aimant l'Auteur, je me fentois encore plus
d'inclination pour l'Ouvrage ; mais quand
je voulus y travailler, je vis qu'il étoit ab-
folument impoffible de la faire paffer fur
notre Théâtre Français. Notre délicateffe
eft devenue exceffive : nous fommes peut-
être des Sibarites plongés dans le luxe, qui
ne pouvons fupporter cet air naïf & rufti-
que, ces détails de la vie champêtre que
vous avez imités du Théâtre Grec.

Je craindrois qu'on ne fouffrît pas chez
nous le jeune Egifte faifant préfent de fon
anneau à celui qui l'arrête, & qui s'empare
de cette bague. Je n'oferois hazarder de
faire prendre un Héros pour un voleur,
quoique la circonftance où il fe trouve
autorife cette méprife.

Nos ufages, qui probablement permettent tant de chofes que les vôtres n'admet-
tent point, nous empêcheroient de repréfenter le Tyran de Mérope, l'affaffin de
fon époux & de fes fils, feignant d'avoir,
après quinze ans, de l'amour pour cette
Reine ; & même je n'oferois pas faire dire

S 4   par

par Mérope au Tyran : *Pourquoi donc ne m'avez-vous pas parlé d'amour auparavant, dans le tems que la fleur de la jeuneſſe ornoit encore mon viſage ?* Ces entretiens ſont naturels ; mais notre Parterre, quelquefois ſi indulgent, & d'autres fois ſi délicat, pourroit les trouver trop familiers, & voir même de la coqueterie où il n'y a au fond que de la raiſon.

Notre Théâtre Français ne ſouffriroit pas non-plus que Mérope fît lier ſon fils ſur la Scene à une colonne, ni qu'elle courût ſur lui deux fois, le javelot & la hache à la main, ni que le jeune-homme s'enfuît deux fois devant elle, en demandant la vie à ſon Tyran.

Nos uſages permettroient encore moins que la Confidente de Mérope engageât le jeune Egiſte à dormir ſur la Scene, afin de donner le tems à la Reine de venir l'y aſſaſſiner. Ce n'eſt pas, encore une fois, que tout cela ne ſoit dans la nature ; mais il faut que vous pardonniez à notre Nation, qui exige que la nature ſoit toujours préſentée avec certains traits de l'art, & ces traits ſont bien différens à Paris & à Verone.

Pour donner une idée ſenſible de ces différences, que le génie des Nations cultivées met entre les mêmes Arts, permettez-moi, Monſieur, de vous rappeller ici quelques traits de votre célèbre Ouvrage, qui me paroiſſent diétés par la pure nature.

Celui qui arrête le jeune Cresfonte , &
qui lui prend fa bague, lui dit :

Or dunque in tuo paefe i fervi
Han di Cotefte gemme ? Un bel paefe
Fia quefto tuo ; nel noftro una tal gemma
Ad un dito real non Sconverreble.

Je vais prendre la liberté de traduire cet
endroit en Vers blancs, comme votre Piéce
eft écrite ; parceque le tems qui me preffe
ne me permet pas le long travail qu'exige
la rime.

,, Les efclaves chez vous portent de tels Joyaux !
,, Votre Pays doit être un beau Pays, fans doute ;
,, Chez nous de tels anneaux ornent la main des
,, Rois.

Le Confident du Tyran lui dit , en parlant de la Reine qui refufe d'époufer , après
vingt ans, l'affaffin reconnu de fa famille :

La donna , comme fai , ricufa e brama.

La femme , comme on fçait , nous refufe &
défire.

La Suivante de la Reine répond au Tyran , qui la preffe de difpofer fa Maîtreffe
au mariage :

. . . . *Diffimulato in vano*
S'offre di febre. Affalto alquanti giorni
Denare è forza a rinfrancar fuoi fpiriti.

S 5

On

On ne peut vous cacher que la Reine a la fiévre;
Accordez quelque tems pour lui rendre ses forces.

Dans votre quatriéme Acte le Vieillard
Polidore demande à un homme de la Cour
de Mérope, qui il est. Je suis Eurises le fils
de Nicandre, répond-il. Polidore alors, en
parlant de Nicandre, s'exprime comme le
Nestor d'Homere.

> . . . . *Egli era umano*
> *E liberal, quando appariva, tutti*
> *Facceangli onor io mi ricordo ancora*
> *Di quanto ei festeggio con bella pompa*
> *Le sue nozze con Silvia, ch' era figlia*
> *D'Olimpia & di Glicon fratel d'Ipparco.*
> *Tu dunque sei quel Fanciullin che in Corte*
> *Silvia condur solea quasi per pompa*
> *Parmi l'altri hieri, o quanto siete pressi,*
> *Quanto voi vaffretate o giovinetti*
> *A farvi adulti & à gridar tacendo*
> *Chi noi diam loco!*

» Oh ! Qu'il étoit humain ! Qu'il étoit liberal !
» Que dès qu'il paroissoit on lui faisoit d'hon-
    » neurs !
» Je me souviens encor du festin qu'il donna,
» De tout cet appareil, alors qu'il épousa
» La fille de Glicon & de cette Olimpie,
» La belle-sœur d'Hipparque. Eurises, c'est donc
    » vous ?

                              » Vous,

„ Vous, cet aimable enfant, que si souvent Silvie
„ Se faisoit un plaisir de conduire à la Cour ?
„ Je croi que c'est hier. Oh que vous êtes prompte!
„ Que vous croissez, jeunesse! Et que dans vos
„ beaux jours
„ Vous nous avertissez de vous céder la place !

Et dans un autre endroit, le même Vieillard, invité d'aller voir la cérémonie du mariage de la Reine, répond :

. . . . *Oh curioso*
Putno i non son, passò stagione. Assai
Veduti ho sacrificii ; io mi ricordo
Di quello ancora quando il Re Cresfonte
Encommenciò a regnar. Quella fu pompa.
Ora più non si fanno a questi tempi
Di cotaï sacrifici piu di cento
Fur le bestie svenate. I Sacerdoti
Risplendean tuti, ed ove ti volgessi
Altro non si vedea che argento ed oro.
. . . . Je suis sans curiosité.
„ Le tems en est passé, mes yeux ont assez vû
„ De ces apprêts d'Himen, & de ces Sacrifices.
„ Je me souviens encor de cette pompe auguste,
„ Qui jadis en ces lieux marqua les premiers jours
„ Du Régne de Cresfonte. Ah! le grand appareil!
„ Il n'est plus aujourd'hui de semblables spectacles.
„ Plus de cent animaux y furent immolés :
„ Tous les Prêtres brilloient, & les yeux éblouïs
„ Voyoient l'argent & l'or partout étinceler.

Tous

Tous ces traits font naïfs : tout y eft convenable à ceux que vous introduifez fur la Scene, & aux mœurs que vous leur donnez. Ces familiarités naturelles euffent été, à ce que je croi, bien reçues dans Athènes ; mais Paris, & notre Parterre veulent une autre efpece de fimplicité. Notre Ville pourroit même fe vanter d'avoir un goût plus cultivé qu'on ne l'avoit dans Athènes : car enfin, il me femble qu'on ne repréfentoit d'ordinaire des Piéces de Théâtre dans cette premiere Ville de la Gréce, que dans quatre Fêtes folemnelles, & Paris a plus d'un fpectacle tous les jours de l'année. On ne comptoit dans Athènes que dix mille Citoyens, & notre Ville eft peuplée de près de huit cens mille Habitans, parmi lefquels je croi qu'on peut compter trente mille Juges des Ouvrages Dramatiques, & qui jugent prefque tous les jours.

Vous avez pû, dans votre Tragedie, traduire cette élégante & fimple comparaifon de Virgile :

Qualis populeà mœrens Philomela fub umbrâ,
Amiffos queritur fœtus.

Si je prenois une telle liberté, on me renverroit au Poëme Epique, tant nous avons affaire à un maître dur, qui eft le Public.

Nefcis, heu nefcis noftra faftidia Roma :
    Et pueri nafum Rhinocerontis habent.

Les

Les Anglais ont la coutume de finir presque tous leurs Actes par une comparaison : mais nous exigeons dans une Tragédie, que ce soit les Héros qui parlent, & non le Poëte, & notre Public pense que dans une grande crise d'affaires, dans un Conseil, dans une passion violente, dans un danger pressant, les Princes, les Ministres ne font point de comparaisons poëtiques.

Comment pourrois-je encore faire parler souvent ensemble des Personnages subalternes ? Ils servent chez vous à préparer des Scenes intéressantes entre les principaux Acteurs ; ce font les avenues d'un beau Palais : mais notre Public impatient veut entrer tout-d'un-coup dans le Palais. Il faut donc se plier au goût d'une Nation d'autant plus difficile, qu'elle est depuis long-tems rassasiée de Chefs d'œuvres.

Cependant, parmi tant de détails que notre extrême séverité réprouve, combien de beautés je regrettois ! Combien me plaisoit la simple Nature, quoique sous une forme étrangere pour nous ! Je vous rens compte, Monsieur, d'une partie des raisons qui m'ont empêché de vous suivre en vous admirant.

Je fus obligé, à regret, d'écrire une Mérope nouvelle : je l'ai donc faite différemment ; mais je suis bien loin de croire l'avoir mieux faite. Je me regarde avec vous comme un Voyageur à qui un Roi d'Orient auroit

roit fait préfent des plus riches étoffes : ce Roi devroit permettre que le Voyageur s'en fît habiller à la mode de fon Pays.

Ma Mérope fut achevée au commencement de 1736. à-peu-près telle qu'elle eft aujourd'hui. D'autres Etudes m'empêcherent de la donner au Théâtre ; mais la raifon qui m'en éloignoit le plus, étoit la crainte de la faire paroître après d'autres Piéces heureufes, dans lefquelles on avoit vû, depuis peu, le même fujet fous des noms différens.

Enfin j'ai hazardé ma Tragédie, & notre Nation a fait connoître qu'elle ne dédaignoit pas de voir la même matiere différemment traitée. Il eft arrivé à notre Théâtre ce qu'on voit tous les jours dans une Galerie de Peinture, où plufieurs Tableaux repréfentent le même fujet. Les Connoiffeurs fe plaifent à remarquer les diverfes manieres ; chacun faifit, felon fon goût, le caractere de chaque Peintre ; c'eft une efpece de concours qui fert à la fois, à perfectionner l'art, & à augmenter les lumieres du Public.

Si la Mérope Françaife a eu le même fuccès que la Mérope Italienne, c'eft à vous, Monfieur, que je le dois ; c'eft à cette fimplicité dont j'ai toûjours été idolâtre, qui dans votre Ouvrage m'a fervi de modéle. Si j'ai marché dans une route différente, vous m'y avez toûjours fervi de guide. J'aurois

J'aurois souhaité pouvoir , à l'exemple des Italiens & des Anglais , employer l'heureuse facilité des Vers blancs , & je me suis souvenu plus d'une fois de ce passage du Ruccelaï.

Tu sai pur che l'imagin' de la voce
Che risponde da i sassi , dove l'Echo Alberga.
Sempre némica fu del notro regne
E fu invintrice delle prime rime.

Mais me suis apperçu , & j'ai dit, il y a long-tems , qu'une telle tentative n'auroit jamais de succès en France , & qu'il y auroit beaucoup plus de faiblesse que de force , à éluder un joug qu'ont porté les Auteurs de tant d'Ouvrages qui dureront autant que la Nation Française.

Notre Poësie n'a aucune des libertés de la vôtre , & c'est peut-être une des raisons pour lesquelles les Italiens nous ont précédé de plus de trois Siécles dans cet art si aimable & si difficile.

Je voudrois , Monsieur , pouvoir vous suivre dans vos autres connoissances , comme j'ai eu le bonheur de vous imiter dans la Tragédie.

Que n'ai-je pû me former sur votre goût dans la science de l'Histoire , non pas dans cette science vague & stérile des faits & des dattes , qui se borne à sçavoir en quel tems mourut un homme inutile

ou

ou funefte au monde ; fcience uniquement de Dictionnaire, qui chargeroit la mémoire fans éclairer l'efprit

Je veux parler de cette Hiftoire de l'efprit humain, qui apprend à connoître les mœurs ; qui nous trace de faute en faute, & de préjugé en préjugé, les effets des paffions des hommes ; qui nous fait voir ce que l'ignorance, ou un fçavoir mal entendu ont caufé de maux ; & qui fuit furtout le fil du progrès des Arts, à-travers ce choc effroyable de tant de Puiffances, & ce bouleverfement de tant d'Empires.

C'eft par-là que l'Hiftoire m'eft précieufe, & elle me le devient davantage par la place que vous tiendrez parmi ceux qui ont donné de nouveaux plaifirs & de nouvelles lumieres aux hommes. La Poftérité apprendra avec émulation, que votre Patrie vous a rendu les honneurs les plus rares, & que Vérone vous a élevé une Statuë, avec cette Infcription, AU MARQUIS SCIPION MAFFEI, VIVANT : Infcription auffi belle, en fon genre, que celle qu'on lit à Montpellier : *A Louis XIV. après fa mort.*

Daignez ajoûter, Monfieur, aux hommages de vos Concitoyens, celui d'un Etranger, que fa refpectueufe eftime vous attache autant que s'il étoit né à Vérone.

MÉROPE.

MÉROPE,

TRAGEDIE.

ACTEURS.

ACTEURS.

MÉROPE.

EGISTE.

POLIFONTE.

NARBAS.

EURICLÉS.

EROX.

ISMENIE.

La Scéne est à Messene, dans le Palais de Mérope.

MÉROPE.

1

MÉROPE,
TRAGEDIE.

ACTE PREMIER.
SCENE I.

MÉROPE, ISMENIE.

ISMENIE.

RANDE Reine, écartez ces horri-
 ribles images ;
Goutez des jours ferains nés du fein
 des orages,
Les Dieux nous ont donné la victoire & la paix :
Ainfi que leur couroux, reffentez leurs bienfaits.
Meffene, après quinze ans de guerres inteftines,
Leve un front moins timide, & fort de fes ruïnes.
Vos yeux ne verront plus tous ces Chefs ennemis,
Divifés d'intérêts, & pour le crime unis,
Par les faccagemens, le fang & le ravage,
Du meilleur de nos Rois difputer l'héritage.

Nos

Nos Chefs, nos Citoyens, raffemblés fous vos
    yeux,
Les organes des Loix, les Miniftres des Dieux,
Vont libres dans leur choix, décerner la Cou-
    ronne :
Sans doute elle eft à vous, fi la vertu la donne ;
Vous feule avez fur nous d'irrévocables droits,
Vous, veuve de Cresfonte, & fille de nos Rois ;
Vous, que tant de conftance, & quinze ans de
    mifere,
Font encor plus augufte, & nous rendent plus
    chere ;
Vous, pour qui tous les cœurs en fecret réunis.

MEROPE.

Quoi ! Narbas ne vient point ! Reverrai- je mon
    fils ?

ISMENIE.

Vous pouvez l'efpérer ; déja, d'un pas rapide,
Vos efclaves, en foule, ont couru dans l'Elide ;
La paix a de l'Elide ouvert tous les chemins ;
Vous avez mis fans doute en de fidéles mains,
Ce dépôt fi facré, l'objet de tant d'alarmes.

MEROPE.

Me rendrez-vous mon fils, Dieux témoins de mes
    larmes ?
Egifte eft-il vivant ? Avez-vous confervé
Cet enfant malheureux, le feul que j'ai fauvé ?
Ecartez

Ecartez loin de lui la main de l'homicide;
C'eſt votre fils, hélas! c'eſt le pur ſang d'Alcide.
Abandonnerez-vous ce reſte précieux
Du plus juſte des Rois & du plus grand des Dieux,
L'image de l'époux dont j'adore la cendre?

ISMENIE.

Mais quoi! cet intérêt, & ſi juſte, & ſi tendre,
De tout autre intérêt peut-il vous détourner?

MEROPE.

Je ſuis mere, & tu peux encor t'en étonner?

ISMENIE.

Du ſang dont vous ſortez, l'auguſte caractere
Sera-t-il effacé par cet amour de mere?
Son enfance étoit chere à vos yeux éplorés;
Mais vous avez peu vû ce fils que vous pleurez.

MEROPE.

Mon cœur a vû toujours ce fils que je regrette;
Ses périls nourriſſoient ma tendreſſe inquiette,
Un ſi juſte intérêt s'accrut avec le tems.
Un mot ſeul de Narbas, depuis plus de quatre ans,
Vint dans la ſolitude où j'étois retenue,
Porter un nouveau trouble à mon ame éperdue.
Egiſte, écrivoit-il, mérite un meilleur ſort;
Il eſt digne de vous, & des Dieux dont il ſort:
En butte à tous les maux, ſa vertu les ſurmonte:
Eſperez tout de lui, mais craignez Polifonte.

ISMENIE.

I S M E N I E.

De Polifonte aumoins prévenez les desseins;
Laissez passer l'Empire en vos augustes mains.

M E´R O P E.

L'Empire est à mon fils; périsse la marâtre,
Périsse le cœur dur, de soi-même idolâtre,
Qui peut goûter en paix, dans le suprême rang,
Le barbare plaisir d'héritier de son sang.
Si je n'ai plus de fils, que m'importe un Empire?
Que m'importe ce Ciel, ce jour que je respire?
Je dûs y renoncer, alors que dans ces lieux
Mon Epoux fut trahi des mortels & des Dieux.
O perfide! ô crime! ô jour fatal au monde!
O mort, toujours présente à ma douleur profonde!
J'entens encor ces voix, ces lamentables cris,
Ces cris ›› Sauvez le Roi, son épouse & ses fils.
Je vois ces murs sanglants, ces portes embrasées,
Sous ces lambris fumants ces femmes écrasées;
Ces esclaves fuyants le tumulte, l'effroi,
Les armes, les flambeaux, la mort autour de moi.
Là, nageant dans son sang, & souillé de poussiere,
Tournant encor vers moi sa mourante paupiere,
Cresfonte en expirant me serra dans ses bras;
Là, deux fils malheureux, condamnés au trépas,
Tendres, & premiers fruits d'une union si chere,
Sanglants, & renversés sur le sein de leur pere,
A peine soulevoient leurs innocentes mains.
Hélas!

Hélas ! ils m'imploroient contre leurs affassins.
Egiste échapa seul, un Dieu prit sa défense.
Veille sur lui, grand Dieu, qui sauvas son enfance:
Qu'il vienne; que Narbas le ramène à mes yeux,
Du fond de ses déserts au rang de ses ayeux.
J'ai suporté quinze ans mes fers & son absence ;
Qu'il régne au-lieu de moi, voilà ma récompense.

SCENE II.

ME'ROPE, ISMENIE, EURICLE'S.

ME'ROPE.

EH bien ! Narbas, mon fils ?

EURICLE'S.

Vous me voyez confus ;
Tant de pas, tant de soins ont été superflus.
On a couru, Madame, aux rives du Penée,
Dans les champs d'Olimpie, aux murs de Sala
monée ;
Narbas est inconnu ; le sort dans ces climats
Dérobe à tous les yeux la trace de ses pas.

ME'ROPE.

Hélas ! Narbas n'est plus ; j'ai tout perdu, sans
doute.

ISMENIE.

ISMENIE.

Vous croyez tous les maux que votre ame redoute:
Peut-être, sur les bruits de cette heureuse paix,
Narbas ramene un fils si cher à nos souhaits.

EURICLÈS.

Peut-être sa tendresse, éclairée & discrete,
A caché son voyage, ainsi que sa retraite:
Il veille sur Egiste, il craint ces assassins
Qui du Roi votre époux ont tranché les destins.
De leurs affreux complots il faut tromper la rage.
Autant que je l'ai pû j'assure son passage;
Et j'ai sur ces chemins de carnage abreuvés,
Des yeux toujours ouverts, & des bras éprouvés.

MÉROPE.

Dans ta fidélité j'ai mis ma confiance.

EURICLÈS

Hélas! que peut pour vous ma triste vigilance?
On va donner son Trône; envain ma foible voix,
Du sang qui le fit naître a fait parler les droits.
L'injustice triomphe; & ce Peuple à sa honte,
Aux mépris de nos Loix, panche vers Polifonte.

MÉROPE.

Et le sort jusques-là pourroit nous avilir?
Mon fils dans ses Etats reviendroit pour servir?
Il verroit son sujet au rang de ses ancêtres?

Le

Le sang de Jupiter auroit ici des maîtres ?
Je n'ai donc plus d'amis ? Le nom de mon époux,
Insensibles sujets, a donc péri pour vous ?
Vous avez oublié ses bienfaits & sa gloire ?

EURICLES.

Le nom de votre époux est cher à leur mémoire ;
On regrette Cresfonte, on le pleure, on vous
    plaint ;
Mais la force l'emporte, & Polifonte est craint.

MÉROPE.

Ainsi donc, par mon Peuple en tout tems acca-
    blée,
Je verrai la justice à la brigue immolée,
Et le vil intérêt, cet arbitre du sort,
Vend toujours le plus foible aux crimes du plus
    fort !
Allons, & rallumons dans ces ames timides,
Ces regrets mal éteints du sang des Héraclides ;
Flattons leur espérance, excitons leur amour ;
Parlez, & de leur maître annoncez le retour.

EURICLES

Je n'ai que trop parlé ; Polifonte en alarmes,
Craint déja votre fils, & redoute vos larmes.
La fiere ambition dont il est dévoré,
Est inquiéte, ardente, & n'a rien de sacré.
S'il chassa les brigands de Pilos & d'Amphrise ;
S'il a sauvé Messene, il croit l'avoir conquise.

Il agit pour lui feul, il veut tout affervir:
Il touche à la Couronne ; & pour mieux la ravir
Il n'eft point de rampart que fa main ne renverfe,
De loix qu'il ne corrompe, & de fang qu'il ne
 verfe :
Ceux, dont la main cruelle égorgea votre époux,
Peut-être ne font pas plus à craindre pour vous.

MÉROPE.

Quoi ! Partout fous mes pas le fort creufe un
 abîme !
Je vois autour de moi le danger & le crime !
Polifonte, un fujet de qui les attentats…

EURICLÈS.

Diffimulez, Madame, il porte ici fes pas.

SCENE III.

MÉROPE, POLIFONTE.

POLIFONTE.

MADAME, il faut enfin que mon cœur fe
 déploye;
Ce bras qui vous fervit m'ouvre au Trône une
 voye,
Et les Chefs de l'Etat, tout prêts de prononcer,
Me font entre nous deux l'honneur de balancer.

Des

Des Partis oppofés qui défoloient Meffenes,
Qui verfoient tant de fang, qui formoient tant
  de haines,
Il ne refte aujourd'hui que le vôtre & le mien.
Nous devons l'un à l'autre un mutuel foutien :
Nos ennemis communs, l'amour de la Patrie,
Le devoir, l'intérêt, la raifon, tout nous lie :
Tout vous dit qu'un Guerrier, vangeur de votre
  époux,
S'il afpire à régner, peut afpirer à vous.
Je me connois ; je fçai que, blanchi fous les ar-
  mes,
Ce front trifte & févére a pour vous peu de
  charmes :
Je fçai que vos appas, encor dans leur printems,
Pourroient s'effaroucher de l'hiver de mes ans ;
Mais la raifon d'Etat connoît peu ces caprices,
Et de ce front guerrier les nobles cicatrices
Ne peuvent fe couvrir que du bandeau des Rois.
Je veux le fceptre & vous, pour prix de mes ex-
  ploits.
N'en croyez pas, Madame, un orgueil téméraire :
Vous êtes de nos Rois, & la fille, & la mere ;
Mais l'Etat veut un Maître, & vous devez fonger
Que pour garder vos droits il les faut partager.

M E R O P E.

Le Ciel, qui m'accabla du poids de fa difgrace,
Ne m'a point préparée à ce comble d'audace.

       T 2   Sujet

Sujet de mon époux, vous m'ofez propofer
De trahir fa mémoire, & de vous époufer?
Moi, j'irois, de mon fils, du feul bien qui me refte,
Déchirer avec vous l'héritage funefte?
Je mettrois en vos mains fa mere & fon Etat,
Et le bandeau des Rois fur le front d'un Soldat?

POLIFONTE.

Un Soldat tel que moi peut juftement prétendre
A gouverner l'Etat, quand il l'a fçu défendre.
Le premier qui fut Roi fut un Soldat heureux :
Qui fert bien fon pays n'a pas befoin d'ayeux.
Je n'ai plus rien du fang qui m'a donné la vie :
Ce fang eft épuifé, verfé pour la Patrie :
Ce fang coula pour vous, & malgré vos refus
Je croi valoir aumoins les Rois que j'ai vaincus ;
Et je n'offre en un mot à votre ame rebelle,
Que la moitié d'un Trône où mon parti m'ap-
　　pelle.

MÉROPE.

Un parti! Vous barbare, au mépris de nos Loix!
Eft-il d'autre parti que celui de vos Rois?
Eft-ce-là cette foi, fi pure & fi facrée,
Qu'à mon époux, à moi, votre bouche a jurée?
La foi que vous devez à ces mânes trahis,
A fa veuve éperdue, à fon malheureux fils,
A ces Dieux dont il fort, & dont il tient l'Em-
　　pire?

POLIFONTE.

POLIFONTE.

Il eſt encor douteux ſi votre fils reſpire ;
Mais quand du ſein des morts il viendroit en ces
    lieux
Redemander ſon Trône à la face des Dieux,
Ne vous y trompez pas , Meſſene veut un maître
Eprouvé par le tems, digne en effet de l'être ;
Un Roi qui la défende ; & j'oſe me flatter
Que le vangeur du Trône a ſeul droit d'y monter,
Egiſte , jeune encor, & ſans expérience ,
Etaleroit envain l'orgueil de ſa naiſſance,
N'ayant rien fait pour nous , il n'a rien mérité,
D'un prix bien différent ce Trône eſt acheté,
Le droit de commander n'eſt plus un avantage,
Tranſmis par la nature , ainſi qu'un héritage ,
C'eſt le fruit des travaux & du ſang répandu ;
C'eſt le prix du courage, & je croi qu'il m'eſt dû,
Souvenez-vous du jour où vous fûtes ſurpriſe
Par ces lâches brigands de Pilos & d'Amphriſe ;
Revoyez votre époux , & vos fils malheureux,
Preſque en votre préſence aſſaſſinés par eux :
Revoyez-moi , Madame , arrêtant leur furie ,
Chaſſant vos ennemis , défendant la Patrie :
Voyez ces murs enfin par mon bras délivrés ;
Songez que j'ai vangé l'époux que vous pleurez.
Voilà mes droits, Madame , & mon rang & mon
    titre ;
La valeur fit ces droits, le Ciel en eſt l'arbitre.

        Que

Que votre fils revienne, il apprendra fous moi
Les leçons de la gloire, & l'Art de vivre en Roi:
Il verra fi mon front foutiendra la Couronne.
Le fang d'Alcide eft beau, mais n'a rien qui m'é-
    tonne.
Je recherche un honneur, & plus noble & plus
    grand:
Je fonge à reffembler au Dieu dont il defcend:
En un mot, c'eft à moi de défendre la mere,
Et de fervir au fils, & d'exemple, & de pere.

ME'ROPE.

N'affectez point ici des foins fi généreux,
Et ceffez d'infulter à mon fils malheureux.
Si vous ofez marcher fur les traces d'Alcide,
Rendez donc l'héritage au fils d'un Héraclide.
Ce Dieu, dont vous feriez l'injufte fucceffeur,
Vangeur de tant d'Etats, n'en fut point raviffeur.
Imitez fa juftice, ainfi que fa vaillance:
Défendez votre Roi, fecourez l'innocence:
Découvrez, rendez-moi ce fils que j'ai perdu,
Et méritez fa mere à force de vertu:
Dans vos murs relevés rappellez votre maître,
Alors jufques à vous je defcendrois peut-être.
Je pourrois m'abaiffer; mais je ne peux jamais
Devenir la complice & le prix des forfaits.

SCENE

SCENE IV.

POLIFONTE, EROX.

EROX.

SEIGNEUR, attendez-vous que fon ame fléchiſſe?
Ne pouvez-vous régner qu'au gré de ſon ca-
    price?
Vous avez ſçu du Trône applanir le chemin,
Et pour vous y placer vous attendez ſa main?

POLIFONTE.

Entre ce Trône & moi je vois un précipice;
Il faut que ma fortune y tombe ou le franchiſſe.
Mérope attend Egiſte, & le peuple aujourd'hui,
Si ſon fils reparoît, peut ſe tourner vers lui.
Envain, quand j'immolai ſon pere & ſes deux
    freres,
De ce Trône ſanglant je m'ouvris les barrieres:
Envain, dans ce Palais, où la ſédition
Rempliſſoit tout d'horreur & de confuſion,
Ma fortune a permis qu'un voile heureux & ſom-
    bre,
Couvrît mes attentats du ſecret de ſon ombre:
Envain, du ſang des Rois, dont je fus l'opreſſeur,
Les Peuples abuſés m'ont crû le défenſeur.
Nous touchons au moment où mon ſort ſe décide:
S'il reſte un rejetton de la race d'Alcide;

T 4   Si

Si ce fils, tant pleuré dans Meſſene eſt produit,
De quinze ans de travaux j'ai perdu tout le fruit.
Crois-moi, ces préjugés de ſang & de naiſſance
Revivront dans les cœurs, y prendront ſa défenſe:
Le ſouvenir du pere, & cent Rois pour ayeux;
Cet honneur prétendu d'être iſſu de nos Dieux;
Les cris, le déſeſpoir d'une mere éplorée,
Détruiront ma puiſſance encor mal aſſurée.
Egiſte eſt l'ennemi dont il faut triompher:
Jadis dans ſon berceau je voulus l'étouffer:
De Narbas à mes yeux l'adroite diligence
Aux mains qui me ſervoient arracha ſon enfance:
Narbas, depuis ce tems, errant loin de ces bords,
A bravé ma recherche, a trompé mes efforts.
J'arrêtai ſes courriers; ma juſte prévoyance,
De Mérope & de lui rompit l'intelligence.
Mais je connois le ſort, il peut ſe démentir;
De la nuit du ſilence un ſecret peut ſortir;
Et des Dieux quelquefois la longue patience
Fait ſur nous à pas lents deſcendre la vangeance.

E R O X.

Ah! Livrez-vous ſans crainte à vos heureux deſtins:
La prudence eſt le Dieu qui veille à vos deſſeins.
Vos ordres ſont ſuivis: déja vos ſatellites,
D'Elide & de Meſſene occupent les limites.
Si Narbas reparoît, ſi jamais à leurs yeux
Narbas ramene Egiſte, ils périſſent tous deux.

POLIFONTE.

POLIFONTE.

Mais, me réponds-tu bien de leur aveugle zéle ?

EROX.

Vous les avez guidés par une main fidéle :
Aucun d'eux ne connoît ce sang qui doit couler
Ni le nom de ce Roi qu'ils doivent immoler.
Narbas leur est dépeint comme un traître, un
  transfuge,
Un criminel errant qui demande un refuge ;
L'autre, comme un esclave & comme un meur-
  trier,
Qu'à la rigueur des loix il faut sacrifier.

POLIFONTE.

Eh bien, encor ce crime ! Il m'est trop nécess-
  saire ;
Mais en perdant le fils j'ai besoin de la mere ;
J'ai besoin d'un hymen utile à ma grandeur,
Qui détourne de moi le nom d'usurpateur ;
Qui fixe enfin les vœux de ce Peuple infidéle ;
Qui m'apporte pour dot l'amour qu'on a pour
  elle.
Je lis au fonds des cœurs ; à peine ils sont à moi :
Echauffés par l'espoir, ou glacés par l'effroi,
L'intérêt me les donne, il les ravit de même.
Toi, dont le sort dépend de ma grandeur suprême,
Appui de mes projets, par tes soins dirigés,
Erox, vas réunir les esprits partagés ;

T 5   Que

Que l'avare en secret te vende son suffrage,
Assure au Courtisan ma faveur en partage;
Du lâche qui balance échauffe les esprits :
Promets , donne , conjure , intimide , éblouis.
Ce fer aux pieds du Trône envain m'a sçu con-
　　duire ,
C'est encor peu de vaincre , il faut sçavoir séduire;
Flatter l'hydre du Peuple , au frein l'accoutumer,
Et pousser l'art enfin jusqu'à m'en faire aimer.

Fin du premier Acte.

ACTE

ACTE II.

SCENE I.

MÉROPE, EURICLÈS, ISMENIE.

MÉROPE.

UOI! L'Univers se tait sur le destin
d'Egiste!
Je n'entens que trop bien ce silence si
triste.
Aux frontieres d'Elide, enfin n'a-t'on rien sçu?

EURICLÈS

On n'a rien découvert, & tout ce qu'on a vû,
C'est un jeune Etranger, de qui la main san-
glante,
D'un meurtre encor récent paroissoit dégoutante.
Enchaîné par mon ordre, on l'amene au Palais.

MÉROPE.

Un meurtre! Un inconnu! Qu'a-t'il fait, Euriclès?

T 6   Quel

Quel sang a-t'il versé ? Vous me glacez de crainte !

E U R I C L E S.

Triste effet de l'amour dont votre ame est atteinte.

Le moindre événement vous porte un coup mortel,
Tout sert à déchirer ce cœur trop maternel :
Tout fait parler en vous la voix de la Nature ;
Mais de ce meurtrier la commune avanture
N'a rien dont vos esprits doivent être agités.
De crimes, de brigands ces bords sont infectés.
C'est le fruit malheureux de nos guerres civiles.
La Justice est sans force ; & nos champs, & nos Villes,
Redemandent aux Dieux trop long-tems négligés.
Le sang des Citoyens l'un par l'autre égorgés.
Écartez des terreurs dont le poids vous afflige.

M É R O P E.

Quel est cet inconnu ? Répondez-moi, vous dis-je ?

E U R I C L E S.

C'est un de ces Mortels du sort abandonnés,
Nourris dans la bassesse, aux travaux condamnés ;
Un malheureux sans nom, si l'on croit l'apparence.

M É R O P E.

N'importe ; quel qu'il soit, qu'il vienne en ma présence.

Le

Le témoin le plus vil, & les moindres clartés,
Nous montrent quelquefois de grandes vérités.
Peut-être j'en croi trop le trouble qui me presse ;
Mais ayez-en pitié, respectez ma faiblesse :
Mon cœur a tout à craindre, & rien à négliger.
Qu'il vienne, je le veux, je veux l'interroger.

EURICLES.

(à Ismenie.)

Vous serez obéïe. Allez, & qu'on l'amene ;
Qu'il paroisse à l'instant aux regards de la Reine.

MEROPE.

Je sens que je vais prendre un inutile soin :
Mon désespoir m'aveugle, il m'emporte trop loin.
Vous sçavez s'il est juste. On comble ma misére ;
On détrône le fils, on outrage la mere.
Polifonte abusant de mon triste destin,
Ose enfin s'oublier jusqu'à m'offrir sa main.

EURICLES.

Vos malheurs sont plus grands que vous ne pouvez croire.
Je sçai que cet hymen offense votre gloire :
Mais je voi qu'on l'exige ; & le sort irrité,
Vous fait de cet opprobre une nécessité.
C'est un cruel parti ; mais c'est le seul, peut-être,
Qui pourroit conserver le Trône à son vrai maître.
Tel est le sentiment des Chefs & des Soldats ;
Et l'on croit. . . .

MEROPE.

MÉROPE.

Non, mon fils ne le souffriroit pas,
L'exil, où son enfance a langui condamnée,
Lui seroit moins affreux que ce lâche hymenée.

EURICLÈS.

Il le condamneroit, si, paisible en son rang,
Il n'en croyoit ici que les droits de son sang;
Mais si par les malheurs son ame étoit instruite;
Sur ses vrais intérêts s'il régloit sa conduite;
De ses tristes amis, s'il consultoit la voix,
Et la nécessité souveraine des Loix,
Il verroit que jamais sa malheureuse mere
Ne lui donna d'amour une marque plus chere.

MÉROPE.

Ah! Que me dîtes-vous!

EURICLÈS.

De dures vérités,
Que m'arrachent mon zéle & vos calamités.

MÉROPE.

Quoi! Vous me demandez que l'intérêt surmonte
Cette invincible horreur que j'ai pour Polifonte!
Vous, qui me l'avez peint de si noires couleurs!

EURICLÈS.

Je l'ai peint dangereux, je connois ses fureurs;
Mais

Mais il est tout-puissant ; mais rien ne lui résiste :
Il est sans héritier, & vous aimez Egiste.

ME'ROPE.

Ah ! C'est ce même amour, à mon cœur précieux,
Qui me rend Polifonte encor plus odieux.
Que parlez-vous toûjours , & d'Hymen & d'Em-
    pire ?
Parlez-moi de mon fils ; dîtes-moi s'il respire.
Cruel ! Apprenez-moi. . . . . .

EURICLE'S.

                Voici cet Etranger,
Que vos tristes soupçons brûloient d'interroger.

SCENE II.

ME'ROPE, EURICLE'S, EGISTE
enchaîné, **ISMENIE, GARDES.**

EGISTE, *dans le fond du Théâtre, à Ismenie.*

Est-ce-là cette Reine auguste & malheu-
    reuse ?
Celle de qui la gloire & l'infortune affreuse
Retentit jusqu'à moi dans le fond des déserts ?

ISMENIE.

Rassurez-vous , c'est elle.

                   EGISTE.

EGISTE.

O Dieu de l'Univers ?
Dieu, qui formas ſes traits, veille ſur ton image,
La vertu ſur le Trône eſt ton plus digne ouvrage.

M E´ R O P E.

C'eſt-là ce meurtrier ? Se peut-il qu'un Mortel,
Sous des dehors ſi doux ait un cœur ſi cruel ?
Approche, malheureux, & diſſipes tes craintes.
Répons-moi, de quel ſang tes mains ſont-elles
    teintes ?

EGISTE.

O Reine ! Pardonnez. Le trouble, le reſpeĉt,
Glacent ma triſte voix tremblante à votre aſpeĉt.

(A Euriclès.)

Mon ame, en ſa préſence, étonnée, attendrie.

M E´ R O P E.

Parle. Dè qui ton bras a-t-il tranché la vie ?

EGISTE.

D'un jeune audacieux, que les arrêts du ſort
Et ſes propres fureurs ont conduit à la mort.

M E´ R O P E.

D'un jeune-homme ! Mon ſang s'eſt glacé dans
    mes veines.
Ah ! …. T'étoit-il connu ?

EGISTE.

EGISTE.

Non : les champs de Meſſenes,
Ses murs , leurs citoyens , tout eſt nouveau pour
 moi.

MÉROPE.

Quoi ! Ce jeune inconnu s'eſt armé contre toi ,
Tu n'aurois employé qu'une juſte défenſe ?

EGISTE.

J'en atteſte le Ciel ; il ſçait mon innocence.
Aux bords de la Pamiſe , en un Temple ſacré ,
Où l'un de vos ayeux , Hercule , eſt adoré ,
J'oſois prier pour vous , ce Dieu vangeur des
 crimes ;
Je ne pouvois offrir , ni préſens , ni Victimes :
Né dans la pauvreté , j'offrois de ſimples vœux ,
Un cœur pur & ſoumis , préſent des malheureux.
Il ſembloit que le Dieu , touché de mon hommage ,
Au-deſſus de moi-même élevât mon courage.
Deux inconnus armés m'ont abordé ſoudain ,
L'un dans la fleur des ans , l'autre vers ſon déclin.
Quel eſt donc , m'ont-ils dit , le deſſein qui te
 guide ?
Et quels vœux formes-tu pour la race d'Alcide ?
L'un & l'autre à ces mots ont levé le poignard ;
Le Ciel m'a ſecouru dans ce triſte hazard.
Cette main , du plus jeune a puni la furie ;
Percé de coups , Madame , il eſt tombé ſans vie :
        L'autre

L'autre a fui lâchement, tel qu'un vil affaffin.
Et moi, je l'avouerai, de mon fort incertain,
Ignorant de quel fang j'avois rougi la terre,
Craignant d'être puni d'un meurtre involontaire,
J'ai traîné dans les flots ce corps enfanglanté.
Je fuyois ; vos foldats m'ont bien-tôt arrêté :
Ils ont nommé *Mérope*, & j'ai rendu les armes.

EURICLÈS.

Eh ! Madame, d'où vient que vous verfez des
larmes ?

MÉROPE.

Te le dirai-je ? Hélas ! tandis qu'il m'a parlé,
Sa voix m'attendriffoit, tout mon cœur s'eft trou-
blé.
Cresfonte.... ô Ciel.... j'ai cru.... que j'en rou-
gis de honte !
Oüi, j'ai cru démêler quelques traits de Cresfonte.
Jeux cruels du hazard, en qui me montrez-vous
Une fi fauffe image, & des rapports fi doux ?
Affreux reffouvenir, quel vain fonge m'abufe ?

EURICLÈS.

Rejettez donc, Madame, un foupçon qui l'accufe ;
Il n'a rien d'un barbare, & rien d'un impofteur.

MÉROPE.

Les Dieux ont fur fon front imprimé la candeur.
Demeurez ; en quel lieu le Ciel vous fit-il naître ?

EGISTE.

EGISTE.

En Elide.

MEROPE.

Q'entens-je ! En Elide ! Ah ! peut-être...
L'Elide... répondez... Narbas vous est connu ;
Le nom d'Egiste, aumoins jusqu'à vous est venu.
Quel étoit votre état, votre rang, votre pere ?

EGISTE.

Mon pere est un Vieillard accablé de misere ;
Policlete est son nom ; mais Egiste, Narbas,
Ceux dont vous me parlez, je ne les connois pas.

MEROPE.

O Dieux ! Vous vous jouez d'une triste Mortelle.
J'avois de quelque espoir une faible étincelle ;
J'entrevoyois le jour, & mes yeux affligés,
Dans la profonde nuit sont déja replongés.
Et quel rang vos parens tiennent-ils dans la
  Gréce ?

EGISTE.

Si la vertu suffit pour faire la noblesse,
Ceux dont je tiens le jour, Policlete, Sirris,
Ne sont point des Mortels dignes de vos mépris :
Leur sort les avilit ; mais leur sage constance
Fait respecter en eux l'honorable indigence.
Sous ses rustiques toits, mon pere vertueux
Fait le bien, suit les Loix, & ne craint que les
  Dieux.

MEROPE.

ME'ROPE.

Chaque mot qu'il me dit , est plein de nouveaux
 charmes.
Pourquoi donc le quitter , pourquoi causer ses
 larmes ?
Sans doute il est affreux d'être privé d'un fils.

E G I S T E.

Un vain désir de gloire a séduit mes esprits.
On me parloit souvent des troubles de Messene ;
Des malheurs dont le Ciel avoit frappé la Reine ;
Surtout de ses vertus dignes d'un autre prix :
Je me sentois ému par ces tristes récits :
De l'Elide en secret dédaignant la molesse ,
J'ai voulu dans la guerre exercer ma jeunesse ;
Servir sous vos drapeaux, & vous offrir mon bras ;
Voilà le seul dessein qui conduisit mes pas.
Ce faux instinct de gloire égara mon courage ;
A mes parens, flétris sous les rides de l'âge,
J'ai de mes jeunes ans dérobé les secours :
C'est ma premiere faute, elle a troublé mes jours.
Le Ciel m'en a puni : le Ciel inéxorable ,
M'a conduit dans le piége , & m'a rendu cou-
 pable.

ME'ROPE.

Il ne l'est point ; j'en croi son ingénuité :
Le mensonge n'a point cette simplicité.
Rendons à sa jeunesse une main bienfaisante ;

C'est

c'eſt un infortuné que le Ciel me préſente.

Il ſuffit qu'il ſoit homme, & qu'il ſoit malheureux.

Mon fils peut éprouver un ſort plus rigoureux.

Il me rappelle Egiſte ; Egiſte eſt de ſon âge :

Peut-être, comme lui, de rivage en rivage,

Inconnu, fugitif, & partout rebuté,

Il ſouffre le mépris qui ſuit la pauvreté.

L'opprobre avilit l'ame, & flétrit le courage.

Pour le ſang de nos Dieux, quel horrible partage !

Si du moins . . . .

SCENE III.

MÉROPE, EGISTE, EURICLE'S, ISMENIE.

ISMENIE.

AH ! Madame, entendez-vous ces cris ?
Sçavez-vous bien ? . . .

MÉROPE.

Quel trouble allarme tes eſprits ?

ISMENIE.

Polifonte l'emporte, & nos Peuples volages
A ſon ambition prodiguent leurs ſuffrages.
Il eſt Roi ; ç'en eſt fait.

EGISTE.

EGISTE.

J'avois crû que les Dieux
Auroient placé Mérope au rang de ses ayeux.
Dieux ! Que plus on est grand, plus vos coups
    sont à craindre !
Errant, abandonné, je suis le moins à plaindre.
Tout homme a ses malheurs.

(*On emmene Egiste.*)

EURICLES *à Mérope.*

Je vous l'avois prédit :
Vous avez trop bravé son offre & son crédit.

MÉROPE.

Je vois toute l'horreur de l'abîme où nous som-
    mes.
J'ai mal connu les Dieux, j'ai mal connu les
    hommes.
J'en attendois justice : ils la refusent tous.

EURICLES.

Permettez que dumoins j'assemble autour de vous
Ce peu de nos amis, qui dans un tel orage
Pourroient encor sauver les débris du naufrage,
Et vous mettre à l'abri des nouveaux attentats
D'un maître dangereux, & d'un Peuple d'ingrats.

SCENE

SCENE IV.

MÉROPE, ISMENIE.

ISMENIE.

L'Etat n'est point ingrat ; non, Madame,
    on vous aime,
On vous conserve encor l'honneur du Diadême :
On veut que Polifonte, en vous donnant la
    main,
Semble tenir de vous le pouvoir souverain.

MÉROPE.

On ose me donner au Tyran qui me brave;
On a trahi le fils, on fait la mere esclave.

ISMENIE.

Le Peuple vous rappelle au rang de vos ayeux.
Suivez sa voix, Madame, elle est la voix des
    Dieux.

MÉROPE.

Inhumaine, tu veux que Mérope avilie,
Rachete un vain honneur à force d'infamie.

SCENE

SCENE V.

MÉROPE, EURICLÈS, ISMÉNIE,
EROX, *Gardes de Polifonte.*

EURICLÈS.

MADAME, je reviens en tremblant devant
vous ;
Préparés ce grand cœur aux plus terribles coups :
Rappellez votre force à ce dernier outrage.

MÉROPE.

Je n'en ai plus, les maux ont laffé mon courage ;
Mais, n'importe ; parlez.

EURICLÈS.

C'en eft fait ; & le fort...
Je ne puis achever.

MÉROPE.

Quoi ! Mon fils ?

EURICLÈS.

Il eft mort,
Il eft trop vrai ; déja cette horrible nouvelle
Confterne vos amis, & glace tout leur zéle.

MÉROPE.

Mon fils eft mort !

ISMÉNIE.

ISMENIE.

O Dieux !

EURICLES.

D'indignes assassins,
Des piéges de la mort ont semé les chemins.
Le crime est consommé.

MÉROPE.

Quoi ! Ce jour que j'abhorre,
Ce soleil luit pour moi ! Mérope vit encore !
Il n'est plus ! Quelles mains ont déchiré son flanc ?
Quel monstre a répandu les restes de mon sang ?

EURICLES.

Hélas ! Cet Etranger ! Ce séducteur impie,
Dont nous-mêmes admirions la vertu poursuivie,
Pour qui tant de pitié naissoit dans votre sein,
Lui que vous protégiez !

MÉROPE.

Ce monstre est l'assassin !

EURICLES.

Oui, Madame, on en a des preuves trop certaines ;
On vient de découvrir, de mettre dans les chaînes
Deux de ses Compagnons, qui, cachés parmi nous,
Cherchoient encor Narbas échappé de leurs coups:
Celui qui sur Egiste a mis ses mains hardies,
A pris de votre fils les dépouilles chéries ;

(On apporte cette Armure dans le fond du Théatre.)

L'Armure que Narbas emporta de ces lieux :
Le traître avoit jetté ces gages précieux
Pour n'être point connu par ces marques fanglan-
tes.

M E' R O P E.

Ah ! Que me dites-vous ! Mes mains , ces mains
tremblantes
En armerent Cresfonte , alors que de mes bras
Pour la premiere fois il courut aux combats !
O dépouille trop chere , en quelles mains livrée !
Quoi ! Ce monftre avoit pris cette Armure facrée?

E U R I C L E' S.

Celle qu'Egifte même apportoit en ces lieux.

M E' R O P E.

Et teinte de fon fang on la montre à mes yeux !
Ce Vieillard qu'on a vû dans le Temple d'Alcide.

E U R I C L E' S.

C'étoit Narbas ; c'étoit fon déplorable guide.
Polifonte l'avoue.

M E' R O P E.

Affreufe vérité.
Hélas ! de l'affaffin le bras enfanglanté ,
Pour dérober aux yeux fon crime & fon parjure,
Donne à mon fils fanglant les flots pour fépulture.
Je vois tout. O mon fils , quel horrible deftin !

E U R I C L E' S.

Voulez-vous tout fçavoir de ce lâche affaffin ?

SCENE

SCENE VI.

ME'ROPE, EGISTE, ISMENIE, EROX.

EROX.

Madame, par ma voix, permettez que
　　mon Maître,
Trop dédaigné de vous, trop méconnu peut-être,
Dans ces cruels momens vous offre son secours.
Il a sçu que d'Egiste on a tranché les jours;
Et cette part qu'il prend aux malheurs de la Reine.

ME'ROPE.

Il y prend part, Erox, & je le croi sans peine;
Il en jouït dumoins, & les Destins l'ont mis
Au Trône de Cresfonte, au Trône de mon fils.

EROX.

Il vous offre ce Trône, agréez qu'il partage
De ce fils, qui n'est plus, le sanglant héritage,
Et que dans vos malheurs il mette à vos genoux
Un front que la Couronne a fait digne de vous;
Mais il faut dans mes mains remettre le coupable,
Le droit de le punir est un droit respectable:
C'est le devoir des Rois; le glaive de Témis,
Ce grand soutien du Trône, à lui seul est commis:
A vous, comme à son Peuple, il veut rendre justice;
Le sang des assassins est le vrai sacrifice
Qui doit de votre hymen ensanglanter l'Autel.

M E' R O P E.

Non , je veux que ma main porte le coup mortel.
Si Polifonte eſt Roi , je veux que ſa puiſſance
Laiſſe à mon déſeſpoir le ſoin de ma vangeance.
Qu'il régne , qu'il poſſéde , & mes biens , & mon
 rang ;
Tout l'honneur que je veux , c'eſt de vanger mon
 ſang.
Ma main eſt à ce prix ; allez, qu'il s'y prépare :
Je la retirerai du ſein de ce barbare ,
Pour la porter fumante aux Autels de nos Dieux.

E R O X.

Le Roi, n'en doutez point , va remplir tous vos
 vœux.
Croyez qu'à vos regrets ſon cœur ſera ſenſible.

S C E N E VII.

M E' R O P E, E U R I C L E' S, I S M E N I E.

M E' R O P E.

NON, ne m'en croyez point ; non cet hy-
 men horrible !
Cet hymen que je crains ne s'accomplira pas.
Au ſein du meurtrier j'enfoncerai mon bras ;
Mais ce bras à l'inſtant m'arrachera la vie.

E U R I C L E' S.

Madame, au nom des Dieux...

        M E' R O P E.

MÉROPE.

Ils m'ont trop pourſuivie.

Irai-je à leurs Autels, objet de leur courroux,

Quand ils m'ôtent un fils, demander un époux ?

Joindre un ſceptre étranger au ſceptre de mes
Pères,

Et les flambeaux d'hymen aux flambeaux funé-
raires ?

Moi vivre, moi lever mes regards éperdus

Vers ce Ciel outragé que mon fils ne voit plus !

Sous un maître odieux, dévorant ma triſteſſe,

Attendre dans les pleurs une affreuſe vieilleſſe !

Quand on a tout perdu, quand on n'a plus d'eſpoir,

La vie eſt un opprobre, & la mort un devoir.

Fin du ſecond Acte.

V 3   ACTE

ACTE III.

SCENE I.

NARBAS,

 DOULEUR! O regrets! O vieil-
lesse pesante!
Je n'ai pû retenir cette fougue im-
prudente,
Cette ardeur d'un Héros, ce courage emporté,
S'indignant dans mes bras de son obscurité.
Je l'ai perdu; la mort me l'a ravi peut-être.
De quel front aborder la mere de mon maître
Quels maux sont en ces lieux accumulés sur moi!
Je reviens sans Egiste, & Polifonte est Roi!
Cet heureux artisan de fraudes & de crimes,
Cet assassin farouche, entouré de victimes,
Qui nous persécutant de climats en climats,
Sema partout la mort, attachée à nos pas.
Il régne, il affermit le Trône qu'il profane!
Il y jouit en paix du Ciel qui le condamne.
Dieux! Cachez mon retour à ses yeux pénétrans.
Dieux! Dérobez Egiste au fer de ses Tyrans.

Guidez

Guidez-moi vers fa mere, & qu'à fes pieds je meure.
Je vois, je reconnois cette trifte demeure
Où le meilleur des Rois a reçu le trépas,
Où fon fils tout fanglant fut fauvé dans mes bras.
Hélas ! après quinze ans d'exil & de mifere
Je viens couter encor des larmes à fa mere.
A qui me déclarer ? Je cherche dans ces lieux
Quelque ami dont la main me conduife à fes yeux.
Aucun ne fe préfente à ma débile vûë.
Je vois près d'une tombe une foule éperduë :
J'entens des cris plaintifs. Hélas ! dans ce Palais
Un Dieu perfécuteur habite pour jamais.

SCENE II.

NARBAS, ISMENIE, *fuivans de la Reine*
dans le fond du Théâtre, où l'on découvre le
Tombeau de Cresfonte.

ISMENIE.

QUEL eft cet Inconnu, dont la vûë indif-
crette
Ofe troubler la Reine, & percer fa retraite ?
Eft-ce de nos Tyrans quelque Miniftre affreux,
Dont l'œil vient épier les pleurs des malheureux ?

NARBAS.

Oh ! Qui que vous foyez, excufez mon audace ;
C'eft un infortuné qui demande une grace.
Il peut fervir Mérope ; il voudroit lui parler.

Y 4   ISMENIE.

ISMENIE.

Ah ! Quel tems prenez-vous pour ofer la troubler ?
Refpectez la douleur d'une mere éperduë ;
Malheureux Etranger, n'offenfez point fa vuë.
Eloignez-vous.

NARBAS.

Hélas ! Au nom des Dieux vangeurs,
Accordez cette grace à mon âge, à mes pleurs.
Je ne fuis point, Madame, Etranger dans Meffene.
Croyez, fi vous fervez, fi vous aimez la Reine,
Que mon cœur à fon fort attaché comme vous,
De fa longue infortune a fenti tous les coups.
Quelle eft donc cette tombe en ces lieux élevée,
Que j'ai vu de vos pleurs en ce moment lavée ?

ISMENIE.

C'eft la tombe d'un Roi, des Dieux abandonné,
D'un Héros, d'un époux, d'un pere infortuné,
De Cresfonte.

NARBAS *allant vers le tombeau.*

O mon maître ! ô cendres que j'adore !

ISMENIE.

L'époufe de Cresfonte eft plus à plaindre encore.

NARBAS.

Quels coups auroient comblé fes malheurs inouïs ?

ISMENIE.

ISMENIE.

Le coup le plus terrible ; on a tué son fils.

NARBAS.

Son fils Egiste, ô Dieux ! le malheureux Egiste ?

ISMENIE.

Nul mortel en ces lieux n'ignore un sort si triste.

NARBAS.
Son fils ne seroit plus ?

ISMENIE.

         Un barbare assassin,
Aux portes de Messene a déchiré son sein.

NARBAS.

O désespoir ! ô mort que ma crainte a prédite !
Il est assassiné ; Mérope en est instruite ?
Ne vous trompez-vous pas ?

ISMENIE.
         Des signes trop certains
Ont éclairé nos yeux sur ces affreux destins.
C'est vous en dire assez ; sa perte est assurée.

NARBAS.

Quel fruit de tant de soins !

ISMENIE.

         Au désespoir livrée,
     V 5   Mérope

Mérope va mourir ; son courage est vaincu ;
Pour son fils seulement Mérope avoit vécu.
Des nœuds qui l'arrêtoient sa vie est dégagée ;
Mais avant de mourir elle sera vangée ;
Le sang de l'assassin par sa main doit couler ;
Au tombeau de Cresfonte elle va l'immoler.
Le Roi qui l'a permis cherche à flatter sa peine ;
Un des siens en ces lieux doit aux pieds de la Reine
Amener à l'instant ce lâche meurtrier,
Qu'au sang d'un fils si cher on va sacrifier.
Mérope cependant dans sa douleur profonde,
Veut de ce lieu funeste écarter tout le monde.

NARBAS *en s'en allant.*

Hélas ! S'il est ainsi, pourquoi me découvrir ?
Aux pieds de ce tombeau je n'ai plus qu'à mourir.

SCENE III.

ISMENIE *seule.*

CE Vieillard est sans doute un Citoyen fidéle ;
Il pleure, il ne craint point de marquer un
    vrai zéle :
Il pleure, & tout le reste, esclave des Tyrans,
Détourne loin de nous des yeux indifférens.
Quel si grand intérêt prend-il à nos alarmes ?
La tranquille pitié fait verser moins de larmes.
Il montroit pour Egiste un cœur trop paternel !
Hélas ! Courons à lui... Mais quel objet cruel !

SCENE

SCENE IV.

ME'ROPE, ISMENIE, EURICLE'S,
EGISTE *enchaîné*, GARDES,
SACRIFICATEURS.

ME'ROPE *auprès du tombeau.*

QU'ON amene à mes yeux cette horrible vic-
time.
Inventons des tourmens qui soient égaux au crime;
Ils ne pourront jamais égaler ma douleur.

EGISTE.

On m'a vendu bien cher un instant de faveur.
Secourez-moi, grands Dieux! à l'innocent propices.

EURICLE'S.

Avant que d'expirer qu'il nomme ses complices.

ME'ROPE *avançant.*

Oui, sans doute, il le faut. Monstre! Qui t'a porté
A ce comble de crime, à tant de cruauté?
Que t'ai-je fait?

EGISTE.

Les Dieux, qui vangent le parjure,
Sont témoins si ma bouche a connu l'imposture.
J'avois dit à vos pieds la simple vérité;
J'avois déja fléchi votre cœur irrité;

V 6 Vous

Vous étendiez sur moi votre main protectrice.
Qui peut avoir si-tôt lassé votre justice ?
Et quel est donc ce sang qu'a versé mon erreur ?
Quel nouvel intérêt vous parle en sa faveur ?

MEROPE.

Quel intérêt ? Barbare !

EGISTE.

Hélas ! sur son visage
J'entrevois de la mort la douloureuse image :
Que j'en suis attendri ! J'aurois voulu cent fois
Racheter de mon sang l'état où je la vois.

MEROPE.

Le cruel ! A quel point on l'instruisit à feindre !
Il m'arrache la vie, & semble encor me plaindre.

(Elle se rejette dans les bras d'Ismenie.)

EURICLES.

Madame, vangez-vous, & vangez à la fois
Les Loix , & la nature, & le sang de nos Rois.

EGISTE.

A la Cour de ces Rois telle est donc la justice ?
On m'accueille , on me flatte, on résout mon sup-
    plice.
Quel destin m'arrachoit à mes tristes forêts !
Vieillard infortuné quels seront vos regrets ?
Mere trop malheureuse, & dont la voix si chere
M'avoit prédit. . . .

                                MEROPE.

MÉROPE.

Barbare! Il te reste une mere
Je serois mere encor sans toi, sans ta fureur.
Tu m'as ravis mon fils.

EGISTE.

Si tel est mon malheur;
S'il étoit votre fils je suis trop condamnable;
Mon cœur est innocent, mais ma main est coupa-
ble.
Que je suis malheureux! Le Ciel sçait qu'aujour-
d'hui
J'aurois donné ma vie, & pour vous, & pour lui.

MÉROPE.

Quoi, traître! Quand ta main lui ravit cette Armure....

EGISTE.

Elle est à moi.

MÉROPE.

Comment? Que dis-tu?

EGISTE.

Je vous jure,
Par vous, par ce cher fils, par vos divins ayeux,
Que mon pere en mes mains mit ce don précieux.

MÉROPE.

Qui? Ton pere? En Elide? En quel trouble il me jette!
Son

Son nom ? Parle : répons.

E G I S T E.

Son nom eft Policlete :
Je vous l'ai déja dit.

M E R O P E.

Tu m'arraches le cœur.
Quelle indigne pitié fufpendoit ma fureur ?
C'en eft trop ; fecondez la rage qui me guide.
Qu'on traîne à ce tombeau ce monftre, ce perfide.
Mânes de mon cher fils, mes bras enfanglantés....

N A R B A S *paroiſſant avec précipitation.*

Qu'allez-vous faire ? O Dieux !

M E' R O P E.

Qui m'appelle ?

N A R B A S.

Arrêtez.
Hélas ! Il eft perdu, fi je nomme fa mere ;
S'il eft connu.

M E' R O P E.

Meurs, traître.

N A R B A S.

Arrêtez.

E G I S T E *levant les yeux vers Narbas.*

O mon pere !

M E' R O P E.

Son pere !

E G I S T E,

EGISTE à *Narbas.*

Hélas ! Que vois-je ? Où portez-vous vos pas ?
Venez-vous être ici témoin de mon trépas ?

NARBAS.

Ah ! Madame, empêchez qu'on acheve le crime.
Euriclés, écoutez, écartez la victime ;
Que je vous parle.

EURICLES *emmene Egiste, & ferme le fond du*
Théâtre.

O Ciel !

ME'ROPE *s'avançant.*

Vous me faites trembler :
J'allois vanger mon fils.

NARBAS *se jettant à genoux.*

Vous al iez l'immoler.

Egiste . . . .

ME'ROPE *laissant tomber le poignard.*

Eh bien ! Egiste !

NARBAS.

O Reine infortunée !
Celui dont votre main tranchoit la destinée,
C'est Egiste . . . .

ME'ROPE.

Il vivroit ?

NARBAS,

NARBAS.

C'eſt lui, c'eſt votre fils.

MÉROPE *tombant dans les bras d'Iſmenie.*
Je me meurs !

ISMENIE.

Dieux puiſſans !

NARBAS *à Iſmenie.*

Rappellez ſes eſprits.
Hélas ! Ce juſte excès de joye & de tendreſſe ,
Ce trouble ſi ſoudain , ce remords qui la preſſe,
Vont conſumer ſes jours uſés par la douleur.

MÉROPE *revenant à elle.*

Ah , Narbas ! Eſt-ce vous ? Eſt-ce un ſonge trom-
　peur ?
Quoi ! C'eſt vous ? C'eſt mon fils ? Qu'il vienne ,
　qu'il paroiſſe.

NARBAS.

Redoutez , renfermez cette juſte tendreſſe.
　(*à Iſmenie.*)
Vous, cachez à jamais ce ſecret important ,
Le ſalut de la Reine & d'Egiſte en dépend.

MÉROPE.

Ah ! Quel nouveau danger empoiſonne ma joie ?
Cher Egiſte ! Quel Dieu défend que je te voie ?
Ne m'eſt-il donc rendu que pour mieux m'affliger ?
　　　　　　　　　　　　　　NARBAS,

NARBAS.

Ne le connoiſſant pas vous alliez l'égorger ;
Et ſi ſon arrivée eſt ici découverte,
En le reconnoiſſant vous aſſurez ſa perte.
Malgré la voix du ſang , feignez, diſſimulez ;
Le crime eſt ſur le Trône, on vous pourſuit, trem-
   blez.

SCENE V.

ME'ROPE, EURICLES, NAmBAS, ISMENIE.

EURICLES.

AH! Madame, le Roi commande qu'on ſaiſiſſe.

ME'ROPE.

Qui ?

EURICLES

Ce jeune Etranger qu'on deſtine au ſupplice.

ME'ROPE.

Eh bien! Cet Etranger, c'eſt mon fils, c'eſt mon ſang.
Narbas, on va plonger le couteau dans ſon flanc !
Courons tous.

NARBAS.

Demeurez.

ME'ROPE.

C'eſt mon fils qu'on entraîne.
                        Pourquoi ?

Pourquoi? Quelle entreprise exécrable & soudaine!
Pourquoi m'ôter Egiste?

E U R I C L E' S.

Avant de vous vanger,
Polifonte, dit-il, prétend l'interroger.

M E' R O P E.

L'interroger! Qui? Lui? Sçait-il quelle est sa mere?

E U R I C L E' S.

Nul ne soupçonne encor ce terrible myftere.

M E' R O P E.

Courons à Polifonte, implorons son appui.

N A R B A S.

N'implorez que les Dieux, & ne craignez que lui.

E U R I C L E' S.

Si les droits de ce fils font au Roi quelqu'ombrage,
De son salut aumoins votre hymen est le gage.
Prêt à s'unir à vous d'un éternel lien,
Votre fils aux Autels va devenir le sien,
Et dût sa politique en être encore jalouse,
Il faut qu'il serve Egiste alors qu'il vous épouse.

N A R B A S.

Il vous épouse! Lui? Quel coup de foudre! O Ciel!

M E' R O P E.

C'est mourir trop long-tems dans ce trouble cruel,
Je vais.   NARBAS.

NARBAS.

Vous n'irez point, ô mere déplorable !
Vous n'accomplirez point cet hymen exécrable.

EURICLE'S.

Narbas, elle est forcée à lui donner la main.
Il peut vanger Cresfonte.

NARBAS.

Il en est l'assassin.

ME'ROPE.

Lui ? Ce traître !

NARBAS.

Oui, lui-même : oui, ses mains sanguinaires
Ont égorgé d'Egiste, & le pere, & les freres.
Je l'ai vû sur mon Roi, j'ai vû porter les coups,
Je l'ai vû tout couvert du sang de votre époux.

ME'ROPE.

Ah, Dieux !

NARBAS.

J'ai vu ce monstre entouré de victimes :
Je l'ai vu contre vous accumuler les crimes.
Il déguisa sa rage à force de forfaits ;
Lui-même aux ennemis il ouvrit ce Palais.
Il y porta la flamme, & parmi le carnage,
Parmi les traits, les feux, le trouble, le pillage,
Teint du sang de vos fils, mais des brigands vain-
    queur,
Assassin de son Prince il parut son vangeur.

D'ennemis,

D'ennemis, de mourans, vous étiez entourée :
Et moi perçant à peine une foule égarée,
J'emportai votre fils dans mes bras languiſſans :
Les Dieux ont pris pitié de ſes jours innocens :
Je l'ai conduit ſeize ans de retraite en retraite :
J'ai pris pour me cacher le nom de Policlete ;
Et lorſqu'en arrivant je l'arrache à vos coups,
Polifonte eſt ſon maître, & devient votre époux !

MÉROPE.

Ah ! Tout mon ſang ſe glace à ce récit horrible.

EURICLÉS.

On vient : c'eſt Polifonte.

MÉROPE.

            O Dieux ! Eſt-il poſſible)

(*à Narbas.*)
Va, dérobe ſurtout ta vuë à ſa fureur.

NARBAS.

Hélas ! Si votre fils eſt cher à votre cœur,
Avec ſon aſſaſſin, diſſimulez, Madame.

EURICLÉS.

Renferm ons ce ſecret dans le fond de notre ame.
Un ſeul mot peut le perdre.

MÉROPE, *à Euriclés.*

           Ah ! Cours, & que tes yeux
               Veillent

Veillent fur ce dépôt fi cher , fi précieux.

EURICLE'S.

N'en doutez point.

MEROPE.

Hélas ! J'efpere en ta prudence :
C'eft mon fils , c'eft ton Roi. Dieux ! Ce monftre
s'avance.

SCENE VI.

MEROPE, POLIFONTE, EROX, ISMENIE, Suite.

POLIFONTE.

LE Trône vous attend , & les Autels font prêts;
L'hymen qui va vous joindre unit nos intérêts.
Comme Roi , comme époux le devoir me com-
mande
Que je vange le meurtre, & que je vous défende.
Deux complices déja par mon ordre faifis,
Vont payer de leur fang, le fang de votre fils ;
Mais malgré tous mes foins votre lente vangeance
A bien mal fecondé ma prompte vigilance.
J'avois à votre bras remis cet affaffin ;
Vous-même , difiez-vous , deviez percer fon fein.

MEROPE.

Plût aux Dieux qué mon bras fût le vangeur du
crime !

POLIFONTE.

POLIFONTE.

C'eſt le devoir des Rois, c'eſt le ſoin qui m'anime.

MÉROPE.

Vous?

POLIFONTE.

Pourquoi donc, Madame, avez-vous différé?
Votre amour pour un fils ſeroit-il altéré?

MÉROPE.

Puiſſent ſes ennemis périr dans les ſupplices!
Mais ſi ce meurtrier, Seigneur, a des complices;
Si je pouvois par lui reconnoître le bras,
Le bras dont mon époux a reçu le trépas...
Ceux dont la rage impie a maſſacré le pere,
Pourſuivront à jamais, & le fils, & la mere.
Si l'on pouvoit....

POLIFONTE.

C'eſt-là ce que je veux ſçavoir,
Et déja le coupable eſt mis en mon pouvoir.

MÉROPE *effrayée.*

Il eſt entre vos mains?

POLIFONTE.

Oui, Madame, & j'eſpere
Percer en lui parlant ce ténébreux miſtere.

MÉROPE.

Ah, barbare!... A moi ſeule il faut qu'il ſoit remis.
Rendez-moi... Vous ſavez que vous l'avez promis.

(*à part.*)

O mon ſang! O mon fils! Quel ſort on vous prépare!

(*à Polifonte.*)

Seigneur, ayez pitié. POLIFONTE.

POLIFONTE.

Quel tranſport vous égare ?
Il mourra.

ME'ROPE.

Lui ?

POLIFONTE.

Sa mort pourra vous conſoler.

ME'ROPE.

Ah ! Je veux à l'inſtant le voir & lui parler.

POLIFONTE.

Ce mélange inouï d'horreur & de tendreſſe,
Ces tranſports dont votre ame à peine eſt la maî-
    treſſe,
Ces diſcours commencés, ce viſage interdit,
Pourroient de quelque ombrage alarmer mon eſ-
    prit.
Mais puis-je m'expliquer avec moins de contrainte ?
D'un déplaiſir nouveau votre ame ſemble atteinte.
Qu'a donc dit ce Vieillard que l'on vient d'amener ?
Pourquoi fuit-il mes yeux ? Que dois je en ſoup-
    çonner ?
Quel eſt-il ?

ME'ROPE.

Eh ! Seigneur, à peine ſur le Trône,
La crainte le ſoupçon déja vous environne ?

POLIFONTE.

Partagez donc ce Trône, & ſûr de mon bonheur
Je

Je verrai les soupçons exilés de mon cœur.
L'Autel attend déja Mérope & Polifonte.

MÉROPE *en pleurant.*

Les Dieux vous ont donné le Trône de Cresfonte ;
Il y manquoit sa femme , & ce comble d'horreur,
Ce crime épouvantable.

ISMENIE.

Eh , Madame !

MÉROPE.

Ah ! Seigneur,
Pardonnez . . . vous voyez une mere éperdue.
Les Dieux m'ont tout ravi, les Dieux m'ont con-
fondue.
Pardonnez . . . De mon fils rendez-moi l'assassin.

POLIFONTE.

Tout son sang, s'il le faut, va couler sous ma main.
Venez, Madame.

MÉROPE.

O Dieux ! Dans l'horreur qui me presse,
Secourez une mere, & cachez sa foiblesse.

Fin du troisiéme Acte.

ACTE

ACTE IV.

SCENE I.

POLIFONTE, EROX.

POLIFONTE.

 SES emportemens, je croirois qu'à la
fin
Elle a de son époux reconnu l'assas-
sin :
Je croirois que ses yeux ont éclairé l'abîme
Où dans l'impunité s'étoit caché mon crime.
Son cœur avec effroi se refuse à mes vœux ;
Mais ce n'est pas son cœur, c'est sa main que veux.
Qu'elle écoute à son gré son impuissante haine :
Au char de ma fortune il est tems qu'on l'enchaîne.
Mais vous, au meurtrier vous venez de parler ?
Que pensez-vous de lui ?

EROX.

Rien ne peut le troubler.
Simple dans ses discours ; mais ferme, invariable,

La mort ne fléchit point cette ame impénétrable.
J'en suis frappé, Seigneur, & je n'attendois pas
Un courage aussi grand dans un rang aussi bas.
J'avouerai qu'en secret moi-même je l'admire.

POLIFONTE.

Quel est-il, en un mot ?

EROX.

Ce que j'ose vous dire,
C'est qu'il n'est point sans doute un de ces assassins
Disposés en secret pour servir vos desseins.

POLIFONTE.

Pouvez-vous en parler avec tant d'assurance ?
Leur conducteur n'est plus. Ma juste défiance
A pris soin d'effacer dans son sang dangereux,
De ce secret d'Etat les vestiges honteux ;
Mais ce jeune Inconnu me tourmente & m'atriste.
Me répondrez-vous bien qu'il m'ait défait d'Egiste ?
Croirai-je que toûjours soigneux de m'obéïr,
Le sort jusqu'à ce point m'ait voulu prévenir ?

EROX.

Mérope dans les pleurs mourant désesperée,
Est de votre bonheur une preuve assurée ;
Et tout ce que je voi le confirme en effet :
Plus fort que tous nos soins, le hazard a tout fait.

POLIFONTE.

Le hazard va souvent plus loin que la prudence.
Mais

Mais j'ai trop d'ennemis & trop d'expérience
Pour laisser le hazard arbitre de mon sort.
Quelque soit l'Etranger, il faut hâter sa mort :
Sa mort sera le prix de cet hymen auguste ;
Elle affermit mon Trône : il suffit, elle est juste.
Le Peuple sous mes Loix pour jamais engagé,
Croira son Prince mort, & le croira vangé.
Mais, répondez : Quel est ce Vieillard téméraire
Qu'on dérobe à ma vue avec tant de mystere ?
Mérope alloit verser le sang de l'assassin :
Ce Vieillard, dîtes-vous, a retenu sa main.
Que vouloit-il ?

E R O X.

    Seigneur, chargé de sa misere,
De ce jeune Etranger ce Vieillard est le pere :
Il venoit implorer la grace de son fils.

P O L I F O N T E.

Sa grace ? Devant moi je veux qu'il soit admis.
Ce Vieillard me trahit, crois-moi, puisqu'il se
 cache :
Ce secret m'importune ; il faut que je l'arrache.
Le meurtrier surtout excite mes soupçons.
Pourquoi, par quel caprice, & par quelles raisons
La Reine qui tantôt pressoit tant son supplice,
N'ose-t'elle achever ce juste sacrifice ?
La pitié paroissoit adoucir ses fureurs ;
Sa joye éclatoit même à-travers ses douleurs.

E R O X.

Qu'importe sa pitié, sa joye & sa vengeance ?
    X 2   POLI-

POLIFONTE.

Tout m'importe, & de tout je suis en défiance,
Elle vient : qu'on m'amene ici cet Etranger.

SCENE II.

POLIFONTE, EROX, EGISTE, EURICLE'S,
MÉROPE, ISMENIE, GARDES.

MÉROPE.

REMPLISSEZ vos fermens, fongez à me
vanger ;
Qu'à mes mains à moi feule on laiffe la victime.

POLIFONTE.

La voici devant vous. Votre intérêt m'anime.
Vangez-vous. Baignez-vous au fang du criminel ;
Et fur fon corps fanglant je vous mene à l'Autel.

MÉROPE.

Ah, Dieux !

EGISTE à Polifonte.

Tu vends mon fang à l'hymen de la Reine ;
Ma vie eft peu de chofe, & je mourrai fans peine ;
Mais je fuis malheureux, innocent, Etranger ;
Si le Ciel t'a fait Roi, c'eft pour me protéger.
J'ai tué juftement un injufte adverfaire.
Mérope veut ma mort, je l'excufe, elle eft mere.

Je

Je bénirai ses coups prêts à tomber sur moi,
Et je n'accuse ici qu'un Tyran tel que toi.

POLIFONTE.

Malheureux, oses-tu dans ta rage insolente ?

MÉROPE.

Eh ! Seigneur, excusez sa jeunesse imprudente :
Elevé loin des Cours, & nourri dans les bois,
Il ne sçait pas encor ce qu'on doit à des Rois.

POLIFONTE.

Qu'entens-je ! Quel discours ! quelle surprise extrême !
Vous le justifier ?

MÉROPE.

Qui moi, Seigneur ?

POLIFONTE.
Vous-même.

De cet égarement sortirez-vous enfin ?
De votre fils, Madame, est-ce ici l'assassin ?

MÉROPE.

Mon fils de tant de Rois le déplorable reste,
Mon fils enveloppé dans un piége funeste,
Sous les coups d'un barbare . . .

ISMENIE.

O Ciel ! que faites-vous ?

X 3   POLI-

POLIFONTE.

Quoi ! Vos regards sur lui se tournent sans cour-
　　roux ?
Vous tremblez à sa vuë, & vos yeux s'attendriffent?
Vous voulez me cacher les pleurs qui les rempliſ-
　　ſent ?

MÉROPE.

Je ne les cache point ; ils paroiffent affez :
La caufe en eſt trop jufte, & vous la connaiffez.

POLIFONTE.

Pour en tarir la ſource il eſt tems qu'il expire.
Qu'on l'immole, ſoldats.

MÉROPE *s'avançant.*

　　　　　Cruel ! Qu'oſez-vous dire ?

EGISTE.

Quoi ! De pitié pour moi tous vos ſens ſont ſaiſis ?

POLIFONTE.

Qu'il meure.

MÉROPE.

　　Il eſt.

POLIFONTE.

　　Frappez.

MEROPE *ſe jettant entre Egiſte & les ſoldats.*

　　　　　Barbare ! Il eſt mon fils.

EGISTE.

EGISTE.

Moi! Votre fils ?

ME'ROPE *en l'embraſſant.*

       Tu l'es ; & ce Ciel que j'atteſte,
Ce Ciel qui t'a formé dans un ſein ſi funeſte,
Et qui trop tard, hélas ! a deſſillé mes yeux,
Te remet dans mes bras pour nous perdre tous
   deux.

EGISTE.

Quel miracle, grands Dieux ! que je ne puis comprendre !

POLIFONTE.

Une telle impoſture a dequoi me ſurprendre.
Vous, ſa mere ? Qui vous, qui demandiez ſa
  mort ?

EGISTE.

Ah ! Si je meurs ſon fils, je rens grace à mon ſort.

ME'ROPE.

Je ſuis ſa mere. Hélas ! mon amour m'a trahie.
Oüi, tu tiens dans tes mains le ſecret de ma vie ;
Tu tiens le fils des Dieux enchaîné devant toi,
L'héritier de Creſfonte, & ton Maître, & ton Roi.
Tu peux, ſi tu le veux, m'accuſer d'impoſture :
Ce n'eſt pas aux Tyrans à ſentir la nature.
Ton cœur nourri de ſang n'en peut être frappé.
Oüi, c'eſt mon fils, te dis-je, au carnage échappé.

          X 4   POLI-

POLIFONTE.

Que prétendez-vous dire, & fur quelles alarmes?

EGISTE.

Va, je me croi fon fils ; mes preuves font fes lar-
mes,
Mes fentimens, mon cœur par la gloire animé,
Mon bras qui t'eût puni s'il n'étoit défarmé.

POLIFONTE.

Ta rage auparavant fera feule punie.
C'eft trop.

MÉROPE *fe jettant à fes genoux.*

Commencez donc par m'arracher la vie ;
Ayez pitié des pleurs dont mes yeux font noyés.
Que vous faut-il de plus ? Mérope eft à vos piés :
Mérope les embraffe, & craint votre colere.
A cet effort affreux jugez fi je fuis mere :
Jugez de mes tourmens : ma déteftable erreur,
Ce matin de mon fils alloit percer le cœur.
Je pleure à vos genoux mon crime involontaire,
Cruel ! Vous qui vouliez lui tenir lieu de pere,
Qui deviez protéger fes jours infortunés ?
Le voilà devant vous, & vous l'affaffinez ?
Son pere eft mort, hélas ! par un crime funefte.
Sauvez le fils, je puis oublier tout le refte ;
Sauvez le fang des Dieux & de vos Souverains :
Il eft feul fans défenfe, il eft entre vos mains.

Qu'il

Qu'il vive, & c'est assez. Heureuse en mes miseres,
Lui seul il me rendra mon époux, & ses freres.
Vous voyez avec moi ses Ayeux à genoux,
Votre Roi dans les fers.

EGISTE.

O Reine, levez-vous;
Et daignez me prouver que Cresfonte est mon
pere,
En cessant d'avilir & sa veuve, & ma mere.
Je sçai peu de mes droits quelle est la dignité;
Mais le Ciel m'a fait naître avec trop de fierté,
Avec un cœur trop haut pour qu'un Tyran l'a-
baisse.
De mon premier état j'ai bravé la bassesse,
Et mes yeux du présent ne sont point éblouïs.
Je me sens né des Rois, je me sens votre fils.
Hercule, ainsi que moi, commença sa carriere;
Il sentit l'infortune en ouvrant la paupiere;
Et les Dieux l'ont conduit à l'immortalité,
Pour avoir comme moi vaincu l'adversité.
S'il m'a transmis son sang, j'en aurai le courage.
Mourir digne de vous, voilà mon héritage.
Cessez de le prier, cessez de démentir
Le sang des demi-Dieux dont on me fait sortir.

POLIFONTE à *Mérope*.

Eh bien, il faut ici nous expliquer sans feinte.
Je prens part aux douleurs dont vous êtes atteinte;

Son

Son courage me plaît ; je l'eſtime, & je crois
Qu'il mérite en effet d'être du ſang des Rois.
Mais une vérité d'une telle importance
N'eſt pas de ces ſecrets qu'on croit ſans évidence;
Je le prens ſous ma garde, il m'eſt déja remis.
Et s'il eſt né de vous je l'adopte pour fils.

EGISTE.

Vous m'adopter ?

ME'ROPE.

Hélas !

POLIFONTE.

Réglez ſa deſtinée.
Vous achetiez ſa mort avec mon hymenée.
La vangeance à ce point à pû vous captiver.
L'amour fera-t'il moins, quand il faut le ſauver?

ME'ROPE.

Quoi, Barbare !

POLIFONTE.

Madame, il y va de ſa vie:
Votre ame en ſa faveur paroît trop attendrie,
Pour vouloir expoſer à mes juſtes rigueurs,
Par d'imprudens refus l'objet de tant de pleurs.

ME'ROPE.

Seigneur, que de ſon ſort il ſoit du moins le maître.
Daignez.

POLI-

POLIFONTE.

C'est votre fils, Madame, ou c'est un traître.
Je dois m'unir à vous pour lui servir d'appui,
Ou je dois me vanger, & de vous, & de lui.
C'est à vous d'ordonner sa grace ou son supplice.
Vous êtes en un mot sa mere ou sa complice.
Choisissez ; mais sçachez qu'au sortir de ces lieux
Je ne vous en croirai qu'en présence des Dieux.
Vous, soldats, qu'on le garde ; & vous, que l'on
　　me suive.

(à *Mérope.*)

Je vous attens ; voyez si vous voulez qu'il vive.
Déterminez d'un mot mon esprit incertain ;
Confirmez sa naissance en me donnant la main.
Votre seule réponse, ou le sauve, ou l'opprime.
Voilà mon fils, Madame, ou voilà ma victime.
Adieu.

MÉROPE.

Ne m'ôtez pas la douceur de le voir ;
Rendez-le à mon amour, à mon vain désespoir.

POLIFONTE.

Vous le verrez au Temple.

EGISTE, *que les soldats emmenent.*

O Reine auguste & chere !
O vous que j'ose à peine encor nommer ma mere !
Ne faites rien d'indigne, & de vous, & de moi :
Si je suis votre fils, je sçai mourir en Roi.

SCENE III.

MÉROPE seule

CRUELS, vous l'enlevez; envain je vous im-
plore :
Je ne l'ai donc revu que pour le perdre encore ?
Pourquoi m'exauciez-vous, ô Dieu trop imploré ?
Pourquoi rendre à mes vœux ce fils tant défiré ?
Vous l'avez arraché d'une terre étrangere,
Victime réfervée au bourreau de fon pere.
Ah ! Privez-moi de lui, cachez fes pas errans
Dans le fond des déferts à l'abri des Tyrans.

SCENE IV.

MÉROPE, NARBAS, EURICLÈS.

MÉROPE.

SÇAIS-tu l'excès d'horreur où je me vois livrée ?

NARBAS.

Je fçai que de mon Roi la perte eft affurée ;
Que déja dans les fers Egifte eft retenu,
Qu'on obferve mes pas.

MÉROPE.

C'eft moi qui l'ai perdu.

NARBAS.

NARBAS.

Vous !

MEROPE.

J'ai tout révelé ; mais Narbas , quelle mere
Prête à perdre son fils peut le voir & se taire ?
J'ai parlé , c'en est fait , & je dois désormais
Réparer ma foiblesse à force de forfaits.

NARBAS.

Quel forfait dites-vous ?

SCENE V.

MEROPE, NARBAS, EURICLE'S, ISMENIE.

Voici l'heure , Madame ,
Qu'il vous faut rassembler les forces de votre ame,
Un vain Peuple qui vole après la nouveauté ,
Attend votre hymenée avec avidité.
Le Tyran régle tout , il semble qu'il apprête
L'appareil du carnage , & non pas d'une fête.
Par l'or de ce Tyran , le Grand-Prêtre inspiré ,
A fait parler le Dieu dans son Temple adoré.
Au nom de vos Ayeux , & du Dieu qu'il atteste ,
Il vient de déclarer cette union funeste.
Polifonte , dit-il , a reçu vos sermens ;
Messene en est témoin , les Dieux en sont garants,
Le Peuple a répondu par des cris d'allégresse,
Et ne soupçonnant pas le chagrin qui vous presse,

Il célébre à genoux cet hymen plein d'horreur?
Il bénit le Tyran qui vous perce le cœur.

MÉROPE.

Et mes malheurs encore font la publique joye!

NARBAS.

Pour sauver votre fils quelle funeste voye!

MÉROPE.

C'est un crime effroyable, & déja tu frémis.

NARBAS.

Mais c'en est un plus grand de perdre votre fils.

MÉROPE.

Et bien le désespoir m'a rendu mon courage.
Courons tous vers le Temple où m'attend mon ou-
    trage.
Montrons mon fils au Peuple, & plaçons-le à leurs
    yeux,
Entre l'Autel & moi, sous la garde des Dieux.
Il est né de leur sang, ils prendront sa défense;
Ils ont assez long-tems trahi son innocence.
De son lâche assassin je peindrai les fureurs;
L'horreur & la vangeance empliront tous les cœurs.
Tyrans, craignez les cris & les pleurs d'une mere.
On vient. Ah! Je frissonne. Ah! tout me désespere.
On m'appelle, & mon fils est au bord du cercueil;
Le Tyran peut encor l'y plonger d'un coup d'œil.
  (*Aux Sacrificateurs.*)
Ministres rigoureux du monstre qui m'opprime,
Vous venez à l'Autel entraîner la victime.
O vangeance! O tendresse! O nature! O devoir!
Qu'allez-vous ordonner d'un cœur au désespoir!

Fin du quatriéme Acte.

ACTE V.

SCENE I.

EGISTE, NARBAS, EURICLE'S.

NARBAS.

E Tyran nous retient au Palais de la
    Reine,
Et notre deftinée eft encor incertaine.
Je tremble pour vous feul. Ah, mon
    Prince ! Ah, mon fils !
Souffrez qu'un nom fi doux me foit encor permis.
Ah ! Vivez. D'un Tyran défarmez la colere ;
Confervez une tête, hélas ! fi néceffaire,
Si long-tems menacée, & qui m'a tant coûté.

EURICLE'S.

Songez que pour vous feul abaiffant fa fierté,
Mérope de fes pleurs daigne arrofer encore
Les parricides mains d'un Tyran qu'elle abhorre.

EGISTE.

D'un long étonnement à peine revenu,
Je croi renaître ici dans un monde inconnu.
Un nouveau fang m'anime, un nouveau jour m'é-
    claire.

Qui

Qui, moi, né de Mérope ? Et Cresfonte eſt mon
    pete ?

Son aſſaſſin triomphe, il commande, & je ſers ?

Je ſuis le ſang d'Hercule, & je ſuis dans les fers ?

NARBAS.

Plût aux Dieux qu'avec moi le petit-fils d'Alcide
Fût encor inconnu dans les champs de l'Elide.

EGISTE.

Eh, quoi! Tous les malheurs aux humains réſer-
    vés,

Faut-il ſi jeune encor les avoir éprouvés ?

Les ravages, l'exil, la mort, l'ignominie,

Dès ma premiere aurore ont aſſiégé ma vie.

De déſerts en déſerts, errant, perſécuté,

J'ai langui dans l'opprobre & dans l'obſcurité.

Le Ciel ſçait cependant ſi parmi tant d'injures

J'ai permis à ma voix d'éclater en murmures,

Malgré l'ambition qui dévoroit mon cœur,

J'embraſſai les vertus qu'exigeoit mon malheur.

Je reſpectai, j'aimai juſqu'à votre miſere ;

Je n'aurois point aux Dieux demandé d'autre pere.

Ils m'en donnent un autre, & c'eſt pour m'outrager.

Je ſuis fils de Cresfonte, & ne puis le vanger.

Je retrouve une mere, un Tyran me l'arrache ;

Un déteſtable hymen à ce monſtre l'attache :

Je maudis dans vos bras le jour où je ſuis né :

Je maudis le ſecours que vous m'avez donné.

Ah, mon pere! Ah! Pourquoi, d'une mere égarée,

Reteniez-vous tantôt la main déſeſperée ?

Mes malheurs finiſſoient, mon ſort étoit rempli.

NARBAS.

NARBAS.

Ah ! Vous êtes perdu : le Tyran vient ici.

SCENE II.

**POLIFONTE, EGISTE, NARBAS,
EURICLE'S, GARDES.**

POLIFONTE.

* (*Ils s'éloignent un peu.*)

Retirez-vous * ; & toi dont l'aveugle jeuneſſe
Inſpire une pitié qu'on doit à la foibleſſe :
Ton Roi veut bien encor, pour la derniere fois,
Permettre à tes deſtins de changer à ton choix.
Le préſent, l'avenir, & juſqu'à ta naiſſance,
Tout ton être en un mot eſt dans ma dépendance.
Je puis au plus haut rang d'un ſeul mot t'élever,
Te laiſſer dans les fers, te perdre ou te ſauver.
Elevé loin des Cours, & ſans expérience,
Laiſſe-moi gouverner ta farouche imprudence.
Crois-moi, n'affectes point dans ton ſort abattu,
Cet orgueil dangereux que tu prens pour vertu.
Si dans un rang obſcur le deſtin t'a fait naître,
Conforme à ton état ſois humble avec ton maître.
Si le hazard heureux t'a fait naître d'un Roi,
Rens-toi digne de l'être en ſervant près de moi.
Une Reine en ces lieux te donne un grand exemple ;
Elle

Elle a subi mes loix, & marche vers le Temple.
Suis ses pas & les miens, viens aux pieds de l'Autel
Me jurer à genoux un hommage éternel.
Puisque tu crains les Dieux atteste leur puissance;
Prens-les tous à témoin de ton obéïssance.
La porte des grandeurs est ouverte pour toi.
Un refus te perdra, choisis, & répons-moi.

EGISTE.

Tu me vois désarmé, comment puis-je répondre?
Tes discours, je l'avoue, ont dequoi me confondre;
Mais rens-moi seulement ce glaive que tu crains;
Ce fer que ta prudence écarte de mes mains :
Je répondrai pourlors, & tu pourras connaître
Qui de nous deux, perfide, est l'esclave ou le maître;
Si c'est à Polifonte à régler mes destins,
Et si le fils des Rois punit les assassins.

POLIFONTE.

Foible & fier ennemi, ma bonté t'encourage :
Tu me crois assez grand pour oublier l'outrage,
Pour ne m'avilir pas jusqu'à punir en toi
Un esclave inconnu qui s'attaque à son Roi.
Et bien cette bonté qui s'indigne & se lasse,
Te donne un seul moment pour obtenir ta grace.
Je t'attens aux Autels, & tu peux y venir.
Viens recevoir la mort, ou jurer d'obéïr.
Gardes, auprès de moi vous pourrez l'introduire;
Qu'aucun autre ne sorte, & n'ose le conduire.

Vous.

Vous, Narbas, Euriclés, je le laiſſe en vos mains,
Tremblez, vous répondrez de ſes caprices vains.
Je connois votre haine, & j'en ſçai l'impuiſſance;
Mais je me fie aumoins à votre expérience.
Qu'il ſoit né de Mérope, ou qu'il ſoit votre fils,
D'un conſeil imprudent ſa mort ſera le prix.

SCENE III.

EGISTE, NARBAS, EURICLE'S.

EGISTE.

AH ! Je n'en recevrai que du ſang qui m'anime.
Hercule inſtruis mon bras à me vanger du
crime ;
Eclaires mon eſprit du ſein des Immortels :
Polifonte m'appelle aux pieds de tes Autels ;
Et j'y cours.

NARBAS.

Ah ! Mon Prince, êtes-vous las de vivre?

EURICLE'S.

Dans ce péril, dumoins, ſi nous pouvions vous
ſuivre !
Mais laiſſez-nous le tems d'éveiller un parti,
Qui tout foible qu'il eſt n'eſt point anéanti.
Souffrez.

EGISTE.

En d'autre tems mon courage tranquille,
Au

Elle a fubi mes loix, & marche vers le Temple.
Suis fes pas & les miens, viens aux pieds de l'Autel
Me jurer à genoux un hommage éternel.
Puifque tu crains les Dieux attefte leur puiffance;
Prens-les tous à témoin de ton obéïffance.
La porte des grandeurs eft ouverte pour toi.
Un refus te perdra, choifis, & répons-moi.

EGISTE.

Tu me vois défarmé, comment puis-je répondre?
Tes difcours, je l'avoue, ont dequoi me confondre;
Mais rens-moi feulement ce glaive que tu crains;
Ce fer que ta prudence écarte de mes mains :
Je répondrai pourlors, & tu pourras connaître
Qui de nous deux, perfide, eft l'efclave ou le maître;
Si c'eft à Polifonte à régler mes deftins,
Et fi le fils des Rois punit les affaffins.

POLIFONTE.

Foible & fier ennemi, ma bonté t'encourage :
Tu me crois affez grand pour oublier l'outrage,
Pour ne m'avilir pas jufqu'à punir en toi
Un efclave inconnu qui s'attaque à fon Roi.
Et bien cette bonté qui s'indigne & fe laffe,
Te donne un feul moment pour obtenir ta grace.
Je t'attens aux Autels, & tu peux y venir.
Viens recevoir la mort, ou jurer d'obéïr.
Gardes, auprès de moi vous pourrez l'introduire;
Qu'aucun autre ne forte, & n'ofe le conduire.

Vous.

Vous, Narbas, Euriclés, je le laiffe en vos mains,
Tremblez, vous répondrez de fes caprices vains.
Je connois votre haine, & j'en fçai l'impuiffance;
Mais je me fie aumoins à votre expérience.
Qu'il foit né de Mérope, ou qu'il foit votre fils,
D'un confeil imprudent fa mort fera le prix.

SCENE III.

EGISTE, NARBAS, EURICLE'S.

EGISTE.

AH! Je n'en recevrai que du fang qui m'anime.
Hercule inftruis mon bras à me vanger du
crime;
Eclaires mon efprit du fein des Immortels;
Polifonte m'appelle aux pieds de tes Autels;
Et j'y cours.

NARBAS.

Ah! Mon Prince, êtes-vous las de vivre?

EURICLE'S.

Dans ce péril, dumoins, fi nous pouvions vous
fuivre!
Mais laiffez-nous le tems d'éveiller un parti,
Qui tout foible qu'il eft n'eft point anéanti.
Souffrez.

EGISTE.

En d'autre tems mon courage tranquille,

Au

MEROPE.

Il m'attend.

EGISTE.

Ses soldats
A cet Autel horrible accompagnent ses pas,

MEROPE.

Non : la porte est livrée à leur troupe cruelle,
Il est environné de la foule infidelle
Des mêmes Courtisans que j'ai vûs autrefois
S'empresser à ma suite, & ramper sous mes Loix,
Et moi de tous les siens à l'Autel entourée,
De ces lieux à toi seul je peux ouvrir l'entrée.

EGISTE.

Seul je vous y suivrai ; j'y trouverai des Dieux
Qui punissent le meurtre, & qui sont mes ayeux.

MEROPE.

Ils t'ont trahi quinze ans.

EGISTE.

Ils m'éprouvoient sans doute.

MEROPE,

Eh, quel est ton dessein,

EGISTE.

Marchons, quoiqu'il en coûte.
Adieu,

Adieu, triftes amis, vous connoîtrez dumoins,
Que le fils de Mérope a mérité vos foins.

(à Narbas en l'embraffant.)

Tu ne rougiras point, crois-moi, de ton ouvrage,
Au fang qui m'a formé tu rendras témoignage.

SCENE V.

NARBAS, EURICLE'S.

NARBAS.

QUE va-t'il faire? Hélas ! Tous mes foins font
      trahis ;
Les habiles Tyrans ne font jamais punis.
J'efpérois que du tems la main tardive & fûre
Juftifieroit les Dieux en vangeant leur injure,
Qu'Egifte reprendroit fon Empire ufurpé ;
Mais le crime l'emporte, & je meurs détrompé.
Egifte va fe perdre à force de courage :
Il défobéïra ; la mort eft fon partage.

EURICLE'S.

Entendez-vous ces cris dans les airs élancés.

NARBAS.

C'eft le fignal du crime.

EURICLE'S.

Ecoutons.

NARBAS.

NARBAS.

EURICLES. Frémiſſez.

Sans doute qu'au moment d'épouſer Polifonte,
La Reine en expirant a prévenu ſa honte.
Tel étoit ſon deſſein dans ſon mortel ennui.

NARBAS.

Ah ! Son fils n'eſt donc plus. Elle eût vécu pour lui.

EURICLES.

Le bruit croît, il redouble, il vient comme un tonnerre
Qui s'approche en grondant, & qui fond ſur la
terre.

NARBAS.

J'entens de tous côtés les cris des combattans,
Les ſons de la trompette, & les voix des mourans.
Du Palais de Mérope on enfonce la porte.

EURICLES.

Ah ! Ne voyez-vous pas cette cruelle eſcorte
Qui court, qui ſe diſſipe, & qui va loin de nous ?

NARBAS.

Va-t'elle du Tyran ſervir l'affreux couroux ?

EURICLES.

Autant que mes regards au loin peuvent s'étendre.
On ſe mêle, on combat.

NARBAS.

NARBAS.

Quel sang va-t'on répandre ?
De Mérope & du Roi le nom remplit les airs.

EURICLE'S.

Graces aux Immortels les chemins sont ouverts.
Allons voir à l'instant s'il faut mourir ou vivre.

(*Il sort.*)

NARBAS.

Allons. D'un pas égal que ne puis-je vous suivre ?
O Dieux ! Rendez la force à ces bras énervés,
Pour le sang de mes Rois autrefois éprouvés :
Que je donne dumoins les restes de ma vie.
Hâtons-nous.

SCENE VI.

NARBAS, ISMENIE, PEUPLE.

NARBAS.

QUEL spectacle ! Est-ce vous, Ismenie ?
Sanglante, inanimée, est-ce vous que je vois ?

ISMENIE.

Ah ! Laissez-moi reprendre & la vie & la voix.

NARBAS.

Mon fils est-il vivant? Que devient notre Reine?

ISMENIE.

De mon saisissement je reviens avec peine ;
Par les flots de ce Peuple, entraînée en ces lieux...

NARBAS.

Que fait Egiste?

ISMENIE.

Il est ... le digne fils des Dieux,
Egiste ! Il a frappé le coup le plus terrible.
Non, d'Alcide jamais la valeur invincible
N'a d'un exploit si rare étonné les humains.

NARBAS.

O mon fils! ô mon Roi, qu'ont élevé mes mains !

ISMENIE.

La victime étoit prête, & de fleurs couronnée ;
L'Autel étinceloit des flambeaux d'hymenée ;
Polifonte, l'œil fixe, & d'un front inhumain
Présentoit à Mérope une odieuse main ;
Le Prêtre prononçoit les paroles sacrées ;
Et la Reine au milieu des femmes éplorées,
S'avançant tristement, tremblante entre mes bras,
Au-lieu de l'hymenée invoquoit le trépas :
Le Peuple observoit tout dans un profond silence :

Dans

Dans l'enceinte facrée en ce moment s'avance
Un jeune-homme, un Héros femblable aux Immortels:
Il court, c'étoit Egifte, il s'élance aux Autels;
Il monte, il faifit d'une main affurée,
Pour les fêtes des Dieux la hache préparée.
Les éclairs font moins prompts; je l'ai vu de mes yeux;
Je l'ai vû qui frappoit ce monftre audacieux.
Meurs, Tyran, difoit-il. Dieux, prenez vos victimes.
Erox, qui de fon maître a fervi tous les crimes,
Erox, qui dans fon fang voit ce monftre nager,
Leve une main hardie, & penfe le vanger.
Egifte fe retourne enflammé de furie;
A côté de fon maître il le jette fans vie.
Le Tyran fe releve, il bleffe le Héros;
De leur fang confondu j'ai vû couler les flots.
Déja la Garde accourt avec des cris de rage.
Sa mere.... Ah! que l'amour infpire de courage!
Quel tranfport animoit fes efforts & fes pas!
Sa mere... Elle s'élance au milieu des foldats.
C'eft mon fils; arrêtez, ceffez, troupe inhumaine;
C'eft mon fils; déchirez fa mere, & votre Reine,
Ce fein qui l'a nourri, ces flancs qui l'ont porté.
A ces cris douloureux le peuple eft agité.
Un gros de nos amis, que fon danger excite,
Entre elle & fes foldats, vole & fe précipite.

Y 2   Vous

Vous euffiez vû foudain les Autels renverfés,
Dans des ruiffeaux de fang leurs débris difperfés,
Les enfans écrafés dans les bras de leur mere ;
Les freres méconnus, immolés par leurs freres ;
Soldats, Prêtres, Amis, l'un fur l'autre expirans ;
On marche, on eft porté fur les corps des mou-
    rans ;
On veut fuir ; on revient, & la foule preffée,
D'un bout du Temple à l'autre eft vingt fois
    repouffée.
De ces flots confondus le flux impétueux
Roule, & dérobe Egifte & la Reine à mes yeux,
Parmi les combattans je vole enfanglantée ;
J'interroge à grands cris la foule épouvantée.
Tout ce qu'on me répond redouble mon hor-
    reur.
On s'écrie : il eft mort, il tombe, il eft vain-
    queur.
Je cours, je me confume, & le Peuple m'entraîne,
Me jette en ce Palais, éplorée, incertaine,
Au milieu des mourans, des morts & des débris.
Venez, fuivez mes pas, joignez-vous à mes cris,
Venez, j'ignore encor fi la Reine eft fauvée ;
Si de fon digne fils la vie eft confervée ;
Si le Tyran n'eft plus : le trouble, la terreur,
Tout ce défordre horrible eft encor dans mon
    cœur.

N A R B A S.

Arbitre des humains, Divine Providence :
                               Acheve.

Achéve ton Ouvrage, & foutiens l'innocence :
A nos malheurs paffés, mefure tes bienfaits.
O Ciel! conferve Egifte, & que je meure en paix.
Ah! Parmi ces foldats ne vois-je point la Reine ?

SCENE VII.

MEROPE, ISMENIE, NARBAS, PEUPLE, SOLDATS.

(On voit dans le fond du Théâtre le corps de Poli-
fonte couvert d'une robe fanglante.)

MEROPE.

GUERRIERS, Prêtres, Amis, Citoyens de
    Meffene,
Au nom des Dieux vangeurs, Peuples, écoutez-
    moi,
Je vous le jure encor, Egifte eft votre Roi :
Il a puni le crime, il a vangé fon pere.
Celui que vous voyez traîné fur la pouffiere,
C'eft un monftre ennemi des Dieux & des hu-
    mains :
Dans le fein de Crefonte il enfonça fes mains.
Crefonte mon époux, mon appui, votre maître,
Mes deux fils font tombés fous les coups de ce
    traître.
Il opprimoit Meffene, il ufurpoit mon rang ;
Il m'offroit une main fumante de mon fang.

(en courant vers Egifte qui arrive la hache à la main.)

Celui que vous voyez, vainqueur de Polifonte,
C'eft le fils de vos Rois, c'eft le fang de Cres-
fonte ;
C'eft le mien, c'eft le feul qui refte à ma dou-
leur.
Quels témoins voulez-vous plus certains que mon
cœur ?
Regardez ce Vieillard, c'eft lui dont la prudence,
Aux mains de Polifonte arracha fon enfance.
Les Dieux ont fait le refte.

NARBAS.

Oüi, j'attefte ces Dieux,
Que c'eft-là votre Roi qui combattoit pour eux.

EGISTE.

Amis, pouvez-vous bien méconnaître une mere ?
Un fils qu'elle défend, un fils qui vange un pere ?
Un Roi vangeur du crime ?

MÉROPE.

Et fi vous en doutez,
Reconnoiffez mon fils aux coups qu'il a portez,
A votre délivrance, à fon ame intrépide.
Eh ! Quel autre jamais qu'un defcendant d'Al-
cide,
Nourri dans la mifere, à peine en fon Printems,
Eût

Eût pû vanger Meſſene, & punir les Tyrans ?
Il ſoutiendra ſon Peuple, il vangera la Terre.
Ecoutez : le Ciel parle ; entendez ſon tonnerre ;
Sa voix qui ſe déclare & ſe joint à mes cris,
Sa voix rend témoignage, & dit qu'il eſt mon
    fils.

SCENE DERNIERE.

MÉROPE, EGISTE, ISMENIE, NARBAS, EURICLÉS, PEUPLE.

EURICLÉS.

AH ! Montrez-vous, Madame, à la Ville cal-
        mée.
Du retour de ſon Roi la nouvelle ſemée,
Volant de bouche en bouche, a changez les eſ-
    prits.
Nos amis ont parlé, les cœurs ſont attendris.
Le Peuple impatient verſe dès pleurs de joye ;
Il adore le Roi que le Ciel lui renvoye ;
Il benit votre fils, il benit votre amour ;
Il conſacre à jamais ce redoutable jour.
Chacun veut contempler ſon auguſte viſage ;
On veut revoir Narbas ; on veut vous rendre hom-
    mage.
Le nom de Polifonte eſt partout abhorré.
Celui de votre fils, le vôtre eſt adoré.
O Roi ! venez jouir du prix de la victoire :

Ce

Ce prix est notre amour ; il vaut mieux que la
gloire :

E G I S T E.

Elle n'est point à moi : cette gloire est aux
Dieux.
Ainsi que le bonheur la vertu nous vient d'eux.
Allons monter au Trône, en y plaçant ma mere ;
Et vous, mon cher Narbas, soyez toûjours mon
pere.

Fin du cinquiéme & dernier Acte,
& du Tome troisiéme.

FAUTES

FAUTES A CORRIGER.

Age 8. ligne 5. *remplir*, lifez remplit. P. 34. l. 20. *éclat*, lifez éclats. *ibid.* l. 24. *Temble*, lifez Temple. P. 35. *t'imploroit*, lifez t'imploroient. P. 36. l. 7. *pere* lifez pere, *ibid.* l. 8. *retranchez* C'eft. P. 47. l. 12. *Ces*, lifez Ce. P. 54. l. 17. *ces*, lif. fes. P. 55. l. 11. *je lui*, lif. je le lui. P. 67. l. 17. *plainde ?* lif. plaindre ? P. 85. l. 6. *Celui cette*, lif. Celui qui cette. P 89. l. 16. *eant*, lif. tant. P. 92. *rendre*, lif. tendre. P. 99. l. 24. *Roverval*, lif. Roberval. *ibid.* l. 27. *Cleraux*, lif. Clairauts. P. 103. l. 14. *ignorent*, lif. ignorant. P. 116. l. 11. *fuffit*, lif. fuffit. *ibid.* l. 16. *teins du fang*, lif teints de fang. P. 117. l. 15. *vaincus*, lif. vains. P. 120. l. 13. *décillé*, lif. défillé. P. 128. l. 3. *Vir*, lif. Vit. *ibid.* l. 20. *amour*, lif. cœur auffi. P. 136. l. 12. *T'engager à vivre*, lif. T'engager à penfer à vivre. P. 138. l. 3. *Alzir*, lif. Alzire. *ibid.* l. 20. *fer*, lif. fier. P. 142. l. 7. *connnois*, lif. connois. *ibid.* l. 12. *connue*, lif. connu. P. 149. l. 15. *Hymnée*, lif. Hymenée. P. 150. l. 16. *peut-être de*, peut-être eft de. P. 158. l. 11. *l'inftruire*, lif. inftruire. P. 202. l. 11. *plaifir*, lif. plaifir! P. 202. l. 5. *Tout fier des Magiftratures*, lif. Tout fier de fa Magiftrature. *Page* 208. l. 6. *premiers vœux*, lif. vœux naiffans. *Page* 211. l. 20. *Grondeur*, lif. Gronder. *Page* 213. l. 4. *l'Hymene*, lif. l'Hymen. P. 246. l. 3. *ta*, lif. ma. P. 248. l. 3. *Amis*, lif. les Amis. P. 249. l. 23. *fi*, lif. fix. P. 253. l. 19. *Par bonté, Dame*, lif Par bonté d'ame. P. 259. à la derniere ligne, *Que veux-tu*, Que me veux-tu. P. 260. l. 6. *C'eft toi !* ajoûtez Ah ah! c'eft toi! P. 270. l. 20. *fages*, lif. fage. P. 280. l. 3. *Ciel !* lif. ô Ciel! P. 286. l. 16. *fçai*, lif.

çais. P. 288. l. 20. *PIERENFAT*, liſ. *FIERENFAT*.
P. 298. l. 14. *&*, il. P. 302. l. 16. *eût*, liſ. avoit.
P. 320. l. 6. *douze*, liſ. doute. P. 328. ajoutez une
virgule après *vainqueur*, *ibid.* l. 9. *grandeus*, liſ.
grandeur. P. 329. l. 6. *triompe*, liſ. triomphe. *ibid.*
28. *un aſſez*, liſ. une aſſez. P. 331. l. 13. *une*, liſ.
un. P. 332. l. 24. *m'pprime*, liſ. m'opprimer. P.
336. l. 23. *non*, liſ. nom. P. 343. l. 5. *Le ſuperbe*,
liſ. Ce ſuperbe. *ibid.* l. 8. *bornes*, liſ. P. 355. l. 11.
s'étonne, liſ. t'étonne. *Page* 361. l. 14. *cœut*, liſ.
cœur. P. 364. l. 10. *fermeré*, liſ. fermeté.